현대의학의 힘으로 돌아온 나는 세계 최고의 명의

# 메디컬
# 환생

미러클 *환생*

**초판 1쇄 찍은 날** 2015년 8월 7일
**초판 1쇄 펴낸 날** 2015년 9월 7일

**지 은 이** | 유인
**펴 낸 이** | 서경석
**편집책임** | 박은정

**펴 낸 곳** | 도서출판 청어람
**등록번호** | 제387-1999-000006호
**등록일자** | 1999. 5. 31
**어람번호** | 제8-0056호

**주소** | 경기도 부천시 원미구 부일로 483번길 40 서경B/D 3F (우) 420-822
**전화** | 032-656-4452 **팩스** | 032-656-4453
http://www.chungeoram.com
**E-mail** | chungeorambook@daum.net

© 유인, 2015

ISBN 979-11-04-90351-9 04810
ISBN 979-11-04-90348-9 (SET)

Medical Return

유인 장편 소설

# 메디컬 환생

## 3

도서출판 청어람

| CONTENTS |

# 승승장구

수술장에 들어가는 도중 혜미를 만났다. 안색이 파리할 뿐 생각보다 훨씬 무사한 진현의 모습에 혜미는 왈칵 눈물을 쏟았다.

"지, 진현아. 흐윽."

지난밤 동안 그녀는 제정신이 아니었다. 진현이 범수 오빠처럼 됐을까 봐 얼마나 무서웠던가? 진현은 부드럽게 웃으며 그녀를 살짝 안았다.

"나 괜찮아. 울지 마."

"으, 응. 흐윽."

"수술 끝나고 연락할게."

그러고 그는 수술장으로 들어갔다. 그의 뒷모습을 보며 혜미는 하염없이 눈물을 흘렸다. 다행이었다. 정말… 정말로.

진현은 굳은 얼굴로 손을 소독한 후 수술방에 들어섰다. 그를 보조하기로 한 유영수가 걱정스레 물었다.

"연락이 안 돼 걱정했어. 무슨 일 있었어?"

큰일이 있었으나 진현은 짧게 답했다.

"아닙니다."

"그래? 하여튼 얼굴이 안 좋은데 정말 몸이 안 좋은 것은 아니고? 안 좋으면 말해. 곧바로 손 바꿔줄게."

"걱정해 주셔서 감사합니다. 괜찮습니다."

수술 가운을 착용 후 진현은 장갑을 끼며 말했다.

"그러면 수술 시작하겠습니다."

유영수는 걱정스레 진현을 바라봤다. 컨디션이 살짝 안 좋아 보이긴 하는데······.

'조금이라도 상태가 안 좋아 보이면 손을 바꿔야지.'

그는 그렇게 생각했다. 그러나 곧 이어진 진현의 수술 모습에 유영수의 눈이 확 커졌다.

'이 아이가 이렇게까지 수술을 잘했나?'

모든 손 기술이 그렇지만 똑같이 복강경을 통해 담낭을 절제하는 수술이라도 수준의 차이란 게 있다. 진현의 손은 최고 수준을 보여주고 있었다. 그야말로 깔끔하고 완벽해 담낭절제술의 전문가인 민성수 교수, 아니, 그 이상의 손놀림을 보는 듯했다.

찌잉! 찌잉!

고요한 수술방에 복강경 전기칼이 움직이는 소리만 들렸다. 마치 손가락으로 코앞의 물건을 치우듯 간결하고 정확한 움직임이었다.

"······."

유영수는 입을 벌렸다. 서포트하려 했건만 카메라로 배 안을 비추는 것 외엔 할 게 없었다. 얼마 지나지도 않아 거짓말처럼 툭 담낭이 떨어져 나왔다. 그물로 담낭을 밖으로 꺼낸 진현이 말했다.

"끝났습니다. 수술 마무리하겠습니다."

"그, 그래."

배에 만든 포트(Port:복강경 수술 기구를 넣는 통로) 밖으로 기구들을 꺼내고 간단히 마무리를 했다. 허탈할 정도로 깔끔한 수술이었다.

환자가 회복실로 나가 완전히 수술이 종결된 후, 유영수는 깊은 숨을 내쉬었다. 간이식에 비하면 간단하기 그지없는 수술이지만 상대가 워낙 VIP니 긴장이 되었던 거다.

"김 선생, 정말 수고했어. 수술도 엄청 잘했고. 이렇게 잘하다니. 역시 김 선생은······."

칭찬을 하는데 김진현이 이상했다. 유영수가 눈을 크게 떴다.

"김 선생?"

하지만 답이 없다.

"김 선생?!"

놀라 외치는데 김진현의 몸이 크게 휘청하더니 바닥으로 쓰러졌다.

쿠웅!

"김 선생! 김진현! 다들 이리로 와봐! 김 선생이 쓰러졌어!"

유영수가 몸을 흔들었으나 진현은 신음을 흘릴 뿐이었다.

　　　　　　\*　　　　　\*　　　　　\*

　진현은 꿈을 꿨다. 깊은 어둠 속 공허한 공간이었다.

　'어떻게 된 거지?'

　몽롱했다. 깊은 잠에 침잠한 느낌이다.

　'그러고 보니 나 뺑소니당했지. 여긴 어디지?'

　진현은 멍하니 생각했다. 심연처럼 짙은 암흑은 지독히도 차갑고 허무했다. 마치 경험하지 못한 사후의 세계처럼.

　'설마 죽은 건가?'

　그런지도 모르겠다. 진현은 실소했다. 그렇게 열심히 살았건만 뺑소니에 의한 죽음이라니. 슬플 정도로 허무했다. 아니, 뺑소니가 맞긴 맞는 건가?

　'피곤해.'

　그는 눈을 감았다. 그냥 쉬고 싶었다. 그렇게 그의 의식은 깊게 가라앉았다. 저 밑으로, 끝없이, 다시는 올라올 수 없는 곳으로.

　그런데 그때였다. 그의 옆 공간이 흐릿하게 흔들리더니 한 존재가 나타났다. 묘령의 아름다운 여인. 그녀의 정체는 믿을 수 없게도 진현을 과거로 회귀시켜 준 상부(上府)의 비(婢)였다. 그녀는 안타까운 눈으로 진현을 바라봤다. 그녀는 천천히 진현의 머리를 감싸 안았다. 의식을 잃은 진현의 입에서 신음이 흘러나왔다. 어머니가 상처 입은 자식을 바라보듯 그녀의 눈에 괴로운 빛이 흘렀다.

　"눈동자처럼 지키리니. 항상 지켜보고 있어요."

　꿈속 세상이어서일까? 그녀의 등 뒤에서 하얗고 투명한 날개가 올라와 진현의 몸을 감쌌다.

파앗!

그녀에게서 반짝이는 빛이 흘러나와 진현의 전신에 스며들었다. 곧 빛이 잦아들며 진현의 얼굴이 드러났다. 한결 편안해진 모습이었다. 그녀는 가슴 아픈 얼굴로 진현의 얼굴을 쓰다듬었다.

"조금만 더 힘내세요. 항상 지켜보고 있으니."

그렇게 한참을 안쓰러운 얼굴로 진현을 바라보던 그녀는 문득 시선을 돌렸다. 공간을 넘어 그녀의 시선이 닿은 곳은 이상민. 그녀는 진현을 위해 한 번의 개입을 하기로 했다. 그녀는 '의지'를 품었다. 그리고 그 '의지'는 이상민에게 작용했다.

이건 일종의 '징벌'. 단 그녀는 한 가지 조건을 달았다.

"뉘우칠 때까지."

이 징벌은 그가 죄를 뉘우치면 없어질 것이다. 반면 뉘우치지 않는다면 점점 더 그를 갉아먹게 될 것이다. 과연 그는 뉘우칠까? 그래서 이 '징벌'이 진현뿐 아니라 결국은 그에게도 좋은 쪽으로 작용할 수 있을까? 그녀의 몸이 흐릿해졌고 곧 거짓말처럼 사라졌다. 그녀가 떠난 뒤, 어둠 속 공간에 하얀 깃털 하나가 내려앉았다.


진현은 천천히 눈을 떴다.

'어떻게 된 거지? 꿈인가?'

교통사고를 당한 후, 이상한 꿈을 꾸고 몽롱한 정신 속에서 총리를 수술했다. 전부 다 꿈인가? 아니면 전부 다 사실? 정신이 멍해 어디서부터 어디까지가 현실이고 꿈인지 분간이 되지 않았다. 교통사고를 당한 게 맞긴 한 건가? 그러나 거짓은 아닌 것 같았다. 갑자기 전신에 통증이 몰려왔던 것이다.

"크윽!"

얼핏 보니 오른쪽 무릎과 복부, 가슴에 붕대가 감겨 있었다. 의식이 없는 사이 대수술이라도 당한 것 같았다.

'그래도 생각보다 부상이 심하진 않구나.'

얼핏 기억하기론 끔찍한 충돌이었는데, 부상이 그 정도는 아니었다. 대충 견적을 내보니 무릎 관절 손상, 갈비뼈 골절, 장출혈 정도? 당시 차가 돌진해 오던 속도가 무시무시했는데? 왜 이것밖에 안 다쳤지?

'혹시 꿈 때문인가?'

몽롱한 정신 속 꾸었던 이상한 꿈을 떠올렸다. 자신을 회귀시킨 상부(上府)의 비(婢)란 여인이 나오고…….

그러나 진현은 고개를 저었다. 그럴 리가 없지. 꿈에서 상처를 치료받았을 리는 없지 않은가? 뭐가 어떻게 된 건지 모르겠다. 그런데 힘겹게 눈을 뜬 진현은 놀란 표정을 지었다. 보호자용 침대에 혜미가 새근새근 자고 있었다. 얼마나 울었는지 통통 부은 눈으로. 그 모습을 보니 가슴이 뭉클해졌다. 생각해 보면 그녀는 항상 그의 곁에 있었다. 기쁠 때나 괴로울 때나 슬플 때나… 항상. 언제나. 그리고 그는 그런 그녀를 사랑했다.

'고백도 못 하고 죽을 뻔했네.'

진현은 힘겹게 손을 뻗어 혜미의 머리카락을 만졌다. 다행히 손은 안 부러졌다. 그런데 손길의 감촉 때문인지 그녀가 눈을 떴다.

"……!"

혜미는 멍하니 진현을 바라봤다. 진현은 급히 손을 떼며 어색하게 말했다.

"왜 거기에서 자고 있어? 불편하게."

"……"

혜미는 말없이 눈을 깜빡거렸다. 커다란 눈동자에 눈물이 가득 차올랐다.

"왜, 왜? 왜 울어?"

진현은 당황했다.

"…보."

"응?"

"이 바보야! 내가 너 잘못되는 줄 알고! 흐윽!"

그녀는 빼액 외쳤다.

"아, 아니… 울지 말……"

그러나 그는 말을 끝맺지 못했다. 그녀가 진현의 머리를 끌어안은 것이다. 뭉클 닿는 그녀의 감촉에 진현의 얼굴이 붉어졌다.

"혜, 혜미야?"

"흐윽. 내가 너 잘못되는 줄 알고. 흐윽. 나, 나는 너 없으면 못 사는데. 크흑."

봇물처럼 터지는 울음에 그녀는 말을 제대로 잇지 못했다. 자신을 생각하는 그녀의 마음에 진현의 가슴에 파도가 일었다. 진현은 힘겹게 몸을 움직여 그녀의 눈을 바라봤다. 그와 그녀의 얼굴이 움직이면 닿을 만큼 가까워졌다.

"혜미야, 나 너한테 할 말이 있어."

"……?"

그녀는 펑펑 울며 진현을 바라봤다. 진현은 숨을 들이켰다. 타이밍은 아닌 것 같지만 그래도 말하고 싶었다. 거절당하더라도, 그래도 지금이 아니면 후회할 것 같았기에.

"나 너 좋아해."

"……!"

"좋아해, 혜미야."

타이밍도 멋대가리도 없는 최악의 고백이었지만 혜미의 눈이 요동쳤다. 혜미는 눈물을 흘리며 고개를 돌렸다.

"난 너 싫어."

"……!"

유사 이래 최악의 눈치를 가진 진현은 자신이 거절당했다 생각했다.

"아… 미안. 역시 차였네."

그런데 혜미가 흐르는 눈물을 닦으며 샐쭉하게 말했다.

"누가 차였대?"

"응?"

"나 너 싫어. 지난 7년 동안 맨날 내 가슴 두근거리게 하고, 떨리게 하고, 아프게 하고. 너 정말 정말 싫어."

"……!"

진현의 눈이 커졌다. 이 말은?

혜미는 한숨을 내쉬었다. 그래, 지난 7년이 넘는 세월 동안 진현이 너무너무 싫었다. 짝사랑하느라 맨날 아프고 기대하고 지치고 걱정하고… 그 때문에 가슴이 몇 번이나 찢어졌는지 모른다. 하지만.

"너 싫어. 하지만… 사랑해. 이 바보야, 내 목숨보다도 널 사랑한다고."

"……!"

혜미가 붉어진 얼굴로 다시 말했다.

"그래, 나도 널 사랑해. 이 바보야."

진현의 얼굴도 붉어졌다. 몸의 부상도 잊고 벅찬 마음이 가슴에 차올랐다.

"으, 응. 나도 사랑해."

둘의 손이 수줍게 겹쳐졌다. 그렇게 둘은 서로의 마음을 확인했다. 7년을 넘게 끌어온 그녀의 짝사랑도 드디어 결실을 맺었다.

*　　　*　　　*

당시 충돌의 강도에 비하면 가벼웠지만 진현의 부상은 결코 간단하지 않았다. 갈비뼈 골절로 흉강에 피가 찼고, 장출혈로 장 절제도 해야 했다. 무릎은 복합 골절에 십자 인대 파열이었다.

"어떻게 이런 몸으로 수술을 했던 거야? 미련하게."

유영수 교수가 혀를 찼다.

"죄송합니다."

"나한테 죄송할 거 없고. 네 몸에 미안해해야지. 그러다 잘못되면 어떻게 하려고? 너 쓰러지고 얼마나 난리가 났는지 알아? 다시는 절대 그러지 마. 네 몸과 환자를 위해."

진현은 머리를 긁적였다. 그를 치료하기 위해 흉부외과, 외과, 정형외과가 모두 모여 수술을 했다.

"김창영 총리는 어떻게 됐습니까?"

"이미 퇴원했지. 네가 수술을 워낙 잘해놔서."

"아… 다행이군요."

"그래, 다행이지. 이런 몸으로 수술을 했는데 별일 없어서."

유영수는 계속 타박을 줬다. 하지만 진현은 약간 억울한 마음이 들었다. 사실 그때 뭐에 홀린 듯 제정신이 아니어서 자신이 얼마나 다친 것인지, 아니, 다치긴 한 것인지 정신이 없었다.

"총리실에서 나중에 감사 표시를 한다더라. 수술 잘해줘서 너무 고맙다고. 앞으로도 문제가 있으면 잘 부탁한다고."

잠정적이지만 김창영의 미래의 전속 주치의로 진현이 낙점되는 순간이었다.

유영수는 묘한 눈으로 진현을 바라봤다.

'김창영 총리면 차후 대권의 가장 유력한 후보인데.'

뭐, 정치판이란 게 한 치 앞도 내다볼 수 없다지만 현재까지는 그러했다. 진현은 하늘이 내린 실력도 실력이지만 모든 일이 잘 풀리는 느낌이다. 마치 누군가가 도와주듯.

"그런데 교통사고는 어떻게 당한 건가?"

"…잘 모르겠습니다. 기억이 하나도 안 나요."

"그래? 흠……."

교통사고를 당했다는 것만 기억날 뿐 안개가 낀 것처럼 기억이 흐릿했다. 어디서 당한 것인지, 무슨 차종에 당한 것인지도 모르겠다.

"하여튼 푹 쉬어. 후유증 남을 수도 있으니 절대로 무리하지말고."

부상이 심해 최소 한 달은 휴직을 해야 했다. 사실 다른 직업이면 몇 달은 쉬어야 할 상황이지만 노동 착취당하는 레지던트여서 한 달 쉬고 그 뒤에도 쉴지 말지를 결정하기로 했다.

'교통사고는 끔찍하지만 쉬는 것은 좋군. 무릎 때문에 군대도 면제될 수 있을 것 같고.'

생각하기도 싫은 끔찍한 경험이지만 애써 좋은 면을 생각했다. 유영수 교수가 방을 나가기 전 물었다.

"그런데 범인은? 경찰에선 뭐래?"

"아직은… 조사하고 있으니 기다려 봐야죠."

"그래, 어쨌든 푹 쉬고 있어. 또 올 테니까."

그가 나간 후, 곧 또 다른 방문자가 찾아왔다. 깔끔한 복장에 어울리지 않는 무서운 얼굴을 한 김철우였다.

"몸 괜찮냐, 진현아?"

험악한 인상과 어울리지 않는 걱정이 가득한 목소리였다.

진현은 살짝 웃으며 말했다. 이놈이 날 이렇게 걱정해 주다니.

"어, 괜찮아. 시간 지나면 다 좋아질 부상이야."

"괜히 무리하지 말고 다 나을 때까지 푹 쉬어라."

"그래, 고맙다."

"그나저나……."

김철우의 눈빛이 매서워졌다.

"범인은… 조금만 기다려라. 지금 샅샅이 찾고 있으니. 내가 반드시 잡아서 네 앞에 끌고 온다."

분노가 가득한 그 목소리에 진현은 고개를 끄덕였다.

"고마워."

하지만 진현은 속으로 의문이 들었다.

'정말 잡을 수 있을까?'

마침 관할 강남 경찰서에 김철우가 있어 필사적으로 수사하고 있지만 범인의 행적은 묘연했다. 사고를 당했을 거라 가장 의심되는 장소 근방에 하필 CCTV가 없었고 목격자도 없어 수사가 쉽지 않았던 것이다.

'그런 것을 떠나서… 이게 과연 단순한 뺑소니 사고일까?'

그 순간 그의 머릿속에 한 명의 인물이 떠올랐다. 진현의 얼굴이 차갑게 굳어졌다.

'내가 지나친 생각을 하는 것일지도 몰라. 증거도 전혀 없으니까. 하지만……'

진현은 입을 열어다.

"철우야."

"응?"

"너 내 친구지?"

"당연하지."

김철우는 당연한 걸 왜 물어보냐는 듯이 답했다.

"그러면 부탁 하나만 해도 될까?"

"뭐든지. 말만 해라."

진현은 그에게 둘도 없는 친구이자 아버지의 생명을 구해준 은인이었다. 무슨 부탁이든 들어줄 수 있다.

진현은 철우의 눈을 바라봤다.

"…이상민을 조사해 줄 수 있을까?"

                    *          *          *

　며칠 뒤.

　똑똑 노크 소리가 들리더니 병실 문이 열렸다.

　"지, 진현아, 괜찮아?"

　혜미가 살짝 붉은 얼굴로 들어왔다. 둘은 그날 이후 연인 사이

가 되었는데, 아직 어색하기 그지없었다.

　"으, 응."

　진현도 어색히 답했다. 맨날 고기 먹고 술 마시던 친구와 사귀

니 민망했다. 그렇다고 싫냐고? 설마 그럴 리가. 진현은 난생처

음으로 기묘한 감정을 느끼고 있었다. 그 감정의 이름은 사랑으

로 인한 충만감이었다.

　혜미도 어색하다 하면서 진현의 곁을 떠나지 않았다. 어차피

같은 병원 아이니 노트북을 들고 와 모든 일을 진현 옆에서 처리

했다.

　"어머니, 아버지는?"

　"아, 가게 일 때문에 가셨어. 내일 다시 오실 거야."

　"그렇구나."

　처음 교통사고 소식을 들었을 때, 부모님의 충격은 말로 표현

할 수가 없었다. 그들에게 아들인 진현은 삶의 모든 것이었기 때

문이다. 그들은 혜미와 더불어 하늘이 꺼질 것처럼 울며 진현의

곁을 떠나지 않다가 이제 진현이 안정이 되자 가게로 출근을 시

작한 거다. 덕분에 그 과정 중 혜미는 사귄 지 삼 일도 안 돼 며느

리 눈도장을 쾅 찍을 수 있었다.

"며느리 취급 민망하지 않아?"

"모, 몰라."

혜미가 고개를 돌리며 진현의 곁에 앉았다.

진현이 물었다.

"피곤하지 않아? 어제 당직인데 좀 잤어?"

"못 잤어."

"하나도?"

"응. 환자가 안 좋아서."

진현은 혀를 찼다. 내과도 고생이 보통이 아니었다. 아니, 중환자가 몰려 있어 당직은 외과보다도 더 힘들었다.

"여기 옆에 잠깐 누워."

"네 옆에?"

진현의 침대 옆자리를 보며 혜미의 얼굴이 사과처럼 붉어졌다.

"지, 진현아… 그, 그건… 아직……."

그 오해에 진현은 급히 손을 저었다.

"아, 아니. 무슨 생각을 하는 거야. 여기 침대 넓으니까 잠깐 누워 있으라고."

병원에서 지원해 주는 일인 병실이라 침대가 무척 넓었다.

"진짜 그런 것 아니지?"

"그래! 절대 아니야!"

혜미가 가운을 벗고 조심히 진현 옆에 누웠다. 그의 곁에 누우니 긴장되면서도 편안했다. 진현은 멀찍이 떨어져 혜미에게 얼굴도 안 돌렸다. 정말 티끌만큼도 사심이 안 보여 그녀는 웃기게도 아쉬운 마음이 들었다. '김진현 그 나쁜 놈은 고자야!' 란 김수연의 말도 떠오르고.

'잠 오네.'

그러나 그녀는 고개를 저었다. 잠들면 안 된다. 그를 못 믿어서가 아니라 사실 중요히 할 말이 있었다.

"진현아."

"응?!"

그녀가 옆에 누워 있어서인지 긴장한 목소리로 진현이 답했다. 그 모습이 귀엽게 느껴져 혜미는 살짝 웃었다.

"나 사실 너한테 할 말이 있어."

"뭔데?"

진현이 고개를 돌렸다. 그렇게 한 침대 위에서 고개를 서로 마주 보고 있으니 말할 수 없는 행복감이 그녀의 가슴에 올라왔다. 이런 행복을 7년이 넘는 세월 동안 얼마나 바라왔는가? 하지만 그녀가 할 이야기는 행복한 이야기가 아니라 추악하고 섬뜩한 이야기였다.

"중요한 이야기야. 내 이야기를 듣고 네가 안 믿을 수도 있어. 하지만 믿어줘, 제발."

"뭔데? 말해봐."

진현도 심상치 않음을 느꼈다.

"나 네 교통사고 누가 일으켰는지 알 것 같아."

"……?!"

진현의 얼굴이 굳어졌다. 혜미는 다시 한 번 고민했다. 증거가 있는 것도 아닌데 내 이야기를 과연 진현이 믿을까? 하지만 믿지 않더라도 해야 했다. 무엇보다 그의 안전을 위해서.

"누군데?"

"이상민이야."

"이상민이?"

"응."

혜미는 진현이 자신의 말을 믿지 않는다 해도 어쩔 수 없다 생각했다.

'아무런 증거가 없으니.'

사고 날 그녀를 도발한 것 외엔 아무런 증거가 없었다. 도발도 애매하게 했을 뿐 명확히 집어 말한 게 아니다. 그런데 진현이 의외의 답을 하였다.

"역시 그렇구나."

"……!"

혜미가 놀라 그를 바라봤다.

"내 말 믿어?"

"응, 내가 사랑하는 혜미의 말이잖아. 그러니 믿어야지."

그녀의 얼굴이 다시 붉어졌다.

"그런 게 아니라 의심만 갈 뿐 증거는 없는데."

"그냥… 나도 이게 우발적 뺑소니 사고가 아니면 그놈이 범인이겠구나 생각하고 있었거든."

묘한 답변이다.

"진현이 너… 이상민의 정체를 알아?"

지금까지 혜미는 진현에게 이상민의 본모습을 말하지 않았다. 명확한 증거가 없고, 범수의 원한은 그녀 개인의 일일 뿐 그와는 연관이 없다 생각했기 때문이다.

"그놈이 천하의 죽일 놈인 것은 알아."

"······!"

그는 담담히 자신에게 있었던 일들을 혜미에게 말했다. 혜미의 얼굴이 시시각각 변하며 파랗게 질렸다.

"다 이상민이 한 게 맞을 거야. 그리고 너 수능 때 위궤양 생겼던 게 이상민이 준 한방 차 먹고 생긴 거라고? 그거 아버지가 취미 삼아 보관하던 중국 약일 거야. 희석해서 먹지 않으면 산도가 높아 위궤양을 유발하는 독이나 다름없는데······."

진현은 혀를 찼다. 혹시나 했지만 역시였다. 그놈은 고등학교 때부터 개자식, 아니, 범죄자였다.

'이 정도면 사이코패스잖아. 사이코패스 범죄자는 의외로 주변에 멀쩡히 가면을 쓰고 있다더니.'

"혜미, 너는 이상민과 무슨 일이 있었던 거야?"

그녀는 입술을 깨물었다.

"범수 오빠를 죽인 게 이상민이야."

"······!"

진현은 경악했다. 이범수라면 그도 안면이 있었다. 그녀의 친오빠이자 친절한 한국대 의대 교수로 진현에게 커피를 사준 날 의문의 자살로 사망했다. 혜미의 몸이 분노로 떨렸다.

"오빠가 죽은 날, 이상민이 말했어. 고칼륨혈증으로 죽으면 어떻게 되는지 아냐고, 곧 볼 수 있을 거라고. 그리고 그날 범수 오빠는 칼륨 주사로 죽었어. 아니, 죽임을 당한 거야."

"······."

혈우병 박시연 환아 사건 때와 정황이 똑같다. 혜미는 원통의 눈물을 흘렸다.

"그때 내가 조금만 빨리 눈치를 챘다면 범수 오빠의 죽음을 막을 수 있었을 텐데. 흐윽."

진현은 혜미를 감싸 안았다. 억울하게 죽은 오빠가 생각나 혜미는 그의 품 안에서 한참이나 눈물을 흘렸다.

'이 죽일 놈을 어떻게 하지?'

진현은 인상을 찌푸렸다. 온갖 끔찍한 범죄를 저지르고 다니는데 증거가 없어 손을 댈 수가 없다. 섣불리 범인으로 몰면 무고죄나 명예훼손죄로 역고소당할 거다.

'그렇다고 살인청부업자를 고용해 죽여 버릴 수도 없고.'

일순 충동이 일었으나 여기가 남아메리카도 아닌데 가능할 리가 없다.

"나 절대 이상민을 가만두지 않을 거야. 꼭 원한을 갚을 거야."

그녀는 오랜 다짐을 중얼거렸다. 오빠의 원한만이 아니다. 이번에 진현을 다치게 한 것까지 포함이었다. 천만다행으로 살았지 진현도 죽을 뻔했다.

진현이 물었다.

"어떻게?"

"반드시 증거를 찾아내 죗값을 물릴 거야. 하지만 그것만으론 부족해. 언제 증거를 찾을 수 있을지도 모르고."

진현은 고개를 끄덕였다. 무슨 수를 쓰는 것인지 이상민의 범죄는 모두 완벽해 증거를 찾을 수 없었다.

"증거를 찾는 것과는 별개로 나는 내 방식대로 원한을 갚겠어. 이상민이 이 모든 일을 벌인 이유는 단 한 가지, 대일병원을 차지

하기 위해서니 난 그놈을 대일병원에서 철저히 몰락시킬 거야."

"……!"

그녀답지 않게 차가운 말이었다. 그만큼 원한이 깊으리라. 혜미는 진현의 손을 잡았다.

"진현아, 한 가지만 부탁해도 돼?"

"뭔데?"

혜미가 간절한 눈빛으로 진현을 바라봤다.

"정말 정말 중요한 부탁이야. 들어줄 거지? 아니, 꼭 들어줘야 해."

"뭔데?"

"들어준다고 이야기하기 전에는 안 말해."

"…그래, 말해봐."

그리고 그녀는 상상도 못 한 말을 하였다.

"대일병원을 떠나줘."

"뭐?"

진현은 놀란 얼굴을 했다. 그게 갑자기 무슨?

"여기에 계속 있으면 이상민은 널 다시 노릴지도 몰라. 물론 경계하고 의심하고 있으면 이상민도 특별한 수를 낼 수는 없겠지만 그래도 난 네가 이런 위험에 다시 처할 수 있다는 가능성만으로도 걱정돼 참을 수가 없어."

"……."

"너 어차피 피부과 하고 싶었잖아. 광혜병원이나 기독병원 쪽으로 가서 피부과 하면 안 돼? 아니면 꼭 외과를 하고 싶으면 다른 병원에서 외과를 하든지. 네가 간다면 어디서든 환영할 거야."

그를 생각한 걱정이었다.

"그러면 너는?"

"난 괜찮아."

물론 이상민을 압박하기 위해선 진현이 외과에서 계속 성공하는 모습을 보이는 게 좋다. 그러나 그런 것 따위보다 그녀에겐 진현의 안전이 훨씬 중요했다. 진현이 또 위험에 처하면 그녀는 견딜 수 없을 것이다.

'이상민을 몰락시키는 것 따위 어떻게든 내가 할 수 있어. 난이 대일병원 이사회의 멤버니까.'

그래, 할 수 있었다. 지금까지 뒤에서 이상민을 몰아붙였던 것도 모두 그녀였다. 그리고 이종근, 이상민과 다르게 그녀는 가문 내에서 많은 지지를 받고 있었다. 할아버지이자 대일그룹 전체 회장인 이해중도 그녀를 총애했다. 그러니 진현이 없어도 이상민을 몰락시키는 것은 가능했다. 아니, 반드시 그렇게 해낼 것이다.

'이제 얼마 남지 않았어. 조금만 이사회를 움직이면 최소 대일병원에서 영원히 쫓아내는 것 정도는 얼마든지 가능해.

그리고 그녀가 노리는 것은 그것만이 아니었다.

'이상민이 궁지에 몰리면 어떻게든 움직일 거야. 아마 이사회를 움직이는 나를 죽이려 들겠지. 그때 어떻게든 증거를 잡아내 죗값을 치르게 할 거야.'

물론 위험한 일이었다. 증거를 잡지 못하고 당하기만 할 수도 있었다. 하지만 그녀는 원한만 갚을 수 있다면 얼마든지 위험을 감수할 수 있었다.

'위험은 나만 감수하면 돼. 진현은 절대 휘말리게 하지 않을

거야.'

진현은 물었다.

"그 말 진심이야, 이혜미?"

화난 듯한 물음에 혜미는 눈을 감았다.

"난 네가 위험에 빠지길 바라지 않아. 그래서 그래."

"너는? 너는 괜찮고?"

"난 괜찮아. 이상민만 몰락시킬 수 있다면. 그리고 죗값을 치르게 할 수 있다면."

오빠 이범수를 생각하는지 그녀의 감은 눈에서 다시 한 방울 눈물이 흘러나왔다.

진현은 주먹을 움켜쥐었다. 마음에 안 들었다. 이상민도, 그의 아버지 이종근도, 자신이 사랑하는 이혜미도! 모두 마음에 안 들었다.

"그러면 나는? 널 좋아하는 나는 뭐가 되냐고?! 너만 여기 놔두고 머리 감싸고 다른 병원으로 도망가라고?"

"……."

"절대 안 돼."

"진현아."

혜미가 제발 부탁한다는 듯 말했다.

진현은 크게 숨을 들이켰다. 생각만 같아선 위험할 수 있는 일은 다 때려치우라 하고 싶지만 그녀의 원한을 외면할 수는 없다. 그리고 이상민에게 유감이 있는 사람은 그녀만이 아니었다. 자신도 몇 번이고 수작을 당하고 이번엔 죽을 뻔했다.

"절대 안 돼."

"하지만……."

그녀는 걱정되는 표정을 지었지만 진현은 단호했다.

"이상민을 용서할 수 없는 것은 나도 마찬가지야. 그리고 바보도 아니고 똑같은 수작에 당하지 않아. 수작을 부리면 이번에야말로 증거를 잡아 감방에 집어넣겠어."

그가 판타지 소설에 나오는 초능력자도 아니고, 뺑소니 사고같은 일을 또 저지르진 못할 거다. 그런 일들은 이상민에게도 위험부담이 너무 컸다. 모르고 방심하다 당하니 무서운 거지, 이상민이 일을 저지를 거라 아예 가정하고 대비하고 있으면 무서울 것도 없다.

"그놈의 최종 목적이 대일병원을 승계하는 것이라면 네 말처럼 그놈을 몰락시키는 것도 복수의 방법이 될 수 있겠지. 나는 내방식대로 그놈을 누르겠어."

"어떤 식으로?"

진현은 답했다.

"최고가 되겠어. 이상민, 그 자식은 쳐다볼 수도 없을 정도로."

진현은 이전 김철우의 아버지를 치료 후 이상민과의 대화를 떠올렸다.

'날 망가뜨리겠다고? 웃기지 마.'

여러 경로를 통해 자신 때문에 병원 후계자로서 이상민의 입지가 곤란하단 이야기를 들었다. 이번 뺑소니 사건도 궁지에 몰린 탓에 저지른 것일 거다. 그러면 방법은 간단했다. 최고가 되면 된다. 이상민, 그놈과는 비교도 될 수 없을 정도로.

혜미는 그의 말을 이해했다. 진현에 가려 이상민이 계속 빛을 보지 못한다면 이사회를 통해 그를 대일병원에서 축출할 수를 내는 것은 더욱더 쉬워진다.

혜미가 말했다.

"알았어. 대신 하나 조건이 있어."

"뭔데?"

"꼭 조심해. 이번 같은 일이 다시 벌어진다면 나는 견딜 수 없을 거야. 너는 내 목숨보다 소중하니까."

진현은 웃었다.

"그건 내가 할 소리야, 이혜미."

말을 마친 둘은 침대에 누운 채 서로의 눈을 바라봤다. 고요한 정적 속, 서로의 얼굴이 점차 가까워졌고 둘의 입이 겹쳐졌다. 촉촉한 입맞춤이었다.


그 뒤 시간이 흘렀다. 이후의 시간들은 단 한 마디로 표현할 수 있었다. 승승장구(乘勝長驅). 이전에도 천재 의사로 유명한 진현이었지만 총리 김창영의 수술을 성공적으로 한 것은 그에게 날개를 달아주었다.

레지던트? 이미 그에겐 의미 없는 직급일 뿐이었다. 모두 그를 규격 외의 천재로 대우했다. 그리고 그 추세에 쐐기를 박은 일이 일어났다. 계속 연락이 안 되던 간이식 파트의 국내 최고 대가 강민철과 드디어 연락이 닿은 것이다. 그는 진현의 소식을 듣자마자 남은 교환교수 일정이고 뭐고 곧바로 귀국해 버렸다. 강민철이 중간에 연락이 안 된 이유는 심장병이 재발한 탓이었다. 세인트죠셉병원에 입원해 있어 연락을 못 받다가 몸이 회복된 후 이사장의 수작과 진현에게 일어난 일들을 보고받았다. 그 후 교환 교수 일정이 남아 있었지만 곧장 한국으로 돌아온 것이다.

"오랜만입니다, 교수님."

진현은 감개무량한 얼굴로 강민철을 맞았다. 강민철의 말을 듣고 외과를 선택했다 지난 1년 동안 무슨 일들을 겪은 것인지.

"그래, 오랜만이네. 김진현 선생. 그런데……."

강민철은 굳은 얼굴이었다.

"미안하네."

"네?"

"내가 없는 동안 그런 일들이 있었을 줄은……."

강민철은 말이 안 나오는 듯했다. 진현 자신도 강민철이 미국으로 떠날 때만 해도 자신이 이런 시간을 보낼 줄은 상상도 못 했다.

병원에 도착한 강민철은 곧바로 이사장실로 쳐들어갔다.

민 비서가 곤란한 얼굴로 제지했다.

"저… 이사장님은 지금……."

"바빠?"

"네, 다음에 약속을 잡고 오시면……."

"닥쳐."

"네?"

"닥치라고!"

강민철이 호통을 쳤다.

"나 뚜껑 열리는 것 보고 싶어? 이종근 그 자식 빨리 나오라고 해!"

강민철과 이종근은 의과대학, 인턴, 레지던트 모두 동기여서 거침이 없었다. 또한 간이식 분야의 최고 권위자인 그는 아무리 이사장이라 해도 마음대로 대할 수 있는 이가 아니었다.

곧 이사장 이종근이 나타났다.

"미국엔 잘 갔다 왔나, 강 교수. 돌아왔으면 좀 쉬지, 무슨 일인가?"

지은 죄가 있어서 이종근은 강민철의 눈치를 살폈다.

'제길. 이놈이 돌아오기 전에 김진현을 처리하려 했는데.'

처리하기는커녕 김진현의 위상은 하늘 높은 줄 모르고 치솟았다. 교수보다도 유명하고 유능한 젊은 천재 의사. 이제는 너무 커서 그를 건드리고 싶어도 못 건드린다.

"잘 갔다 왔냐고? 잘 갔다 왔지."

강민철은 피식 웃었다.

"우리 이사장님이 한 일들을 모르고 있었으니 푹 쉬었지. 참으로 푹 쉬었어. 바보같이."

강민철은 이를 갈았다.

"이봐, 이사장님. 아무리 아들을 밀어주고 싶다고 해도 사람의 일에는 정도란 게 있어. 응? 정도! 그딴 일들을 저지르다니 당신 미쳤어?!"

"……!"

"네가 한 일들은 김진현을 떠나서 환자를 죽일 수도 있는 일들이었어! 당신이 그러고도 의사 면허를 가지고 있는 의사야?! 당신은 의사도 이사장도 아닌 살인미수범일 뿐이야!"

이종근의 얼굴이 일그러졌다. 하지만 저지른 잘못들이 있어서 한 마디도 대꾸하지 못했다.

"한마디만 경고하겠어. 한 번만 더 김진현 근처에서 얼씬거리기만 해봐. 그때는 이사장이고 뭐고 절대 가만히 있지 않겠어. 명심해. 알겠어?!"

강민철은 삿대질을 하며 외친 후 이사장실을 빠져나갔다. 이종근은 모멸감에 몸을 떨었다.

"빌어먹을! 빌어먹을!"

그러나 그는 욕설을 뱉는 것 외에 할 수 있는 것이 아무것도 없었다.

*　　　*　　　*

강민철이 돌아온 다음에는 모든 게 순조로워졌다.

"김진현이는 내가 후계자로 키울 거야!"

진현은 천재 외과의사이자 그의 제자로 쭉쭉 나아갔다. 사실 말이 제자지, 이미 완숙한 수술 실력을 가진 진현이었기에 가르침과 더불어 주니어 교수나 다름없는 일들을 하게 되었다. 환자들도 김창영 총리의 수술까지 했다는 천재 의사가 자신을 치료하는 것을 좋아했다.

"다음번 교수는 김진현이겠군."

"군대도 면제니 레지던트 끝나자마자 정식 발령 나겠어."

교수는 하늘이 내린단 이야기가 있다. 아무리 재능이 있고, 뛰어나도 자리가 없으면 안 되니까. 마침 김진현이 레지던트를 마칠 때 즈음 최고령의 원로가 은퇴해 교수 자리가 공석이 된다. 원래 이종근은 자신의 아들인 이상민에게 그 교수 자리를 주려 했지만 현재 추세를 봤을 때 어림도 없는 이야기다. 그 자리는 무조건 김진현의 것이고, 만약 자리가 없더라도 서둘러 만들어주어야 할 분위기였다.

더구나 김진현을 노리는 것은 대일병원의 교수들뿐만이 아니었다. 어떻게 소문이 퍼진 것인지, 여러 대학에서 김진현에게 러브 콜이 쏟아졌다. 학생 때 진행했던 TC80 프로젝트가 세계 최고의 의학 학술지인 자마(JAMA)에 기재된 영향도 컸다.

자마(JAMA)는 인용 지수 31점의, 사이언스나 네이처와 동급의 학술지이다. 국내에서 자마에 저널을 기재한 대가(大家)가 몇 명이나 될까? 의과대학 역사 전체를 통틀어도 한 명도 없는 대학이 수두룩했다. 그런데 고작 레지던트가 당당히 1저자로 자마에 저널을 기재하다니.

각 대학이 눈이 뒤집어질 만했다. 기업의 평가가 매출과 이익으로 매겨진다면 의과대학을 비롯한 대학들의 평가는 학문적 성과로 매겨진다. 잠잘 시간도 없는 레지던트 때 자마에 저널을 기재했으니 교수로 임용되면 어떤 학문적 성과를 낼지 짐작도 안 됐다.

"저희는 경북 최고의 병원인 광동대학병원입니다. 레지던트 수료 후 저희 병원으로 오시면 곧바로 정식 교수 임용에 최고 수준의 연봉을……."

이런 문의가 끝없이 이어졌다. 그리고 그러한 의과대학 병원 중에는 무려 국내 최고 명문인 한국대 의대가 있었고, 그 뒤를 잇는 명문인 신촌의 광혜 의대와 기독 의대도 있었다.

"자네도 모교를 빛내야 하지 않겠나? 마침 교수 자리가 있으니 레지던트만 끝나면 한국대병원으로 오게."

학생 시절 발끝도 쳐다보기 어려웠던 한국대병원의 외과 주임 교수가 진현을 위해 직접 대일병원까지 내려왔다. 광혜병원과 기독병원도 마찬가지였다. 그런 스카우트 움직임에 강민철 교수는 성을 냈다.

"김진현 선생은 우리 대일병원에 남을 거야!"

대일병원에서 교수로 남기 위해 각고의 노력을 하다 결국 실패한 이전 삶을 생각하면 참으로 행복한 일이 아닐 수 없었다. 그리고 그런 시간 동안 진현은 자신의 커리어만 쌓은 것은 아니었다. 그는 자신의 증오스러운 적을 잊지 않고 있었다.

'이상민……'

김철우의 필사적인 노력에도 불구하고 이전 교통사고의 증거를 찾는 것은 결국 실패했다. 하지만 김진현은 이상민을 계속해서 주시했다. 무슨 수상한 움직임을 보이지는 않는지, 추악한 술수를 부리지는 않는지!

그렇게 시간이 흘러 레지던트 2년 차 중반이 되었다. 그런데 의아한 일이 있었다. 진현이 아무리 이상민을 주시하고 있어도 그는 아무런 행동이 없었다. 마치 무기력증에라도 빠진 것처럼.

그저 진현은 갈수록 높아졌고, 이상민은 갈수록 낮아졌다.

\*       \*       \*

최근 이상민은 잠을 잘 때마다 꿈을 꾸었다.

―너 때문이야. 너 때문에…….

꿈을 꿀 때마다 항상 똑같은 사람들이 등장해 눈에서 피를 흘리며 그에게 저주를 내렸다. 그들 중에는 그의 손에 죽은 이범수도 있었다.

그의 첫 살인은 기억도 나지 않는 어릴 때였다. 가문에 들어갔을 당시 이종근의 본처였던 혜미의 어머니가 대상이었다. 아니, 정확히 말하면 살인은 아니었다. 그녀의 손이 닿을 곳에 자살을 위한 도구를 놓아두었을 뿐. 사생아인 자신을 구박하는 그녀가 미워 그랬던 것인데, 진실로 죽기를 원했던 것은 아니었다. 하지만 당시 이종근의 외도와 폭력에 심각한 우울증을 앓던 그녀는 허무할 정도로 쉽게 삶을 끊었다. 그렇게 죽은 그녀도 눈에서 피를 흘리며 그에게 저주를 내렸다.

─너 때문이야. 너 때문…….

그리고 마지막 순간.

늘 그렇듯 한 남자가 그를 바라봤다. 그 남자는 피를 흘리지도, 그를 탓하지도 않았다. 단지 모든 것을 꿰뚫어 보듯 가만히 그를 주시할 뿐이었다. 그의 모든 죄악을 알고 있는 눈동자.

"……!"

그 눈빛에 이상민은 번뜩 눈을 떴다. 전신이 땀에 물들어 있어 손을 들어 이마의 물기를 닦았다.

"웃기는군."

이상민은 피식 웃었다. 이런 꿈을 꾸기 시작한 것은 1년 전 김진현이 교통사고를 당한 뒤부터다. 어째서 그 뒤로 이런 꿈을 꾸기 시작한 것인지는 모른다. 더구나 마지막 남자의 얼굴은…….

이상민은 고개를 젓고는 침대에서 일어났다. 찜찜한 기분을 털기 위해 술이나 마시러 밖으로 나왔다. 그가 향한 곳은 병원 근처의 바였다. 혼자 자주 가던 곳이라 바텐더가 그를 알아봤다.

"오랜만입니다."

"네."

"늘 마시던 걸로?"

이상민은 고개를 끄덕였고, 곧 간단한 안주와 함께 위스키가 나왔다. 그는 말없이 술을 마셨다. 그런 그를 보며 바텐더가 물었다.

"요즘 안 좋은 일 있으세요?

"아니요."

"계속 표정이 안 좋은데……."

이상민은 미소를 짓고 고개를 저었다. 바텐더는 걱정스러운 표정을 지었다.

"저기 저 손님도 그렇고 우리 가게에 안 좋은 일을 겪으신 분이 많네요."

그 말에 문득 고개를 돌리니 의외로 익숙한 얼굴의 여인이 술을 마시고 있었다.

바텐더가 말했다.

"그러고 보니 같은 데서 일하시는 분 아니에요? 저분도 대일병원에서 일한다던데."

그리고 그때 시선을 느꼈는지 여인이 고개를 돌리고 눈을 크게 떴다.

"이상민 선생님?"

그녀의 정체는 다름 아닌 이연희였다. 그녀는 놀란 눈으로 이상민을 바라봤다. 이미 잔뜩 마셨는지 얼굴이 붉었다.

"무슨 일이세요, 여기에는?"

"그냥 잠이 안 와서 한잔하러 왔습니다."

그녀와 그는 서로 아는 사이다. 같은 외과 병동에서 일하는 간호사와 의사였으니까.

"그래요? 저도 기분 탓인지 잠이 안 와서 왔는데. 신기하네요."

이상민은 예의상 물었다.

"무슨 안 좋은 일이라도?"

연희는 씁쓸한 얼굴로 말했다.

"안 좋은 일은요. 그냥 예전에 저를 찬 남자가 아직도 안 잊혀져서 그렇죠. 1년이나 지났는데, 바보같이."

누군가를 생각하는 건지 그녀는 아릿한 눈을 했다. 그녀가 누구를 생각하는지는 뻔했다.

"미안해요. 괜히 쓸데없는 이야기 했네요."

"아닙니다."

연희는 미소를 지었다.

"이렇게 병원 밖에서 만난 것도 인연인데 같이 술이나 마실래요? 혼자 마시기도 궁상맞았는데."

거절할 이유는 없었다. 어차피 이상민도 찝찝한 기분을 전환하러 나온 거니까.

"그러죠."

그 뒤로 이상민과 연희는 몇 번의 만남을 더 가졌다. 묘한 관계였다.

*　　　*　　　*

어느 날, 늘 그렇듯 이상민이 악몽을 꾼 후 침대에서 일어났을 때, 가문에서 일하는 고용인이 방에 들어와 말했다.

"도련님, 이사장님께서 부르십니다."

땀으로 전 옷을 대충 갈아입고 아버지에게 향했다. 이종근은 독한 양주를 마시고 있었다.

"뭐 하고 있었냐?"

"자고 있었어요."

"지금? 아직 10시밖에 안 됐는데?"

이종근은 한심하단 표정을 지었다.

"모자라면 노력이라도 해야지. 쯧!"

김진현에게 밀릴 뿐이지 어느 면을 봐도 빼어났던 이상민은 최근 이상한 모습을 보이고 있었다. 헛것을 보듯 늘 멍했고, 업무 능력도 확연히 떨어졌다. 원래도 호리호리했지만 더 삐쩍 말라 마약중독자를 연상시키는 외양으로 변해 있었다.

"무슨 일이죠?"

그래도 사람 속을 긁는 알 수 없는 미소는 여전했다.

"너 지금 병원에서 입지 알지?"

"……."

병원에서의 이상민의 입지는 최악이었다. 술집 여자의 핏줄이란 사실 때문에 가문의 이사회에서 계속 배척당했고, 병원에 온 뒤에는 별다른 두각도 드러내지 못했다.

"원래 너를 위해서 준비된 교수 자리, 이사회에서 김진현에게 주기로 결정했다. 한국대병원에서도 노리는 인재라 반대할 명분도 없어."

"그런데요?"

"그 교수 자리가 김진현에게 넘어가면 넌 어떻게 되는지 알지?"

한번 어긋나기 시작하면 끝도 없다. 이런 식이라면 이상민은 영원히 병원의 후계로 자리 잡지 못할 것이다. 아니, 후계는커녕 레지던트만 끝나고 쫓겨날 확률이 높았다. 이사회에서 그것을 원하고 있기 때문에.

이종근은 한숨을 내쉬며 말했다.

"그래서 내가 절충안을 마련했다. 이번에 대일 의학연구상을 수상하는 쪽에게 교수 임용의 어드밴티지(Advantage)를 주도록."

대일 의학연구상은 대일그룹과 의사협회에서 공동으로 주관하는 의학 논문상으로 매년 젊은 의사들을 대상으로 가장 좋은 연구 실적을 낸 의사에게 상을 수여한다. 하지만 그런 상이면 김진현이 당연히 1등일 텐데?

"내가 우리 쪽 교수에게 논문에 적당히 네 이름을 넣도록 했어. 그것들을 모두 합치고 내가 손을 쓰면 최우수상은 네가 수상할 수 있을 거야."

한심하다면 한심한, 티 나는 몰아주기였다. 그래도 그나마 대세를 역전할 방법이 이것밖에 없어 어쩔 수 없었다.

'환자를 보는 실력도 중요하지만 의과대학 교수의 가장 중요한 자질은 학문적 연구 능력이야.'

대학병원은 환자도 보지만 의학 연구도 하는 학문의 요람이기도 해 환자 보는 능력만큼 학문적 능력, 즉 논문 실적이 중요했다.

'논문 실적만큼 조작하기 쉬운 게 없지. 내 밑의 교수들이 논

문을 낼 때 2저자나 공동 1저자로 실어주면 되니까.'

그리고 이런 행위는 이사회에서도 뭐라고 할 수가 없다. 데이터를 정리하는 등, 이상민이 해당 논문에 기여하면 당당히 2저자나 공동 1저자를 받을 수 있으니.

'자마에 실은 TC80 프로젝트야 학생 때 우연히 한 거고, 김진현이 아무리 날고 기어도 일에 치이는 와중에 논문 실적까지 낼수는 없을 거야.'

실제로 외과에 입국(入局) 후 그가 논문 활동을 하고 있다는 보고를 들은 적이 없다. 자마에 실은 논문 한 편 따위 수많은 교수가 밀어주면 금세 따라잡을 수 있다.

'제길. 내가 이런 것까지 손을 써야 하다니. 한심한 놈.'

이종근은 못난 아들 때문에 짜증이 치밀어 올랐다. 김진현을 데릴사위로 삼아 후계로 삼고 싶다는 생각까지 들었으나 혜미와 벌어질 대로 벌어져 그럴 수가 없었다.

"이번에야말로 김진현을 눌러야 하니, 똑바로 해."

"네."

이상민은 퀭한 눈으로 답했다.

＊　　　　＊　　　　＊

이사장의 그런 음모를 뒤늦게 깨달은 강민철은 분통을 터뜨렸다.

"이 빌어먹을 자식. 논문 실적을 이런 식으로 조작해?"

하지만 해당 교수들이 자신의 논문에 이상민이 1저자만큼 기여했다고 하면 그만이기 때문에 딱히 제지할 수 있는 방법이 없었다.

"김 선생, 자네도 너무 일만 하지 말고 논문 신경 좀 써. 내가 최대한 밀어줄게."

강민철도 최대한 김진현을 밀어주었다. 간이식 국내 최고의 대가란 타이틀은 단순히 손재주만으로 얻은 것이 아니라 그도 탁월한 논문 실적을 가지고 있었다. 그러나 머릿수에서 압도적인 차이가 있기에 아무래도 역부족이었다. 더구나 김진현은 이렇게 고개를 저었다.

"신경 안 써주셔도 됩니다. 큰 기여 없이 부당하게 논문에 이름을 올리고 싶진 않습니다."

환자를 잘 보는 게 중요하지 종이 쪼가리에 의미 없이 이름을 올리는 게 뭐가 중요한가? 자신이 해당 논문을 쓰는 데 크게 기여했다면 모르지만 말이다. 진현다운 생각이었지만 주변에선 속이 탔다.

혜미도 진현에게 권했다.

"진현아, 그래도 강민철 교수님과 같이 논문을 쓰는 게 좋지 않아?"

"괜찮아. 이식 수술을 하기도 바빠서."

최근 진현은 간이식 수술에 모든 것을 바치고 있었다. 그의 천재성을 아는 사람들은 포스트(Post) 강민철을 넘어 새롭게 최고의 대가가 탄생하는 것이 아닐까 하는 기대감 어린 눈빛으로 그를 바라보고 있었다.

"하지만……."

"걱정하지 마. 그런데 이번 주말에 뭐 해?"

"토요일 저녁에 퇴근이긴 한데. 왜?"

"왜긴. 같이 밥이나 먹을까 해서 그렇지."

혜미가 장난스레 입술을 내밀었다.

"나 비싼 여자인데?"

"아이구, 그러면 비싸게 모시겠습니다. 한 번만 시간을 내주시지요."

둘이 사귀기 시작한 지도 벌써 1년이 넘었다. 어색한 시기도 잠시, 둘은 누구보다도 행복한 커플로 시간을 보내고 있었다.

"그러면 주말에 보는 거다. 고깃집 갈까?"

"고기 지겨워!"


한편 그런 김진현의 반응에 안도의 한숨을 내쉬는 사람이 있었다.

"후우, 그래도 김진현 그놈이 논문까지 괴물처럼 안 써서 다행이군."

이종근은 고개를 절레절레 흔들었다. 원체 모든 면에서 괴물 같아서 논문 경쟁을 걱정했는데, 이런 추세면 마음을 놔도 되겠다 싶었다.

'논문으로 압도한 후, 다시 주도권을 이상민 쪽으로 가져와야겠어.'

가문 내에서 이상민을 치우고 대일병원에 제대로 된 후계를 세우라는 요구가 거세다.

'빌어먹을 놈들. 자신의 사람으로 후계를 채우려고. 다른 사람은 절대 안 돼. 이상민을 후계로 세워야 내가 은퇴 후에도 마음대

로 대일병원을 주무를 수 있어.'

어느덧 은퇴할 나이가 가까워왔지만 그는 물러날 생각이 없었다. 그러기 위해선 이상민을 후계로 세우고 그를 뒤에서 주물러야 했다.

'대일 의학연구상은 이상민이 자리를 잡기 위한 초석이 될 거야.'

그는 다소 안도하며 생각했다. 논문 경쟁만큼은 이상민의 승리였다.

그런데 그러던 어느 날이었다. 대일병원의 의과대학 논문 담당 부서 쪽으로 해외에서 연락이 왔다. 전화를 건 상대방이 영어로 말했다. 해외 거주 경험이 있어 영어 소통에 문제가 없는 교직원이 전화를 받았다.

—대일 의과대학에 닥터 김진현이라고 계시나요?

닥터 김진현? 전화를 받은 교직원은 고개를 갸웃했다. 외과의 김진현을 말하는 건가?

"그런데 무슨 일이죠?"

—저희는 New England Journal of Medicine입니다. 닥터 김진현과 헤인스가 공동으로 투고한 저널의 기재 승인을 알려 드리려고 전화했습니다.

교직원은 잠시 말뜻을 이해하지 못했다. 어디의 누구라고? 뉴잉글랜드 뭐시기? 그리고 뭐가 승인됐다고? 그러나 그것도 잠시 교직원은 펄쩍 뛰듯이 놀랐다.

"뉴잉글랜드?! NEJM이라고요?! 지금 대일병원에 전화 건 것 맞습니까?"

—네, 그렇습니다. 투고한 프로필에 Dae—il University로 되

어 있던데, 아닙니까?

"네, 맞습니다! 맞아요. 저희가 대일 의과대학입니다. 그런데 누가 NEJM에 논문을 투고했다고요?"

NEJM(New England Journal of Medicine)!

명실상부한 세계 최고의 학술지다. 인용 지수(Impact factor)는 무려 53점! 이공계 쪽 최고인 네이처, 사이언스가 30점 정도인 것을 고려하면 얼마나 무지막지한 권위의 저널인지 짐작할 수 있다. 권위자가 무수히 많은 대일병원이지만 지금까지 NEJM에 논문을 기재하는 데 성공한 자는 한 명도 없다. 그나마 세계 2, 3위인 자마(JAMA)나 란셋(Lancet) 학술지 정도?

대한민국 전체를 통틀어도 NEJM에 논문을 기재하는 데 성공한 의과대학은 거의 없다. 100년 역사에 가까운 한국대 의대나 광혜 의대 정도일 뿐. 따라서 NEJM의 논문을 기재하는 것은 국내 최고라는 대일병원의 오랜 숙원이었다.

"누구입니까, 논문을 기재한 의사의 이름이?"

상대는 교직원의 물음에 짧게 답했다.

—제네랄 서저리(외과)의 닥터 김진현입니다.


그 소식은 곧바로 대일병원 전체, 아니, 한국 의학계를 흔들었다. 일개 레지던트가 세계 최고 학술지인 NEJM(New England Journal of Medicine)에 논문을 기재하다니! 천재적 아이디어로 틈새를 노려 기재한 것도 아니었다. 헤인스의 신약 프로젝트인 SD54 프로젝트의 스터디 디자인을 총괄한 대가급의 논문이었다.

"NEJM에 논문을 기재하다니… 언제 이런 프로젝트를……."

사람들은 인간이 아닌 존재를 보듯 진현을 바라봤다. 진현도 얼떨떨한 얼굴이었다. SD54는 작년에 에이미가 해고당할 것 같다고 한 그 프로젝트였다.

'유수 저널에 낸다고 하더니, 그게 NEJM이었어?'

세계 최고를 다투는 다국적 제약회사 헤인스다웠다.

진현은 생각했다.

'그러면 다른 프로젝트들은 어느 학술지에 낸 거지?'

그가 맡은 프로젝트는 SD54만이 아니라 2개가 더 있었다. 최근에 시작한 것도 하나 더 있었고…….

'에이미가 그 프로젝트들도 다 유수 저널에 낸다고 했는데…….'

한편 기세 좋게 이상민을 밀어주던 이사장 이종근은 허탈한 표정을 지었다.

"NEJM이라고……? 하하."

너무 어이가 없어 화는커녕 웃음이 나왔다. 이게 말이 되는 건가? 이상민을 밀어주는 교수가 아무리 많다 해도 NEJM에는 게임이 안 됐다. 아니, 대일병원 외과 전체가 1년 동안 쓰는 논문을 합친 것보다 NEJM 논문 한 편의 가치가 높았다. 그리고 예상된 일이었지만 NEJM이 끝이 아니었다. 작년에 했던 프로젝트들의 결과가 속속 나타났다. 헤인스의 영향력인지 다른 프로젝트들은 다음 학술지들에 기재가 됐다.

자마(JAMA—Journal of American Medical Association)!

인용 지수 : 31점!

란셋(Lancet)!

인용 지수 : 28점!

레지던트를 수료하기 전 인용 지수 1, 2점짜리 국제 학술지에만 논문을 기재해도 탁월하단 이야기를 듣는데, 진현은 벌써 143점이다. 세계 3대 의학 학술지에 1년 사이 4편이라니. 어지간한 대가, 아니, 세계 최고의 권위자도 이렇게는 못 한다. 물론 모두가 단독 1저자인 것은 아니다. 프로젝트 기여도에 따라 공동 1저자도 있고, 란셋에 실린 프로젝트는 2저자이다. 그렇다 해도 말도 안되는 성과다. 이는 기네스북에 등재될 수준으로 이제 대일 의학연구상 같은 조잡한 상은 문제도 아니었다. 세계 외과 학회를 비롯한 국제 재단들이 초청 연자로 진현을 초빙했다. 비즈니스 비행기 티켓, 최고급 호텔 방, 고액의 강연료까지 주면서. 사실 그런 학회들은 돈이 문제가 아니라 강연자로 초청받는 것만으로 영광인 자리였다. 진현은 영광을 넘어 너무 많이 초청받아 어디를 가야 할지 고민해야 할 지경이었다.

"닥터 김, 헤인스에 취직할 생각은 없어요? 최소 부사장급 직위, 최고의 연봉을 보장하겠어요."

헤인스의 사장 에이미는 시간이 될 때마다 진현을 꼬셨다. 그녀는 이번 프로젝트들의 성공으로 뉴욕 본사의 간부로 승진을 보장받은 상태다. 헤인스 말고도 세계 각국의 다국적 제약회사에서 그에게 접근했고 억 소리 날 만큼의 연봉을 제시한 곳도 다수였다. 하지만 진현은 모두 거절했다.

"죄송합니다. 의사를 그만두고 제약회사로 갈 생각은 없습니다."

그리고 유명세 덕분인지 이런 일도 일어났다.

진현은 진료 중 전화를 받았다.

"김진현입니다."

—안녕하세요, 선생님. KBC 방송국의 정용식 PD라고 합니다.

"네? 방송국이요?"

놀라 물었다. 방송국이 왜 날?

—다름 아닌 저희 KBC 방송국에 메디컬 다큐멘터리 장르인 '명의(名醫)'라는 프로그램이 있습니다. 알고 계신가요?

당연히 안다. 각 분야 국내 최고의 의사를 소개시켜 주는 다큐멘터리 아닌가? 간이식 최고의 대가인 강민철도 해당 프로그램에 방송된 적이 있었다.

—이번에 저희 프로그램에서 다음 달에 방송할 명의로 선생님을 선정하였는데, 혹시 방문해서 자세한 이야기를 나누어도 될까요?

"……!"

진현은 당황해 물었다.

"더 유명하고 대단하신 교수님이 많은데 부족한 저를 선정한 이유가 있나요?"

답변은 간단했다.

—선생님이 더 유명하고, 더 대단하십니다.

"……."

빈말이 아니라 과거 김진현의 행보를 가만히 돌이켜 보면 입이 다물어지지 않는다. 학생 때 마인바이오의 RI84 프로젝트와 헤인스의 TC80 프로젝트 성공. 인턴의 신분으로 불가능한 일들을 성공시킨 것은 제외하더라도, 비행기에서 총리의 생명을 구한 일, 후에 김종현 화백을 구한 일, 대동맥 파열 수술 성공, 응급실에서 일으킨 수 없는 기적들, 금번의 학문적 성과. 나열하자면 끝이 없었다.

"그래도 저 말고 더 연배 있는 교수님을 섭외하시는 것이……"

진현은 너무 젊은 자신이 명의(名醫)에 출현하기 부담스러워 제의를 거절했다. 그러나 담당 정용식 PD는 끝없이 진현을 설득했다.

'이런 인간 같지 않은 경력이라니. 방송만 하면 무조건 대박이야.'

대박을 확신한 정용식 PD는 끝없이 진현에게 매달렸고, 결국 진현은 승낙할 수밖에 없었다.

〈명의(名醫), 천재 외과의사 김진현〉

한 달 뒤 이런 낯 뜨거운 제목의 프로그램이 방송됐다. 명의에 나간 의사는 굉장한 유명세를 타게 돼 심지어 거제도에서도 그 의사의 진료를 받기 위해 몰려온다.

"김진현 선생님께 진료받고 싶은데요."

"제가 간이 안 좋은데……"

몰려드는 환자들로 대일병원 측은 진현에게 아예 준교수처럼 외래 및 입원 섹션을 마련해 주었다. 외과 학회에서는 김진현이 가 굳이 레지던트 과정을 4년이나 수련할 필요가 있냐는 의견도 나와 역사상 전무후무한 레지던트 조기 수료를 검토했다.

부모님도 명의(名醫) 프로그램을 보면서 크게 기뻐했다. 그들은 진현이 사준 한강이 보이는 아파트에서 명의 프로그램을 보고 또 보고 재생해 봤다.

"누굴 닮아서 저렇게 잘났지? 생긴 것도 참 잘생겼다."

"이이는. 또 본인 닮았다 이야기하려 그러죠? 날 닮았죠. 당신은 하나도 안 닮았어요."

"허어, 무슨 말이야."

그러나 본인을 닮았다고 주장하기엔 이제 너무나 잘나 버린 아들이다.

"상가 옆의 김 씨가 우리 진현이 진료받고 싶다는데 어떻게 하죠?"

"음, 내 아들 바쁠 텐데."

"그렇죠? 그냥 다른 의사한테 진료받으라고 해야겠죠?"

"그래, 아무나 진료받을 수 있는 우리 진현이가 아니지. 에헴!"

그들은 가슴 뿌듯한 대화를 나눴다. 잘난 아들을 둔 특권이다. 그렇게 진현은 계속 승승장구했다.

'이렇게 계속 성공해도 되나?'

이런 걱정이 들 정도로 그는 거침이 없었고 행복한 나날이 이어졌다.

\*       \*       \*

가을이 깊어지는 어느 날, 진현은 간이 안 좋은 환자를 응급실에서 치료 후 병실로 걸어가며 혜미와 통화를 했다.

"병원 로비라고? 잠깐 볼까?"

근처라는 이야기에 진현은 반색을 했다. 그런데 그때, 커다란 선글라스를 낀 지긋한 나이의 노신사가 지팡이를 짚은 채 진현에게 말을 걸었다.

"여보게, 젊은 의사 양반. 기자재실이 어딘가?"

기자재실? 로비 뒤쪽으로 구불구불 들어가면 있는데, 외부인이 거긴 왜?

"저쪽이긴 한데 무슨 일입니까?"

"그쪽으로 가야 하는데 길을 잃어서. 잠깐 길을 안내해 줄 수 있나?"

진현은 고개를 갸웃했다. 손자가 기자재실에서 일하기라도 하나? 문득 기자재실 근처에 위치한 엘리베이터가 떠올랐으나 머리에서 지웠다. 그 엘리베이터는 오로지 단 한 명만을 위해 존재하는 이동 수단으로 대일병원에 그가 입사 후 한 번도 움직이는 것을 못 봤다.

'마침 혜미도 기자재실 쪽에서 만나려고 했으니.'

병원 구석진 곳에 위치한 기자재실 앞은 인적이 드물어 간단히 이야기를 나누기 좋아 종종 혜미와 만나는 곳이다.

"이쪽으로 오십시오."

혜미에게 기자재실 쪽으로 오라고 메시지를 날린 진현은 노신사를 안내했다.

'그런데 어디서 본 듯한 인상인데.'

선글라스가 워낙 커 누구인지 알 수 없었다. 사실 아무리 선글라스를 착용 중이라도 자세히 보면 모를 수가 없는 얼굴이지만 혜미를 만날 생각에 진현은 깊게 생각하지 않았다.

"기자재실이 멀고만. 잠깐 주변을 둘러본다는 것을 일행이랑 떨어져서."

구불구불 들어가 기자재실 앞에 도착한 진현은 노인에게 길을 설명했다.

"여기 왼쪽이 기자재실입니다. 아는 분이 기자재실에서 일하나요? 불러 드릴까요?"

"응? 아니아니."

그러면서 노신사는 엘리베이터가 위치한 오른쪽으로 방향을 틀었다.

진현은 놀라 말렸다.

"아, 그 엘리베이터는 VVIP 전용이라 사용하면 안 되는……."

그런데 그때 뒤에서 혜미의 밝은 목소리가 울렸다.

"진현아!"

"아, 혜미야."

그런데 '혜미' 라는 소리에 노신사가 잠깐 멈칫하고 고개를 돌렸다. 그리고 혜미와 노신사의 얼굴이 마주쳤는데 둘은 깜짝 놀랐다.

"아는 분이야, 혜미야?"

진현이 의아한 표정을 지을 때, 혜미가 노신사에게 입을 열었다.

"할아버지?!"

노신사가 함박웃음을 지었다.

"우리 귀염둥이. 오랜만에 보는구나."

"할아버지!"

혜미가 노신사에게 달려가 안겼다. 노신사는 혜미의 등을 두드렸다.

"아이고, 왜 이렇게 연락이 없었어? 이 할애비 서운하게."

"미안해요, 헤헤. 할아버지도 항상 바쁘니까. 그런데 백 실장님은 어디로 가고 혼자 오셨어요?"

"아, 같이 왔는데 맨날 감시당하듯 따라다니니 답답해서 잠깐 따돌렸어. 지금쯤 난리가 났을 거야."

노신사는 장난스럽게 말했다. 혜미도 같이 웃었다.

"백 실장님 힘드시겠다. 예전처럼 길 잃진 않으셨어요?"

"잃었는데, 그래도 이 젊은 의사 양반 덕분에 쉽게 왔어. 병원 설계를 누가 한 건지 길이 엉망으로 꼬여 있어."

혜미가 노신사에게 떨어진 후 진현에게 말했다.

"진현아, 인사해. 우리 할아버지셔."

"······!"

진현의 눈이 커졌다. 혜미의 할아버지라면 단 한 명이다. 재계 1위 대일그룹의 전체 회장 이해중. 한국 경제를 한 손에 움켜쥔 자!

바보같이 왜 못 알아봤을까? 생각지도 못한 거물과의 만남에 어지간한 진현도 뻣뻣이 굳었다.

"김진현입니다."

"그래, 길 안내해 줘서 고맙네."

이해중은 김진현을 크게 신경 쓰지 않았다. 그는 오랜만에 보는 손녀의 얼굴에 흐뭇한 목소리로 말했다.

"혜미야, 바쁘니? 이 할애비 좀 병실로 데려가 줄래?"

"아, 네!"

그러면서 혜미는 진현에게 나중에 보자고 눈짓을 하고 회장 전용 엘리베이터에 올랐다. 홀로 남은 진현은 얼떨떨한 표정을 지었다.

'대일 가문의 손녀인 것이야 이전부터 알고 있었지만······.'

원체 하고 다니는 게 소탈해 실감을 못 하고 있었는데, 그룹 회장인 이해중을 만나니 느낌이 확 와 닿았다.

'잠깐. 나중에 혜미와의 만남 때문에 인사를 드리려면 이해중 회장을 찾아가야 하는 건가?'

아버지 이종근과 거의 의절한 사이니, 그녀와 가장 가까운 가족은 할아버지인 이해중이었다.

'손녀를 주십시오!' 라며 대일그룹 회장인 이해중에게 이야기 해야 한다니 갑자기 아찔한 마음이 들었다.


"저 젊은 친구와는 아는 사이니?"

엘리베이터에서 이해중이 물었다. 혜미는 살짝 얼굴을 붉히며 답했다.

"아, 네."

"그래, 왠지 느낌이 좋은 친구구나."

사귀는 사이라고 말하기 민망해 혜미는 화제를 돌렸다.

"그런데 무슨 일로 오신 거예요?"

가문의 못난 자식들만이 경합을 벌이고 있을 뿐 대일그룹 전체를 봤을 때 대일병원은 대단한 곳이 전혀 아니었다. 회장 이해중은 대일병원에 큰 관심을 두지 않았다.

"그냥… 나이가 드니 몸이 여기저기 삐걱하는구나. 간도 안 좋아 좀 쉬려고. 그리고 입원한 김에 네 아버지가 잘하고 있는지도 좀 보고."

부드러운 목소리였지만 이종근 입장에서 가슴 철렁한 이야기였다. 회장 전용 엘리베이터답게 순식간에 꼭대기 층에 도착했다.

"그래, 난 가보마."

"네, 할아버지."

"혜미야."

"네?"

"아까 그 젊은 친구 이름이 뭐였지?"

"아, 김진현이에요."

"그래, 인상이 참 좋더구나. 이 할애비가 사람 얼굴을 좀 볼 줄 아는데 크게 될 상이야."

혜미의 얼굴이 밝아졌다. 관상이야 믿을 게 못 된다지만 할아버지가 남자친구 칭찬을 하는데 싫을 리가 없다.

"그렇죠?"

"그래, 그래."

그러고 이해중은 이사장실 쪽으로 향했고, 중간에 회장을 놓쳐 혼비백산한 백 실장이 달려오는 해프닝이 벌어졌다. 그렇게 김진현과 이해중의 첫 만남은 별 의미 없이 지나갔다. 후의 둘의 관계를 생각하면 싱거운 만남이 아닐 수 없다.

며칠 뒤, 중환자실 근무를 마친 혜미는 지친 얼굴로 자신의 집으로 돌아왔다.

'피곤해.'

삼 일을 모두 합쳐 3시간도 자지 못했다. 69시간을 깨어 있으니 눈을 떠도 뜬 게 아니었고, 어제는 그렇게나 고생했음에도 환자가 2명이나 죽어 기분이 좋지 않았다.

'보고 싶다. 진현이.'

그의 품 안에 안겨 세상모르고 푹 자고 싶었다.

'전화해 볼까? 아니야, 아직 일하고 있을 거야.'

의사 커플은 서로 항상 바빠 시간이 맞을 때가 별로 없었다.

'보고 싶은데.'

곁에서 그를 만지고 싶고 그의 품을 느끼고 싶었다. 혜미의 뺨이 살짝 붉어졌다. 그런데 오피스텔의 긴 복도를 걷고 있을 때였다.

파앗!

"……!"

갑자기 복도의 전원이 한 번에 꺼졌다! 혜미는 깜짝 놀라 비명을 질렀다. 그러나 단순 정전인 듯 불빛이 곧 돌아왔다.

"뭐, 뭐야. 놀랐잖아. 갑자기 왜 정전이 됐지?"

놀란 탓인지 으스스한 한기가 돌았다. 기다란 복도가 나락처럼 불길하게 느껴졌다. 혜미는 쓸데없는 불안감에 고개를 젓고 말했다.

"별일 없겠지. 빨리 들어가서 자자."

불안감과 다르게 다행히 별일 일어나지 않았다. 다행히.

\*　　　　\*　　　　\*

"상민 씨, 오래 기다렸어요?"

강남의 한 호텔의 레스토랑. 단아한 얼굴의 미인, 이연희가 다가왔다. 삐쩍 마른 남자, 이상민은 미소 지었다.

"아니, 오래 안 기다렸어. 밥 먹었어?"

"아니요. 상민 씨는?"

"나도 안 먹었어. 먹자."

둘은 얼마 전부터 교제를 시작했다. 딱히 누가 먼저 접근한 것은 아니었다. 그저 한 번, 두 번 만나다 보니 어쩌다 보니 그렇게 되었다.

'이래도 되는 건지.'

연희는 속으로 씁쓸한 표정을 지었다. 문득 진현이 떠올랐다.

'이제 괜찮아.'

그를 생각하면 아직도 가슴이 아팠으나 그는 자신의 남자가 아니었다. 연희는 고개를 저으며 말했다.

"상민 씨, 오늘은 기분 좋아 보이네."

"그래 보여?"

"응, 오랜만에 표정이 좋아요."

이상민은 웃음을 지었다.

"너랑 만나서 기분 좋은가 보지."

"빈말은. 아닌 것 알아요."

연희가 한숨을 내쉬었다.

"그거 알아요? 나랑 만난 다음, 한 번도 좋은 얼굴 한 적 없다는 거. 병 걸린 것같이 몸도 계속 마르고. 잘 때마다 항상 악몽 꾸고."

"악몽은 아니야."

이상민이 꾸는 꿈은 항상 똑같았다. 악몽은 아니었다.

"어쨌든 오늘은 기분이 좋아 보여. 안 풀리던 일이 잘 풀리나 봐요?"

"아아, 뭐. 이전과 다르게 최선을 다하고 있으니 잘 풀릴 것 같긴 해.”

이상민은 지나가듯 말했다.

“그래? 하여튼 힘내고 잘해봐요.”

“응, 잘해야지. 꼭.”

그러면서 이상민은 언제나 자신의 앞에 서 있는 한 남자를 떠올렸다.

김진현. 그가 떠올린 인물이었다.

\*　　　　\*　　　　\*

“웬 스팸 메일들이…….”

진현은 병원 전용 인트라넷의 메일들을 확인 후 질린 표정을 지었다. 이런저런 언어로 된 메일이 잔뜩 도착해 있었다. 사실 스팸 메일이 아니라 세계 각지에서 보낸 스카우트 메일들이었다. 헤인스와 진행한 프로젝트 덕분에 온 세계에 이름이 퍼진 탓이었다.

“이런 걸 보낼 땐 최소한 영어로 보내달라고.”

대체로 미국의 대학에서 보낸 메일이 많지만 프랑스어, 독일어 등도 있고 심지어 러시아어, 중국어도 있었다.

‘졸지에 글로벌 인재가 되어버렸네.’

그때 그의 전화벨이 울렸다. 간이식 파트의 주니어 유영수 교수였다.

“네, 교수님.”

—김 선생, 수술 일정 때문에 상의할 게 있는데 잠깐 같이 강민철 교수님 뵈러 갈 수 있을까?

"아, 네. 지금 바로 가겠습니다."

─그래, 금방 보자고.

진현은 시간이 없어 메일들을 제대로 읽어보지도 못하고 대충 훑어본 후 쓰레기통으로 보냈다.

'뭐, 러시아나 중국으로 갈 생각은 없으니……'

그런데 그러는 과정 중 그는 한 가지를 실수했다. 무심코 버린 메일 중에 세인트죠셉병원에서 보낸 스카우트 제의도 있었던 거다.

세인트죠셉병원(Saint Joseph Hospital). 존스홉킨스, 하버드, 메이요, 엠디앤더슨과 더불어 미국 최고의 병원 중 한 곳이라 일컬어지는 곳이었다.

# 더 높은 곳으로

"아, 김 선생. 어서 와."

유영수가 사람 좋게 그를 맞았다. 반면 강민철은 뭔가 불편한 심기의 얼굴로 뚱하게 말했다.

"김진현 선생."

"네?"

갑자기 왜 저러지?

"자네가 다른 병원으로 간다는 이야기가 있던데?"

"네?"

진현은 놀란 표정을 지었다.

"한국대 김 교수가 그러던데? 자네가 레지던트 졸업 후 모교로 돌아가기로 했다고."

이전 스카우트 제의를 했던 한국대 교수였다. 아니, 난 그런 이야기를 한 적이 없는데? 그저 생각해 보겠다고 했지.

"아닙니다. 아직 한국대병원으로 돌아갈 생각은 없습니다."

"아직? 그러면 나중엔 간다는 건가?"

강민철의 눈썹이 꿈틀거렸다.

진현은 진땀을 흘렸다. 오늘따라 왜 이래.

유영수가 웃으며 끼어들었다.

"교수님, 김 선생이 곤란해하지 않습니까? 교수님이 있으니 김 선생은 계속 대일병원에 있을 겁니다. 김 선생도 이해하게. 최근 자네에 대한 이야기가 워낙 화제여서."

그럴 만도 했다. 한 편만 기재해도 가문, 아니, 의과대학 전체의 영광이라는 세계 3대 의학 저널에 4편이나 논문을 기재한 레지던트. 더구나 수술 솜씨도 천재적이다.

"크흠, 그래, 딴 데 갈 생각 하지 말고. 그나저나 다음 주 수술 때문에 불렀어. 송영그룹이라고 아나?"

모르는 이름이라 진현은 고개를 갸웃했고 유영수가 대신 설명했다.

"재계에서 20위 안에는 못 들어도 100위 안에 드는 유수의 대기업이야. 역시 우리 김 선생. 환자 보는 데만 열중해서 모르는구나."

이전 삶이나 지금이나 시사 상식에 약한 진현은 머리를 긁적거렸다.

"그런데 무슨 일입니까?"

"송영그룹의 김중국 회장이 간암에 생겼는데, Milan stage에 Child C로 간이식 수술을 받아야 해."

"공여자는 있습니까?"

간이식은 본인이 원한다고 받을 수 있는 것이 아니라 간을 줄 사람이 있어야 한다.

"딸이 줄 거야. 다행히 회장의 체격이 작아 딸이 줄 수 있을 것 같아."

"네, 알겠습니다. 어시스트하겠습니다."

진현이 아무리 천재로 주목받고 있다 해도 그런 VIP의 수술을 집도하지는 못한다.

"그런데 문제가 있어."

"……?"

"이탈리아에서 열리는 간 학회 기간과 수술 일정이 겹쳐 유영수 교수는 수술에 참여 못 해. 김진현 선생, 자네와 나 둘이서 수술을 진행해야 해."

"……!"

진현은 강민철이 왜 그를 불렀는지 깨달았다. 간이식 수술은 다른 수술과 다르게 집도의가 2명이 필요하다. 간을 기증할 환자를 수술할 집도의, 그리고 간을 받을 환자를 수술할 집도의.

진현이 불가피하게 간을 기증할 환자의 수술을 집도해야 하는 상황인 것이다. 물론 정상 성인에게서 간 일부만 절제해 내면 되기 때문에 간을 기증할 환자의 난이도가 훨씬 쉽고 진현도 집도해 본 경험이 많다. 그래도 VIP 환자다 보니 부담이 되었다.

"수술 일정을 조정하면 안 되겠습니까?"

"나도 그걸 권유했는데, 김중국 회장의 일정상 그게 안 된다더군. 유영수 교수도 원체 중요한 발표를 맡을 예정이라 학회에서

빠질 수가 없고. 무엇보다 김 회장 가족들이 김 선생, 자네에게 수술받는 것에 거부감이 없어."

"저한테 말입니까?"

"아마 명의(名醫) 방송을 보고 감명을 받았나 봐. 김창영 총리를 치료한 의사한테 치료받고 싶다고 하던데?"

명의는 의사를 미화하는 방송으로 의사를 정말 낯 뜨겁게 포장한다. 진현은 너무 민망해 본인의 방송을 끝까지 보지도 못했다.

"그래서 자네가 간을 기증할 환자를 집도해 줬으면 하는데."

강민철 교수가 부탁했다. 사정이 그런데 거절할 수 있는 부탁도 아니라 진현은 고개를 끄덕였다.

"알겠습니다."

사실 환자가 VIP인 것을 제외하면 특별한 수술도 아니었다. 집도 경험도 많고 문제가 생겼던 적도 없다.

'이번에도 별문제 없겠지.'

진현은 그렇게 생각했다.


그런데 문제가 생겼다. 아니, 문제라기보단 기분 나쁜 일이었다. 진현이 집도할 수술의 퍼스트 어시스트가 이상민으로 결정된 것이다.

'하필 이상민이라고?'

진현은 인상을 찌푸렸다. 하지만 어시스트는 레지던트 일정에 따라 결정되는 것으로, 강민철 교수급의 높은 직위가 아니면 입맛에 안 맞는다고 마음대로 바꿀 수도 없었다.

"여, 진현. 잘 부탁해."

이상민이 휘적 손을 저어 인사했다. 앙상한 팔다리, 홀쭉한 볼, 짙은 다크서클. 불과 1년 만에 그는 몰라보게 변해 있었다. 이전엔 호리호리한 몸매의 반반한 모델 같았다면 지금은 마약중독자 같았다. 그렇다고 흉한 것은 아니고, 퇴폐적이고 위험한 매력이 흘렀다.

"나야말로 잘 부탁해야지. 수술 잘 부탁한다."

진현은 이상민과 악수를 했다. 그러면서 의심의 눈초리로 그를 살폈다.

'이상한 꿍꿍이가 있는 것은 아니겠지?'

하지만 이상민은 늘 그렇듯 속을 알 수 없는 미소를 짓고 있을 뿐이었다.

"그래, 수술 잘하자."

짧은 악수를 나누고 둘은 헤어졌다. 별 의심할 징후는 없었지만 진현은 불쾌한 느낌이 들었다.

'설마 이런 VIP 환자에게 술수를 부리진 않겠지만 눈여겨봐야겠어.'

진현은 고개를 털고 수술을 받을 환자를 만났다. 아니, 이 경우 간을 기증할 뿐 건강에 문제가 없는 사람이니 환자라 지칭하기도 애매했다.

"안녕하세요. 수술받는다고 하니 떨리네요."

몸집이 있는 젊은 여자가 진현을 웃으며 맞았다.

"김진현이라고 합니다."

"네, 명의 프로그램에서 봤어요. 천재라 불리는 명의시니 수술 잘해주실 거죠?"

농담 섞인 물음에 진현은 웃었다.

"네, 걱정하지 마십시오. 수술은 한숨 자고 일어나면 끝나 있을 거니 너무 걱정하지 마십시오."

간을 기증받을 김중국 회장도 만났다. 그는 간암에 걸린 자신보다 딸이 걱정인 듯했다.

"잘 부탁합니다, 선생님. 내 자식 중 유일하게 착한 아이에요. 난 이 아이 없으면 못 삽니다."

간을 기증할 송영그룹 김중국 회장의 딸은 다른 자식들과 다르게 아버지를 착실히 돕는 기특한 딸이었다. 다른 것을 다 떠나서 간을 기증하기로 결심한 것만으로도 효심을 알 수 있었다.

"원래 난 간이식을 안 받으려 했는데. 그냥 안 받으면 안 될까? 네가 위험할 수도 있고."

그 말에 간을 기증할 딸이 아버지를 타박했다.

"그게 무슨 말이에요, 아버지. 오래오래 사셔야죠. 기증 수술은 대부분 별문제 없이 끝난다고 하니 아버지 본인의 몸만 신경 쓰세요. 그렇죠, 선생님?"

대화 속에 깊은 부녀간의 사랑이 흘렀다.

"네, 걱정하지 마십시오. 최선을 다하겠습니다."

가만히 듣고만 있던 강민철이 헛기침을 했다.

"내가 이런 말 하긴 그렇지만, 김진현 선생의 수술 실력은 참으로 뛰어납니다. 그러니 너무 걱정 마십시오."

간이식 분야 최고의 대가인 강민철의 보증에 김중국 회장의 얼굴이 밝아졌다.

"네, 감사합니다."

*　　　　*　　　　*

　수술을 며칠 앞두고 진현은 혜미와 짤막한 데이트 시간을 가졌다.

　"웬일이야? 이런 데를 다 오고?"

　"그냥 맨날 고기만 먹은 것 같아서."

　진현이 그녀를 데려온 곳은 삼성동 6성급 호텔에 위치한 스카이라운지였다.

　"여기 비쌀 텐데. 내가 낼까?"

　혜미가 걱정스레 물었다. 제일 저렴한 디럭스룸의 방값만 60만 원 정도 하는 이 호텔의 스카이라운지의 음식값은 1인당 15만 원 선. 둘이 먹으면 30만 원의 거금이다. 하지만 진현은 호기롭게 말했다.

　"나 돈 많아."

　"치이, 많기는."

　진현의 보유 자산이 30억이 넘으니 청년 부자라 할 만하지만 혜미에 비할 바는 아니었다. 대일병원을 지원하는 이사회, 즉 대일홀딩스의 이사인 것을 떠나서 그녀는 재벌 3세답게 이미 5살 때 강남 10층 건물의 건물주였다.

　그 사실을 알았을 때 진현은,

　'내 평생의 소원을 5살 때 이루다니. 이런 불공평한.'

　이런 생각을 했을 정도였다.

　"아, 오랜만에 이런 곳에 오니 좋다."

낮게 깔린 어둠 속으로 반짝반짝 보석처럼 빛나는 서울의 야경을 보며 혜미는 행복한 표정을 지었다. 은은한 조명을 머금은 그녀의 얼굴은 지극히 아름다워 고혹적이기까지 했다.

"왜 그렇게 봐? 내 얼굴이 그렇게 예뻐?"

"퍽이나."

혜미는 장난스럽게 웃었다.

"뭐야. 난 네 얼굴이 세상에서 제일 잘생겼는데. 그런데 정장은 갑자기 왜 빼입었어? 정장 그렇게 싫어하면서."

진현의 얼굴이 붉어졌다.

"그냥 입어봤어. 밥이나 빨리 먹어. 안 먹으면 네 스테이크 내가 먹는다."

"아, 뭐야. 고기 좀 그만 먹어. 고기 귀신아!"

티격태격 행복한 식사가 이어졌다. 곡물 빵, 샐러드, 프랑스식 스프, 이태리 파스타의 1부를 마친 후 샤베트로 입을 가신 후 랍스타와 스테이크의 본 식사가 이어졌다.

스테이크를 썰며 진현은 고민했다.

'어떻게 하지?'

사실 아무런 이유 없이 이 비싼 곳에 온 것은 아니다. 그는 주머니 끝에서 딱딱한 사각형의 물체를 만졌다. 다이아몬드 반지, 즉 프러포즈 반지였다. 그는 프러포즈를 할 목적으로 이 스카이라운지에 온 것이다.

'좀 이른가?'

이십 대 후반, 사귄 지 1년. 결혼을 청하기에 이르다면 이른 시기이다. 하지만……

'영원히 함께하고 싶은걸.'

지난 세월 오랫동안 가까워서일까, 둘은 사귄 후 급속도로 빠져들었다. 다른 것은 모르겠다. 그저 그녀와 영원히 함께 있고 싶고 인생을 같이 걷고 싶다. 그 마음이 중요하지 사귄 기간이 뭐가 중요한가?

"응, 왜? 무슨 할 말 있어?"

혜미가 음식을 오물거리며 물었다.

"할 말 있으면 해도 돼."

그렇게 말하는 혜미의 뺨이 살짝 붉어졌다. 그녀는 진현과 다르게 바보가 아니다. 평생 카페도 가기 싫어하는 남자가 30만 원대의 스카이라운지를 예약하고 정장을 빼입은 채 주머니 속 뭔가를 계속 만지작거린다면 답은 뻔하지 않겠는가?

'진현이 프러포즈라니.'

좀 갑작스럽긴 했지만 혜미의 가슴이 콩닥콩닥 뛰었다. 그와 영원히 함께 있을 수 있다니. 그보다 더한 축복이 어디 있을까? 그가 할 사랑 고백이 기대되었다.

"아, 아니야."

하지만 숙맥 진현은 쉽게 고백을 하지 못했다. 막상 프러포즈를 하려니 입이 떨어지지 않았고 몸이 뻣뻣이 굳었다.

"할 말 있으면 해도 된다니까."

"아니야."

혜미는 재촉했지만 진현은 계속 타이밍을 못 잡았다. 애초에 그는 이런 쪽에는 재능이 전혀 없었다. 결국 애매하게 시간만 끌다가 식사가 끝나 버렸다. 호텔을 나오며 혜미는 맥이 빠졌다.

'이 바보, 뭐야! 프러포즈를 하려면 하든지!'

진현도 진현 나름대로 곤란하긴 마찬가지였다.

'아, 타이밍을 못 잡겠어. 지금이라도 프러포즈할까?'

사람 우글거리는 테헤란로 삼성역 사거리에서 프러포즈를? 아무것도 모르는 그도 그건 좀 아니라고 생각했다. 삐진 혜미는 입술을 삐죽거리며 말했다.

"밥 잘 먹었어. 병원 다시 들어가 일한다고 했지?"

"응."

"그러면 나 먼저 들어갈게. 어차피 이 근처니."

"어, 조심히 들어가."

끝까지 아무 말 못하는 진현에게 혜미는 속이 터졌다. 으이그, 이 숙맥 바보! 결국 혜미는 이렇게 말했다.

"진현아."

"응?"

"하고 싶은 말 있으면 부담 없이 해도 돼."

"응? 그게 무슨?"

친절한 설명에도 진현은 멍하니 반문할 뿐이었다. 진현다웠다. 혜미는 한숨을 내쉬었다. 예전부터 느낀 것이지만 그는 정말 연애 바보다, 바보!

"들어갈게. 잘 쉬어."

"응."

혜미가 어깨를 축 늘어뜨리며 신호등을 건너려는 순간이었다. 갑자기 진현이 그녀를 잡았다.

"혜미야!"

"왜, 왜?"

그의 굳은 얼굴을 보는 순간 그녀의 가슴이 주책맞게 뛰었다. 지금 프러포즈하려고? 그런데 내가 아무리 쉬운 여자라고 해도 여긴 좀 그렇지 않나? 무드라곤 먼지 한 톨도 없는 오피스 거리에 걸어 다니는 사람도 이렇게 많은데. 최소 옆 골목 카페라도 들어가서 프러포즈하지. 그런 머릿속 생각과는 별개로 가슴이 끝없이 두근거렸다. 그의 사랑 고백을 듣고 싶었고, 평생 그와 함께하고 싶었다.

진현의 입이 천천히 열렸다.

"다음에 또 밥 먹자."

"…응?"

"저기서. 저기서 또 먹자. 꼭."

그러면서 진현은 스카이라운지를 가리켰는데 다음엔 꼭 프러포즈를 하겠단 의지가 눈빛에서 일렁거렸다. 그 눈빛을 보자 혜미는 웃음이 나왔다. 참, 내가 콩깍지를 쓰긴 했나 보다. 이런 상황에서도 그가 귀엽고 사랑스럽게 느껴지다니.

"됐어. 저기 비싸."

그러면서 그녀는 그에게 다가가더니 입술을 겹쳤다. 진현의 눈이 커지며 얼굴이 붉어졌다.

"혜, 혜미야."

짧은 입맞춤 후 혜미는 방긋 웃었다.

"나 가볼게. 프러포즈 꼭 저기 아니어도 돼. 고깃집만 피해줘."

그러면서 그녀는 종종걸음으로 사라졌다. 진현은 머리를 긁적였다.

"뭐야, 눈치챈 거야?"

그는 미소를 지었다.

"그렇게 말하는 것 보니 싫지는 않은가 보네."

안도의 마음이 들었다.

'그런데 혜미에게 프러포즈하면 대일그룹 이해중 회장님께 인사 드리러 가야 하는 건가? 손녀딸을 줄 수 없다 하면 어떻게 하지?'

드라마의 흔한 설정이 떠올라 진현은 피식 웃었다.

"나중에 생각하고 병원에나 들어가자."

그도 집에 들어가 쉬고 싶었지만 해야 할 일이 있었다. 일을 떠올린 그의 눈빛이 어두워졌다.

"이상민……."

프러포즈를 위해, 그리고 혜미와 그를 위해 확실히 처리해야 하는 일로, 이상민과의 수술을 준비해야 했다. 혹시나 수를 쓰려고 할 수도 있으니 만반의 준비를 해야 했다. 물론 1년 동안 예의 주시했으나 이상민은 아무런 이상 행동도 보이지 않았고 귀신에라도 홀린 듯 무기력한 일상만 보냈다. 더구나 VIP 환자 아닌가? 아무리 인륜을 저버린 그라도 VIP 환자를 건드리는 것은 부담이 되는 일일 것이다.

'아니야, 그래도 경계를 늦추면 안 돼.'

환자와 자신을 위해 대비를 해야 했다.

'이상민, 그놈이 어시스트 자체를 못 서게 하는 것이 최선이긴 하겠지만……. 그건 무리겠지.'

강민철 정도 되는 급의 높은 교수면 모를까, 일반 교수들도 어시스트 레지던트를 입맛대로 고를 수 없는데 고작 레지던트 2년 차인 자신이 그를 거부할 수는 없었다.

그래서 진현은 수술 전날 늦은 밤, 병원에 남아 수술과 관련된 모든 것을 꼼꼼히 점검했다. 전기칼의 출력, 들어갈 약품들의 이상 유무, 혈액들, 수술 도구, 수술 침대. 이상민이 장난을 칠 가능성이 있는 모든 것을 살피고 또 살폈다.

'아무런 이상 없어. 최소 장난은 치지 않았어.'

진현은 인상을 찌푸렸다. 이전 그에게 당한 기억들 때문일까? 계속 기분이 마음이 놓이질 않았다.

'수술 중에도 잘 봐야겠어.'

수술 중에 혹시라도 수작을 부리면 절대로 놓치지 않겠다.


다음 날 아침, 7시 첫 타임으로 수술이 시작됐다.

"잘 부탁해요, 김진현 선생님."

아무래도 걱정이 되는지 딸, 김소연이 떨리는 목소리로 말했다. 진현이 가만히 그녀의 손을 잡아주었다.

"걱정 마십시오. 한숨 자고 일어나면 끝나 있을 것입니다."

"네, 믿을게요."

손을 통해 전해지는 체온에 그녀의 마음이 안정됐다. 한편 옆의 침대에서 같이 수술을 대기 중인 아버지, 김중국 회장이 다시 한 번 진현에게 부탁했다.

"선생님, 다시 한 번 우리 딸아이 잘 부탁합니다. 꼭 잘해주세요."

아버지의 사랑에 진현은 미소 지었다.

"네, 걱정 마십시오."

김중국 회장은 강민철 교수가 집도하는 15번 방으로. 딸, 김소현은 김진현이 집도하는 16번 방으로 나누어 들어갔다. 헤어지기 전, 김중국 회장은 연신 걱정되는지 딸의 손을 놓지 않았다.

"꼭 잘 받고 나와야 해."

김소연이 김중국에게 핀잔을 주었다.

"아버지 몸이나 걱정하세요. 다시 눈을 뜨면 건강해져 있을 거예요."

간이식 수술은 줄 사람보다 받을 사람이 훨씬 위험하다. 줄 사람이야 간의 일부만 떼어내고 배를 닫으면 끝이지만, 받을 사람은 자신의 간 전체를 자르고 새 간을 연결해야 하니 몸의 부담이 보통이 아니다. 수술 중 사망하는 경우도 종종 생긴다.

"소연아, 이 애비는 왜 이렇게 불안할까? 그냥 수술을 미룰까?"

"이제 와서 그게 무슨 말이에요, 아버지. 이번 기간을 놓치면 합작 문제 때문에 최소 세 달은 수술을 못 받아요. 그사이에 암이 커지면 어떻게 하려고. 너무 걱정하지 말라니까요."

그러나 김중국 회장은 계속 이상한 기분이 드는지 딸이 사지(死地)에라도 끌려가는 것처럼 마음을 놓지 못했다. 책임 집도의인 강민철도 김중국 회장을 달랬다.

"너무 걱정하지 마시고 지금은 회장님의 몸이 가장 중요하니, 새 간을 받을 생각만 하십시오."

"알겠습니다. 제가 나이가 들어 과민해서 그런가 봅니다. 죄송합니다."

그리고 수술이 시작됐다. 마취과에서 먼저 마취를 하고, 기관 삽관 후 목에 커다란 직경의 중심 정맥관을 삽입했다. 준비가 마무리된 후, 진현은 전기칼을 들었다.

"잘 부탁한다, 이상민."

퍼스트 어시스트를 설 이상민이 맞은편에서 웃음을 지었다.

"나야말로. 수술장 공기가 안 좋은 것 같은데 잘 부탁해, 집도의(執刀醫) 김진현 선생님."

진현은 인상을 찌푸렸다. 갑자기 웬 공기? 수술장 공기가 답답한 게 어디 하루 이틀 일인가? 하지만 이상민은 그냥 지나가듯 한 이야기인 듯 별다른 표정 변화가 없었다.

'하여튼 거슬리는 놈.'

진현은 고개를 젓고 말했다.

"시작하자."

지잉!

고요한 수술방에 전기칼의 마찰음이 울렸다. 살 익는 냄새와 함께 찌익 배가 갈라졌다. 간 절제술. 쉽지 않은 난이도이나 이전 삶과 이번 삶에서 수없이 집도해 봐 진현에게 익숙한 수술이다.

진현의 손이 거침없이 움직였다.

"하모닉 스칼펠(Harmonic scalpel) 주세요."

진현이 손을 내밀자 간호사가 초당 55,000회 이상의 초음파 진동을 통해 조직을 자르는 하모닉을 건네주었다.

티딩! 티딩!

악기를 연주하듯 물이 튀는 하모닉 특유의 소리와 함께 간이 조금씩 잘라졌다. 초음파 절제의 특성상 출혈도 심하지 않았다. 수술에 집중한 상태로 진현은 이상민의 동태를 살폈다. 다행히 그는 묵묵히 어시스트를 설 뿐 수상한 행동은 보이지 않고 있었다. 다만 눈이 깊게 가라앉아 있었다.

'무슨 생각을 하는 걸까?'

문득 그런 생각이 들었다. 고등학교 때 처음 만났을 때부터 지금까지 항상 속을 짐작할 수 없었다.

'뭐, 저놈이 무슨 생각을 하든.'

진현은 피식 웃었다. 그래, 저놈의 생각 따위 알 바 아니다.

'집중하자.'

그리고 시간이 지난 후.

탁!

깔끔하게 절제된 간의 일부가 떨어져 나왔다. 강민철의 수술팀과 보조를 맞춘 마무리였다. 진현은 이식할 간을 보존액에 담고 수술용 실로 배를 닫았다.

그런데 그때였다! 갑자기 수술방 문이 다급히 열리며 간호사가 들어왔다.

"김진현 선생님! 혹시 이식할 간 절제 끝나셨나요?"

강민철이 집도하는 15번 방의 간호사였는데 표정이 다급하기 그지없었다.

진현은 의아한 얼굴로 답했다.

"네, 방금 하베스트(Harvet) 끝났습니다."

"그러면 강민철 교수님께서 수술 마무리됐으면 지금 15번 방으로 넘어오래요, 빨리요!"

사색이 된 얼굴이 뭔가 수술이 잘 안 풀리는 듯했다.

"뭐가 안 좋습니까?"

"VIP인 데다 고령이고 간 기능 자체도 안 좋은 분이어서……."

진현은 상황을 눈치챘다. 수술이 안 풀리고 퍼스트 어시스트가 잘 못 하니 자신을 찾는 거다.

"환자가 많이 안 좋습니까?"

"네, 바이탈도 계속 흔들리고, 방금 전에는 간을 적출하는데 어레스트(Arrest:심정지)도 날 뻔했어요. 마취과 교수님들 덕분에 간신히 테이블 데스(수술 중 사망)는 피했지만 굉장히 안 좋아요."

진현의 표정이 어두워졌다. 김종국 회장이 고령이어서 수술 전에 걱정하긴 했는데, 생각보다도 더 상태가 안 좋은 듯했다.

"알겠습니다. 최대한 빨리 마무리 짓고 바로 넘어가겠습니다."

"네, 빨리 오세요!"

그러면서 진현은 자신이 수술한 환자의 모니터링 기계를 봤다.

'혈압도 좋고 맥박도 좋고, 이 환자는 아무런 이상 없군.'

시작부터 배의 봉합까지 상쾌할 정도로 깔끔한 수술이었고 이제 환자를 회복실로만 이송하면 끝이었다.

'빨리 회복실로 이송하고 강민철 교수님께 가야지.'

그런데 그때 이상민이 말했다.

"다 마무리됐으니 15번 방으로 넘어가 봐. 내가 카 아웃할게. 집도의인 네가 카 아웃까지 할 필요는 없지. 저쪽 수술방이 급한 것 같은데 빨리 가서 강민철 교수님 어시스트해."

카 아웃(Car out). 회복실까지 환자를 이송하는 것을 뜻한다. 확실히 카 아웃은 집도의가 아닌 어시스트나 인턴의 역할로 단순히 환자를 옮기는 것이니 진현이 있을 필요는 없다. 그러니 상황이 안 좋은 강민철 교수의 수술을 빨리 도우러 가는 것이 옳다.

그러나 진현은 고개를 저었다.

"아니다. 금방 나갈 텐데 카 아웃까지 하고 가야지."

"집도의 선생님이 카 아웃 같은 허드렛일도 직접 하게? 대단하네."

뭔가 비꼬는 말투였지만 진현은 답하지 않고 묵묵히 환자 옆에 섰다. 강민철 교수의 수술방이 급해 보이긴 했지만 이상민이 불안해서라도 환자가 회복실로 무사히 나가는 것을 봐야겠다. 그런데 시간이 지나도 진현이 오지 않자 15번 방의 간호사가 다시 달려왔다.

"선생님, 아직 안 끝나셨어요? 급한 것 마무리됐으면 빨리 오셔야 할 것 같아요. 환자 상태가……."

"……."

진현은 곤란한 마음이 들었다. 그는 마취과 의사를 돌아봤다. 환자를 빼려면 마취과의 준비가 끝나야 한다.

"카 아웃하려면 아직 멀었습니까?"

"정리하는 데 시간이 좀 걸릴 것 같습니다. 환자도 괜찮고 별일 없으니 선생님은 15번 방으로 가세요. 아까 마취과 사무실에 연락해 보니 안 좋긴 안 좋은 것 같더라고요. 급한 상황일수록 누가 어시스트하냐가 중요하니 빨리 가보세요."

마취과 의사는 말했다.

진현은 입술을 깨물었다. 마취과 의사의 말대로였다. 쉬운 수술이면 어시스트가 누구이든 상관이 없다. 하지만 수술이 꼬이면 누가 어시스트를 하느냐가 굉장히 중요했다.

'어떻게 하지?'

진현은 이상민을 놔두고 떠나고 싶지 않았지만 상황이 어쩔 수 없었다. 그는 주변을 둘러보았다.

'그래도 다른 사람들이 있으니.'

환자를 회복실로 뺄 때 이상민만 가는 것이 아니라 마취과 의사, 세컨드 어시스트, 간호사까지 도합 4명이 움직인다. 이렇게나 이목이 많은데 허튼수작을 부리진 못할 거다.

"알겠습니다. 그래도 VIP 환자니 이송 중에 문제없도록 잘 봐주십시오."

그래도 안심이 안 돼 진현은 간절한 눈빛으로 마취과 의사의 눈을 보며 말했다.

"네에, 걱정 마세요."

진현의 눈빛을 알아들은 것인지 아닌 것인지 마취과 의사는 시원하게 고개를 끄덕였다. 그래도 안심이 안 돼 진현은 다시 한 번 부탁했다.

"꼭 이송 중에 잘 봐주십시오."

"네, 걱정 마시고 빨리 가보세요."

15번 방은 진현이 있는 곳의 바로 옆방이다. 문을 열고 들어가니 과연 상황이 급박했다. 마취과 의사들이 혈압을 잡고 있었고 수술 필드는 피로 흥건했다.

강민철이 진현을 보더니 반색을 했다.

"어, 김 선생! 왜 이렇게 늦었어. 빨리 들어와!"

"네, 바로 들어가겠습니다."

진현은 수술 가운을 갈아입고 강민철을 도와 피를 잡기 시작했다. 퍼스트 어시스트를 서던 치프 레지던트는 사색이 된 얼굴로 뒤로 빠졌다.

"그래, 그쪽 모스키토(지혈용 도구)로 잡아!"

"네!"

후복막 근처에서 피를 쏟던 혈관을 진현의 모스키토가 철컥 지혈했다.

"그래도 김 선생이 오니 훨씬 낫군. 이대로 진행하자고."

강민철이 살짝 숨을 내쉬며 말했다.

"원체도 간경화가 심해서 쉽지가 않아. 그것 말고도 다 안 좋아."

그의 말처럼 환자의 상태는 좋지 않았다. 굉장한 고난도 수술로 이런 경우 수술하다 환자가 사망할 수도 있다.

"자, 잘해보자고."

"네, 교수님."

다른 생각을 할 수 있을 정도로 여유 있는 상황이 아니어서 김진현은 수술에 필사적으로 집중했다. 강민철과 그는 피를 뿜는 혈관들을 지혈하며 간을 연결하기 전의 처치를 하나하나 해갔다. 그런데 그렇게 수술 삼매경에 빠져 있을 때였다.

천장에서 깜짝 놀랄 방송이 울렸다!

―코드(Code)! 회복실에 심폐소생술 상황입니다! 마취과 선생님들은 회복실로 와주세요!

"……!"

진현은 깜짝 놀라 천장을 바라봤다. 심폐소생술. 회복실의 환자 중 한 명의 심장이 멎은 거다.

강민철이 혀를 찼다.

"웬 심장마비? 갑자기 무슨 일이야? 누가 수술한 거지?"

'설마?'

진현은 이유 없이 가슴이 내려앉았다. 하지만 고개를 저었다.

그럴 리가 없다. 수술은 아무런 문제가 없었고, 카 아웃 당시에 이상민만 있었던 것도 아니다.

'그래, 다른 환자일 거야.'

그런데 그 순간, 수술방의 문이 벌컥 열렸다.

"뭐야?!"

강민철이 벌컥 화를 내는데 사색이 된 마취과 의사가 외쳤다.

"김진현 선생님?! 김진현 선생님 여기 있어요?!"

"……!"

"방금 수술한 김소연 환자 서든 어레스트(Sudden arrest:급작사망) 왔어요!"

쨍그랑!

진현은 수술 도구를 떨어뜨렸다. 그게 무슨? 그의 얼굴이 하얗게 질렸다.


"거기 가슴 압박 잘해!"

"에피네프린 주세요! 빨리!"

정신없이 회복실로 뛰어와 보니 난장판이었다. 마취과와 내과 의사들이 모여 정신없이 심폐소생술을 하는 중이었다. 심장이 멎은 환자의 가슴을 의사들이 번갈아 가며 압박했다. 심장이 안 뛰니 갈비뼈를 눌러 억지로 심장의 피를 돌려주는 것이다. 김중국 회장의 딸 김소연 환자의 피부는 종잇장처럼 창백했는데, 이미 생명이 떠난 시체의 낯이었다. 아침만 해도 웃고 있던 얼굴인데!

"이게 무슨……."

진현은 비틀거렸다. 말도 안 돼. 이게 갑자기 어떻게 된 거지?

급히 카 아웃을 담당했던 마취과 의사에게 물었다.

"어떻게 된 일입니까?"

"모르겠어요. 환자를 이송할 때는 아무런 일도 없었는데 회복실에 와서 갑자기 산소 포화도가 떨어지더니 심장이……."

"혹시 저희 외과 어시스트가 카 아웃 도중 잘못한 것은 없습니까?"

진현은 이상민을 염두에 두고 다급히 물었다. 그러나 마취과 의사는 고개를 저었다.

"특별히는……."

진현의 얼굴이 하얘졌다.

'안 돼!'

절대 이렇게 죽어서는 안 될 환자다.

'원인을 찾아야 해. 원인을 찾아야 살릴 수 없어.'

그러나 절박한 마음으로 원인을 찾았으나 특별한 것이 없었다. 목에 꽂힌 커다란 직경의 중심 정맥관은 뚜껑어 열린 채 심장을 살리기 위한 온갖 약물이 들어가고 있었다.

그때 마취과 교수가 다가와 추궁하듯 물었다.

"자네가 수술한 의사인가?"

"네."

"수술 중 무슨 일이 있었던 거야?"

"수술 중에는 아무런 문제도 없었습니다."

"그래? 그런데 환자가 왜 이래?"

네가 잘못한 것 아니냐는 눈빛이었다. 진현은 주먹을 움켜쥐었다.

"수술 문제는 절대로 아닙니다."

"그래? 하여튼 심폐소생술 반응을 봤을 때 살리기 어려울 것 같은데."

마취과 교수의 말처럼 아무리 가슴 압박을 해도 심장을 살리는 약을 투여해도 반응이 없었다.

진현은 간절히 말했다.

"절대 죽어선 안 되는 환자입니다. 최선을 다해주십시오."

"최선이야 다하겠지만… 벌써 10분이 넘었어."

진현은 아찔한 마음이 들었다. 10분 동안 머리에 피가 공급이 안 된 것이니 심장이 돌아와도 식물인간의 신세를 면치 못한다.

'안 돼!'

자신의 손을 붙잡던 부녀간의 사랑이 떠올랐다. 절대 이렇게 죽게 할 수는 없었다. 하지만 진현의 간절한 마음과 다르게 이미 환자는 건널 수 없는 강을 건넌 상태였다.

20분, 30분……

마취과 의사들이 곤란한 얼굴로 말했다.

"선생님, 이제 더 의미 없을 것 같은데요. 사망했어요."

"……!"

청천벽력 같은 이야기였다. 진현의 눈이 흔들렸다.

"조금만… 조금만 더 최선을 다해주십시오. 젊은 환자니 살아날지도 모릅니다."

그러나 그건 덧없는 바람일 뿐, 진현도 가망이 없다는 것은 느끼고 있었다. 하지만 도저히 포기할 수 없었다. 아니, 어떻게 포기하겠는가?

'안 돼! 제발… 제발 기적이 일어나길!'

절망에 싸인 진현은 간절히 바랐다. 그러나 간절한 마음이 덧없게도 기적은 일어나지 않았다.

1시간… 1시간 30분…….

아무리 가슴 압박을 해도 갈비뼈만 부러질 뿐, 심장은 미동조차 하지 않았다. 그렇게 아버지를 위해 자신의 간을 기증하려던 아름다운 딸은 덧없이 사망했다. 원인 미상의 사망이었다. 하얀 목에 꽂힌 굵은 중심 정맥관이 뚜껑이 열린 채 덧없이 흔들렸다.

정말 원인 미상의 사망이었다. 수술 중에 아무런 문제도 없었고, 이상민의 수작일 거라 의심하고 이송 과정을 살펴도 아무런 문제가 없었다. 마치 마른하늘의 날벼락 같은 사망. 귀신이 곡할 노릇으로 최소 진현의 책임은 아니었다. 하지만 진현의 책임이 아니란 것은 진현과 의사들의 입장일 뿐 가족들은 그렇게 생각하지 않았다.

특히 어려운 간이식 수술 끝에 회복된 아버지 김중국 회장의 슬픔과 분노는 상상을 초월했다. 그렇게 걱정했는데 가장 사랑하는 딸을 잃은 것이다. 그것도 레지던트가 수술하다가.

"이, 이……! 아……! 안 돼!"

김중국 회장은 슬픔과 분노에 말을 잇지 못했다.

"이건 분명 수술 때문에 죽은 의료사고야! 절대 가만히 있지 않겠어! 흐어엉. 소연아!"

김중국 회장을 비롯한 송영그룹의 가족들은 김진현을 살인죄로 기소했다. 물론 전후 과정을 살펴도 진현의 잘못은 없었다.

그러나 사망의 원인을 밝히지 못한 게 치명적이었다. 부검을 해도 뚜렷한 원인이 나오지 않았고, 가족들의 입장에선 그저 수술이 잘못되어서라고 생각할 수밖에 없었다. 누구의 잘못이 아니란 것도 큰 문제였다. 누군가의 과실이라면 그 사람이 책임을 졌겠지만 이럴 경우엔 원인을 떠나 총책임자가 죽음의 책임을 져야 했다.

"······."

진현은 허탈한 표정을 지었다. 하늘 끝에서 나락으로 추락하는 것은 한순간이었다. 너무나 급격해 이게 꿈인가 싶었다. 물론 보통은 환자 한 명의 의도치 않은 죽음으로 모든 게 무너지진 않는다. 하지만 하필 죽은 사람이 재계 송영그룹의 가장 사랑받는 딸이라는 것이다. 김중국 회장은 딸의 원한을 갚기 위해 죽기 살기로 진현을 몰락시키려 노력했다. 그리고 이럴 경우 병원에서 어느 정도 같이 책임을 지고 보호를 해줘야 하는데, 이사장 이종근이 그런 짓을 할 리가 없었다.

이종근은 김중국 회장의 편을 들 뿐이었다. 결국 진현은 홀로 모든 책임을 뒤집어썼다. 그래도 마침 관할 경찰서에 김철우가 있어 도움이 되었다.

"진현아, 네 잘못 아니지?"

진현의 눈이 흔들렸다.

"내 잘못이 아니야."

김철우는 가타부타 더 묻지 않았다.

"그래, 난 너 믿는다."

이 범생이 놈이 살인죄라니. 말도 안 된다. 그는 진현의 억울함을 풀어주기 위해 필사적으로 노력했다. 사망 전 이송을 담당했던 의료진의 실책은 없는지도 꼼꼼히 수사했다. 특히 이상민을 샅샅이 조사했다. 그러나 아무리 이상민을 조사해도 진현에게 도움이 될 단서를 찾을 순 없었다.

"……."

진현의 눈이 시커멓게 죽었다. 뭐가 어떻게 되는 것인지 모르겠다. 내가 기소당하다니. 난 아무런 잘못도 하지 않았는데!

'내 잘못이 아니야.'

진현은 주먹을 움켜쥐었다. 억울했다. 환자의 죽음은 절대 자신의 책임이 아니었다.

'이상민……!'

증거를 못 찾을 뿐 이상민, 그놈의 짓이 분명했다.

'그놈의 짓이란 증거를 찾아야 해.'

그러나 어떻게? 부검까지 했음에도 특별한 원인이 발견되지 않고 이미 장례가 끝난 상태라 추가적인 조사도 불가능하다. 이상민의 수작이 맞는다면 그야말로 완벽히 처리된 범죄였다.

진현은 절망과 분노에 몸을 떨었다.

'절대 용서할 수 없어.'

환자를 죽인 것도, 그리고 자신을 나락에 빠뜨린 것도… 모두 용서할 수 없었다. 중간에 혜미가 찾아와 계속 울음을 터뜨렸다.

"지, 진현아. 어떻게 해… 흐윽."

"……."

그녀의 눈물에 진현은 쓴웃음을 지었다. 프러포즈를 하려고 했는데 범죄자가 되어버렸다.

"미안하다."

혜미는 눈물을 흘리며 입술을 깨물었다.

"이건 이상민의 짓이 분명해. 절대 이대로 당할 수는 없어. 내가 무슨 수를 써서라도 네 무고함을 증명할 테니 조금만 기다려."

그러나 이미 부검이 끝나 장례식을 마친 상태에서 결백을 입증할 증거를 입수할 순 없었다. 결국 진현의 억울함을 풀 방법은 단 하나, 법정에서 승리하는 방법밖에 없었다. 혜미는 온 사방을 돌아다니며 재판을 받기 전, 진현에게 도움을 주기 위해 노력했다. 그뿐 아니라 진현을 아끼던 강민철을 비롯한 교수들도 그를 위해 발 벗고 나섰다.

"수술도 잘 끝났고 김 선생이 잘못한 것은 없어. 그저 원인 미상의 사망일 뿐이야. 법원에서 자문이 오면 무죄라 강하게 어필할 테니 너무 걱정하지 마."

강민철은 말했다. 의료사고의 경우, 판사가 의학적 과실 여부를 판단할 능력이 없으므로 각 분야의 전문가들에게 자문을 구한다. 진현의 경우도 자문이 올 것이니 최대한 유리하게 답하면 무죄 판결을 받을 수도 있다.

"네, 감사합니다."

하지만 진현은 힘없이 답했다. 아무리 강민철이 힘써준다 해도 효과가 있을지 모르겠다. 이번 사건은 일반적인 의료사고와는 경우가 달랐다. 재계에서 꼽히는 송영그룹의 딸의 사망이기 때문이다. 송영그룹의 김중국 회장이 딸의 원수인 자신을 몰락시키기 위해 혈안이 되어 있었다. 그뿐 아니라 대일병원의 이사장 이종근도 진현에게 중벌이 떨어지도록 뒤에서 로비를 하고 있는 중이었다. 유전무죄 무전유죄. 이 경우에 쓰는 말은 아니지만 판사는 송영그룹의 편을 들어 불공정한 판결을 내릴 확률이 높았다.

'이대로는 안 돼. 이상민!'

김진현은 주먹을 움켜쥐고 거친 걸음으로 이상민을 찾아갔다. 이 모든 일의 원흉은 이놈이 분명했다.

"어, 진현?"

진현은 와락 그의 멱살을 움켜잡았다. 이상민의 눈이 크게 떠졌다.

"무슨 짓이야?"

"말해."

"뭐?"

"말하라고! 수술 때 무슨 수작을 부린 것인지! 네놈 짓인 것 다 알고 있어!"

하지만 이상민은 고개를 저을 뿐이었다.

"무슨 말 하는지 모르겠군. 난 어시스트를 섰을 뿐이야. 괜히 생사람 잡지 말라고."

"생사람?"

"그래."

이상민은 멱살을 풀더니 진현을 스쳐 지나갔다.

"이상한 소리 하지 말고 머리 좀 식혀. 안 좋은 병원 공기 때문에 기분도 안 좋은데 시비 걸지 말고."

"이이!"

이상민은 어깨를 으쓱하고 사라지며 말했다.

"너도 나가서 바깥 공기 좀 쐬고 오든지. 혹시 알아? 맑은 공기를 쐬다 보면 무슨 좋은 생각이라도 날지."

그가 사라진 후 진현은 분노에 몸을 떨었다.

"무슨 헛소리를……."

그런데 그 순간이었다. 진현의 몸이 뻣뻣이 굳었다.

'왜 자꾸 공기 이야기를 하는 거지?'

이번만이 아니었다. 당시 수술을 시작하기 전에도 이상민은 병원 공기가 안 좋다고 지나가듯 말했었다.

'설마……?'

그리고 떠오르는 한 가지 병명.

"…거대 직경(Large bore) 정맥관을 통한 공기 색전증(Air embolism)?"

진현의 뇌리에 심폐소생술 당시 뚜껑이 열린 채 흔들리던 중심 정맥관이 떠올랐다.

'정말 공기 색전증?'

공기 색전증이면 모든 게 설명됐다. 어떻게 누구의 눈에 띄지도 않은 채, 아무런 증거도 남기지 않고 심장마비를 일으켰는지 말이다. 공기 색전증은 주사 혈관을 통해 공기가 들어가 혈관을 막아 문제를 일으키는 질환이다.

특히 중심 정맥관은 직경도 커다랗고 심장까지 관이 들어가 있기 때문에 다량의 공기가 유입되면 단번에 심장마비가 올 수 있다. 그리고 당연한 이야기지만 남들 눈에 안 띄게 살짝 조작하는 것도 손쉽다. 이송 중 살짝 손을 뻗어 남몰래 뚜껑을 열고 손톱으로 잠금만 해제하면 된다. 또 약물을 주입하는 것도 아니고 공기가 들어가는 것이기 때문에 사체에 증거가 남지 않아 완전 범죄가 가능하다. CCTV라도 있었으면 확인할 가능성이 있 겠지만 환자를 이송하는 수술장 통로에 CCTV가 있는 병원은 전국 어디에도 없다. 완벽하게 당한 것을 깨달은 진현은 분노에 외쳤다.

"이상민!"

절대, 절대로! 용서할 수 없었다. 재판의 판결이 어떻게 나오 든 반드시 죗값을 치르게 하고 말 것이라고 이를 갈며 다짐했다. 그런데 그렇게 비참한 상황에 빠져 있던 진현에게 한줄기 희망의 빛이 비추었다. 현(現) 총리이자 전(前) 대법관인 김창영이 진현의 소식을 접한 것이다.

*　　　*　　　*

"그거 곤란한 일이군요. 원인 미상의 사망이라."

김창영은 집무실에서 인상을 찌푸렸다. 누구보다도 뛰어나고 환자를 생각하는 의사인데 어쩌다 이런 곤란한 일에 휘말렸는지 모르겠다.

"확실히 김진현 선생의 과실은 없는 거죠?"

"의료진의 소견상 그럴 확률이 높다고 합니다. 다만 사망 원인 을 아예 모르는 상황이라 과실이 없다고 증명할 수도 없습니다."

"좋지 않군요. 이런 종류의 의료사고가 생기면 의사 측에서도 과실이 없음을 입증해야 하니."

대한민국은 의료사고가 발생하면 피해자가 과실을 입증해야 한다. 때문에 전문 지식이 없는 일반인들은 의료사고에서 피해자들이 절대적으로 불리하다고 항변하곤 한다. 하지만 이런 원인 미상의 사망 사고의 경우, 실제로 의료사고 판례들을 보면 의사에게 억울할 정도로 불리한 경우가 많다.

예를 들면 이전 항생제를 맞는 도중 심장마비가 온 경우가 있다. 유족 측은 항생제에 의한 심장마비로 의사를 고소했지만, 실제로 그 항생제는 수십 년 동안 전 세계에서 사용되며 단 한 번도 심장에 문제를 일으킨 적이 없는 항생제다. 당연히 항생제의 의한 심장마비가 아닌 돌연 심장사(Sudden cardiac arrest)의 확률이 훨씬 높아 의사 측은 항변했지만 재판부의 판결은 피해자 측 승소였다. 이유는 항생제에 의한 심장마비가 아님을 입증하지 못했다는 것이다. 의사 측은 억울해했지만 이런 사례는 굉장히 흔했다.

사망률 80%의 패혈증이 동반된 상태에서 아기가 죽었는데, 부모가 간호사가 주사를 놓다가 잘못해서 통증 쇼크(Pain shock)로 사망했다고 소송한 경우가 있다. 글쎄, 통증 쇼크로 사망하는 경우가 전 세계에서 1년에 몇 명이나 있을까? 하지만 그 경우에도 재판부의 판결은 피해자 승소였다. 이유는 똑같았고.

따라서 이런 원인 미상의 의료사고, 특히 사망사고의 경우에는 의사도 책임을 확실히 면하려면 잘못이 없음을 의학적으로 입증할 수 있어야 한다. 더구나 이번 사건의 경우엔 이런 의학적인 사항이 문제가 아니었다. 사망자가 송영그룹 회장의 딸인 것이 치명적이었다.

분노에 가득 찬 송영그룹의 회장이 필사적으로 로비를 하고 있어 판사가 진현에게 유리한 판결을 할 확률은 굉장히 적었다.

아니, 사건에 비해 훨씬 과중한 처벌이 내려질 확률이 높았다.

"그러면 여러모로 김진현 선생이 불리하겠군요."

"네, 그럴 확률이 높습니다."

김창영은 난감한 얼굴로 탁자를 두드렸다.

"그래도 과실이 없다면 김진현 선생에게 너무 억울한 것 같군요."

"네, 더구나 피해자가 송영그룹 회장의 딸인 김소연 사장이어서 더 문제가 되는 듯합니다. 김중국 회장이 김진현 선생에게 무거운 형이 떨어지도록 로비를 하고 있습니다."

비서가 답했다. 확실히 다른 것을 다 떠나서 사망자가 송영그룹 회장의 딸인 것이 가장 큰 문제였다.

"흐음……."

김창영은 어떻게 해야 할까 고민하다 말했다.

"정말 과실이 없다면 김진현 선생에게 억울한 것 같습니다. 재판을 담당할 판사에게 상황을 참작해 달라 전해주세요."

"네, 알겠습니다."

비서는 고개를 숙였다. 김창영은 전(前) 대법관이자 현(現) 총리로 법조계에서 가장 큰 어른으로, 그의 말은 태산보다도 높은 권위가 있었다.

그리고 시간은 흘러 재판이 시작됐다.

＊　　　＊　　　＊

악의에 찬 김중국 회장의 로비로 재판은 빠른 시일 안에 이루어졌다. 판사는 사건을 바라봤다. 이건 의료 사건 자체보다 원고

와 피고가 문제다. 원고는 재계의 대기업이고, 피고의 뒤에는 김창영 총리가 있으니. 결국 판결은 이렇게 났다.

〈피고의 과실이 확실하지 않은 상황에서 살인죄는 성립하지 않음. 다만 수술 후 사망이란 측면에서 책임을 완전히 회피할 수는 없음. 6개월의 한시적 의료 면허 자격 정지를 판결함.〉

땅땅땅!

김종국 회장 측이 주장하던 것보다 훨씬 약한 솜방망이 처벌이었다. 김종국 회장 측은 불복하였으나 판결은 뒤집어지지 않았다.

"……."

재판이 끝난 후 진현은 허무한 표정을 지었다. 물론 예상보다 훨씬 약한 처벌이었지만 의료 면허 자격 정지라니. 그가 회귀 후 쌓아온 모든 것이 무너지는 판결이었다. 물론 6개월간의 일시적인 정지다. 6개월만 지나면 다시 정상적으로 의사 생활을 할 수 있다.

실제로 리베이트만 받다 적발되어도 자격 정지 1년을 선고받는 경우가 수두룩한데, 재계의 거물인 김종국 회장이 악에 받쳐 로비를 한 것을 감안하면 정말로 가벼운 처벌이었다. 하지만 그러면 뭐하는가? 이 판결 하나로 지금까지 그가 대일병원에서 쌓아온 모든 명성이 무너졌는데. 세상에 다시없을 천재 의사에서 의료사고로 사람을 사망하게 한 의사가 되어버렸다. 물론 원인 미상의 사고였고 그의 잘못이 아니었지만 그건 사정을 아는 사람들끼리의 이야기일 뿐이다.

'그런 명성 따위 아무래도 좋지만······.'

그래, 그런 헛된 명성 따위 아무래도 좋았다. 하지만 더 큰 문제가 있었다. 진현은 쓴웃음을 짓고 대일병원 교육수련부로 향했다.

"아, 김진현 선생님."

직원이 놀라 그를 맞았다. 직원도 진현에 대한 이야기를 들었는지 안타까운 얼굴이었다.

진현은 하얀 봉투를 내밀었다.

"이게 무엇입니까?"

"사표입니다."

"아······."

진현은 쓰린 표정으로 말했다.

"면허가 정지된 상태에서 병원에 있을 수는 없으니까요."

진현의 말이 옳았다. 면허가 정지된 의사는 병원에서 일을 할 수가 없다.

"그래도 강민철 교수님을 비롯한 외과의 여러 교수님이 선생님의 파면을 반대했다고 알고 있는데······."

직원은 진현의 사표가 안타까운지 말했다. 이사장 이종근은 이번 불미스러운 일을 핑계로 어떻게든 그를 병원에서 파면시키려 했지만 오히려 외과 교수들의 역풍을 맞았다. 특히 강민철 교수는 불같이 화를 내며 헛소리하지 말라며 주먹다짐까지 하려 했었다.

하지만 진현은 씁쓸히 웃으며 고개를 저었다. 파면이야 면했지만 6개월이나 자격이 정지되면 레지던트 수료 자격을 충족하지 못하니 어쩔 수가 없었다. 이건 강민철을 비롯해 진현을 아끼는 교수들이 아무리 힘을 써도 어쩔 수 없는 부분이었다. 물론 시간이 지난 후 다시 복귀해 1년 더 레지던트 수련을 받는 방법도 있다곤 하지만, 그건 시간이 지난 후에 다시 생각해 볼 문제였다.

"그럼……."

그렇게 사표를 내고 밖으로 나오는 중 혜미와 강민철 교수를 비롯한 여러 사람이 그에게 전화를 걸었지만 진현은 애써 외면했다. 지금은 혼자 있고 싶었다. 떠나는 길에 대일병원을 돌아보니 허무한 마음이 들었다. 어쩌다 이렇게 된 것일까? 이번 삶에선 반드시 성공하고 싶었다. 보란 듯이 성공해 떵떵거리며 살고 싶었다. 하지만 지난 삶에서와 마찬가지로 이번 삶에서도 그는 또 실패했다.

'아니야. 이건 실패가 아니야.'

진현은 주먹을 움켜쥐었다. 이걸 어떻게 실패라 할 수 있는가? 추악한 술수에 당한 것일 뿐인데! 그리고 평생도 아닌 고작 6개월의 면허 정지일 뿐이다.

'6개월 금방이야. 6개월의 휴가라 생각하면 돼. 지금까지 조금도 쉬지 않고 살아왔잖아. 어차피 자격 정지만 풀리면 갈 곳은 많아.'

강민철 교수를 비롯해 진현을 아끼는 외과 교수들은 시간이 지나더라도 후에 그가 대일병원 외과로 복귀하기를 바랐지만 굳이 더러운 대일병원이 아니어도 갈 곳은 많았다. 당장은 의사 자격 정지 때문에 스카우트 문의가 끊겼지만 그의 실력이 어디로 가는 것은 아니니 정지만 풀리면 오라는 곳은 많을 것이다.

'낙담하지 마. 내가 잘못한 것이 뭐가 있다고?'

그래, 6개월의 자격 정지. 아무것도 아니다. 하지만 잊지 말아야 할 것 있었다.

'이상민!'

진현은 이를 갈았다. 반드시 복수할 것이다. 무슨 수를 써서라도 죗값을 치르게 할 것이다. 그는 대일병원을 노려보며 다짐하고 또 다짐했다.


집에 돌아가자 부모님이 따뜻하게 그를 맞아주었다. 괜찮다고 마음을 다잡긴 했지만 막상 부모님을 보니 마음이 무너졌다. 자신만 바라보며 기대가 많았는데 너무너무 죄송했다.

진현은 고개를 숙였다.

"…죄송합니다."

하지만 아버지가 고개를 저으며 말했다.

"그게 무슨 말이냐? 전혀 상관없다. 의사든 아니든 무조건 넌 내 자랑스러운 아들이야. 사랑한다."

어머니도 말했다.

"그래, 진현아. 네가 속상할까 봐 그렇지 우리는 전혀 상관없어. 사랑해, 아들."

사랑이 담긴 그 말에 진현은 결국 왈칵 눈물을 쏟았다. 참고 참았던 눈물이었다.


진현은 빠르게 마음을 추슬렀다. 이미 벌어진 일이고 패배자처럼 낙담하고 있어봤자 변하는 것은 없다.

'그래도 재판이 한 번으로 끝나서 다행이군.'

김창영 총리의 보이지 않는 강력한 중재로 송영그룹은 항소를 포기했다. 아무리 대기업이라도 차기 유력한 대권주자의 눈 밖에 나서 좋을 것이 없다.

'이제 어떻게 하지?'

6개월 뒤에 의사로 복귀한다고 해도 지금은 당장 할 수 있는 것이 없다. 벌어놓은 돈이 있으니 당장 일 안 해도 걱정은 없지만.

'아니, 할 수 있는 게 있구나. 일단 과외라도 할까?'

진현은 피식 웃었다. 이래 봬도 그는 과거 수능 전국 수석에 한국대 의대 수석 졸업, 전공의 선발 시험 수석이었다. 손 놓은 지 오래됐지만 수석의, 수석의, 수석만 반복한 그가 다시 과외를 시작하면 구름같이 학생들이 몰려들리라. 열심히 하면 의사 못지 않게 돈을 벌지도 몰랐다.

그런데 부모님이 반대했다.

"아들, 뭘 벌써 일하려 그래. 조금이라도 쉬어."

"그래, 너무 일만 해도 바보 된다. 쉬어라."

그 말에 진현은 빈둥빈둥 집에서 놀았다. 난생처음 갖는 휴식이었다. 하지만 쉰다고 해서 마음이 편한 것은 아니었다.

'씁쓸하구나.'

괜찮다, 괜찮다고 애써 마음을 추리지만 실제로 괜찮을 리는 없었다. 가슴이 뻥 뚫린 괴로움이 그를 힘들게 했다.

'이상민.'

그는 주먹을 움켜쥐었다. 반드시 죗값을 치르게 할 것이다.

그런데 그때였다.

띠리링—

핸드폰 전화벨이 울렸다.

'누구지?'

의아한 얼굴로 보니 헤인스의 사장 에이미였다.

"네, 김진현입니다."

—미스터 김? 저 에이미예요.

"아, 네. 무슨 일입니까?"

특별히 나에게 볼일이 없을 텐데? 진현은 의아한 표정을 지었다. 그런데 에이미는 의외의 말을 하였다.

—스카우트 제의를 하려 전화했어요. 연봉 40만 달러. 어때요? 생각 있나요?

"……!"

진현의 눈이 휘둥그레졌다. 연봉 40만 달러면 현재 환율상 한화로 5억 정도다. 강남에 개업한 성형외과 의사면 모를까, 한국의 어떤 의사도 이 정도의 금액을 연봉으로 받진 못한다. 그는 에이미가 농담을 하는 것인가 했다.

"지금 그 말 사실입니까?"

하지만 에이미의 말은 농담이 아니었다.

—당연하죠. 관심 있으면 잠깐 볼래요?


늘 그렇듯 에이미가 좋아하는 이태원에서 만남을 가졌다. 세월이 비켜 가는지 에이미는 처음 봤을 때처럼 동안(童顔)의 도도한 아름다움을 간직하고 있었다. 앳되면서도 삼십 대의 농밀한 매력이 느껴지는 아름다움이다.

"오랜만이에요, 미스터 김."

"네, 오랜만입니다."

"보고 싶었어요. 잘 지냈나요?"

여러 프로젝트를 같이 진행하며 둘은 제법 가까워진 상태다. 프로젝트가 아니라 사적으로 만난 적도 많아 혜미가 질투를 한 적도 있었다.

"40만 달러짜리 스카우트라니 그게 무슨 말입니까? 아시다시피 저는 지금 의사 자격이 정지된 상태입니다."

"네, 알아요."

"헤인스에서 제시하는 연봉입니까?"

제약회사에서 일하는 것은 의료 행위를 하는 것이 아니기 때문에 의사 면허와 상관이 없었다. 하지만 에이미는 고개를 저었다.

"미스터 김이 우리 헤인스에 온다면야 좋겠지만 이번 스카우트는 헤인스의 제의가 아니에요."

"그러면?"

에이미가 웃음을 지었다.

"개인적으로 안면이 있는 사람한테서 청탁이 들어왔어요. 본인들이 이전에 미스터 김에게 스카우트 메일을 보냈는데 차였으니 내가 대신 미스터 김을 꼬셔달라고."

"네? 어디서?"

이게 무슨 말인가? 에이미는 답을 하기 전 와인을 한 모금 마셨다.

"미국 뉴욕에 위치한 세인트죠셉(Saint joseph)병원이에요."

"……!"

경악한 진현에게 에이미가 물었다.

"세인트죠셉병원 아시죠?"

"당연히 압니다."

세인트죠셉병원! 뉴욕 맨해튼 인근에 위치한 병원으로 존스홉킨스, 메이요, 엠디앤더슨, 메사추세츠 제너럴과 더불어 미국 최고 중 하나로 꼽히는 병원이었다. 국내 최고라 불리는 대일병원도 세인트죠셉에 비교하면 동네 2차 병원이나 다름없었다. 하지만 진현은 에이미의 말이 믿어지지가 않았다. 그런 곳에서 나를 스카우트한다고?

"혹시 잘못 들으신 것 아닙니까? 세인트죠셉에서 저를 스카우트하려 한다고요? 그것도 연봉 40만 달러에……."

"미스터 김이 맞아요. 그리고 40만 달러 가지고 뭘 그래요. 나중에 실적 봐서 더 줄걸요?"

"하지만 저는 지금은 의사 면허도 정지된……."

사실 이번 사망 사건이 있기 전까진 무수히 많은 곳에서 스카우트 제의를 받았다. 그러나 면허가 없으면 의사로서 자격이 상실된 상태이기 때문에 지금은 거짓말처럼 제의가 없어진 상태다.

에이미는 태연히 말했다.

"의사 면허야 미국에서 다시 받으면 되죠. 뭐가 문제예요?"

"그게 됩니까?"

"제가 엉클한테 물어보니 가능할 것 같다고, 우수 인재 유치 차원에서 특별히 배려해 주겠다는데요? 아, 물론 USMLE(미국의사시험)는 합격해야겠지만 그거야 미스터 김한테 문제도 안 될 거고."

이게 무슨 소리인가? 엉클이 누구기에?

"아, 엉클… 그러니까 한국식으로 삼촌이지. 하여튼 삼촌이 뉴욕 주지사이거든요."

"……."

진현은 황당함에 입을 벌렸다.

"그러면 혹시 안면이 있다는 지인은?"

"세인트죠셉병원의 병원장이에요."

"실례지만 관계가……?"

"음… 한국식으로는 작은아버지예요."

진현은 입을 다물었다. 지난번에 친척 중에 헤인스의 대표이사도 있다고 하지 않았나? 이거 알면 알수록 이혜미를 능가하는 귀족이다.

"혹시 미스 엔더슨이 저를 추천해 준 것입니까?"

"그건 아니에요."

"그러면 어째서?"

그 말에 에이미는 잠시 입을 다물고 빤히 진현을 바라봤다.

"미스터 김."

"네?"

"미스터 김은 본인이 얼마나 대단한 사람인지 잘 모르는 것 같아요."

"……."

"당신이 최근 우리 헤인스와 이룬 성과들. 그건 단순히 천재의 성과라고 볼 수 있는 것들이 아니에요. 당신은 세계적인 대가도 할 수 없는 성과들을 남긴 거예요."

틀린 말은 아니었다. 1년 사이에 세계 3대 저널에 4편의 논문을 실은 것을 떠나 헤인스의 사장될 뻔한 프로젝트를 4개나 살렸으니까. 진현 덕분에 헤인스가 얻은 금전적 이득은 상상을 초월할 정도고, 덕분에 헤인스의 주가는 하늘 높은 줄 모르고 치솟고 있었다.

에이미는 차분히 말을 이었다.

"미스터 김과 함께한 프로젝트들을 의학 저널에 발표했을 때 미국 학회가 얼마나 요동쳤는지 당신은 모를 거예요. 김진현이란 이 동양인 청년이 도대체 누구냐고. 분명 이전에 세인트죠셉병원에서 스카우트 메일을 보냈을 텐데 못 읽어보셨나요?"

진현은 답하지 못했다. 그때 워낙 그런 메일이 많이 와 스팸 처리를 했던 것이다.

"가족 모임에서 미스터 김 이야기를 꺼낸 것도 제가 아니라 큰아버지와 작은아버지였어요."

큰아버지, 작은아버지. 각각 헤인스의 대표이사와 세인트죠셉병원의 병원장을 뜻한다.

"작은아버지가 저한테 부탁하더라고요. 아카데믹 피지션(Academic physician)으로서 최고의 대우를 해줄 테니 미스터 김을 반드시 꼬셔달라고. 처음 1년은 현재처럼 레지던트 비슷한 신분으로 일을 하다가 실적과 진료 성적을 봐서 정식 교수로 추가 계약을 할 거예요. 그때 연봉은 약속했던 것보다 더 오를 수도 있어요."

"미국은 수련 기간이 5년인데 1년 후에 교수로 임용될 수가 있습니까?"

지금까지 한국에서의 수련을 인정한다 해도 2년이 모자랐다.

"뭐, 월반하면 되죠. 거의 없는 일이긴 하지만 전례가 없었던 사례도 아니고. 제가 사례를 알아보니 이전에 다른 한국인도 미국에서 뛰어난 실력을 인정받아 월반한 적이 있어요. 닥터 원이었나? 그리고 사실 미스터 김한테 레지던트 수련 과정은 의미가 없잖아요?"

진현은 가슴이 먹먹해졌다. 땅 끝으로 추락했다 생각했는데 세인트죠셉병원의 교수라니. 대일병원의 교수와는 비교도 되지 않는 자리다. 단순히 한국이 아니라 전 세계에서도 손꼽히는 영광스러운 직위였다. 특히 세인트죠셉병원의 교수는 전 세계에서 인정을 받는다. 대일병원의 대가(大家)가 한국의 대가(大家)라면, 세인트죠셉의 대가는 세계의 대가였다. 한국이란 좁은 굴레를 넘어 세계의 학회를 내려다보는 위치인 것이다.

"…감사합니다."

"뭘요?"

"에이미가 많이 신경 써준 것 압니다. 정말 고맙습니다."

분명 에이미가 많은 도움을 줬으리라. 그녀가 아니었으면 특별한 혜택들도 주어지지 않았을 것이다.

"그거야 뭐. 저 이제 곧 미국 본사로 돌아가거든요."

진현은 의아한 표정을 지었다. 에이미가 미국 돌아가는 거랑 자신을 도와준 거랑 무슨 상관?

"같이 미국 가면 꼬시기 좋겠죠, 뭐. 난 미스터 김을 좋아하니까요."

"……?!"

돌발 발언에 진현은 깜짝 놀라 그녀를 바라봤다. 그러나 에이미는 도도한 얼굴에 한 치의 표정 변화도 없었다.

'뭐지? 이게 무슨 뜻이지? 설마 진담은 아니겠지?'

무뚝뚝한 얼굴로 원체 종잡을 수 없는 성격의 그녀인지라 진심인지 구별이 안 갔다.

그때 에이미가 말했다.

"미스터 김, 우리 잠깐 바람 쐬러 산에 올라가지 않을래요?"

"산이요?"

"네, 산. 도봉 마운틴."

도봉 마운틴(Mountain), 즉, 도봉산. 강북에 위치한 산이다.

"하아, 하아."

생각보다 험한 산세에 진현은 숨을 몰아쉬었다.

"생각보다 산을 못 타네요?"

"미스 엔더슨은 생각보다 산을 잘 탑니다?"

진현은 투덜거렸다. 의사들은 병원에서 운동할 기회가 없으니 체력이 저질이었다. 반면 에이미는 밤마다 이태원 클럽에서 다져진 체력인지 다람쥐처럼 산을 탔다.

"아, 전 심심해서 등반 모임도 여러 번 나갔거든요. 산 정상에 가서 사람들이랑 소주 먹으면 맛 참 좋은데. 우리도 빨리 올라가서 소주나 먹어요."

진현은 기가 질린 표정을 지었다. 외국인 아가씨가 솔로 아저씨들 득실거리는 등반 모임에 나갔다고? 참 알면 알수록 특이한 아가씨다.

'한국에 발령 난 것도 본인이 자원해서라고 했지? 한국에 여행 왔다가 좋아서. 이젠 한국어도 수준급이고.'

열심히 걷는데 점점 거리가 벌어졌다.

"조금만 천천히 가주십시오."

"힘들어요?"

도도한 얼굴로 왜 힘들지? 란 표정을 지으니 진현은 살짝 자존심이 상했다.

'도대체 왜 산에 오자고 한 거야?'

이유를 물었으나 답을 해주지 않았다.

"거의 다 왔어요. 조금만 더 힘내세요."

"하아, 하아. 괜찮습니다."

"정말이요? 정말 괜찮아요? 그러면 조금만 더 빨리 갈까요?"

"…먼저 가십시오. 따라가겠습니다."

에이미가 바람을 반으며 웃었다. 하얀 피부의 흑발이 차르르 흔들렸다. 그러고 보면 그녀도 참 예쁜 얼굴이다. 무뚝뚝한 눈에 하얀 피부가 도도한 인형을 연상시켰다. 목덜미에 흐르는 땀이 남자의 가슴을 흔드는 매력을 더하였다.

"바람이 참 좋네요. 그러면 저 먼저 올라갈게요. 천천히 올라오세요."

그녀는 판타지 소설에 나오는 엘프처럼 나무들 사이로 사라졌다.

"하아, 하아. 갑자기 웬 운동이야."

진현은 땀을 닦았다. 중학교 3학년 때 잠깐 킥복싱을 한 것 외엔 운동이라곤 연이 없는 그라 등반이 힘들기 그지없었다.

'도봉산도 이렇게 힘든데, 지리산은 어떻게 오르는 거지?'

어찌어찌 시간이 지나 정상에 도착했다. 미리 도착해 있던 에이미는 서울의 전경을 바라보고 있었다. 바람을 맞으며 삼매경에 빠져 있는 그녀의 모습은 화보 속 도도한 요정과도 같았지만 손에는 소주병이 들려 있었다.

"아, 왔어요? 소주 줄까요?"

병째 내미는 것을 기겁을 하며 거절했다.

"됐습니다. 그런데 왜 오자고 하신 겁니까?"

다시 물으니 에이미가 손짓했다.

"이쪽으로 올래요, 미스터 김?"

"……."

그녀 옆에 도착한 진현은 자신도 모르게 감탄성을 터뜨렸다.

"아……."

"참 좋죠?"

그녀의 말처럼 정상에서 바라본 밑의 전경은 장관이었다. 올라오며 고생스레 흘렸던 땀이 하나도 시원하게 씻겨 나갈 정도로 가슴이 뻥 뚫렸다.

"이런 게 참 좋아서 저는 산에 가끔 와요. 특히 답답하거나 힘든 일이 있을 때. 물론 클럽도 가지만."

장난스레 웃더니 그녀가 조용한 목소리로 물었다.

"힘들죠, 미스터 김?"

"……!"

진현의 눈이 흔들렸다.

'힘드냐고?'

그는 애써 괜찮다고 생각했다. 좌절하긴 했으나 그의 잘못도 아니었고 어차피 인생이 끝난 것도 아니었으니까. 그러나… 정말 괜찮은 걸까? 진현은 속으로 씁쓸히 고개를 저었다. 대일병원에서 쌓아온 모든 것이 무너졌다. 그렇게 노력하며 열심히 살아왔으나 돌아온 것은 불명예스러운 의사 면허 정지였다.

그때 에이미가 손가락을 들었다.

"저기 보세요, 미스터 김."

"……?"

"저게 뭔지 아세요?"

한강 넘어 건물이 보였다.

"저건?"

"대일병원이에요."

이렇게 보니 참 조그마했다. 강남의 다른 오피스 건물에 가려 잘 알아보기도 힘들었다. 그리고 그녀는 다른 건물을 가리켰다.

"저건 뭔지 아세요? 한국대병원이에요. 저건 광혜병원, 저건 기독병원."

흔히 빅4라 불리는 한국 4대 병원이다.

"병원들은 왜……?"

"저 병원들은 한국에서 가장 큰 병원이에요. 그런데 이렇게 보니 참 조그맣지 않나요?"

"……!"

"국내 최고네 뭐네 하지만 이렇게 위에서 보면 저렇게 조그마해요. 옆에 오피스 건물들이랑 잘 구별도 안 될 정도로. 저 조그만 건물 안에서 다들 아웅다웅 다투고 하는 거예요. 네가 최고네, 내가 최고네 하면서. 그럴 필요가 뭐가 있나요?"

진현의 가슴이 흔들렸다.

"미스터 김, 하나 부탁이 있어요."

"무엇입니까?"

에이미는 담담히 말했다.

"저런 조그만 곳에서 잠깐 미끄러졌다고 낙담하지 마세요. 어차피 저런 우물은 당신이 머물 곳이 아니에요. 당신이 머물 곳은 저런 곳이 아닌 세계예요."

"……!"

"전 제가 아는 미스터 김을 믿어요. 당신은 충분히 그럴 능력이 있어요. 그러니 세계에서 최고가 되어주세요."

그녀의 위로와 믿음 섞인 격려에 진현의 마음이 먹먹해졌다.

"감사… 정말로 감사합니다."

그래, 저 조그만 대일병원에서 미끄러진 것 따위 뭐가 대수겠는가? 더 큰 세상으로 나아가자.

"그러면 미국으로 가실 거죠? 세인트죠셉병원에 연락할게요."

"네, 그렇게 하겠습니다. 다만 한 가지 조건이 있습니다."

"무엇이죠?"

진현의 얼굴이 굳어졌다. 세인트죠셉병원에 가는 것만큼 중요한 일이 하나 더 있었다.

"시간이 지난 뒤… 정식 교수로 자리를 잡는다면 최대한 빨리 한국 대일병원에 교환교수로 파견 올 수 있게 해주십시오."

"교환교수요?"

"네, 그 조건을 들어준다면 세인트죠셉병원과 계약하겠습니다."

"뭐, 어려울 것 없으니. 그렇게 해드릴게요."

이상민과 진현의 자세한 사정을 모르는 에이미는 의아한 표정을 지었다. 진현은 산 정상에서 대일병원 쪽을 바라봤다.

'기다려라, 이상민.'

에이미의 말처럼 세계 최고가 될 것이다. 그리고 세계 최고가 된 후 돌아와 그가 죗값을 치르게 할 것이다. 그렇게 진현의 미국행이 결정됐다.

# 세인트죠셉병원

진현은 미국 의사 면허 시험(USMLE) Step 1(기초), Step 2 CS, CK(임상)를 빠르게 패스했다. 의사도 영어는 필수라 지난 삶부터 영어 하나만큼은 완벽히 구사했던 진현이기에 Step 1, 2는 어렵지 않게 패스했다. 당연히 점수는 초고득점.

최종 단계인 Step 3은 도저히 일정이 나지 않아 미루었다. 어차피 의사로 일하는 데 필요한 자격 요건인 ECFMG certificate를 얻었기 때문에 세인트죠셉에서 일하는 데는 아무런 문제가 없었고, 세인트죠셉에서 일하며 내년까지만 따면 된다. 기타 비자나 여러 제반 문제는 세인트죠셉병원이 일괄적으로 해결해 주었다. 모르긴 몰라도 뉴욕 주지사라는 에이미의 친척의 도움도 꽤 있었던 것 같다.

"정말 감사합니다, 미스 엔더슨."

진현이 감사를 표하자 에이미는 표정 변화 없이 이렇게 말했다.

"아니에요. 미국 가면 꼬실 거라니까요? 밤에 조심하세요."

"……."

참 특이한 여자라고 진현은 생각했다.

'진담은 아니겠지.'

그는 혜미와도 작별을 준비했다. 그녀가 슬픈 얼굴로 말했다.

"이제 곧 떠나는 거지?"

"응, 미안."

그녀의 눈에서 눈물이 흘러내렸다. 진현과 떨어져서 살아야 하다니 상상도 하기 싫었다. 하지만 더 좋은 기회를 찾아 떠나는 그를 말릴 수는 없었다.

"미안. 기분 좋게 보내줘야 하는데 계속 눈물이 나오네. 흐윽, 앞으로 못 본다니 너무 슬퍼서."

오랜 짝사랑 끝에 이제서야 행복을 느끼고 있었는데, 미국이라니. 마음만 같아서는 같이 따라가고 싶었지만 혜미의 사정상 그럴 수는 없었다.

"흐윽, 가서 바람피우지 않을 거지?"

"응, 걱정하지 마. 메일이랑 전화 자주 할게. 휴가 때마다 돌아오고."

"꼭 그렇게 해야 해? 응?"

"응, 비행기 타면 하루면 올 수 있으니까."

진현은 계속 눈물을 흘리는 혜미를 가슴에 안고 달랬다. 한참을 눈물을 흘린 후 간신히 진정하자 진현은 혜미의 눈을 바라봤다.

"혜미야."

“응?”

“나 2년 뒤에 돌아올 거야. 대일병원에 교환교수로.”

“……!”

물론 그렇게 되기 위해선 진현이 그사이 세인트죠셉에서 확실히 자리를 잡아야 한다. 장담할 수 없는 일이었지만 진현은 반드시 그렇게 해낼 것이라 다짐했다.

“정말로 돌아올 거지?”

“응, 꼭 돌아올 거야. 이상민에게 죗값을 치르게 해야 하니. 그리고.”

그러면서 진현은 주머니에 보관하던 무언가를 꺼내었다.

“조금 이르긴 하지만…….”

“……!”

다이아몬드 반지였다. 혜미의 눈이 흔들렸다.

“뭐야, 이거…….”

“나 반드시 돌아올 거야. 그러니 그때 나와 결혼해 주지 않을래, 혜미야?”

진현은 머리를 긁적였다. 자신이 생각해도 낭만도 무드도 멋대가리도 뭣도 없는 최악의 프러포즈였다. 하지만 지금이 아니면 기회가 없었다.

“뭐야, 이게…….”

“좀 갑작스럽지? 형편없이 프러포즈해서 미안해.”

“바보, 진짜 바보.”

“싫어?”

혜미의 눈에 다시 눈물이 차올랐다.

"그럴 리가 없잖아, 이 바보야. 기다릴 테니 꼭 돌아와서 결혼해 줘. 안 돌아오면 정말 원망할 거야."

둘의 입술이 겹쳐졌다. 눈물에 젖은 아쉬움 가득한 입맞춤이었다.


그렇게 진현은 미국으로 출국했다. 어머니와 아버지는 아들이 미국에 가는 것을 아쉬워했지만 좋은 기회를 찾아가는 것이기에 마음을 달래며 축하해 주었다.

떠나기 전, 진현은 혜미를 걱정했다.

"이상민이 너한테 수작 부리면 어떻게 하지? 그냥 너도 나와 같이 미국으로 갈래?"

사이코패스에 가까운 이상민이 그녀에게 해를 끼칠까 안심이 되지 않았다. 하지만 대일병원에서 내과 수련 중인 그녀는 미국에 같이 갈 수 있는 사정이 아니었다. 오빠의 원수를 남겨두고 떠나고 싶지도 않고.

"할아버지가 적적하다고 계속 들어와서 살라고 해서 일단 할아버지 집으로 들어가려고. 그러면 위험하지 않을 거야."

할아버지, 대일그룹의 회장인 이해중을 뜻한다. 아무리 이상민이라도 이해중의 비호를 받는 그녀를 건드릴 수는 없을 것이다.

진현은 고개를 끄덕였다.

"그래, 금방 돌아올 테니. 조금만 기다려 줘."

"꼭. 꼭 돌아와야 해? 안 그러면 내가 간다?"

"응."

무조건 돌아와야 했다. 이상민의 죗값을 치르게 하기 위해서라도.

'이상민……'

미국으로 떠나는 비행기 안에서 진현의 눈이 가라앉았다. 이상민의 가면 같은 미소가 떠올랐다.

'조금만 기다려라.'

돌아와 죗값을 받게 할 것이다. 반드시! 그렇게 그는 다짐하고 또 다짐했다.

 

    \*        \*        \*

 

진현은 이전 삶을 포함해 해외에 나가본 적이 한 번도 없었다. 이전 환자 이송 때문에 잠깐 아랍에미리트에 간 적 있으나 공항에만 머물다 돌아와 실제로 타국을 방문했다고 하기는 그랬다. 그렇게 반도를 벗어나 본 적 없는 그에게 뉴욕의 국제공항 존 에프 케네디(JFK)공항의 전경은 압박을 주기 충분했다.

'여기가 미국, 뉴욕……'

다른 것보다 다양한 피부색의 사람들이 눈에 들어왔다. 굳은 다짐을 하고 왔으나 머나먼 이국땅에서 바글거리는 사람들을 보니 긴장이 안 될 수가 없었다.

'아무래도 처음에 텃세나 차별이 있겠지?'

자유의 나라, 평등의 나라라 그러지만 인종에 대한 차별이나 부조리가 없을 리가 없다. 실제로 상류 사회로 진입할수록 인종에 대한 차별은 깊어진다.

특히 의사는 미국 시민권자들 사이에서도 최고로 선망받는 직업이다. 의학전문대학원에 진학하기 위해 각 명문대의 수석들이 얼마나 피나는 경쟁을 하는지 모른다. 더구나 진현이 전공하는 외과(General surgery)는 한국과 다르게 높은 봉급과 대우로 넘버 톱의 인기 전공이어서 백인, 그중에서도 상류층의 앵글로색슨족이 독점하다시피 한다. 그런 곳에 비시민권자 동양인이 어마어마한 대우를 받고 들어가니 무턱대고 환영할 거라 기대하면 바보였다.

'괜찮아.'

그러나 진현은 고개를 저었다. 긴장이 안 된다면야 거짓말이지만 상관없었다. 무슨 난관이 있더라도 다 극복할 것이다.

'혜미……'

그는 한국에 남겨둔 연인을 떠올렸다. 벌써 그녀가 보고 싶었다. 그러면서 동시에 떠오르는 인물, 이상민. 분노가 솟구치며 주먹을 움켜쥐었다. 그런데 그때 입국 심사대에서 흑인 여성이 무뚝뚝하게 말했다.

"Korean? 비자."

진현은 여권과 비자를 건네었다. 전문적인 지식으로 미국에서 일할 것임을 증명하는 H—1B 비자로 에이미의 도움으로 손쉽게 구할 수 있었다.

"Okay, 지나가세요. 다음 사람!"

입국 심사대를 통과해 밖으로 나오니 방금 전과는 비교도 안되는 전경이 눈에 들어왔다.

진현은 눈을 껌뻑거렸다.

'맨해튼으로 가야 하는데. 어떻게 가야지? 메트로(Metro)를 타면 되나?

그런데 그때 생각지도 못한 목소리가 들렸다.

"…김!"

"……?!"

"미스터 김!"

날 부르는 건가? 익숙한 목소리에 고개를 돌리니 검은 머리의 푸른 눈을 가진 미녀가 진현에게 손을 흔들고 있었다. 에이미였다.

"아, 미스 엔더슨. 어떻게 여기를?"

"미스터 김 마중 왔죠. 뉴욕에 오신 걸 환영해요."

회색 트렌치코트를 걸친 그녀의 자태는 완벽한 뉴요커였다.

"오느라 고생했죠?"

"아닙니다. 그런데 회사 일이 바쁜 것 아니었습니까?"

에이미는 진현 덕분에 성공한 프로젝트들로 헤인스 뉴욕 본사의 이사로 승진한 상태다. 그런데 발령 난 지 얼마 안 돼서 한창 바쁠 텐데?

"미스터 김을 빨리 보고 싶어서 왔죠."

진현은 웃으며 말했다.

"농담 마십시오."

"농담 아닌데요?"

"네?"

진현은 잘못 들었나 반문했다. 하지만 에이미의 무뚝뚝한 얼굴은 조금의 변화도 없었다.

"이쪽으로 오세요. 업타운(Uptown)으로 가요."

그들은 에이미의 크라이슬러를 타고 뉴욕의 도로를 갈랐다. 창문 사이로 바람을 맞으며 에이미가 물었다.

"뉴욕은 처음이죠?"

"네."

"어떤가요? 세계 최고의 도시에 온 소감이."

"글쎄요. 얼떨떨하군요."

"금방 익숙해지실 거예요. 개인적으로 전 뉴욕보단 서울이 더 살기 좋더라고요. 유흥 문화도 좋고, 치안도 좋고."

헤인스의 대표이사의 친척인 에이미가 한국지부로 갔던 것은 본인의 자원 때문이었다. 그녀는 그만큼 한국을 좋아했다.

"치안이 안 좋으니 꼭 조심하세요. 한국처럼 생각하면 안 돼요."

"치안이 그렇게 안 좋습니까?"

"당연하죠. 여자 같은 경우엔 대낮에 혼자 조깅하다가 강간당하기도 하는걸요. 밤 10시 넘어서 나갈 거면 꼭 현금으로 20달러 이상 갖고 있어야 해요. 안 그러면 줄 돈이 없어서 총 맞아요. 아, 강도한테 돈 줄 땐 꼭 손으로 주지 말고 턱짓만 하세요. 손을 주머니에 가져가면 총 꺼내는 줄로 오해받아 죽을지도 몰라요."

"……."

진현은 입을 다물었다. 치안이 안 좋다 듣기는 했지만 생각보다 더 심하지 않은가?

"치안이 정말 그렇게 안 좋습니까?"

그의 굳은 표정에 에이미는 살짝 웃었다.

"당연히 과장이죠. 설마 전부 믿은 거예요?"

"……."

뭐야?

"뉴욕도 이전보단 치안이 정말 많이 좋아졌어요. 특히 미스터 김이 거주할 맨해튼은 뉴욕에서 가장 괜찮은 편이니 너무 걱정은 안 해도 돼요. 하지만 그래도 한국의 서울처럼 생각하면 안 되고 꼭 조심은 해야 해요. 늦은 밤 인적 없는 골목길에 들어가는 것은 꼭 피하고요."

미국도 지역마다 치안이 천차만별이다. 해 지면 집 밖으로 절대 나가면 안 되는 곳이 있는 반면, 맨해튼은 미국 내에서도 가장 안전한 편에 속했다.

"네, 감사합니다."

퀸즈(Queens) 지역을 통과하며 이런저런 주의 점을 듣다 보니 영화에서 자주 본 다리가 나타났다. 그리고······.

"아······."

"맨해튼이에요."

다리 끝, 고층 빌딩이 끝없이 늘어선 섬이 나타났다. 마천루들의 스카이라인을 본 진현은 감탄을 터뜨렸다. 맨해튼. 세계의 중심인 곳으로 세인트죠셉병원은 그 맨해튼에서도 중심, 업타운에 위치해 있었다.


병원을 방문하기 전 먼저 짐을 풀기 위해 진현은 미국에서 머물 숙소로 향했다.

"이쪽으로 오세요."

에이미는 병원 근처의 고층 건물로 진현을 안내했다. 낡은 건물이 많은 업타운 내에서 눈에 띄게 깔끔한 최신식 건물이었다.

"여기가 미스터 김의 숙소예요."

문을 여니 작지만 깔끔한 오피스형 주거 공간이 나타났다. 에이미는 미안한 얼굴로 말했다.

"좀 작죠?"

"아닙니다."

진현은 고개를 저었다. 맨해튼의 월세는 상상을 초월한다. 특히 업타운은 한국의 강남, 그중에서도 청담, 논현동 같은 곳으로 집세가 상상도 되지 않았다. 그런데 아직 정식 교수도 아닌 레지던트에 불과한 자신에게 작으나마 최신식 숙소를 얻어주다니. 엄청난 배려였다. 분명 에이미가 신경 썼으리라.

"신경 써주셔서 감사합니다."

"아니에요. 이번 연도에 실적을 인정받고 내년에 정식으로 계약을 체결하면 더 좋은 집을 받을 수 있을 거예요."

"네."

아직 진현은 정식으로 세인트죠셉병원에 임용된 것이 아니었다. 이번 연도의 실적에 따라 채용 여부가 결정될 것이다.

"정식 근무는 아직 시간이 남아 있어요. 그 전에 병원장(President)과 외과 과장(Chairmain)한테 인사를 하고 병원 분위기에 익숙해지면 될 거예요. 한국이랑 아무래도 시스템적인 면에서 다르니까."

"네, 감사합니다."

그런데 에이미가 주저하더니 말했다.

"저, 미스터 김?"

"왜 그러십니까?"

"처음에 좀 힘들 수도 있어요."

"네?"

"그러니까… 음, 미스터 김을 스카우트하려 할 때 반대가 많았거든요. 어마어마한 실적을 낸 천재라도 시민권자도 아닌 동양인을 받을 수 없다고. 병원장인 작은아버지야 제 이야기를 들어 미스터 김의 가치를 정확히 알고 있지만 다른 사람들은 아니니까."

진현은 에이미의 말뜻을 이해했다.

"그리고 세인트죠셉은 병원 위치상 아무래도 까다로운 백인 상류층이 많이 오니 처음에 힘들게 할 수도 있어요."

그것도 이해했다. 위치가 맨해튼 업타운, 한국으로 치면 강남, 청담동이니 환자군이 만만치는 않을 것이다. 쉽지 않은 길이 예상되었지만 진현은 고개를 저었다. 어차피 다 각오하고 있던 바였다. 아시아 끝의 작은 나라에서 온 동양 청년이 세계 최고의 병원에서 쉽게 인정받을 수 있을 리 없지 않는가?

진현은 연이은 배려에 감사를 표하며 말했다.

"신경 써주셔서 감사합니다. 그래도 저는 괜찮습니다."

그래, 괜찮다. 다 극복할 수 있으니까. 아니, 반드시 극복하고 말 것이니까.


감사의 표시로 진현은 에이미에게 고급 레스토랑에서 식사와 와인을 대접했다. 놀랍게도 그녀는 그와 같은 건물에 살고 있었다. 그것도 꼭대기의 펜트하우스에. 우연인지 아니면 일부러 같은 건물로 잡은 것인지 헷갈려할 때 그녀가 말했다.

"일부러 저랑 같은 건물로 잡았어요. 꼬시려고. 밤에 조심하세요.”

“…….”

그러면서 살짝 웃음을 흘리고 사라지는 그녀였다. 늘 그렇지만 농담인지 진담인지 구별이 안 된다.

‘내일부터 병원에 가는구나.’

침대에 누워 잠을 청하는데 싱숭생숭 잠이 오지 않았다. 핸드폰 메시지로 혜미가 보낸 문자들이 도착해 있었다.

[진현아, 잘 도착했어? 걱정되니 조심하고. 사랑해.]

진현은 슬쩍 웃었다. 그도 문자를 보냈다.

[응, 나도 사랑해.]

[보고 싶어.]

짧지만 마음이 담긴 메시지. 혜미의 얼굴이 선연하게 떠올랐다. 그도 그녀가 보고 싶었다.

[응, 나도. 보고 싶어. 사랑해.]

*　　　*　　　*

다음 날, 진현은 세인트죠셉병원에 처음으로 출근했다.

‘여기가 세인트죠셉…….’

병원 건물의 크기 자체는 대일병원과 큰 차이는 없었다. 오히려 외관을 보면 대일병원보다 낡은 느낌이 강했다. 그러나 그것은 낡음보단 역사와 전통으로 실질적 내실은 대일병원과 비교하기 어려웠다.

첫 일정은 병원장과의 면담이었다. 진현은 옷매무새를 가다듬으며 대기실에서 기다렸다.

"닥터 김? 안으로 들어오시겠어요?"

중년의 비서가 그를 안내했다. 맨해튼의 유일한 오아시스, 센트럴 파크가 내려다보이는 널찍한 방에 병원장이 앉아 있었다.

"어서 오세요, 닥터 김. 세인트죠셉에 온 것을 환영합니다."

병원장 제임스는 당당한 풍채의 중년 백인 남성으로 활달하고 사교적인 인상이다. 얼굴선에서 얼핏 에이미와 닮은 면이 있는 것 같기도 하다. 자리에서 일어난 그는 환하게 웃으며 진현을 환대했다.

"도대체 동양의 어떤 괴물이 1년 만에 세계 3대 저널에 4편의 논문을 기재했는지 궁금했는데, 잘생긴 소년이었군요?"

"감사합니다."

제임스는 씽긋 웃으며 물었다.

"그런데 스무 살은 넘은 거죠? 동양 청년들은 원체 나이가 어려 보여서."

"넘었습니다. 스물여덟… 아니, 미국식으로 스물일곱입니다."

"스물일곱이요? 전혀 그렇게 안 보이는데……."

진현은 곤란한 마음이 들었다. 원래 동양인들은 백인들에 비해 훨씬 어려 보이는데, 진현은 그중에서도 특히 동안이다. 물론 한국에선 진중한 태도와 세월이 담긴 깊은 눈빛 때문에 외모로 그를 무시하는 사람은 없었지만 미국에선 지내봐야 알 일이다.

"앉으세요. 만나서 정말 반가워요."

원목 탁자를 사이에 두고 가죽 소파에 앉으니 비서가 마실 것을 내왔다. 진현이 싫어하는 검은 물, 원두커피였다.

"뉴욕에는 처음이시죠?"

"네."

이런저런 가벼운 이야기를 짧게 나눈 후, 병원장 제임스는 계약 이야기를 꺼냈다.

"개인적으로 저는 닥터 김이 저희 스카우트 제의를 받아줘서 정말 기뻤어요. 닥터 김이 저희 세인트죠셉에 와주길 간절히 바랐었거든요."

그 말에 진현은 살짝 의아한 마음이 들었다. 어쩌다 자신이 의도치 않게 대단한 실적을 내긴 했지만 세인트죠셉은 세계 최고의 병원 중 하나이다. 그런 만큼 이름만 대면 알 수 있는 대가가 무수히 많았다. 각 분야에서 전 세계에 통용되는 의학 교과서를 집필, 편찬하는 세계 최고의 대가도 다수 있었다. 그런 세인트죠셉이 왜 자신을 간절히 바라지?

진현의 의문을 눈치챈 듯 제임스는 부드럽게 미소를 지었다.

"헤인스와의 프로젝트 해결 때 보여줬던 천재성 때문이에요."

"……!"

"단순히 우수 저널에 여러 편의 논문을 기재한 것이 중요한 게 아니에요. 물론 논문 실적만으로도 기함할 만한 수준이긴 하지만 그것보다 더 중요한 것은 닥터 김이 가지고 있는 크레이지한 재능이에요."

제임스는 커피를 한 모금 마셨다.

"존스홉킨스나 메이요, 엠디앤더슨 등은 닥터 김의 이런 능력을 몰라요. 그래서 스카우트 제의를 하지 않았죠. 저도 처음 헤인스의 프로젝트 논문들에 닥터 김의 이름이 계속 실리는 것을 보고도 큰 생각을 하지 않았어요. 대부분을 헤인스가 처리하고 일부만 도와줘 이름을 올렸겠지라고 생각했죠. 물론 그것만으로도 대단한 거긴 하지만요."

다국적 제약회사와 합작해서 내는 논문들이 대개 그렇다. 제약회사에서 대부분의 아이디어를 내고, 스터디를 디자인하지만 의사는 큰 역할이 없는 경우가 많다. 그러면서도 1저자나 교신저자에 유명 대가의 이름을 넣는 것은 이름값을 빌리기 위해서다.

"그러다 에이미에게 우연히 이야기를 듣고 깜짝 놀랐어요. 그 프로젝트들의 핵심은 모두 닥터 김의 아이디어이고 스터디 디자인도 모조리 닥터 김이 고안했다고."

맞는 말이다. 그런 핵심적인 일들을 했기에 레지던트에 불과한 그가 논문에 단독 1저자 혹은 공동 1저자로 이름을 올릴 수 있었던 것이다.

"믿을 수 없는 일이었어요. 우리 세인트죠셉의 이름 높은 교수들도 하기 어려운 일을 동양의 일개 레지던트가 해내다니. 그것도 1년 사이에 4개나!"

제임스는 흥분하여 과장된 제스처를 취했다.

"그러면서 이런 의문이 들더라고요. 열악하기로 유명한 한국의 레지던트 환경에서도 이런 성과를 냈는데, 만약 좋은 환경이라면 어떤 성과를 낼까? 그런 생각이 드니까 굉장히 초조해졌어요. 존스홉킨스나 메이요, 엠디앤더슨 같은 곳에서 먼저 채 가면 안 되는데."

그제야 진현은 어째서 세인트죠셉이 엄청난 혜택을 주면서까지 자신을 스카우트한 것인지 알 수 있었다.

'다른 병원에서 채갈까 봐 좋은 조건으로 스카우트했다니. 나야 고맙지만 부담되는 평가군.'

그러나 그건 진현의 겸손한 생각일 뿐이었다. 진현이 헤인스와 해낸 일들은 그야말로 미라클(Miracle), 기적에 가까운 것이었기 때문이다. 그런데 한창 진현을 극찬하던 제임스가 서류를 내밀었다.

"이게 무엇입니까?"

"저희 세인트죠셉과 닥터 김의 계약서예요. 에이미를 통해 다 검토해 봤지요?"

진현은 고개를 끄덕였다.

'검토를 하느라 고생 좀 했지.'

계약서는 한국어로 된 것도 검토하기 어렵다. 온갖 법률 용어가 난무하는 영문 계약서는 미 시민권자도 정확한 의미를 해석하기 어렵기 때문에 국제 변호사를 통해 꼼꼼히 살폈다.

"뭐, 다 봤겠지만 요지는 하나예요. 지금은 임시 채용이고 1년 간의 진료, 학문 실적을 통해 정식 교수 채용을 결정하겠다는 것. 약속된 40만 달러의 연봉은 실적에 따라 변동할 거예요."

"네, 알고 있습니다."

"그러면 앞으로 수고해 주세요. 개인적으로 닥터 김의 활약을 굉장히 기대하고 있답니다. 꼭 잘해주세요."

진현은 고개를 끄덕였다. 그러면서도 병원장의 말에 담긴 행간(行間), 숨은 뜻을 놓치지 않았다. 그는 허황된 장밋빛 미래를 꿈꾸는 바보가 아니었다.

'1년 동안 어마어마한 실적을 쌓아야겠지.'

동양의 별 볼 일 없는 청년이 레지던트를 조기 수료 후 세계 최고의 병원에서 정식 교수 발령과 더불어 거액의 연봉을 받는다? 그런 말도 안 되는 혜택을 받으려면 그에 맞는, 아니, 능가하는 실력과 실적을 증명해야 했다. 하지만 상관없었다.

'여기까지 온 이상 멈추지 않겠어.'

최선을 다할 것이다. 그래서 최고가 되어 한국으로 돌아갈 것이다.


"제너럴 서저리에서 근무를 할 것이니 체어맨(과장)께 인사를 드리도록 하세요. 제너럴 서저리의 체어맨도 같은 동양인이니 잘해주실 거예요."

제너럴 서저리의 체어맨, 즉 외과 과장은 동양인, 그것도 한국인으로 진현도 아는 인물이었다. 정길수. 진현의 모교인 한국대를 졸업 후 한국대 교수로 재직하다 탁월한 연구 실적에 세인트죠셉에 스카우트되어 온 대가(大家)였다. 동양인은커녕 미 시민권자 흑인도 한 명도 없는 세인트죠셉의 외과에서 과장이 되었다는 것은 그가 얼마나 뛰어난 실력을 가지고 있는지를 보여주었다.

"알겠습니다. 열심히 하겠습니다."

한국인 특유의 예의 바른 인사에 제임스는 미소를 지었다.

"네, 수고해 주세요."

그런데 진현이 나가자 제임스의 미소가 사라졌다.

"후우……."

그는 피로한 얼굴로 비서에게 물었다.

"미셸, 담배 한 대 피워도 되나요?"

"병원 전체 금연 구역인데요. 벌금 내실 거면 피워도 돼요."

융통성 없는 말에 병원장 제임스는 투덜거렸다.

"아니, 누가 그런 쓸데없는 규칙을 정한 거야? 미셸만 눈감아 주면 되잖아요?"

"제 입막음비는 벌금보다 더 비쌀 텐데요."

젠장, 고지식한 아줌마 같으니라고. 아무래도 다음엔 섹시한 여비서로 바꾸어야겠다. 물론 농담으로, 미셸의 일처리는 너무나 뛰어나서 도저히 다른 사람이 대체할 수가 없었다. 제임스가 서류를 펼치는데 미셸이 물었다.

"그대로 두어도 될까요?"

"뭘요?"

"코리아에서 온 닥터 김이요."

제임스는 답하지 않았다.

"배려를 해주지 않으면 분명 적응에 문제가 있을 겁니다."

뚜렷이 나뉘는 것은 아니지만 미국 의사 사회도 계층이 존재한다. 특히 외과는 부동의 연봉 1위로, 미국 의사들 사이에서 가장 선망받는 전공이다. 세인트죠셉의 외과는 애초에 레지던트를 선발할 때 미 시민권자, 그중에서도 백인이 아니면 받지를 않는다. 그런 곳에 동양인 청년이 엄청난 혜택을 받으며 들어왔으니 환영받을 리가 없다. 그러나 제임스는 고개를 저었다.

"저도 그게 걱정이긴 한데, 그건 닥터 김이 스스로 극복해야 할 문제예요."

그러면서 그는 생각했다.

'그 정도를 극복하지 못한다면 어쩔 수 없는 일이지.'

김진현이 자신이 생각하는 그런 존재라면 이 정도는 스스로 극복할 것이다. 만약 진현이 1년 동안 자신의 기대에 미치지 못한다면?

'그러면 쫓아내야지.'

제임스의 눈이 가라앉았다. 앞으로의 모든 것은 진현의 손에 달려 있다.

'미라클 김이라……'

그의 조카 에이미는 닥터 김을 부를 때 종종 '미라클 김'이란 호칭을 썼다. 저 동양의 어린 청년이 정말로 미라클을 일으키는 '미라클 김'일지 아니면 쭉정이일지는 지켜보면 알 일이다.


그때, 진현은 세인트죠셉의 외과 과장 정길수를 만나고 있었다. 날카로운 인상의 정길수는 나이 지긋한 외과의사였다. 대충 강민철이나 이사장 이종근과 비슷한 연배로 보였다.

'셋 다 한국대 출신인데 설마 동기는 아니겠지?'

이사장 이종근을 떠올리니 기분이 나빠졌다. 재빨리 생각을 지우며 한국어로 인사했다.

"김진현입니다. 열심히 하겠습니다."

그런데 정길수가 무뚝뚝한 얼굴로 답했다.

"여긴 한국이 아니야. 영어로 말하게."

"……!"

동향 사람을 만났다는 반가움이 단번에 사라지는 대답이었다.

"한국에선 간 파트였다고?"

"네."

"그래, 열심히 하게."

나가보란 뜻이었다. 짧은 인사 후 진현은 과장실을 나왔다.

'뭐야.'

특별한 배려를 기대했던 것은 아니지만 상상외의 냉담함이다.

'뭐, 상관없지.'

진현은 고개를 털고 외과 의국 쪽으로 향했다. 한편 진현이 나간 후, 외과 과장 정길수는 무감정한 얼굴로 컴퓨터 모니터를 바라보며 중얼거렸다.

"김진현이라……."

＊　　　＊　　　＊

"한국에서 왔다고? 외과 전공?"

한국과 미국 병원 체계는 쌍둥이처럼 흡사하다. 애초에 미국을 모델로 세운 체계이기 때문이다. 외과의 치프인 마이클이 진현을 위아래로 훑어보았다.

'너무 어려 보이는데? 실습 나온 의대생 같잖아. 의사가 맞긴 한 건가?'

그는 진현이 마음에 들지 않았다.

'동양 원숭이 따위가 우리 병원 외과에 들어오다니.'

마이클은 스탠포드 생물학과를 수석 졸업 후, 아이비리그에 속하는 코넬 의학전문대학원을 최상위권으로 수료한 뛰어난 인재였다. 그리고 그건 마이클뿐 아니라 다른 외과 레지던트들도 마찬가지였다. 세인트죠셉 외과는 최고 중의 최고가 아니면 발을 디딜 수가 없었다. 그런 성역에 동양 원숭이가 들어오다니. 그것도 실적에 따라 내년에 교수 임용? 말도 안 된다. 물론 외과 과장인 닥터 정은 동양인이긴 했지만 그것과는 달랐다. 닥터 정은 동양인이라고는 생각하기 어려운 최고의 실력을 가지고 있었으니까.

'젠장, 동양 원숭이 따위를.'

뿌리부터 백인 우월주의자인 마이클은 속으로 욕설을 삼켰다. 그래도 교양 있는 상류 지식인답게 시비를 걸거나 하진 않았다.

"익숙하지 않을 테니 처음에는 그냥 돌아다니면서 모자란 부분을 익혀."

"어느 파트를 로테이션하면 되겠습니까?"

"그냥 네가 모자라다고 판단되는 파트에 가서 배워."

그걸로 끝이었다. 시스템이 다르니 익숙해지기 전에 배우는 기간이 필요한 것은 사실이지만 어느 교수, 어느 파트에서 익히란 지시도 없었다.

'곤란하군.'

그러나 꼬인 얼굴의 마이클에게 뭔가를 더 부탁할 수도 없었다.

'알아서 해야지.'

이런 반응 따위 예상 못 한 바 아니었다. 자리를 잡기 전 거쳐야 할 신고식이나 다름없었다.

'어차피 지식이 부족한 것은 아니니까.'

연구 수준의 차이가 있을 뿐, 한국이라고 미국에 비해 의학 수준이 뒤떨어진 것은 아니다. 미국에서 연구 결과가 발표되면 1초도 안 되어 한국의 인터넷에서 확인할 수 있고 중요한 내용은 즉각 진료에 반영한다.

오히려 지난 삶에서 10년 뒤의 의학 지식까지 모조리 알고 있고, 회귀 후 피나는 노력을 한 그가 미국 의사들보다 지식적으로 우위에 있었다.

'터치 안 하면 나야 편하지.'

그렇게 진현은 마음 편히 병원을 돌아다니며 시스템을 숙지했다.

'한국과 큰 차이는 없어. 큰 차이는 없지만 한국보다 훨씬 돈을 많이 받고 환자를 훨씬 조금 보는군.'

한국에서 대장내시경 가격이 한 번 하는 데 10만 원가량 하는 것에 비해 여기는 1,000만 원이다. 진료 컨설트 가격이 한국은 만 원이라면 여기는 300만 원. 이런 식으로 의료 비용이 말도 안 되게 차이 났다. 더구나 레지던트가 5명의 입원 환자로 힘들다고 징징대는 모습은 문화적 충격이었다.

'한국에선 입원 환자 40명도 우습게 보는데.'

진현이 대단해서가 아니라 한국의 레지던트 현실이 그렇다. 그러다 보니 확실히 질 좋은 의료 서비스 제공이 가능했다.

'물론 돈 있는 사람한테만 좋은 시스템이지만. 돈 없으면 병원에 발도 못 디디니. 돈 있는 사람과 의사만 좋은 시스템이군.'

값비싼 의료비 덕분에 상상도 못 할 숫자의 사람이 의료 혜택을 받지 못하는 것을 감안하면 마냥 좋은 시스템은 아니다.

'사실 여러 사람에게 혜택이 돌아가는 공공성을 생각하면 우리나라 시스템이 나쁘지 않은 편이긴 하지.'

그렇게 여러 사항을 숙지하며 시간이 흘렀다.

그런데 문제가 생겼다. 이제 슬슬 진료를 시작할 때인데 외과 측에서 그에게 아무런 업무도 주지 않았던 것이다.

진현이 치프에게 물었다.

"저는 어느 파트에서 진료를 시작하면 되는 것입니까? 원래의 서브 스페셜(세부 전공)인 간 파트에서 일을 하면 됩니까?"

하지만 치프 마이클은 고개를 저었다.

"좀 더 기다려."

"아직도 말입니까?"

"벌써 진료를 시작하기 이르잖아. 좀 더 업무들을 숙지해."

하지만 진현은 그런 이유가 아니란 느낌이 들었다. 마이클의 아니꼬운 눈초리가 그 사실을 증명했다. 그의 눈은 이렇게 말하고 있었다.

―너 같은 동양 원숭이가 감히 어딜?

진현은 주먹을 움켜쥐었다.

"이미 업무는 충분히 숙지했습니다. 파트를 배정해 주십시오."

진현의 굳은 목소리에 자연 마이클의 얼굴도 딱딱해졌다.

"이봐, 미스터 김. 난 사실 의심이 돼."

"뭘 말입니까?"

"아시아 끝의 촌구석 의대에 딸랑 졸업해 놓고 제대로 진료할 수 있을지 말이야. 넌 모르겠지만 우리 세인트죠셉에 오는 환자는 대부분 상류층으로 조그만 실수도 용납되지 않아. 코리아에서 제대로 수술을 해본 적이나 있나?"

그 말에 진현은 기가 찼다. 지난 삶을 포함해 15년이 넘는 세월을 수술장에서 보낸 진현이다. 그리고 미국은 한 의사당 보는 환자 수가 적고 수술 횟수도 적다. 미국 의사들이 한국에서 공장 돌아가듯 밤새워 가며 수술하는 것을 보면 기절할 것이다.

'너보단 내가 최소 100배는 넘게 집도해 봤겠다.'

틀린 생각이 아니었다. 아니, 미국의 문화적 특성상 저 오만한 백인은 실제 수술을 집도해 본 경험이 없을지도 몰랐다. 따라서 실제 수술 능력을 따지면 진현의 압승일 것이다. 그러나 그런 사실을 상상도 못 하는 마이클은 거만한 말투로 말했다.

"그러니 건방 떨지 말고 좀 더 배우며 대기하고 있어!"

그렇게 대화가 끝났다. 진현이 사라진 후, 둘의 대화를 지켜보던 동료가 마이클에게 말했다.

"마이클, 그렇게 대해도 되겠어?"

"뭐가?"

"그래도 제임스 병원장이 상당히 공을 써서 데려온 거라던데. 병원의 지주회사 중 하나인 헤인스와도 연이 있다는 이야기도 있고. 만약 내년에 정말로 정식 교수로 임용되면 우리보다 높은 직급이 돼."

마이클은 코웃음 쳤다.

"나도 알아. 하지만 저 동양 원숭이가 내년에 병원에 남을 일은 없을 거야."

"어째서?"

"실적이 있어야 남지."

마이클은 의기양양하게 말을 이었다.

"진료 실적, 학문 실적 모두 혼자 쌓을 수 있는 것이 아니야. 팀으로 해야지."

동료는 마이클의 말을 이해했다. 수술을 비롯한 진료야 당연히 혼자 할 수 있는 것이 아니고, 논문 실적도 마찬가지다. 훌륭한 지도 교수와 팀이 없으면 제대로 된 연구를 진행하는 것이 불가능했다.

"내년에 저 동양 원숭이는 모국으로 돌아갈 거야. 뭐, 1년 최첨단 의학을 경험하며 뉴욕 관광한 셈 치면 되니 저놈한테도 손해 보는 일은 아니겠지."

그렇게 말한 마이클은 기분 좋게 웃었다.


마이클과 대화를 마친 진현은 한숨을 내쉬었다.

'하아.'

어차피 텃세야 예상은 하고 있었지만 실제로 당하니 기분이 무척 나빴다.

'날 따돌리겠단 거지? 좋아, 해보자고.'

진현은 마음을 다잡았다. 따돌림? 실력으로 깨부수면 된다. 일반적으로 불가능한 일이지만 진현은 충분히 가능했다.

'차라리 잘됐어. 어차피 연구 실적을 쌓아야 하니 지금 쌓자.'

따돌림당하는 덕분에 시간이 남아돌았다. 24시간 모두 자유 시간이었다.

'따돌리면 내가 논문을 못 쓸 줄 알았지?'

물론 좋은 논문을 쓰려면 팀을 이루어야 한다는 마이클의 생각은 틀린 것은 아니다. 의학 연구 중 최고의 가치로 인정받는 대규모 전향적 연구(Randomized prospective study, Randomized controlled trial)는 대가 밑에서 팀을 이루지 않는 한 시도조차 할 수 없으니까. 그러나 의학 연구의 종류 중 대규모 전향적 연구만큼 인정받는 연구가 있었다.

'메타 분석을 하면 돼.'

메타 분석(Meta analysis)! 지금까지 발표된 연구 결과들을 고찰, 종합하여 작성하는 논문으로 인터넷이 되는 컴퓨터만 있으면 혼자서라도 작성할 수 있다. 단 기존 연구를 고찰, 종합해야 하기 때문에 각 분야를 아우르는 탁월한 식견, 패러다임을 뛰어넘는 아이디어가 필요하다. 즉, 웬만한 전문가는 시도도 못 하는 영역이다.

'그러나 난 할 수 있어.'

진현의 머릿속에는 향후 10년이 넘는 세월 동안 세계적인 대가들이 작성한 메타 분석이 모조리 담겨 있었다. 즉, 커닝 페이퍼가 있는 것이다.

'머릿속에 있는 것을 옮겨 적기만 하면 돼. 식은 죽 먹기보다 쉬운 일이야.'

미래에 그 논문들을 작성할 대가들에게 미안한 일이지만 어쩔 수 없었다.

'NEJM, 자마(JAMA), 란셋(Lancet)에 기재된 메타 분석 위주로 작성하자.'

그는 최근 몇 년 사이 세계 3대 의학 저널에 기재되었던 메타 분석들을 떠올렸다. 의학 교과서와 가이드라인을 바꿀 만큼 원체 유명하고 대단한 연구들이라 지난 삶에서 숱하게 공부해 기억에 똑똑히 남아 있었다.

진현은 컴퓨터를 붙잡고 의학 데이터베이스에 접속했다.

'두고 보자.'

백인들의 기분 나쁜 차별에 그는 독하게 마음먹었다.

'본때를 보여주겠어.'

그리고 그렇게 결심한 진현은 밥도 안 먹고, 잠도 안 자며 논문을 작성해 나갔다. 그렇게 두 달의 시간이 지나자 진현이 작성한 논문의 수는 무려 7편. 그러나 진현은 메타 분석으로 만족하지 않았다. 넘치는 시간을 이용해 헤인스의 에이미와 접촉해 프로젝트들을 진행했다. 이전과 마찬가지로 각 프로젝트의 문제점을 짚어주고 스터디 디자인을 해주는 방식이다. 이미 진현이 하는 조언의 가치를 알기에 헤인스는 건당 어마어마한 보수를 제공했다.

─마이더스의 손, 김진현!

김진현이 손을 대는 프로젝트마다 대박이 터지니 헤인스 내에서 붙은 별명이었다. 마이더스의 손, 김진현의 소문은 금세 미국의 제약업계로 퍼져 많은 제약회사가 그에게 프로젝트를 제안했다.

진현은 그 프로젝트들을 거절하지 않았다.

'돈도 벌고 실적도 쌓고.'

그는 어마어마한 보수를 받으며 프로젝트를 해결해 갔다. 그렇게 미국으로 온 지 얼마 되지도 않아 통장이 넘칠 듯이 돈이 쌓여갔다.

'이러다 금방 100억대 부자가 되겠군. 혜미와 결혼하러 돌아가면 건물부터 알아봐야겠어.'

그렇다고 해서 그가 미래를 바꿀 정도의 도움을 주는 것은 아니다. 어차피 도움을 주지 않아도 시간이 지나면 알아서 해결될 프로젝트들이었으니까.

'실패할 프로젝트는 나도 답을 모르니.'

그러니 진현은 미래에 어차피 성공할, 답을 아는 프로젝트만 계약했다. 그것만 해도 상당한 숫자여서 바닥에 떨어진 금을 줍는 느낌이었다.

그렇게 따돌림을 당하는 몇 달 사이, 진현은 어마어마한 일들을 해냈다. 세인트죠셉병원에 전설처럼 내려오는 '미라클 김'의 이야기의 시작이었다.

*　　　*　　　*

얼마 지나지 않아 세계 3대 학술지인 NEJM, 자마(JAMA), 란셋(Lancet)을 포함한 유수의 학회들에서 세인트죠셉으로 빗발치듯 문의가 쇄도했다. 모든 학회의 문의는 동일했다.

─닥터 김이란 동양인이 도대체 누구입니까?

NEJM에 2편, 자마에 2편, 란셋에 1편. 그뿐 아니라 3대 학술지 바로 밑의 등급이자 해당 분야 최고 학술지인 헤파톨로지(Hepatology) 등에도 여러 편 있었다.

"마, 마이클… 이 동양인……."

세인트죠셉의 외과 치프 중 한 명인 존이 떠듬떠듬 말했다. 유구한 세인트죠셉병원의 역사, 아니, 미국 전체의 역사에서도 전례를 찾을 수 없는 연구 실적이었다.

"내가 지금 꿈을 꾸고 있는 것은 아니겠지? 이게 인간의 탈을 쓰고 해낼 수 있는 일인가?"

진현을 차별하는 데 앞장을 섰던 마이클도 도무지 이 상황이 믿기지 않는 것은 마찬가지였다.

존이 물었다. 도저히 믿을 수 없다는 목소리였다.

"누군가 도와주고 있는 건가? 그렇지 않으면 말이 안 되는데……."

같은 동양인이니 외과의 책임 과장인 정길수가 도와준 것일지도 몰랐다. 아니, 하지만 그렇다 해도 말이 안 된다. 진현이 두 달 동안 낸 실적은 동양의 천재라 불리는 정길수의 1년 실적의 5배가 훌쩍 넘는 어마어마한 성과였다.

그는 고개를 절레절레 저었다.

"더구나 전부 메타 분석이야. 이거 정말 인간이 맞는 거야?"

메타 분석은 해당 분야를 통찰하듯 꿰뚫지 않으면 접근도 하기 어려웠다. 그런 메타 분석을 두 달 사이에 7편이라니? 더구나 별 볼 일 없는 메타 분석이 아니라 하나하나가 학회를 뒤흔들 발표였다.

헤인스와 연구를 진행 중인 한 백인 의사가 말했다.

"그 닥터 김, 본인 연구뿐만 아니라 여러 제약회사와 프로젝트도 같이 진행하고 있다는데? 손대는 프로젝트마다 잭팟을 터뜨려 제약업계에선 마이더스의 김이라 불린데."

"뭐, 무슨 말도 안 되는……?"

7편의 메타 분석도 믿을 수 없는데, 홀로 제약회사와 프로젝트를 진행한다고? 그 동양인의 아이큐가 500이라도 된다는 말인가? 더구나 그 프로젝트들도 시간이 지나면 세계 유수 학회지에 발표될 것이다. 그러면 닥터 김의 실적은 하늘 끝이 아니라 우주 끝까지 치솟게 된다.

"믿을 수 없어. 미라클(Miracle)……."

누군가 그렇게 중얼거렸다.

미라클. 모두의 심정을 대변하는 단어였다.


진현은 오랜만에 병원장 제임스를 다시 만났다.

"부르셨습니까?"

"아! 어서 오세요! 뭐 마실래요? 커피? 티?"

병원장 제임스가 과하게 그를 반겼다. 기대야 했지만 단 두 달 만에 상상을 훨씬 뛰어넘는 실적을 거두었으니 당연히 환영할 만했다. 하지만 두 달 동안 따돌림을 당했던 진현은 좋은 기분은 아니었다.

"그냥 시원한 물이면 됩니다."

"아, 아이스 워터?! 미세스 미셸, 최고급 아이스로 준비해 주세요."

제임스의 호들갑에 미셸은 웃음을 짓고는 시원한 물을 준비해 왔다.

제임스는 감탄을 토했다.

"도대체 어떻게 그런 연구들을 고안하고 발표한 것입니까? 그것도 고작 두 달 만에."

진현이 낸 논문들은 단순히 연구를 위한 연구가 아니라, 하나하나가 의학 가이드라인에 영향을 끼칠 정도로 파격적인 결과를 담은 연구였다. 그럴 수밖에 없었다. 진현이 일부러 머릿속에서 그런 연구들만 끄집어냈으니까.

"지금 각 학회에서 다들 난리입니다. 닥터 김의 연구 결과 때문에 가이드라인을 바꿔야 할 판이라고. 저도 왕년에 연구 좀 했는데, 이건 아예 게임이 안 되는군요. 도대체 어떻게 하신 겁니까? 아니, 닥터 김은 인간이 맞긴 한 겁니까?"

제임스는 인간이 아닌 존재를 보듯 진현을 바라봤다. 하나만 써도 세계적 대가라 인정받을 논문을 7편이나 썼다. 이건 재능의 영역이 아니었다. 불가해의 영역이었다.

'믿을 수 없어.'

하지만 눈앞에 벌어진 일을 믿지 않을 도리도 없었다. 에이미가 말한 대로 이 동양인 청년은 미라클이었다.

"시간이 많이 남았으니까요."

"네?"

"시간이 무척 많았습니다. 외과에서 아무런 일도 주지 않았으니까요."

진현답지 않게 불쾌한 목소리였다. 그 말에 제임스는 식은땀을 흘렸다. 사실 외과의 따돌림은 진현이 어떻게 해결하는지 보고 싶었던 제임스가 방조한 면이 있었다. 그런데 따돌림을 이런 말도 안 되는 방식으로 극복하다니? 상상도 못 했다.

'어떻게 하지? 불쾌하게 생각해 다른 병원으로 가면 안 되는데.'

벌써부터 미국 내 최고 병원들의 움직임이 심상치 않다. 당연한 일이다. 제임스라도 다른 병원의 동양인 레지던트 중 진현과 같은 성과를 낸 이가 있다면 최고의 대우를 약속하며 스카우트 제의를 넣을 것이다.

제임스는 고개를 저었다.

'절대 안 돼!'

문제는 진현과 세인트죠셉이 맺은 계약이 임시 고용이란 것이다. 진현이 떠나고자 마음만 먹으면 얼마든지 떠날 수 있었다. 제임스는 만약을 대비해 정식 채용 계약을 미뤘던 것을 크게 후회했다.

"하하, 닥터 김. 기분이 많이 상하셨나 봅니다. 제가 신경을 못 쓴 탓입니다. 죄송합니다."

제임스는 분위기를 전환하러 어색하게 웃었으나 진현은 짧게 답했다.

"저는 연구자(Researcher)가 아니라, 환자를 보는 의사(Surgeon)입니다."

담담한 목소리였지만 제임스는 진현이 단단히 마음이 상했음을 눈치챘다.

'어떻게 하지?'

고민하던 그는 미셸에게 말했다.

"미셸, 닥터 김의 스케줄을 누가 관리했었죠?"

"치프 마이클입니다."

"마이클 좀 이리로 불러주세요."

"지금요?"

"네, 응급 환자가 없으면 지금 바로 오라고 해주세요."

진현은 제임스가 무슨 일을 하려는 것인지 빤히 쳐다봤다. 곧 완고한 인상의 마이클이 허겁지겁 들어왔다. 병원장의 갑작스런 부름에 놀란 눈치다.

"무슨 일입니까?"

제임스가 진현을 대할 때와는 전혀 다른 낮은 목소리로 물었다.

"치프 마이클."

"네?"

"여기 닥터 김의 스케줄을 지금까지 어떻게 관리했죠?"

마이클의 얼굴이 곤혹스럽게 변했다. 그는 진현을 없는 사람처럼 방치했고, 그건 명백한 따돌림에 인종차별이었다.

"그, 그건……."

"정확히 말씀해 보세요."

"……."

그러나 할 말이 있을 리가 없었다.

'젠장.'

제임스의 목소리가 점점 날카로워졌다.

"마이클이 한 처사는 직장 내 따돌림과 인종차별에 해당됩니다. 알고 계시죠?"

"죄, 죄송합니다."

결국 마이클은 고개를 숙였다. 미국이라고 직장 내 따돌림과 인종차별이 없는 것은 아니다. 사람 사는 곳인데 다 똑같았다. 그러나 문제가 불거질 경우의 처벌은 한국과는 비교가 안 됐다. 병원장이 작심하고 책임을 물면 외과 전공을 포기해야 할 수도 있었다.

"저한테 미안할 것은 없죠. 여기 닥터 김에게 사과하세요."

"그……."

골수부터 백인 우월주의자인 마이클은 머뭇거렸다. 내가 저 동양 원숭이에게 머리를 숙여야 하다니!

"설마 사과하기 싫은가요?"

제임스의 눈썹이 찌푸려지자 마이클은 어쩔 수 없이 사과를 했다.

"미, 미안하다. 스케줄은 다시 재조정하겠다."

누가 봐도 내켜하지 않는, 안 하느니만 못한 사과.

제임스가 말했다.

"잘 안 들립니다, 마이클."

"……!"

마이클의 얼굴이 화장실의 휴지처럼 구겨졌다.

"미, 미안하다!"

진현은 쓴웃음을 지었다.

"괜찮습니다. 너무 신경 쓰지 마시고 앞으로의 스케줄만 신경 써주십시오."

기분이 풀릴 사과는 아니지만 저 백인 우월주의자도 자존심이 팍 상했을 테니 이 정도면 될 듯했다. 앞으로 같이 일해야 할 사이에 너무 몰아붙여서 좋을 것도 없고.

"꼭 제대로 신경 써주세요. 닥터 김의 세부 전공이 간이니 고려하시고요."

"네, 알겠습니다."

그러고 마이클은 사라졌다. 제임스가 다시 한 번 그간의 따돌림을 사과했다.

"책임자로서 저도 사과합니다. 다시는 이런 일이 없을 겁니다."

"아, 네."

"그리고… 원래 계약했던 연봉이 40만 달러였는데…….'"

제임스는 말끝을 흐렸다. 40만 달러. 한화로 약 5억. 연구를 겸하는 대학병원의 연봉치고 낮은 액수는 결코 아니었다. 그러나 필드에서 활동하는 잘나가는 의사들의 평균 연봉과 이번에 진현이 낸 실적을 고려하면 높은 액수도 아니었다. 분명 다른 병원에선 더 높은 연봉을 제시하리라.

'일단 액수를 올려야 해. 하지만 아직 진료 능력이 검증되지 않았는데?'

의사는 연구만 하는 존재가 아니다. 환자 진료를 같이 해야 한다. 특히 외과의 경우 수술 능력이 어느 정도 뛰어난가도 연봉의 중요한 요소이다.

'연구 실력과 지식은 완벽하지만 수술 능력은 어떨까?'

물론 닥터 김의 실력이 한국에서 상당한 인정을 받았다는 것은 알고 있었다. 직급을 뛰어넘는 괴물이라 불릴 정도의 재능. 그러나 의사의 실력은 옆에서 직접 보지 않으면 모르는 것이다. 무엇보다 너무 어려 보이는 진현의 외모가 자꾸 의심이 들게 했다.

'일단 연구적 재능과 의학 지식은 만점 이상인데. 수술 실력이 걸리는군. 수술은 많은 경험이 없으면 완성될 수 없으니.'

제임스는 진현이 아무리 천재라도 차마 수술까지 완숙한 경지일 것이라고는 생각하지 못했다. 그의 나이와 경력상 그건 불가능한 일이기 때문이다.

'뭐, 상관없으려나. 애초에 수술 실력을 보고 스카우트한 게 아니라 천재적인 연구 재능을 보고 데려온 것이니.'

닥터 김은 이미 자신의 자격을 차고도 넘치게 증명했다.

'아카데믹 서전(Academic surgeon)으로 임명 후, 연구 쪽에 중점을 맞추자. 수술 실력은 나중에 차차 키우면 돼.'

사실 연구에는 탁월하지만 수술은 못하는 외과 교수도 많았다. 특히 연구의 대가들에게 진료를 빼주고 연구에만 집중할 수 있도록 배려하는 미국의 환경상 이런 의사가 많아 그것이 흠은 아니었다. 연구와 수술은 전혀 별개의 능력이기 때문이다.

'본인이 잘하는 것을 해야지. 어차피 닥터 김 말고도 수술을 할 의사는 많으니.'

그렇게 결론을 내린 제임스는 이렇게 말했다.

"내년에 다시 정확히 액수를 정하겠지만, 40만 달러보다는 훨씬 큰 액수… 최소 55만 달러를 연봉으로 지급하겠습니다. 물론 이 액수는 추후의 실적에 따라 더 오를 수 있으니 앞으로도 잘 부탁합니다, 하하."

55만 달러! 당시 환율상 한화로 7억의 거액이다. 최고 수준의 연봉이었다. 미국이 아무리 의사의 천국이라 해도 연구를 주로 하는 아카데믹 서전이 이 정도의 연봉을 받는 경우는 거의 없었으니까.

"네, 감사합니다."

둘의 면담은 그렇게 마무리되었다. 그러나 병원장인 제임스가 모르는 사실이 있었다. 진현이 말한 것처럼 그의 적성은 연구자(Researcher)가 아니라, 의사, 그중에서도 서전(Surgeon:외과의사)이란 사실을.

\*　　　　\*　　　　\*

본격적인 근무를 시작하기 전 주말, 진현은 모처럼 대낮에 오피스텔에 누워 한적한 시간을 보냈다.

'혜미는 뭐 하지? 자고 있겠지? 아니면 당직인가?'

13시간 시차니 한창 자고 있을 때다. 쓸쓸히 누워 있으니 그녀가 떠올랐다. 보고 싶었다. 옆에서 밝은 미소를 보며 체온을 느끼고 싶었다.

'문자를 보내볼까? 아니야, 자는데 깨울 거야. 그래도 문자 하나 정도는 괜찮지 않을까? 일어난 다음 봐도 되니……'

진현은 갈팡질팡 생각했다. 한참을 고민하다 손가락을 움직였다.

[사랑해.]

짧은 문자. 혹시나 답이 올까 멍하니 천장을 보며 기다렸다. 그러나 잠에 들어 못 본 것인지 혜미에게서 답은 없었다.

"……"

진현은 힘없는 표정을 지었다. 주말에 집에서 쉬니 쓸쓸했다. 차라리 병원에 나가서 일하면 쓸쓸함이 덜하련만, 미국은 노동 착취 보호 측면에서 레지던트의 시간 외 근무를 엄격히 규제했다. 근무 시간 외에 병원에 머무는 것조차 금지하여 이를 위반 시 병원에 처벌이 떨어졌다.

그런데 그때 띠링 문자가 왔다.

혜미인 줄 알고 반가운 얼굴로 핸드폰을 보니 한국어로 이렇게 적혀 있었다.

[시간 되면 우리 데이트나 할래요?]

"……!"

이게 무슨 말? 화들짝 놀라 문자를 자세히 살피니 발신인이 달랐다. 에이미였다. 그녀가 쓸쓸한 시간을 보내는 진현을 배려해 한국어로 문자를 보낸 것이다.


어차피 같은 건물에 사니 금방 만날 수 있었다.

"날씨가 많이 추워졌어요. 내 방은 옥탑방이어서 많이 춥네요. 미스터 김의 집은 괜찮나요?"

에이미의 집은 같은 건물 꼭대기, 즉 펜트하우스였다. 그런데 펜트하우스를 옥탑방이라 하긴 그렇지 않나?

"저희 집은 괜찮습니다."

"그래요? 다행이네요. 그러면 추울 때 미스터 김의 방으로 피신 가도 돼요?"

"……."

아니, 그건 좀…….

어쨌든 이런 저런 잡담을 나누며 둘은 업타운을 걸었다.

"맨해튼 살면서 주변 구경은 하나도 안 했죠? 구겐하임 미술관은 가봤나요?"

"그게 뭡니까?"

미국에 와서 자유의 여신상도 안 본 진현이었다.

"엠파이어 스테이트 빌딩은요? 타임 스퀘어, 소호는요?"

"…센트럴 파크는 봤습니다."

세인트죠셉이 센트럴 파크 바로 옆에 있었으니까. 물론 그저 옆에서 힐끗 봤을 뿐 들어가 본 적은 없었다.

에이미가 안 되겠다는 듯 고개를 저었다.

"미스터 김."

"네?"

"그렇게 일만 하면 안 돼요. 스트레스로 죽을 거예요."

그러면서 그녀는 손날로 목이 잘리는 제스처를 취했다. 무표정한 얼굴로 저러니 무척 실감이 났다.

"안 되겠어요."

그러면서 에이미는 진현의 손을 잡았다. 차가운 인상과 달리 따뜻한 체온이 진현의 손에 전해져 그는 당황했다.

"자, 잠깐……."

"이리로 오세요. 오늘 제가 맨해튼 속성 관광 시켜 드릴게요."

"소, 손은……."

"빨리 오세요!"


어쨌든 진현은 에이미 덕분에 즐거운 시간을 보낼 수 있었다. 로어 맨해튼, 타임 스퀘어, 소호, 루즈벨트 섬… 해외여행은커녕 국내 여행도 제대로 가본 적 없는 진현에게 뉴욕의 관광지들은 가슴 설레는 즐거움을 주기에 충분했다.

"괜찮았나요?"

"네, 정말 감사합니다."

관광의 마지막 코스는 맨해튼 서쪽에 위치한 미슐랭 3스타의 프렌치 레스토랑이었다. 굉장한 고가의 음식점으로 하루 종일 얻어먹은 진현이 말했다.

"이건 제가 내겠습니다."

"아니에요. 오늘은 제가 다 살게요."

"하지만……."

"미스터 김 덕분에 회사에서 보너스를 엄청 받았거든요. 그 답례예요."

헤인스와의 프로젝트는 전부 에이미를 통해 진행했다. 마이더스의 김이라 불리는 그 덕분에 에이미는 회사에서 계속 고속 승진 중이었다.

"그래도……."

"마음 불편하면 다음에 사주세요. 얻어먹을 핑계로 미스터 김을 한 번 더 볼 수 있으면 저야 좋죠, 뭐."

"……."

진현이 입을 다물자 에이미가 웃었다.

"농담이에요."

농담 맞아?

곧 단정하게 차려입은 웨이터가 최고급 요리를 서빙했다.

"음식 맛은 입맛에 맞아요?"

"괜찮습니다."

사실 미슐랭 3스타이든 뭐든 진현의 촌스러운 입맛엔 다 비슷비슷했다. 삼겹살에 된장찌개가 먹고 싶지만 그걸 주문할 수는 없으니…….

그는 아쉬운 대로 소고기 스테이크를 입에 썰어 넣었다. 뭔가 못마땅한 진현의 얼굴에 에이미가 가방에서 뭔가를 꺼냈다. 그걸 본 진현의 눈이 커졌다.

"그건?"

초록색 병의 투명한 액체. 소주였다!

"이거랑 같이 먹어요."

"아니, 그걸 어떻게?"

"여기 맨해튼 중부에 있는 코리아타운에서 팔던데요? 왜, 싫어요? 그냥 집어넣을까요?"

"아니, 좋습니다!"

진현은 그답지 않게 급히 답했다. 프렌치 음식에 소주라니, 해괴한 조합이었지만 진현의 향수를 달래는 데 최고의 선물이었다.

"크, 좋군요."

스테이크 한 점에 소주 한 잔을 들이켠 진현은 간만에 행복한 마음이 들었다. 미슐랭 3스타의 레스토랑 직원들은 소주를 마시는 것을 좋아하지는 않았으나 에이미가 워낙 VIP 고객이어서 제지를 하진 못했다. 진현이 좋아하는 소고기 요리, 스테이크를 추가로 주문하고 한국에서처럼 주거니 받거니 소주를 마셨다.

"감사합니다."

"뭐가요?"

"저 쓸쓸할까 봐 많이 신경 써주신 것 압니다."

오늘의 나들이는 모두 에이미가 신경을 써준 거다. 덕분에 쓸쓸함이 많이 가셨다.

"뭘요. 이거 꼬시는 거예요."

그녀의 농담에 진현이 웃으며 잔을 드는데, 갑자기 가게 밖에서 요란한 소리가 울렸다.

부웅! 까앙!

자동차가 충돌하는 소리였다. 그리고 다른 검은 자동차들이 신호를 무시하고 고속으로 달렸고……

탕! 탕!

진현은 깜짝 놀랐다. 총성이었다!

"이건?"

반면 에이미는 이러한 상황이 익숙하기라도 한 듯 침착했다.

"마피아예요."

"네?"

"맨해튼의 클랜시 패밀리일 거예요. 내부가 시끄럽다더니 반기를 든 조직원들을 정리하나 봐요."

이게 무슨 영화에서나 들을 법한 이야기야?

"마피아가 그 마피아를 말하는 것입니까?"

"네, 뉴욕에는 미국 최고의 마피아 중 하나인 클랜시 패밀리가 있기든요. 10년 전부턴 당국과의 마찰 때문에 사채업, 포르노 사업, 카지노 등 합법적인 일만 주로 했는데 몇 년 전부터 다시 좀 시끄럽네요."

전 세계에는 역사와 전통이 깊은 폭력 조직단들이 있다. 일본의 야쿠자인 야마구치구미, 중국의 삼합회인 칠성회, 이탈리아의 시칠리아 패밀리 등이 그러한 전통의 폭력 조직이고 클랜시 패밀리도 그중 하나였다.

"새 대부(大夫)인 매리가 반기를 든 조직원들을 대하는 방식이 거칠거든요. 뭐, 너무 걱정 마세요. 자기들끼리만 저러는 것이지 일반인들은 절대 안 건드는 것이 클랜시 패밀리의 원칙이니까."

온건하고 합법적인 성향의 클랜시 패밀리가 뉴욕의 밤을 장악함으로써 오히려 범죄율이 낮아지는 효과도 있어서 뉴욕시에서도 웬만한 일로는 클랜시 패밀리를 건들지 않았다.

"정말 가끔 서로 총 쏘는 것 외엔 사채, 포르노, 카지노, 매춘, 유흥을 다루는 일반 기업에 가까워요. 마약도 취급 안 하고, 주식 상장도 했을 정도인걸요. 매리가 대부가 된 후 주식이 계속 오르고 있으니 조금 사놓는 것도 나쁘지 않을걸요?"

진현은 혀를 내둘렀다. 아무리 그래도 그렇지, 그게 무슨 일반 기업이냐?! 그리고 마피아의 주식을 사라고? 더구나 이해가 안 가는 말이 있었다.

"매리라면 설마 여자입니까? 대부면 남자 아닙니까?"

"아, 매리는 여자예요. 그것도 젊은. 참 귀엽고 예쁘게 생긴 아이인데 마피아의 대부(Godfather)… 아니, 대모(Godmother)가 되다니."

뭔가 친근한 말투였다.

"아는 사이입니까?"

"옛날 클럽에서 알게 된 동생이에요. 당시만 해도 그저 노는 것 좋아하는 클랜시 집안의 공주님이었는데. 아, 그러고 보니 지금도 공주처럼 생기긴 했구나."

"……."

진현은 젊은 여자가 마피아의 대부가 됐다는 이야기보다 에이미의 인맥이 신기했다.

'이 여자 도대체 얼마나 많은 인물과 가까운 거야.'

뉴욕 주지사, 헤인스의 대표이사, 세인트죠셉의 병원장, 그것도 모자라 마피아 두목도 친구라고? 하여튼 정말 특이한 여자였다. 그런데 에이미가 스테이크를 입에 넣으며 말했다.

"아, 그러고 보니 미스터 김은 상관있을 수도 있겠구나."

"네?"

아무리 그가 뒤로 넘어져도 코가 깨지는 재수의 소유자라지만 마피아와 상관있을 리가 있나?

"메리 취향이 좀 독특해서 동양 남자를 좋아하거든요. 그것도 미스터 김 같은 지적인 느낌을 가진 동안(童顔)의 동양 남자를."

"……."

에이미는 웃으며 잔을 내밀었다.

"그러니 꼭 조심하세요. 특히 밤길. 납치당할 수도 있으니."

뭐라고, 이 여자야?

# 한국의 닥터 김

어쨌든 진현은 다음 날부터 진료에 참여할 수 있었다. 한국에서 간이식을 전공한 것을 고려해 간 파트(Hepatology division)에 배정되었다. 그런데 하필 그를 따돌렸던 마이클도 같은 파트였다.

"……."

병동에서 둘은 말없이 교수를 기다렸다. 둘의 관계는 개와 고양이처럼 어색했다. 특히나 마이클은 진현에 대한 감정이 전혀 풀리지 않았다.

'빌어먹을, 동양 원숭이 놈.'

물론 그의 연구 실력은 인정한다. 이놈은 동양의 천재라 불리는 외과 과장, 닥터 정을 훨씬 뛰어넘는 괴물 같은 천재였다.

'그러나 환자를 보는 진료는 달라. 아시아 촌구석의 의대 따위.'

의사는 환자를 보니 의사다.

'흥, 아무리 연구를 잘해도 환자를 보는 실력이 없으면 진정한 의사라 할 수 없어.'

어떻게든 진현을 폄하하고 싶은 마이클은 아집에 차 생각했다. 곧 병동에 40대 초반쯤으로 돼 보이는 금발의 잘생긴 교수가 나타났다. 간 파트의 교수 데이비드였다.

"오래 기다렸지? 환자 디스커션(Discussion:토론) 시작할까요?"

"네, 첫 번째 환자입니다. 모레 수술 예정으로……."

한국과 다른 미국의 토론 문화가 환자 진료에도 여지없이 적용됐다. 한국도 교수와 레지던트가 토의를 하긴 한다. 그러나 그 방향이 무척 수직적이다. 설사 레지던트의 의견이 맞는다고 해도 교수와 의견이 다르면 무조건 교수의 의견에 따라야 했다. 이건 의사 사회의 문제만이 아닌 한국 사회 전체의 분위기였다. 아랫사람은 윗사람의 의견에 반박할 수 없다. 하지만 미국은 달랐다.

"이 환자는 왜 의식이 안 좋을까요?"

"간성혼수로 보입니다."

"혈소판이 낮은데 출혈 가능성은 생각 안 해도 될까?"

"그건……."

말단 레지던트부터 치프까지 의견을 내는 데 주저가 없었다. 교수도 옳은 의견이라 생각되면 아무리 직급이 낮아도 의견을 존중해 주었다. 가장 인상적인 것은 허튼 생각이라도 절대 비난하지 않는다는 점이다. 틀리다 해도 격려와 칭찬, 건전한 지적이 일상화되어 있었다.

'이런 건 확실히 좋은 점이군.'

더구나 의료비가 무지막지하게 비싸 한 환자당 엄청난 시간을 소요했다. 5명의 환자를 토의하는 데 무려 3시간이 걸린 것이다.

'한국이었으면 10분 안에 끝냈을 텐데.'

진현은 피식 웃었다. 물론 시간 소모적인 면이 있어 좋은 것만은 아니었다. 중요하지도 않은 사실 가지고 몇십 분을 토의하기도 하고 그러니까. 5명째 환자의 내용을 정리하며 데이비드 교수가 진현에게 물었다.

"닥터 김은 특별한 의견은 없나요?"

질문을 한 데이비드의 눈이 반짝 빛났다. 진현은 현재 세인트죠셉에서 가장 유명한 인물이었다. 동양에서 온 기적 같은 천재로.

'연구 실력은 미라클처럼 훌륭하지만 환자 보는 능력은 어떨까?'

데이비드는 궁금했다. 기대도 들었다. 얼핏 한국에서 상당히 뛰어난 진료 능력을 보였단 소문을 들은 것이다. 그러나 진현은 별다른 의견을 제시하지 않았다.

"저도 다른 선생님들 의견에 동의합니다."

별로 어려운 환자도 없었고 세인트죠셉의 의사답게 다들 훌륭했다.

'뭐, 다들 아는 내용을 필요하지도 않은데 나서서 이야기할 필요는 없으니.'

쓸데없이 나서는 것을 좋아하지 않는 진현의 성격다운 행동이었지만 미국 의사들은 다르게 생각했다.

'연구 실적은 좋지만 역시 임상 능력은 떨어지는구나.'

특히 마이클은 대놓고 한심하단 표정을 지었다.

'흥, 동양 원숭이 놈!'

그렇게 회진이 끝났다. 회진이 끝난 후 잘생기고 젠틀한 인상의 젊은 교수, 데이비드가 진현을 불렀다.

"닥터 김?"

"네?"

"내일 뭐 하나요?"

교수 데이비드가 물었다.

"특별히는……."

"그러면 내일 내 수술방에 들어오지 않을래요? 부분 간 절제술이 있으니."

"……!"

진현은 살짝 놀랐다.

'생각보다 빨리 수술방에 들어오라 하는구나.'

미국은 한국과 다르게 수술 같은 의학 기술 전수에 인색했다. 법정 소송이 워낙 많다 보니 미숙자가 수술을 하다 생길 문제에 대한 염려 때문인데, 레지던트가 끝날 때까지 집도는커녕 퍼스트 어시스트를 하기도 쉽지 않았다. 하지만 데이비드의 다음 말에 진현은 맥이 빠졌다.

"옵저베이션하도록 하세요."

옵저베이션(Observation). 수술에 참가하지 않고 그저 참관하는 것을 뜻한다. 한국에선 학생이나 하는 일이다.

데이비드는 친절한 목소리로 말했다.

"나중에 충분히 참관하면 어시스트 기회를 드릴게요."

진현은 속으로 쓴웃음을 지었다.

'데이비드, 부분 간 절제술은 당신보다 제가 더 많이 집도해 봤을 것입니다.'

부분 간 절제술은 이전 삶과 이번 삶에서 숱하게 집도해 본 수술이다. 더구나 미국의 대학 교수들은 수술을 일주일에 하나나 많아야 두 개 정도밖에 안 한다. 물론 사람마다 조금씩 다르긴 하지만 한국보단 확실히 적게 한다. 따라서 이제 40대 초반의 젊은 교수인 데이비드보단 매일 공장 돌리듯 수술을 해본 그가 훨씬 많이 해봤을 거다.

'시간이 지나면 집도할 기회를 주겠지.'

그렇게 생각한 진현은 고개를 끄덕였다.

"네, 내일부터 참관하도록 하겠습니다."


그 뒤로 진현은 데이비드를 비롯한 여러 교수의 수술을 참관했다.

"닥터 김, 부분 간 절제술의 경우 절제는……."

데이비드는 친절히 하나하나 설명을 해주었다. 데이비드뿐 아니라 마이클을 제외한 외과의 대다수의 사람은 진현에게 잘해주었다. 어마어마한 연구 실적을 낸 진현을 '연구자'로서 인정한 것이다. 그러나 문제는 역시 수술이었다. 아무도 진현에게 수술을 맡기지 않았다.

'못 미덥긴 하겠지.'

진현은 쓴웃음을 지었다. 이해는 됐다. 자신이라도 저 멀리 미얀마쯤에서 의사가 오면 신뢰가 안 될 테니까. 더구나 미국 의사들은 툭하면 고소당하기 때문에 자신의 수술을 최대한 뛰어난 사람과 같이 하고 싶어 했다. 물론 세인트죠셉의 의사들은 병원장 제임스에게 진현이 한국에서 뛰어난 실력을 보인 의사란 것을 전해 듣긴 했으나 단순히 이야기를 들은 것과 믿고 수술을 맡기는 것은 전혀 별개의 문제였다.

'언젠가 기회가 오겠지.'

진현은 마음을 달랬다.

'수술을 안 하니 몸은 편하네.'

그래도 이를 악물고 미국에 왔는데 가만히 놀고 있기엔 손이 근질거렸다. 마치 벤치에 앉아 있는 축구 선수가 된 기분이다.

'기다리자.'

그렇게 몸은 편하지만 손은 근질거리는 시간들이 지나갔다.


그러던 어느 날 밤이었다.

세인트죠셉 위쪽에 위치한 맨해튼 끝자락의 음침한 골목에서 일단의 무리가 길을 걷고 있었다. 모두 검은 양복을 입고 있었는데 분위기가 심상치 않았다.

"그래도 시칠리아 놈들과 이야기가 잘돼서 다행입니다."

"그래."

일행 중 유일한 여자가 고개를 끄덕였다. 이제 이십 대 후반, 삼십 대 초반? 정확한 나이를 짐작하기 어려운 그녀는 화사한 붉은 드레스를 입고 있었는데 장미와도 같은 고혹적인 아름다움이 흘렀다. 걸음을 옮길 때마다 실버 블론드의 머리가 찰랑거렸다. 하지만 여인의 정체를 아는 이라면 단순히 아름다움에만 정신이 팔릴 수는 없으리라.

여인의 이름은 매리. 흔히 피의 매리(Bloody Mary)라고 불리는 그녀는 뉴욕을 주름잡는 클랜시 패밀리의 대모였다. 주위의 남자들은 클랜시 패밀리의 간부였다.

매리는 피곤한 목소리로 말했다.

"빨리 돌아가자."

"네, 좋은 날인데 와인이라도 준비시킬까요?"

클랜시의 간부, 로버트의 말에 그녀는 피식 웃었다. 로버트는 몸은 곰, 얼굴은 사자처럼 험악하게 생긴 주제에 섬세한 면이 있었다. 또 건방지게 보스인 그녀를 연모하고 있었다. 깍듯한 태도 뒤 일렁이는 그의 열망을 그녀도 알고 있었지만 모른 척했다. 그는 자신의 취향이 아니었다. 그래도 자신을 생각하는 마음이 밉진 않기에 이렇게 말했다.

"그래, 한잔하자."

"네, 좋아하시는 보르도산으로 준비하겠습니다."

"보스, 저희도 같이 끼면 안 될까요?"

다른 조직원들이 끼어들었다. 다들 기분이 풀려 있었다. 시칠리아 마피아와 손을 잡고 조직을 배신한 배신자들도 다 처리했고, 시칠리아 놈들에게도 거액의 배상금을 받기로 결정한 것이다. 한마디로 축제 날이었다.

매리는 짐짓 무서운 표정을 지었다.

"나랑? 너희들 감히?"

"보스, 오늘은 좋은 날 아닙니까? 다들 고생했는데 같이 마십시다."

클랜시 패밀리의 모두는 매사에 칼 같지만 조직원들을 아끼는 이 어린 보스를 좋아하고 존경했다.

"그래요, 보스. 같이 한잔합시다."

매리는 어쩔 수 없다는 듯 고개를 끄덕였다.

"하여튼… 그래, 어쩔 수 없지. 다 같이 마시자."

그런데 그때였다.

그 자리에서 도저히 들릴 수 없는, 아니, 들려서는 안 되는 소리가 들렸다.

탕!

"어?"

매리는 신음을 흘렸다. 갑자기 배가 화끈거렸다. 다시 한 번 소리가 울렸다.

탕!

"쿨럭?!"

매리의 입에서 울컥 피가 쏟아져 나왔다.

"보스!"

저격이었다! 모두가 비명을 지르며 신속히 매리의 몸을 감쌌다.

"저쪽이야! 잡아!"

로버트가 급히 지시했다. 몇 명의 조직원이 총소리가 울린 쪽으로 뛰어갔고, 그 방향에서 누군가 부스럭거리며 도주했다. 남은 이들이 급히 매리를 살폈다.

"보스! 보스!"

"쿨럭! 쿨럭!"

그러나 매리는 답하지 못했다. 연신 피를 토하더니 무릎을 꿇고 쓰러졌다.

"보스! 안 돼!"

로버트를 비롯한 간부들의 얼굴이 하얘졌다. 쓰러진 매리의 복부가 빨갛게 물들었고 주변으로 피가 흥건히 흘러나왔다.

"아, 아……."

매리는 뭐라 신음을 흘리다 털썩 고개를 떨어뜨렸다.

"안 돼! 보스! 정신 차리십시오! 보스! 매리!"

로버트가 매리의 몸을 안아 들었다.

"꼭 살려야 해! 절대 죽으면 안 돼! 여기 가장 가까운 병원이 어디야?!"

"여기 바로 밑에 세인트죠셉병원이 있습니다!"

로버트의 눈에 불꽃이 튀었다. 세인트죠셉은 뉴욕 시티 최고의 병원이다. 가면 살릴 수 있다. 아니, 살려야 한다!

"조금만 참으십시오, 보스!"

차에 탄 그들은 대모, 피의 매리를 세인트죠셉병원으로 데려갔다. 세인트죠셉병원 응급실의 접수원이 놀라 그들을 맞았다.

"아, 아니? 어떻게 오셨……."

그러나 그는 말을 채 끝맺지 못했다. 로버트가 멱살을 잡으며 총을 들이민 것이다. 그리고 그는 외쳤다.

"의사 나와!"

하필 그날은 진현이 치프 마이클과 더불어 응급실 당직을 서는 날이었다.


한편 그때 진현은 헤인스의 프로젝트를 정리하고 있었다. 원체 진행하는 프로젝트가 많아 지겨운 마음이 들었으나 진현은 쌓일 업적을 생각했다.

'업적뿐 아니라 건당 보수도 어마어마하고.'

프로젝트를 하나 해결할 때마다 그에게 들어오는 돈은 어마어마했다. 헤인스 입장에선 전혀 과한 것이 아닌 게 진현이 손만 대면 그 프로젝트는 대박이 난다. 프로젝트 하나하나의 가치가 상상을 초월하니 진현에게 얼마를 지불해도 아깝지 않았다.

'뭐, 나야 머릿속에 있는 내용을 옮겨 적기만 하면 되는 일이니.'

그렇게 진현이 초고가의 프로젝트를 정리하고 있을 때였다. 응급실에서 전화가 왔다.

"네, 말씀하십시오."

갑자기 전화기 너머로 째지는 소리가 들렸다.

—선생님! 환자 왔어요! 빨리 와주세요! 꺄악!

"……?!"

—의사 빨리 데려와! 빨리!

진현은 깜짝 놀랐다. 이게 무슨 소란인가? 전화기 너머로 간호사가 울먹이는 목소리로 외쳤다.

—빠, 빨리 와주세요! 꺄악!

그리고 전화가 끊겼다. 진현은 잠시 멍하니 핸드폰을 바라봤다. 이게 대체 무슨 일이지? 그러나 주저할 상황이 아닌 듯했다. 가운을 한 손에 챙긴 그는 응급실로 날 듯이 뛰어갔다.

"……!"

응급실에 도착한 진현의 눈이 찢어질 듯 커졌다. 난장판이었다. 웬 양복 입은 놈들이 위협하듯 서 있었고, 그중 한 명은 총까지 들고 소리 지르고 있었다. 간호사, 환자들 모두 비명을 질렀다.

'환자 왔다고 한 거 아니었어? 웬 마피아 같은 놈들이.'

그러나 진현은 곧 상황을 파악했다.

"의사 데려와! 빨리!"

"꺄악! 조금만 기다려 주세요!"

양복 입은 남자들 사이로 창백한 피부의 여인이 배에 피를 흘리며 누워 있었다. 저 마피아 놈들이 환자와 보호자인 듯했다.

'뭐야? 일반인들은 안 건드린다는 거 아니었어?'

진현은 순간 에이미와의 대화가 떠올랐다. 자기들끼리 싸울 때 말고는 절대 일반인들은 안 건드린다 했는데……?

"보스, 정신 차리십시오. 보스!"

"제발!"

그런데 마피아 놈들의 분위기가 심상치 않았다. 다들 한 여자를 중심으로 안절부절못하고 있었다. 심지어 총을 든 남자는 이성이 마비된 듯 눈물까지 흘리고 있다. 저 여자가 누구기에?

"여기 닥터 왔어요!"

진현을 말한 것은 아니었다. 그에게만 연락한 것이 아닌 듯 치프 마이클이 헐레벌떡 달려왔다. 평소의 오만함은 어디론가 사라지고 그의 얼굴은 시체처럼 창백했다.

"이, 이게 무슨?"

마피아들은 기다리던 외과의사가 오자 반색했다.

"닥터! 빨리 오십시오. 빨리 우리 보스를 살려주십시오."

하지만 마이클은 마피아들이 자신을 둘러싸자 두려움에 기절할 것만 같았다.

'보, 보스? 그러면 이 여자가 마피아 대모 피의 매리?'

아무리 범죄와 상관없는 일반인이라도 뉴욕을 주름잡는 마피아의 두목 매리가 누군지는 알았다. 마이클은 눈앞이 컴컴해지며 몸을 떨었다. 그는 더듬더듬 매리를 살폈다.

"초, 총상을… 복부 쪽… CT상 소장……."

벌벌 떠는 그의 모습에서 평소 잘난 척하는 태도는 온데간데없었다. 그의 어리벙벙한 모습에 마피아의 눈이 점차 매서워졌다. 일분일초에 생명이 달린 상황인데 의사가 영 미덥지 못했다. 사랑하는 보스의 중상에 눈물을 흘리던 로버트가 으르렁거리는 목소리로 물었다.

"야."

"네?

"너 직급이 뭐야?"

"치프……."

"레지던트?"

"네, 네!"

"꺼져."

"네?"

"꺼지라고!"

퍼억!

로버트의 주먹이 마이클의 얼굴에 작렬했고, 마이클은 비명도 못 지르고 나가떨어졌다.

로버트가 분노에 차 소리쳤다.

"지금 장난해?! 이런 놈 말고 외과 교수 데려와!"

다행히 그때 연락을 받은 잘생긴 외과 교수 데이비드가 나타났다. 데이비드의 얼굴도 흙빛이었다. 하필 자신이 당직 교수일 때 마피아 보스가 총에 맞아서 오다니.

'젠장, 재수가 없어도 이렇게 없다니.'

데이비드는 떨리는 마음을 애써 추스르며 마피아들에게 다가 갔다.

"제가 담당 교수입니다. 환자를 봐도 되겠습니까?"

"꼭 잘 봐주십시오."

데이비드는 그 말이 잘 못 보면 가만 안 두겠다는 뜻으로 들렸 다. 크게 틀린 해석은 아닐 것이다. 침을 꿀꺽 삼킨 그는 떨리는 마음을 감추며 재빨리 그녀를 진찰했다. 그리고 미리 시행해 둔 검사도 확인했다. 그런데 진찰을 하면 할수록 데이비드의 얼굴이 하얗게 질려갔다. 최악의 상태였던 것이다.

마피아 간부 로버트가 다급히 물었다.

"어떻습니까?"

데이비드는 눈을 질끈 감았다. 반응이 무서웠지만 사실대로 설명해야 했다.

"…어, 어렵습니다."

"네?"

데이비드는 떨리는 손으로 CT를 가리키며 설명했다.

"손상된 부위가 큽니다. 소장, 대장 일부… 그리고 간도 상했 습니다."

"……!"

툭하면 총에 맞고도 살아나는 영화와 다르게 총상은 끔찍하리 만치 무서운 상처이다. 총알이 지나간 경로 안에 든 장기가 모조리 찢어지고 터지기 때문이다. 손상된 장기는 전부 자르고 새로 이어야 한다. 그리고 문제는 그것만이 아니었다.

"그러나 그런 부위들은 사실 수술하면 큰 문제가 되지 않습니다. 다만 대동맥이 손상된 것이 치명적입니다. 내부에서 파편이 터지는 양상의 총알은 아니지만 일부 조각이 대동맥 하부를 찢었습니다. 이럴 경우 수술해도 가망이 거의 없습니다. 수술해도 죽고 안 해도 죽습니다."

대동맥이 다친 것. 그게 가장 큰 문제였다.

그 말에 마피아들의 얼굴이 절망으로 뒤덮였다. 특히 그녀를 연모하던 로버트의 슬픔은 상상을 초월했다.

"아니야."

"네?"

"아니라고! 이 돌팔이 자식아!"

"……!"

"살려내! 무조건 살려내!"

"꺄아악!"

로버트는 다시 총을 들어 사람들을 위협했다. 간호사들이 다시 비명을 지르며 바닥에 엎드렸다. 데이비드도 공포에 질려 양손을 들었다.

"하, 하지만… 안 되는 것은 안 되는 것입니다."

"닥쳐!"

로버트의 눈이 뻘겋게 달아올랐다.

"살려내지 않으면 너희들 다 죽은 목숨이야! 다 죽여 버릴 거야!"

광기마저 느껴지는 모습.

"로, 로버트. 진정해."

"닥쳐! 너 먼저 죽고 싶어!"

다른 마피아가 지나치다 생각했는지 그를 말렸으나 로버트는 버럭 화를 냈다. 데이비드는 벌벌 떨었다.

"하, 하지만……."

그는 속으로 욕설을 내뱉었다.

'왜 엄한 데서 총 맞고 여기에 와서 화풀이야. 더구나 그냥 장기가 아닌 대동맥이 찢어졌는데 어떻게 하라고!'

물론 혈관 파트의 전문가가 대동맥을 수술하면 살릴 수도 있다. 그러나 10%도 안 되는 희박한 확률이고, 아무리 세인트죠셉이라도 혈관 파트의 전문가가 항상 대기하고 있진 않는다.

'혹시 대기하고 있다 하더라도 저렇게 총 들고 날뛰는데 수술하러 나오진 않겠지.'

데이비드도 당직만 아니면 코빼기도 안 비쳤을 것이다. 아니, 이야기를 듣자마자 도망갔을 것이다.

'젠장, 어떻게 하지? 저 미친놈이 총을 쏘면…….'

다른 마피아들보다 저 곰 같은 인상의 미친놈이 문제였다. 마피아 동료들이 말리고 있지만 그는 눈물까지 흘리며 날뛰고 있는 것이 심상치 않았다. 그리고 보니 처음에 총을 들고 사람들을 위협한 것도 저놈이었다.

"살려내! 당장! 죽고 싶지 않으면!"

타앙!

급기야 로버트가 총을 발사했다.

"꺄악!"

"살려주세요!"

다행히 허공으로 쏜 탄이었지만 응급실의 모두가 비명을 지르며 공포에 떨었다.

그런데 그때 의외의 목소리가 들렸다.

"제가 환자를 치료해도 되겠습니까?"

"……!"

모두가 깜짝 놀라 고개를 돌렸다. 그리고 그곳엔 어린 동양 청년이 흰 가운을 입고 서 있었다.

"…너는?"

로버트가 물었다.

"김진현이라 합니다. 닥터 김이라 부르시면 됩니다."

진현이 답했다.

"다, 닥터 김?"

데이비드가 놀라 진현을 불렀다. 응급실 모두의 시선이 진현에게 꽂혔다. 그들의 눈은 한 가지 생각을 담고 있었다.

―저 어린 의사가 미쳤나?

대(大)세인트죠셉의 교수도 살리기 어렵다고 판단한 환자를 치료하겠다고 나서다니? 그것도 총 든 마피아에게. 이건 용기가 아닌 무식한 만용이다.

"닥터 김! 물러가요! 혈관 파트를 전공하지 않는 한 손도 댈 수 없는 부상이에요!"

하지만 진현은 총을 든 마피아, 로버트의 눈만 바라볼 뿐이었다.

"제가 환자를 치료해도 되겠습니까?"

"……"

로버트는 입을 열지 않고 빤히 진현을 바라봤다. 응급실의 모두가 침을 꿀꺽 삼켰다. 그들은 저 흉악한 마피아가 건방진 동양 청년을 어떻게 죽일까 고민한다고 생각했다.

"너……."

그런데 로버트의 입에서 의외의 말이 나왔다.

"정말로 보스를 살릴 수 있나? 살릴 수 있냐고!"

간절한 목소리.

진현은 답했다.

"살릴 수는 없습니다."

"……!"

모두가 다시 한 번 깜짝 놀랐다. 총 든 마피아에게 저따위 대답이라니? 진현은 침착한 목소리로 말했다.

"당연히 무조건 살릴 수는 없습니다. 그걸 원하면 병원이 아니라 교회에 가서 기도를 해야겠지요. 이런 부상의 경우, 통계학적으로 수술하면 10% 살고, 90%는 죽습니다. 즉, 치료해도 죽을 확률이 훨씬 높습니다."

"……!"

"하지만 손 놓고 있으면 무조건 죽습니다. 일말의 확률일지라도 환자를 살리기 위해선 수술을 해야 합니다. 수술에 동의해 주십시오."

로버트의 눈빛이 흔들렸다. 진현의 말에 담긴 마음을 느낀 것이다. 이 어린 의사는 만용으로 나선 것이 아니라 그저 침대에 누워 있는 환자를 치료하기 위해 나선 것이다. 로버트는 진현의 목소리와 눈빛에서 그걸 느꼈다.

"대신 최선을 다하겠습니다. 믿어주십시오. 일분일초가 급하니 빨리 결정을 해주십시오."

"…대동맥 수술은 해봤나?"

로버트가 혼란스러운 목소리로 물었다. 믿음을 주는 눈빛과 달리 진현의 얼굴이 너무 어렸던 것이다.

진현은 고개를 끄덕였다.

"네, 해봤습니다. 많이. 이런 부상도 치료해 봤습니다. 살린 적도 있습니다."

"……!"

의대생처럼 보이는 얼굴로 대동맥 수술을 많이 해봤다고? 믿을 수 없는 이야기였지만 그의 눈에 담긴 감정은 흔들림 없는 확고함이었다. 각 분야의 전문가만이 가질 수 있는 눈빛. 결국 로버트의 마음이 무너졌다. 어차피 지금 상황에서 달리 잡을 수 있는 지푸라기도 없었다.

"꼭… 꼭 보스를 살려다오."

그러면서 뚝뚝 눈물이 떨어졌다.

진현은 쓴웃음을 지었다.

'저런다고 총 들고 설친 게 용서가 되진 않지만.'

사실 진현도 많이 떨렸다. 당연한 일이다. 그는 의사일 뿐 범죄와는 전혀 연관 없는 일반인이었으니까. 솔직히 도망갈까 하는 고민도 들었다. 그러나 살릴 가능성이 있는데 어떻게 도망을 가는가? 더구나 이 자리에 혈관 수술을 할 수 있는 사람은 이전 삶에서 혈관 파트를 전공했던 자신밖에 없었다.

"대신 치료하기 전 두 가지 조건이 있습니다."

"뭐지?"

"총은 집어넣어 주십시오."

"……!"

응급실의 모두가 깜짝 놀라 진현을 바라봤다. 그러나 진현은 굽히지 않았다. 이전 삶에서 지방 대학병원에 근무할 때도 가끔씩 조폭들이 난리 친 적이 있다. 지방 거점 병원이라 근처에 제대로 된 응급실이 그가 근무하는 병원밖에 없었기 때문이다.

'한번 끌려다니기 시작하면 끝이야.'

물론 이들은 단순히 시골 조폭이 아닌 세계적인 마피아지만 다 똑같았다. 폭력배들이 폭력으로 의료진을 위협하면 제대로 된 치료를 할 수 없다. 확실히 선을 그어야 했다.

"여기는 환자가 치료받는 응급실입니다. 그러니 총을 집어넣어 주십시오. 그리고 총을 들고 있으면 저희가 치료에 집중할 수 없으니 환자에게도 안 좋습니다."

로버트는 엉거주춤 총을 집어넣었다. 진현의 차분한 질책에 이성이 돌아온 것이다.

"다, 다른 조건은 뭐냐?"

로버트는 두 가지 조건 중 나머지 하나를 물었다.

진현은 말했다.

"환자분이 살 수 있게 기도해 주십시오."

"…뭐라고?"

"그 말 그대로입니다. 기도해 주십시오. 기적을 바라야 할 만큼 상태가 안 좋으니."

로버트의 눈이 다시 흔들렸다. 진현이 이런 말을 할 정도로 매리의 상태는 좋지 않았다.

"저는 최선을 다하겠습니다. 당신은 밖에서 기도해 주십시오. 교회에 가도 좋습니다. 어쨌든 기도해 주십시오."


한시도 지체할 시간이 없어 곧바로 수술장으로 들어갔다. 원체 상태가 중해 라이브 영상까지 찍는 최고의 시설이 준비된 수술장 1번 방으로 옮겼다. 우습게도 어시스트는 마이클의 몫이었다. 달리 할 사람이 없었기 때문이다.

'내, 내가 왜!'

마이클은 항의했으나 로버트의 눈짓 한 번에 찌그러졌다. 그런데 수술을 시작하려는데 데이비드가 진현을 말렸다.

"닥터 킴, 난 이 수술 반대예요."

"어째서입니까?"

"닥터 킴은 이 환자 살릴 수 있다고 생각해요?"

"……."

데이비드는 열변을 토했다.

"분명 죽을 거예요. 그러면 무슨 일이 일어날지 모르세요?"

옆집 똥개가 죽어도 의사에게 책임을 물리려는 미국인데, 무려 마피아 대모다. 그 끔찍한 후폭풍은 생각하기도 싫었다.

"알고 있습니다."

"그러면 지금 당장……."

"그래도 살릴 가능성이 있는데 손 놓고 있을 순 없지 않습니까?"

"……!"

진현은 씁쓸히 웃었다.

"저도 이런 부담되는 환자 싫습니다. 편하고 확실히 좋아질 쉬운 환자만 보고 싶습니다. 그래도 어쩌겠습니까? 죽게 내버려 둘 수도 없고. 의사가 된 게 죄이지요."

그래, 진현도 이런 환자는 싫었다. 누가 좋아하겠는가? 하지만 원하는 환자만 볼 수는 없다. 이건 의사의 업보다.

'그래, 의사의 업보지.'

의사가 된 순간 생명에 대한 책임이 생긴다. 그건 피할 수 없는 업보였다.

진현은 말했다.

"시간이 없어서 그만 들어가 보겠습니다."

"……."

진현은 데이비드를 스쳐 수술장으로 들어갔다. 수술장엔 마이클이 뻣뻣한 얼굴로 기다리고 있었다. 전신 마취된 채 기관 튜브가 꽂혀 있는 매리를 보며 진현은 수술복과 수술 장갑을 착의했다.

'수축기 혈압이 70.'

모니터를 본 진현의 눈이 흔들렸다. 간당간당한 쇼크 상태였다.

'살릴 수 있을까?'

솔직히 진현도 회의적이었다. 그가 아니라 누구라도 자신할 수 없을 것이다.

'그저 최선을 다할 수밖에.'

의사는 신이 아니니 환자를 치료하는 데 한계가 있다. 진현도 지금껏 많은 환자의 생명을 놓쳤었다. 이럴 때 할 수 있는 것은 단 하나, 기도하는 마음으로 최선을 다하는 것뿐.

"시작하겠습니다."

그렇게 장장 16시간에 걸친 대수술이 시작됐다.

＊　　　　＊　　　　＊

세인트죠셉의 병원장 제임스는 아침에 출근 후 청천벽력 같은 이야기를 들었다.

"지금 뭐라고요, 미셸?"

"그 말 그대로입니다."

제임스는 머리를 손으로 감쌌다. 어제 마신 와인이 덜 깼나? 왜 환청이 들리지? 하지만 환청이 아니었다.

"뉴욕의 마피아, 클랜시 패밀리의 대모 매리가 저격당해 우리 병원에서 수술 중입니다."

"마피아 놈들이 얌전히 있었나요?"

"아니요. 응급실에서 총 들고 난리 쳤고, 지금은 수술장을 점거 중입니다. 수술이 진행 중인 1번 방을 쥐도 못 들어가게 삼엄하게 경호하고 있어요."

신문에 날 대형 사고였다.

"왜 이런 일을 이제야 저한테?"

"어젯밤에 연락드렸는데, 전화 안 받던데요?"

Shit! 제임스는 속으로 욕설을 내뱉었다. 어제 금발의 샌디와 너무 열정적인 밤을 보낸 것 같다. 전화도 못 받을 정도로.

"큰 부상은 아니었나요?"

"큰 부상이었습니다. 죽을 정도로."

"어느 정도의?"

"소장, 간, 대장은 물론이고 대동맥도 찢어졌다 합니다."

그 말에 병원장 제임스의 눈이 커졌다. 그 정도면 무조건 죽을 상처인 것 같은데?

"아니, 어제 몇 시에 온 거예요? 아직 살아 있나요?"

"네, 살아 있습니다."

"어떻게?"

미셸은 설명하기보다 영상을 보여주기로 했다. 그녀도 처음엔 믿기지 않았으니까. 직접 눈으로 보는 것이 나을 거다.

"수술장이 마피아에 점거돼 상황을 알 수 없어 카메라로 내부를 봤는데……."

마침 수술이 진행 중인 1번 방은 외부에서 조작되는 카메라로 수술 상황을 볼 수 있었다. 애초에 세인트죠셉의 우수한 수술 실력을 라이브로 방송하기 위해 마련한 최고 시설의 수술방이기 때문이다.

"보십시오."

전산에 접속해 암호를 넣으니 병원장실의 대형 브라운관 화면에 치지직 수술 장면이 떠올랐다.

"이건……?"

"현재 수술 장면입니다. 수술 시각은 현재 10시간이 경과된 상태입니다."

브라운관의 화면을 본 제임스의 눈이 찢어질 듯 커졌다.

"저, 저건?"

믿을 수 없는 솜씨의 수술이 진행 중이었던 것이다! 어떻게 저렇게? 누가 저런 수술을?

미셸이 입을 열었다.

"원래 진즉 죽었어야 할 부상이지만 매리는 아직 살아 있습니다."

단지 살아 있는 것이 아니었다. 지금 수술장에선 기적이 일어나고 있었다. 제임스가 경악에 떨리는 목소리로 물었다.

"누, 누군가요? 저 말도 안 되는 솜씨의 주인공은?"

카메라의 각도상 집도의가 누군지는 잘 보이지 않았다. 도대체 누가 저런 미라클(Miracle)한 수술을 한단 말인가?

미셸은 말했다.

"한국의 닥터 김입니다."

한국의 닥터 김. 김진현을 뜻하는 호칭이었다.


라이브 영상을 본 것은 제임스뿐이 아니었다. 세인트죠셉의 모든 의사가 진현의 수술을 바라봤다. 당연했다. 마피아 대모 매리의 수술이니까. 관심 없던 사람들도 주변의 사람들의 이야기를 듣고 영상에 접속했다.

─팀, 보고 있어?

"뭐가?"

─지금 빨리 전산에 접속해 1번 방 수술을 봐봐.

"왜?"

─빨리! 장난 아니야! 너도 봐!

외과 레지던트인 팀은 고개를 갸웃하며 전산에 접속했다.

'뭐지? 원래 이렇게 남의 수술 장면을 보면 안 되는데…….'

그러나 수술 장면을 본 그는 뻣뻣이 굳었다. 그것은 팀뿐이 아니라 수술 장면을 본 모든 이가 마찬가지였다.

"말도 안 돼. 어떻게 저렇게?"

"이런, 크레이지(Crazy)!"

모스키토가 허공을 갈랐다. 피를 뿜는 동맥을 한 손 타이가 지혈했다. 그 모든 것이 순식간에 이루어졌고 막힘없이 수술이 이어졌다. 그 엄청난 손놀림을 본 외과의사들이 비명을 질렀다. 믿기지 않을 정도의 솜씨였다.

"누구야? 지금 수술하는 집도의가?"

"잭슨? 로이? 노아?"

세인트죠셉 내에서도 최고로 인정받는 외과의사의 이름이 주르륵 올라왔다. 하지만 답은 아는 누군가가 고개를 저었다.

"아니야."

"그러면? 저건 마스터 서전급의 손놀림이라고."

마스터 서전(Master surgeon). 최고 권위의 외과의사에게 주어지는 영광된 호칭을 뜻한다.

"한국에서 온 닥터 김이야."

"닥터 김?"

사람들은 고개를 갸웃하다 곧 무릎을 탁 쳤다.

"닥터 김? 그 닥터 김? 논문을 아이큐 500의 외계인처럼 찍어내다는?"

"그래, 그 닥터 김이야. 한국, 아니, 외계에서 온!"

"아니, 정말이야? 아무리 연구를 괴물처럼 잘한다지만… 저 수술은?"

사람들은 믿을 수 없다는 표정을 지었다. 아무리 천재라도 그렇지, 어떻게 저런 수술을?

"저 정도면 거의 마스터 서전급인데……."

그때 누군가가 한 단어를 중얼거렸다.

"미라클(Miracle)… 말도 안 돼."

미라클. 장내 모든 사람의 심정을 대변하는 단어였다.


한편 진현은 자신의 수술이 병원 내부로 방송되고 있는지도 몰랐다. 영상 카메라는 외부에서 조작하기 때문이다. 그는 그저 수술에만 집중했다.

'얼마나 지난 것이지?'

얼핏 10시간이 지난 것은 확인했는데, 지금은 얼마나 지난 것인지 모르겠다. 피곤했다. 그는 피로를 털기 위해 눈을 강하게 깜빡였다. 그러나 피로감과 별개로 집중도는 전혀 흐트러지지 않았다. 외부의 모든 것을 잊었다. 마피아든 대모든 누구든. 그저 수술 필드에만 집중했고 몽롱한 정신 속에서 진현의 손이 끝없이 움직였다. 로버트의 기도 덕분일까? 피곤한 몸과 다르게 손은 최상의 컨디션이었다. 마치 날아갈 것만 같았다. 기적적으로 대동맥을 지혈하고, 간을 패킹(Packing)하고, 소장을 자르고, 대장루를 만들고, 썩어버린 간을 도려내고…….

일련의 과정이 끝없이 이어졌다. 그 유수(流水)처럼 흐르는 수술 과정은 잘 정련된 아름다운 연주와도 같다. 옆에서 어시스트하는 마이클은 수술 내내 경악을 멈출 수가 없었다. 동양인이라고 무시하는 마음은 이미 온데간데없이 사라졌고 그 자리엔 경외심이 들어찼다. 수술 1시간쯤 뒤늦게 합류한 데이비드도 마찬가지다. 진현 홀로 수술하게 했다는 죄책감에 자신이 집도하려고 들어왔다 그의 솜씨에 압도당해 어시스트를 서고 있는데 경악이 끊이지 않았다.

'말도 안 돼. 어떻게 이런……?'

둘은 끊임없이 속으로 중얼거렸다.

'이런 괴물 같은…….'

하지만 그들의 경악과 다르게 진현의 수술 솜씨는 하늘에서 떨어진 것이 아니었다. 진현은 지난 삶을 포함해 이번 삶까지 십수 년이 넘게 수술장에서 각고의 세월을 보냈다. 기나긴 시간, 피나는 노력. 그 결과 그는 누구에게도 인정받을 만한 실력을 가지게 되었다. 물론 좋은 컨디션 덕분인지 지금은 평소보다도 탁월한 실력을 보이고 있긴 하다. 하지만 그것도 노력으로 탄생한 그의 실력이었다.

그리고 시간이 지난 후,

철컥!

진현의 모스키토가 혈관을 집었다. 피를 쏟던 마지막 혈관이었다.

"후우."

진현은 한숨을 내쉬었다. 힘들어 죽을 것 같다. 그래도 깔끔한 기분이 들었다.

'고비는 넘겼어.'

진현은 마취과 쪽에 위치한 모니터링 기계를 바라봤다.

혈압 90/50 맥박 120.

정상 수치는 아니지만 최악은 아니었다.

'살릴 수 있어. 아니, 살릴 거야.'

아직 확신할 수는 없지만 좋은 느낌이 들었다. 그때 마취과 교수가 진현을 바라보며 엄지손가락을 들어 올렸다. 대단한 수술을 보여준 진현에 대한 감탄이었다.

"Great!"

진현은 머쓱히 웃으며 말했다.

"이제 마무리하겠습니다."

대수술의 끝을 마무리하는 소리였다.


그는 모르고 있었지만 그때 영상으로 수술을 보고 있던 세인트 죠셉의 의사들은 진현에게 박수를 쳤다. 저 한국의 어린 의사가 기적을 만들었다. 진현의 수술은 세인트죠셉 전체를 흔들었다.

"미라클! 말도 안 돼!"

동양의 어린 의사라 무시하던 시선은 완전히 사라졌다. 세인트죠셉의 의사 모두가 진현을 설명 불가의 괴물로 바라봤다. 대일병원 때와 비슷한 반응이었다.

"고맙다, 정말 고맙다."

험악한 인상의 마피아 간부 로버트가 진현에게 고개를 숙였다.

"아닙니다. 다 당신 덕분입니다."

"응?"

로버트는 의아한 표정을 지었다. 진현은 피로 속에서 미소를 지었다.

"수술장 밖에서 기도해 준 거 아니었습니까? 그 덕분에 좋아진 것 같은데."

"그, 그래! 기도했다. 기도했지."

진현은 기분 좋은 표정을 지었다. 어쨌든 다행이었다.

로버트는 사과도 했다.

"그때 응급실에서 난동 부렸던 것… 정말 미안하다. 원래 우리 패밀리는 일반인들에게 절대 손을 안 쓰는데 그때 보스의 부상에 눈이 멀어서."

그 말에 진현은 생각했다.

'부상이 아니라 사랑에 눈이 먼 것이겠지.'

모르는 사람이 봐도 한눈에 알아차릴 수 있을 정도로 매리를 향한 로버트의 사랑은 열렬했다. 뭐, 그래도 용서가 될 수 있는 행동은 아니지만.

"다음부터는 절대 그러지 마십시오."

"그래, 절대 안 그러겠다. 아마 보스가 일어나면 날 엄청 혼낼 거야. 해고할지도 몰라."

"그러면 꼭 환자분을 치료해야겠군요. 당신을 혼내기 위해서."

"그래, 꼭. 반드시 보스를 살려다오."

로버트는 진현의 손을 잡고 부탁했다. 그들의 대화처럼 수술이 끝났다고 매리가 완전히 살아난 것은 아니었다. 그 뒤에도 매리는 몇 번이고 죽을 고비를 넘겼고, 그때마다 진현은 필사적으로 그녀를 살렸다.

그리고 일주일 뒤, 그녀는 극적으로 호전돼 중환자실을 벗어나 일반 병실로 옮겨지게 되었다. 정말 기적 같은 일이었다. 며칠 뒤, 매리는 사람들의 이목을 피해 퇴원했다. 아직 퇴원할 상태는 아니었지만 많이 좋아져 패밀리와 연관이 있는 병원으로 옮긴 듯했다.

"후우."

진현은 한숨을 내쉬었다. 별의별 환자를 다 만난 진현이지만 그중에서도 매리는 손에 꼽을 만큼 특이하고 곤란한 환자였다. 그런데 그에게 데이비드가 다가왔다.

"무슨 일입니까, 데이비드?"

데이비드는 머뭇거리더니 말했다.

"고마워요, 닥터 김."

"네?"

진현은 의아한 표정을 지었다. 뭐가 고맙단 말인가?

데이비드는 씁쓸한 표정을 지었다.

"그냥… 그날 이후 이런저런 생각을 했어요. 당신의 모습을 보고 많이 느끼기도 하고……."

"……?"

진현은 이해가 되지 않아 고개를 갸웃했다.

데이비드는 말을 이었다.

"어쨌든… 이 말만 할게요. You are the best surgeon. 당신은 최고예요."

"……!"

그리고 데이비드는 사라졌다.

"뭐야, 갑자기?"

진현은 황당해 중얼거렸다. 마피아 대모를 치료한 여파는 그걸로 끝나지 않았다. 수술장에 들어가니 집도하는 교수가 이렇게 말했다.

"닥터 김? 자네가 닥터 김인가?"

"아, 네."

"자네가 무슨 참관인가. 수술 엄청 잘하던데. 이리로 와서 수술에 참여하도록 해."

여러 교수가 그에게 수술의 기회를 주었다. 처음엔 퍼스트 어시스트를 시키다 금방 그의 솜씨를 확인하고 본인의 참관, 감독 하에 집도를 주었고, 역시 마찬가지로 멋진 솜씨에 단독 집도까지 주었다. 완벽한 외과의(Surgeon)으로서 세인트죠셉에서 자리를 잡은 것이다. 더구나 진현은 오랜만에 매스컴도 탔다. 그것도 세계 최고의 신문이라는 뉴욕타임즈에!

〈한국에서 온 영웅, 닥터 김! 마피아 대모를 치료하다!〉

한국의 찌라시 뺨치는 자극적인 제목이었다. 뉴욕타임즈는 진현의 수술 실력도 실력이지만 마피아가 난동 칠 때 영웅적으로 나선 용기를 중점적으로 다뤘다.

〈모두가 벌벌 떨 때, 동양에서 온 닥터 김이 용감히 나섰다. 그만두라고! 내가 당신들의 보스를 치료하겠다고!〉

미국의 기사들은 한국과 다르게 스토리텔링 형식, 즉 소설 형식의 기사가 많다. 그의 기사도 완전한 소설 형식으로 기사만 보면 그는 총알이 난무하는 가운데 나선 정의의 용사였다.

'뉴욕타임즈도 한국 기사랑 똑같네. 자기들 마음대로 과장이

장난이 아니야.'

진현은 쓴웃음 지었다. 기사 끝에는 그의 이력이 적혀 있었다. 1년 사이 발표한 믿을 수 없는 연구 실적, 세인트죠셉의 최연소 교수 예정, 한국에서도 총리를 치료했던 일 등.

'이력만 보면 나도 참 대단하구나.'

진현은 그렇게 생각했다. 하지만 이력만이 아니라 실제로도 그는 대단했다. 본인이 자신의 가치를 정확히 모르고 있을 뿐이지. 그런데 좋은 일만 있었던 것은 아니다. 어떻게 된 일인지 뉴욕타임즈의 기사가 한국으로도 나가 혜미와 가족들에게 한바탕 곤욕을 치른 것이다.

—마피아한테 나서다니. 잘못되면 어떻게 하려고 그랬어? 응? 난 너 없으면 못 사는데!

"미, 미안. 혜미야. 진정해."

혜미는 펑펑 울며 화를 냈고 진현은 달래느라 진땀을 흘렸다. 부모님도 비슷한 반응이었다. 아들의 멋진 기사에 좋아하기보단 걱정을 했다.

—진현아, 그 무엇보다 네 몸이 최우선이다. 다음부턴 절대 그러지 말아라.

—그래, 네가 잘못되면 우리는 어떻게 하라고! 다음부턴 절대 이러지 마!

아버지와 어머니는 걱정되는 마음에 진현을 질책했다. 그는 다시는 안 그러겠다고 약속하고서야 부모님의 잔소리에서 벗어날 수 있었다.

그런데 그러던 어느 날이었다. 병원에 의외의 손님이 찾아왔다.

"여, 잘 지냈나? 닥터 김."

"……!"

진현은 놀란 표정을 지었다. 곰 같은 몸, 사자 같은 얼굴. 마피아 간부 로버트였다.

"아, 무슨 일입니까? 혹시 환자분한테 무슨 문제라도?"

"문제는 무슨. 그렇게 치료를 잘해줬는데, 아무런 문제 없지."

"그러면 무슨 일로 저를?"

신사적으로 바뀐 로버트지만 처음 응급실에서의 난동이 떠올라 그와의 만남이 편치 않았다. 그런데 로버트가 의외의 말을 하였다.

"언제 저녁에 시간 되나?"

"저녁이요? 그건 왜?"

"초청하려고."

"……!"

진현은 놀라 그를 바라봤다. 195㎝가 훌쩍 넘는 키라 170 중반의 키인 진현은 한참을 올려다봐야 했다. 로버트가 사자 같은 얼굴로 흉포하게 웃었다.

"보스의 초청이야."

보스. 클랜시 패밀리의 대모인 피의 매리가 진현을 초청한 것이다.

＊　　　＊　　　＊

한국 남산에 위치한 반얀트리 호텔. 이태원과 한강의 전경이 한눈에 내려다보이는 스위트룸에서 모델처럼 매끄럽게 생긴 남자가 담배를 피우고 있었다. 굉장히 잘생긴 외모였지만 온몸이 삐쩍 마른 것이 흠이었다. 얼굴에는 생기가 없어 마약중독자와 같은 퇴폐적인 느낌이 흘렀다.

남자의 이름은 이상민. 대일병원 이사장 이종근의 아들이자 차기 병원장으로 지목받는 후계자였다. 모든 것을 다 가진 그였지만 얼굴이 행복해 보이지 않았다. 아니, 행복은커녕 그의 눈은 깊은 심연을 헤매었다.

"김진현……."

문득 친구의 이름을 중얼거렸다. 항상 그의 앞을 가로막던, 하지만 이제는 눈앞에서 사라진 친구. 아니, 정말 사라진 것일까?

그때 차분한 여성의 목소리가 들렸다.

"상민 씨, 무슨 생각 해요?"

단아한 미모의 여인 이연희였다. 그녀는 룸에 비치된 원두커피를 내려 이상민에게 다가왔다.

"씻었어?"

"네, 무슨 생각 해요?"

"그냥……."

이상민의 입가에 미소가 떠올랐다. 감정을 알 수 없는 웃음.

"여기 커피 마셔요."

"커피 말고. 다른 것."

"뭘요? 술?"

"아니, 너."

이연희의 얼굴이 붉어졌다.

"뭐예요, 그게."

"이리로 와봐."

이연희의 입과 그의 입이 하나로 겹쳐졌다. 짧지만 긴 입맞춤을 끝낸 후 연희는 한숨을 내쉬었다. 그와의 키스는 달콤하기보단 썼다. 왜 그런지는 모르지만 항상 그랬다.

"오늘 무슨 일 있어요?"

"왜?"

"그냥 평소랑 다른 것 같아서……."

이상민은 웃더니 말했다.

"우리 결혼할래?"

"……!"

이연희의 눈이 커졌다. 생각지도 못 한 말이었다.

"갑자기 그게 무슨 말이에요?"

"왜? 나 싫어?"

"그건 아니지만……."

그녀는 주저하다 말했다.

"상민 씨는 나 좋아하지 않잖아요."

알고 있었다. 함께 있어도 그의 마음은 그녀에게 있지 않다는 것을. 그의 눈은 항상 공허했으니까. 그런데 이상민이 대수롭지 않게 물었다.

"그건 너도 마찬가지잖아? 그러니 상관없지 않아?"

"……!"

그녀의 얼굴이 굳어졌다.

"아니에요. 그건……."

그런데 왜일까? 그 순간 그녀는 한 인물을 떠올렸다. 어린 얼굴에 깊은 눈, 그녀의 마음을 찢어지게 한 남자. 김진현이었다.

'상민 씨를 싫어하진 않아. 하지만⋯⋯.'

그녀도 자신의 마음을 잘 모르겠다. 이상민을 좋아하는 것인지 아닌지, 자신의 감정을 모르면서도 왜 그의 옆에 계속 있는 것인지. 하지만 한 가지 확실한 것은 있다. 그녀는 아직도 가끔 김진현이 떠올랐다. 그리고 떠오를 때마다 가슴이 아팠다.

"그냥 해본 말이니 너무 정색하진 말고."

이상민이 룸의 홈 바(Home bar)에서 하이네켄 맥주를 꺼내 들어 한 모금 마셨다.

"저도 한 캔 주세요."

이상민은 그녀에게도 맥주를 건넸다.

"그런데 요즘 무슨 일 있으세요? 계속 악몽도 꾸고. 깨어 있을 때도⋯⋯."

이연희는 조심히 물었다. 이상민이 악몽을 꾸는 것은 하루 이틀 일이 아니지만 최근엔 뭔가 이상했다.

그는 씽긋 웃었다.

"신경 쓰지 마. 그러고 보니 참, 내가 헷갈려서 묻는 건데⋯ 정신분열병(Schizophrenia)도 유전이 되던가?"

"글쎄요? 전 잘 모르겠는데요. 그건 상민 씨가 더 잘 알지 않아요? 한국대 차석이잖아요."

그녀는 그런 것은 왜 묻냐는 표정을 지었다. 이상민은 답하지 않고 창밖을 바라봤다. 남산 터널을 지나가는 차들이 반짝반짝 불빛을 냈다. 그러나 그의 눈에 비치는 광경은 그런 것이 아니었다.

'재미없군.'

이상민은 속으로 중얼거렸다.

뚝. 뚝.

피가 떨어진다. 그의 손에 죽은 사람들이 눈에서 피를 흘리며 그를 저주하고 있었다. 이전에는 악몽으로만 꾸었는데, 이제는 깨어 있을 때에도 나타나기 시작한 것이다. 과거 어머니가 했던 말이 떠올랐다.

"상민아, 엄마가 자꾸 헛것이 보여."

정신분열병을 앓던 그의 어머니는 환각(Hallucination)으로 십 년이 넘는 세월을 괴로워하다 결국 자살했다. 이상민이 겪는 환 각의 끝은 악몽과 똑같았다. 마지막 순간, '그'가 나타났다. '그' 는 피를 흘리지도 저주를 퍼붓지도 않았다. 그저 자신을 지그시 내려다볼 뿐이었지만 이상민은 '그'가 어떤 사자(死者)보다도 싫 었다. 꿈에서, 그리고 환각에서 자신을 내려다보는 '그'는 다름 아닌 김진현이었다. 일그러진 자의식(自意識)의 산물이었다.

'재미없어.'

이상민은 홈 바에서 위스키를 꺼내 마셨다. 알싸한 술기운이 올라왔다. 계속된 환각 때문일까? 대일병원의 완전한 후계자가 되었지만 그에겐 모든 것이 재미가 없었다.

*　　　*　　　*

　진현은 매리의 초청을 이리저리 피했다. 당연했다.

　'내가 왜 마피아의 소굴에 가?! 차라리 호랑이 굴에 들어가고 말지!'

　그는 평범한 소시민이었다. 마피아와는 절대 엮이고 싶지 않았다.

　"의사는 환자와 사적으로 만나지 않습니다."

　이런 핑계로 계속 거절했으나 로버트가 그 험악한 얼굴을 맨날 들이대니 결국 두 손을 들 수밖에 없었다.

　"얼굴만 보고 바로 돌아오겠습니다."

　로버트가 씨익 웃었다. 친근함을 표시한 것이지만 마치 사자가 사슴을 먹기 전의 웃음 같았다.

　"너무 겁먹지 말라고. 고마워서 초청하는 것이니. 보스가 닥터 김을 무척 보고 싶어 해. 입원할 때 너무 몸 상태가 안 좋아 제대로 인사도 못 한 것 같다고."

　"인사 안 해도 되는데……."

　로버트는 진현의 말을 무시하고 그를 차에 태웠다.

　"자, 타."

　진현을 모시고(?) 가기 위해 가져온 차량은 무려 벤틀리였다. 최소 2억에서 3억은 하는 차를 보니 나름 위로가 되었다.

　'그래, 이왕 납치될 거면 좋은 차로 납치되는 게 좋겠지.'

　운전석에 앉은 검은 양복을 입은 마피아가 진현에게 인사했다.

　"반갑습니다, 닥터 김."

"네."

마피아 간부 로버트도 진현의 옆에 앉았다. 앞에도 마피아, 옆에도 마피아. 늑대 우리에 갇힌 토끼의 기분이 되어 진현은 정자세로 앉았다.

"하, 하! 너무 그렇게 긴장하지 말라니까 그러네."

로버트의 말에 진현은 속으로 인상을 찌푸렸다.

'네가 지난번 응급실에서 한 짓이 있는데 어떻게 안 긴장해?!'

그런데 얼마 가지 않아 벤틀리가 멈췄다. 그것도 매우 익숙한 동네에서.

"……?"

진현이 의아한 표정을 짓자 로버트가 말했다.

"다 왔어. 내려."

"하지만 여긴?"

우리 집인데? 정확히는 그가 사는 오피스텔이 위치한 건물 앞이었다. 로버트가 손을 뻗어 진현이 사는 건물의 옆 건물을 가리켰다. 이 근방에서도 가장 높은 초고층 빌딩이었다.

"저기야."

진현은 말뜻을 이해 못 했다. 저긴 다국적 기업인 레이드의 본사라고 들었는데 저기라니? 로버트가 친절히 한 번 더 설명했다.

"저기가 우리 아지트야."

"하지만 저긴 다국적 기업인 레이드의 본사……."

로버트는 진현이 뭘 헷갈려하는지 깨달았다.

"아, 그 레이드가 우리 거야. 우리 클랜시 패밀리의 상장 기업 이름이 레이드거든. 우리 보스가 CEO고."

"……."

로버트가 씨익 웃었다.

"뭐야, 시대가 어느 땐데 우리가 마약이나 팔면서 총 놀이 하고 있을 줄 알았어? 우린 글로벌 친환경 합법 마피아라고. 물론 탈세는 좀 많이 하지만."

진현은 입을 다물었다. 그게 뭐야! 진현은 자신이 마피아 소굴 옆 건물에 살았다는 사실에 황당함을 느꼈다. 건물로 들어와 보니 대기업 뺨치는 규모의 화이트칼라 노동자들이 분주히 돌아다니고 있었다.

"저 사람들은 우리 조직원은 아니야. 정식 면접과 시험을 보고 들어온 직원들이지. 이래 봬도 우리 기업은 여러 사원 복지가 잘되어 있어서 젊은 층에게 인기가 높다고."

"원래 미국의 마피아는 다 이렇습니까?"

"아니, 우리만 그래. 전대 보스가 이렇게 바꿨어. 피 없는, 그러나 세계적인 마피아가 되자고. 뭐, 그 과정 중에 암살당하고 지금은 대모 매리가 열심히 그 뜻을 잇는 중이지. 결과는 성공적이고. 여기가 마피아인지, 기업인지 정체성에 혼란이 있는 게 좀 문제이지만. 그래도 마피아스러운 일도 안 하는 것은 아니니까."

"그러면 피의 매리란 별명은?"

"아, 그건 보스가 빨간 드레스만 좋아해서 그래. 그리고 마이파 보스의 별명으로 멋지잖아. 우리가 일부러 퍼뜨렸어."

"……."

그들은 간부 전용의 고속 엘리베이터에 탑승했다.

"보스는 꼭대기 층에 살고 있어. 저격을 피하려고 근처에서 제일 높은 층이야. 헬기를 타고 저격하지 않는 한 난공불락이지."

어쨌든 자신과 완전히 다른 세계이다. 착한 마피아든, 나쁜 마피아든 마피아는 마피아이니 얼굴만 보고 곧바로 돌아갈 것이라 진현은 다짐했다.

띠잉.

곧 엘리베이터가 꼭대기 층에 도착했다.

"……."

발아래로 뉴욕의 야경이 한눈에 들어와 진현은 잠시 압도당했다.

"가자. 보스 기다린다."

로버트를 따라가니 주거 공간으로 보이는 펜트하우스 옆에 커다란 응접용 객실이 나타났다.

"왔습니다, 보스."

로버트가 문을 열며 고개를 숙였다. 그리고 그곳에 그녀가 서 있었다. 가슴까지 파이는 붉은 드레스, 하얀 피부에 장미를 연상시키는 아름다운 얼굴. 그녀, 피의 매리가 웃으며 말했다.

"어서 오세요, 닥터 김."


그들은 20명은 충분히 수용할 커다란 탁자에 앉아 식사를 했다.

'아, 바로 가려고 했는데 식사라니.'

그러나 아무리 나쁜 마피아는 아니라고 해도 마피아 보스가 권하는데 어떻게 거절하겠는가? 몸 성히 보내주길 바랄 뿐.

"음식은 입에 맞으신가요?"

매리가 스테이크를 썰며 물었다. 중세 귀족처럼 고상한 목소리였다.

"아, 네."

"다행이네요. 에이미에게 고기를 좋아한단 이야기를 듣고 특별히 준비했어요."

그래서 그런지 정말 진현 취향의 음식이 많았다. 버섯을 얹은 산채와 발사믹 소스의 감미로운 어쩌구… 이런 식의 이름만 특이한 샐러드 따윈 거의 보이지도 않았고, 주로 고기 요리였다. 심지어 한국 요리사를 초빙했는지 갈비와 삼겹살 요리도 있어 진현을 감동시켰다.

'여기에 소주만 있으면 최고일 텐데.'

매리가 다소곳이 웃으며 말했다.

"진작 초청했어야 하는데, 늦어서 죄송해요."

"아닙니다. 신경 쓰지 마십시오."

"그럴 순 없죠. 무려 제 생명을 구해주었는데. 다 들었어요. 닥터 김이 아니었으면 전 죽은 목숨이었다는걸. 늦었지만 저의 생명을 구해주신 것을 진심으로 감사합니다."

그러면서 그녀는 고개를 숙였다. 마피아 보스의 고개 숙인 인사에 진현은 급히 손을 저었다. 두 번 감사를 받다간 체할 것 같다.

"정말 신경 쓰지 마십시오. 의사가 환자를 치료하는 것은 당연한 것입니다. 특별한 마음을 가지고 치료한 것은 아니니 개의치 않아도 됩니다."

그리고 진현은 물었다.

"그런데 수술받은 부위는 괜찮으십니까?"

"네, 괜찮아요."

"워낙 부상이 심했던 상태라 아직은 무리하면 안 됩니다. 장을 이어 붙인 후유증이 나타날 수 있기 때문에 꼭 주의를 하십시오."

"고마워요."

매리는 묘한 미소를 지으며 생각했다.

'특이한 남자네.'

마피아 소굴에 들어와 긴장할 땐 언제고 상태를 묻고 걱정하는 건 완전 의사의 모습이다.

'천생 의사야. 그러니 날 치료할 수 있었겠지.'

그녀도 자신의 부상이 얼마나 심했는지는 들어서 안다. 죽을 수밖에 없었던 자신을 살려준 게 바로 저 어린 의사였다.

'매력적이야. 아주.'

동안에 동양 남자, 거기다 지적으로 생긴 것도 딱 그녀의 취향이었다. 그녀는 웃음을 감추며 말했다.

"닥터 김은 신경을 쓰지 말라고 하지만 제 입장에선 신경을 안 쓸 수가 없어요."

그러면서 그녀는 로버트를 바라봤다.

"준비한 것을 가져와."

"네, 보스."

진현이 의아한 표정을 지을 때, 로버트가 작은 가방을 가져왔다.

"이게 뭡니까? 당연히 해야 할 일을 한 것이니……."

"한번 열어보기나 하세요."

어쩔 수 없이 진현이 가방을 여니 안에는 통장 하나와 카드가 들어 있었다.

"스위스 은행에 닥터 김의 명의로 계좌를 하나 개설했어요. 250만 달러를 넣었으니 원하는 대로 쓰도록 하세요."

"……!"

진현은 입을 벌렸다. 250만 달러면 현 환율로 30억에 가까운 거금이었다.

"저를 살려준 보답이에요."

진현은 굳은 얼굴로 가방을 앞으로 밀었다.

"이건 받을 수 없습니다."

"왜요? 너무 거금이라서요? 아니에요. 저 매리 클랜시의 목숨 값에 비하면 헐값이에요."

"아닙니다."

"그러면요?"

진현은 한숨을 내쉬었다.

"저는 그저 응급실에 온 한 환자를 치료했을 뿐입니다. 당신의 신분이 중요해서 치료한 게 아니라, 그저 치료가 필요하니 치료한 것뿐입니다. 죄송하지만 그날의 일은 저에게 그 정도의 의미밖에 없습니다. 일상적인 일을 했을 뿐인데, 이런 돈을 받을 수는 없습니다."

물론 그도 돈이 좋다. 오죽 좋으면 회귀 후 삶의 목표가 강남 피부과 의사였을까? 지금도 돈이 좋아 각 제약회사와 닥치는 대로 프로젝트를 하고 있다. 그러나 이건 아니었다.

"의사가 환자를 치료한 것으로 특별한 대가를 받으면 안 된다고 생각합니다."

그래, 당연히 해야 하는 일을 가지고 왜 특별한 대가를 받는단 말인가? 물론 정해진 보수는 받아야겠지만. 그의 말을 들은 메리의 표정이 알 수 없게 변했다. 그걸 기분이 상한 것으로 생각한 진현은 아차 했다. 그래도 명색이 마피아 보스한테 너무 건방지게 이야기했나? 총이라도 쏘면 어떻게 하지? 다행히 매리는 화내지 않았다.

"닥터 김의 뜻은 알았어요."

"감사합니다."

"그런데 어떻게 하죠?"

"네?"

"그거, 이제 저희는 찾을 수 없는데. 닥터 김의 계좌로 넘어가서 이제 닥터 김밖에 못 찾아요."

"……!"

진현은 당황해 말했다.

"그러면 제가 그쪽으로 송금을……."

"저희는 정체불명의 돈은 안 받아요. 이래 봬도 투명한 마피아를 표방하거든요."

진현은 황당한 표정을 지었다. 이게 무슨 말도 안 되는 소리?

매리는 아쉽다는 듯 말했다.

"닥터 김이 안 쓰겠다면 그 250만 달러는 허공에 날아가겠네요. 스위스 은행만 좋겠어요. 저희는 그 돈에 신경을 끌 거고, 닥터 김도 안 가진다면… 이제 250만 달러는 스위스 은행 것이지요, 뭐."

"……."

자기는 신경 끌 테니 갖든 말든 알아서 하라는 뜻이었다. 진현은 한숨을 내쉬었다. 이렇게 막무가내면 어떻게 할 도리가 없다.

'나도 30억 원이 싫은 것은 아니지만… 곤란하다고.'

지금까지 모은 돈에 이 30억 원을 더하면 강남에 건물도 살 수 있을 금액이다. 오랜 꿈이 이루어지는 것은 좋지만, 이건 좀 아닌 것 같은데. 더 이상 이야기하지 않겠다는 듯 매리가 화제를 돌렸다.

"어쨌든 제 생명을 구해준 은인인데 앞으로도 가끔 초대해도 될까요?"

진현은 곤란한 표정을 지었다.

"제가 병원 일이 바빠서……."

"그래도 전 선생님이 수술한 환자인데 가끔 와서 안 봐주게요?"

"……."

진현이 답을 못 하자 매리가 웃었다.

"그러면 가끔 초대하도록 할게요."

진현은 속으로 인상을 찌푸렸다.

'싫다고!'

어쨌든 그 뒤로는 가벼운 이야기가 오갔다. 매리가 주로 질문을 하며 대화를 이끌었고, 진현이 대답하는 형식이었다. 매리는 프랑스산 와인을 한 모금 입에 머금으며 생각했다.

'이 남자, 나쁘지 않네.'

일단 생긴 게 자신의 타입이었다. 동양의 동안(童顔) 청년, 인텔리적인 이미지. 독특한 자신의 취향에 딱 맞았다. 더구나 자신의 생명을 구했을 뿐 아니라 대화를 나누며 나오는 성격도 진솔했다. 오랜만에 본 마음에 쏙 드는 남자였다.

'한번 꼬셔볼까?'

그녀의 강렬한 눈빛에 진현은 떨떠름히 물었다.

"왜 그렇게 보십니까?"

"아니요. 그냥요."

그녀는 고혹적으로 미소를 지었다. 와인을 머금은 입술이 장미처럼 붉게 물들었다.

"다음에도 또 이런 시간을 갖고 싶네요, 닥터 김."

그 말에 진현은 알 수 없는 한기를 느꼈다.


진현과의 만남 후, 매리는 자신의 펜트하우스로 이동해 뉴욕의 야경을 바라봤다.

"후우."

"즐거우셨던 것 같습니다."

중년의 남자가 그녀에게 다가왔다. 클랜시 패밀리의 최고 간부 중 하나인 로이드였다.

"간만에 완전 내 취향인 남자여서. 생각지도 못하게 마음을 뺏겼네."

"납치해 올까요?"

매리는 큭큭 웃었다.

"그럴까?"

"원하신다면 언제든지."

"담배 좀 줘."

로이드가 비단에 감싼 시가를 가져왔다.

"그렇게 계속 피우다가는 폐암에 걸리십니다."

"그럼 닥터 김이 치료해 주겠지."

"닥터 김은 흉부외과가 아닌 제너럴 서저리입니다."

"아, 몰라. 잔소리하지 마."

그러면서 그녀는 후우 담배 연기를 뿜었다. 가죽 소파에 다리를 꼬고 앉은 그녀가 나직이 물었다.

"로이드."

"네."

"닥터 김은 왜 미국에 온 거지?"

"세인트죠셉에서 굉장한 조건으로 스카우트한 것으로 압니다. 그리고 닥터 김은 단기간 만에 그 이상의 성과를 내었고요."

"아니, 그런 것 말고. 한국에서 의사 면허가 정지되었다고 했잖아. 그건 어떻게 된 일이야? 닥터 김이 의사 면허가 정지될 사람으로 보이진 않는데."

날카로운 질문이었다. 닥터 김에 대해 이미 많은 것을 조사한 로이드는 당시의 상황을 설명했다.

"원인 불명의 사망에 대한 책임을 뒤집어써 한시적 면허 정지 처분을 받았다 합니다."

"흐음……."

그녀는 차가운 표정을 지었다. 범죄 조직에 오래 몸담은 그녀의 감이 안 좋은 냄새를 맡았다.

"왠지 구린 냄새가 나는데. 우리도 가끔 쓰는 방법이잖아. 덮어씌우기. 그런 건 아니야?"

"네, 그럴 가능성 또한 배제할 수 없습니다."

"당시에 의심 가는 자는 없고?"

"의심 가는 자는 없지만……."

"없지만?"

"적대 세력은 있었습니다."

"누구?"

"당시 근무하던 대일병원의 이사장입니다."

그녀는 가만히 고개를 끄덕였다.

"그래, 그렇군."

"네, 당시 닥터 김이 사건에 연루되었을 때 중벌이 떨어지도록 브로커를 통해 로비도 했습니다."

"그러면 그자가 사건의 배후일 수도 있겠네."

"가능성이 있습니다. 닥터 김이 1년 뒤에 한국 대일병원에 교환교수로 돌아가려 하는 것도 그와 연관이 있지 않을까 추정됩니다. 하지만 이미 시신을 처리해 당시의 정황을 더 조사하는 것은 불가능한 상황입니다."

매리는 고개를 저었다.

"뭔가 이상해. 이상한 일이야, 안 그래?"

"그렇습니다."

"한국이라고 했지? 혹시 그쪽에 우리와 끈이 있나?"

"많습니다. 한 다리 건너면 누구든 연결할 수 있습니다."

"그러면 당시 상황과 이사장이란 자에 대해서도 조사해 볼래? 힘들까?"

"가능합니다."

온건적이고 합법적인 성향으로 미국 FBI와도 끈이 있는 클랜시 패밀리다. 대일그룹의 회장을 암살하는 것도 아니고, 고작 그룹 내 병원의 이사장 정도를 조사하는 것 정도야 얼마든지 가능했다.

"내 생명을 구해준 남자의 일이니 탈탈 잘 조사해 봐. 당시 상황뿐 아니라 이사장한테 구린 구석은 없는지, 비리는 안 저질렀는지 모두."

그녀의 입가에 얼음 같은 미소가 떠올랐다.

"혹시 알아? 내 생명을 구해준 은혜를 갚을 만한 정보를 얻을지."


한편 한국의 강남구 청담동에 위치한 대일병원. 정상에 위치한 이사장실에서 이종근은 인상을 찌푸렸다.

"왠지 귀가 가렵군."

"어디가 안 좋으십니까?"

충복인 외과의 주임 교수 고영찬이 걱정스러운 표정을 지었다.

"아니, 몸이 안 좋은 것은 아닌데. 기분이 안 좋아."

그가 기분이 안 좋은 이유는 단 하나였다. 김진현.

'김진현, 이놈은 정말… 인간이 맞긴 한 건가?'

최근 한국의 의학계에서 가장 유명한 인물은 다름 아닌 미국의 김진현이었다. 고작 이십 대 중후반의 나이로 미국에 날아가 핵폭풍 같은 성과를 내고 있었기 때문이다. NEJM에 2편, 자마(JAMA)에 2편, 란셋(Lancet)에 1편. 세계 3대 의학 저널에 5편이라니. 한국의 지방 의과대학에선 개교 이래 1편도 못 싣는 경우도 허다한데, 그런 논문을 5편이나 기재했다. 그것도 고작 몇 달 만에! 더구나 한국에 있을 때 기재했던 것을 합치면 9편이고, 이후로도 거대 제약회사와 합작하여 발표 날만 기다리는 프로젝트도 수두룩하다.

그뿐인가? 미국 마피아 보스를 영웅적으로 치료해 매스컴도 탔다. 누가 봐도 감탄이 나올 만한 행위였기에 한국의 언론도 뉴욕타임즈의 기사를 다뤘다.

〈한국의 닥터 김! 죽음을 무릅쓰고 마피아 보스의 생명을 구하다!〉

이런 제목의 기사가 한동안 인터넷을 뜨겁게 달궜었다. 그 기사를 본 이종근은 헛웃음을 터뜨렸다. 자신이 봐도 멋진 모습이었다.

'제기랄.'

물론 이제 김진현, 그 눈엣가시와 자신은 아무런 상관이 없다. 애초에 이상민 때문에 그놈을 적대시했던 것이니까.

'그래도 기분이 나빠.'

괜히 기분이 찝찝했다. 김진현을 이대로 두면 분명 나중에 후회할 것만 같았다.

"고 교수."

"네, 이사장님."

"김진현이 지금 있는 곳이 세인트죠셉 맞지? 그 정길수가 외과 과장으로 있는?"

"네, 맞습니다."

이종근은 인상을 찌푸렸다.

'정길수 이놈은 도대체 왜 아무런 소식이 없는 거야?'

사실 김진현이 세인트죠셉으로 간다는 이야기를 들었을 때, 이종근은 곧바로 손을 썼다. 세인트죠셉의 외과 과장인 한국인 정길수에게 메일을 보냈던 것이다.

"이사장님과 정길수 과장은 막역한 사이 아닙니까?"

고영찬의 말처럼 그와 세인트죠셉의 정길수는 깊은 인연이 있었다. 의과대학 시절부터 동기였고, 둘 사이엔 이런저런 일이 많았다.

'친구라기보단 부하지. 학창 시절부터 날 윗사람처럼 따랐으니까.'

이종근은 곧바로 세인트죠셉의 정길수 과장에게 김진현에 대한 메일을 작성해 보냈다. 구구절절 거창하게 썼으나 내용을 요약하면 간단했다. 적당히 잘 처리해 달라는 것이었다. 정길수는 그에게 큰 빚을 진 적이 있으니 부탁을 외면하지 못할 것이다. 발신 버튼을 누른 이종근은 좋은 소식을 기다리기로 했다.

'알아서 잘 처리하겠지.'

이종근이 흐뭇한 미소를 짓는데 민 비서가 들어왔다.

"이사장님, 백중현 실장이 왔습니다."

"백중현 실장이?"

이종근은 인상을 찌푸렸다. 백중현 실장은 대일그룹 전체 회장인 이해중의 비서실장으로 회장의 양아들로 불릴 만큼 총애를 받아 그룹 내 막강한 실세였다.

"들어오라 하세요."

곧 딱딱한 인상의 중년 남자, 백중현 실장이 들어왔다.

"무슨 일입니까, 백 실장?"

"제가 대일병원에 올 문제야 하나 아닙니까? 회장님의 건강 문제 때문입니다."

원래 이해중 회장은 B형 간염 보균자로 간이 안 좋았는데, 간경화가 악화되며 최근 들어 건강이 급속도로 나빠지고 있었다.

"회장님의 건강이 지속적으로 안 좋아지고 계십니다. 간 수치도 계속 불규칙하고요. 어떻게 하실 것입니까?"

질책하는 말투였다. 이종근은 속으로 욕설을 내뱉었다.

'빌어먹을. 노친네가 나이 들어서 그런 걸 어쩌라고.'

이해중 회장의 건강은 전적으로 대일병원에서 책임지고 돌보고 있었다. 하지만 계속 호전을 보이지 않자 그룹 내에서 병원 이사장인 이종근에 대한 비난의 목소리가 높았다.

"간 자체가 좋지 않아서 어쩔 수가 없습니다."

이종근은 궁색하게 말했다. 백중현 실장이 이맛살을 찌푸리며 따지듯 물었다.

"그래도 너무 차도가 없으십니다. 대일병원에서 잘 봐주고 있는 게 맞습니까?"

"아니, 백 실장? 그게 무슨 말입니까? 누가 들으면 우리가 회장님 진료를 소홀히 하기라도 한 줄 알겠습니다. 그렇게 말하는 거 아닙니다."

이종근은 불쾌히 답했으나 백중현은 꼼짝도 안 했다. 오히려 차갑게 입을 열었다.

"회장님이 지금 안 좋아지면 대일그룹은 산산조각 납니다. 반드시 건강을 회복하셔야 하니 꼭 힘써주십시오. 만약 회장님에게 불의의 일이라도 생긴다면 대일병원 측도 책임을 물어야 할 것입니다."

경고하듯 말한 백 실장은 뚜벅뚜벅 이사장실을 나갔다. 이종근은 버럭 짜증을 냈다.

"젠장, 우리가 하느님인지 아나. 노친네가 나빠지는 걸 어쩌라고! 나이가 들면 죽어야지!"

옆에서 듣고만 있던 고영찬이 조심히 말했다.

"회장님의 간 기능이 계속 나빠진다면 간이식을 해야 하는 것 아닐까요?"

"그렇긴 하지."

"그러면 늦기 전에 간이식 준비를⋯⋯."

그런데 이종근이 날카로운 눈빛으로 물었다.

"수술하다 잘못되면?"

"네?"

"혹시라도 수술하다 잘못돼서 죽으면 그때는 수술한 사람 목으로 끝나지 않아. 나나 자네나 다 옷 벗어야 해."

그게 문제였다. 그룹 회장이 대일병원에서 수술하다 죽으면 한두 명 옷 벗는 것으로 끝나지 않는다. 더구나 회장은 지극히 고령이라 간이식 같은 대수술을 버티지 못할 확률이 높았다.

"하지만 이대로라면 회장님은 오래 못 버티십니다. 간부전(Liver failure)이 될 확률도 높아 보이고, 간부전이 오면 얼마 못 버티고 사망할 텐데⋯⋯."

고영찬의 말이 옳았다. 괜히 수술을 해 책임을 지고 싶지 않지만 가만히 놔두면 오래 버티지 못할 것이다. 이러지도 저러지도 못하는 상황이다. 그런데 고영찬이 묘안을 내었다.

"그럼 다른 병원에서 수술받게 하는 것은 어떻습니까?"

"다른 병원? 간이식은 우리 대일병원이 최고야."

"아니, 우리나라 말고 다른 나라 말입니다. 미국 같은."

"⋯⋯!"

이종근은 고영찬의 말뜻을 이해했다. 고영찬은 씨익 웃었다.

"아무래도 우리나라보단 미국이 의료 선진국 아니겠습니까?

회장님이야 우리 대일병원에서 치료받는 것을 고집하셨지만 미국 내에서도 최고로 꼽히는 병원을 추천하면 그곳에 가서 수술을 받을 것입니다."

이종근은 손을 쳤다.

"그래, 좋은 생각이야. 내가 왜 그 생각을 못 했지?"

미국에서 수술을 받게 하면 책임을 회피할 수 있다.

"미리미리 백 실장과 동민이를 통해 이야기를 해야겠군."

이동민. 그의 막냇동생이자 대일IT의 사장으로 차후 대일그룹 전체의 후계자였다.

"원체 어려운 수술이니 간이식은 미국의 손꼽히는 병원에 가서 받는 게 좋겠다고 하면 되겠군. 그런데 어느 병원을 추천하지?"

"이번 연도 미국 병원들의 간 파트 랭킹을 통해 추천하는 것이 어떻습니까?"

미국은 매년 각 파트, 병원마다 랭킹을 매긴다. 모든 과의 1위, 2위, 3위를 대일, 한국대, 광혜병원에서 독차지하는 한국과 다르게, 미국은 파트마다 뛰어난 병원이 천차만별이기 때문이다.

"그래, 그게 좋겠군. 정말 좋은 생각이야. 하하."

이종근은 간만에 크게 웃었다. 고영찬의 기발한 생각 덕에 가장 큰 걱정을 덜게 되었다. 그런데 그들이 모르는 것이 있었다. 이번 연도 간 파트 랭킹은 지난해와 다르게 세인트죠셉병원이 1위란 것을. 모두 '한국의 미라클 김', 김진현의 무지막지한 논문 실적 때문이었다.


며칠 뒤, 한남동 이해중 회장의 저택으로 한 손님이 방문했다.

"사장님, 오셨습니까?"

사십 대의 남자, 이해중 회장의 막내아들이자 대일IT의 사장인 이동민이었다.

"아버지는?"

"안에 계십니다."

이동민은 고용인을 따라 커다란 방으로 들어갔다. 고령에도 정정한 이해중 회장이 아들을 반갑게 맞았다.

"동민이 왔느냐? 밥은 먹었고?"

"네, 아버지는 몸은 괜찮으세요?"

"괜찮은데 의사 놈들이 자꾸 안정하라 그래서."

재계 1위의 회장과 후계자가 나누는 대화답지 않게 정겨운 분위기였다. 돈만 밝히는 다른 형제들과 다르게 막내아들 이동민 사장은 효심이 굉장히 깊었다. 그런 모습을 기특히 여겨 이해중 회장도 그룹 내 가장 핵심 사업인 대일IT의 사장 자리 및 후계 자리를 준 것이고.

"지난번 간 수치도 안 좋으시던데. 안정하셔야죠."

"안정은 무슨. 어제도 라운딩 한 번 돌고 왔다."

이동민이 깜짝 놀라 말했다.

"아버지! 그러면 안 된다니까요."

"흘흘, 괜찮다. 차나 한잔하자."

탁자에 앉은 그들은 이런저런 대화를 나누었다.

"그런데 이 시간에 웬일이더냐?"

"아버지 보러 왔죠."

"나야 네 얼굴 봐서 반갑긴 하지만 할 말이 있는 것 같은데?

왜? 또 어떤 놈이 괴롭혀?"

이동민을 괴롭힐 사람들은 단 한 부류다. 돈만 밝히는 가문의 형제들. 자신들을 제치고 막내가 후계로 선정됐을 때 얼마나 반대가 심했는지.

"그런 게 아니라 다른 할 말이 있어요."

"무슨?"

"아버지, 대일병원이 아닌 미국에서 진료를 받는 게 어떠세요?"

이해중은 인상을 찌푸렸다.

"그게 무슨 말이냐?"

"아무래도 대일병원보단 미국이 더 나을 테니까요."

"됐다. 살면 얼마나 더 산다고. 그리고 대일병원이나 미국이나 별로 다를 것도 없어."

하지만 이동민은 물러나지 않았다.

"지금이야 아직 괜찮지만 만약 간 기능이 더 안 좋아지면 간이식을 받아야 할 수도 있어요. 간은 제가 드릴 테니 수술은 미국에서 받는 게 낫잖아요."

그 말에 이해중 회장은 버럭 화를 내었다.

"아니, 그게 무슨 말도 안 되는 소리냐?! 내가 네 간을 왜 받아?! 죽으면 죽었지, 아들 간은 못 받는다. 그런 이야기 다시는 하지 마라!"

워낙 화를 낸 이동민은 더 말을 꺼내지 못했다. 하지만 그는 속으로 생각했다.

'대일병원 그 돌팔이 놈들은 믿을 수가 없어.'

처음 이 제의를 한 것은 다름 아닌 대일병원의 이종근이었다.

아버지를 더 좋은 병원에서 치료받게 하는 것은 어떻겠냐고. 셋째 형인 이종근을 경멸하는 이동민이었지만, 그 의견엔 동의했다. 쓰레기 집합소인 형제 중에서도 가장 쓰레기인 셋째 형 이종근이 이사장으로 있는 것 하나만으로도 대일병원은 신뢰가 가지 않았다.

'반드시 설득해서 미국에서 치료를 받게 할 거야.'

대일병원 돌팔이들이 말하길 이제 1년을 버티기 어렵다 한다. 하지만 지극한 효자인 그는 아직 아버지를 보낼 마음의 준비가 되지 않았다. 아니, 아직 아버지를 보내고 싶지 않았다.

'고령이어도 이렇게 정정하신데 10년은 더 사셔야지.'

그런 그의 마음속에 한 병원이 떠올랐다. 뉴욕의 세인트죠셉 병원. 미국 넘버 5 안에 드는 그 병원이라면 이해중 회장을 치료할 수 있을 것이다.

'아버지의 생명을 연장할 수만 있다면 무슨 대가라도 지불하겠어.'

그는 그렇게 다짐했다. 대일IT의 사장이자 대일병원을 지원하는 이사회, 대일홀딩스의 최고 대주주인 이동민은 상대가 무엇을 원하든 보답해 줄 수 있는 능력이 있었다. 아버지를 구한 의사가 대일병원의 병원장 자리를 원하더라도 말이다.

\*　　　　\*　　　　\*

시간이 유수(流水)처럼 흘러갔다. 짙은 겨울에 미국에 도착했건만 시간은 한 바퀴 흘러 다시 겨울이 다가오고 있었다. 그사이 진현은 무탈한 하루하루를 보냈다. 아니, 사실 정확히 말하면 승승장구의 하루하루를 보냈다. 그간 진현이 이루어낸 일들은 한마디로 표현하면 '눈이 부실 정도로 뛰어나다'였다. 일단 세인트죠셉의 모두가 진현을 인정하게 되었다. 그냥 인정이 아닌, 최고로!

"미라클 김? 최고지. Great!"

세인트죠셉의 모두가 진현의 이야기만 나오면 엄지손가락을 올렸다. 그만큼 진현은 뛰어난 1년을 보냈다.

연구 능력은 아이큐 500의 외계인, 수술 능력은 마스터 서전(Master surgeon)급. 한마디로 언빌리버블(Unbelivable), 미라클(Miracle) 김!

이게 진현에 대한 객관적 평가였다. 진현은 마피아 보스 피의 매리를 수술한 것을 계기로 여러 수술을 집도하기 시작했고, 모든 수술을 훌륭한 솜씨로 성공시켰다. 그에 따라 한 달, 한 달 시간이 지날 때마다 세인트죠셉에서의 진현의 위상은 날로 높아져 갔다. 대접도 최고가 되었다. 상식을 초월하는 능력을 몇 번이고 보여준 진현을 대우하지 않을 이유가 전혀 없었다. 세인트죠셉은 그에게 개인 집무실까지 주었다. 지하의 구석진 곳이 아닌 센트럴 파크가 훤히 내려다보이는 널찍한 곳으로. 정식 교수, 그것도 최고의 능력을 가진 의사로 대우해 준 것이다. 더구나 진현은 못하는 것이 없었다.

"연구면 연구, 수술이면 수술. 다 완벽해. 인간이 아니야!"

보통 최고의 의학 연구자는 임상 진료에 약하고, 최고의 임상 의사는 연구에 소홀한 면이 있었다. 인간이란 한계상 양측에 모두 탁월한 능력을 보이기가 쉽지 않기 때문이다. 그러나 진현은 그런 게 없었다. 연구면 연구, 환자 진료면 환자 진료, 수술이면 수술. 모두 완벽했다. 오죽하면 미국 의사 평가 사이트, RateMD 에서 세인트죠셉 내 핫(Hot) 1순위를 했을까?

Doctor Kim, Score 4.79/5.00!

RateMD에서의 진현의 점수였다. 예약 시간을 지키는가, 친절한가, 설명을 잘하는가, 시술을 잘하는가, 논문 실적 등등으로 의사들의 점수와 랭킹을 매기는 것인데, 진현에게 진료를 받은 환자들이 지극히 만족해 만점에 가까운 점수를 몰아줘 저런 무지막지한 점수가 나온 것이다. 만약 동양인만 아니었다면 점수는 더 높았을 것이다.

승승장구하던 중 이런 일도 있었다. 뉴욕 주지사가 그에게 수술을 받으러 온 것이다.

"저에게… 탈장 수술을 말입니까?

그때 진현은 자신이 잘못 들었나 물었다. 한국 도지사도 아니고 뉴욕 주지사가 나에게 수술을?

금발의 여비서가 싱긋 웃었다.

"네, 주지사님의 조카인 에이미 양이 극구 칭찬을 해서요. 뭐, 탈장 수술이 큰 수술도 아니고 관련 교수님들이 마침 학회라 일정도 안 맞고요."

진현은 곤란한 표정을 지었다. 탈장 수술이야 쓱쓱 하고 끝나는 간단한 수술이긴 하지만 그래도 뉴욕 주지사는 좀…….

"부담 가지지 말고 잘 부탁해요, 닥터 김."

거듭된 부탁에 진현은 어쩔 수 없이 뉴욕 주지사의 수술을 했다. 당연하지만 결과는 대성공.

"수술하니 훨씬 편하군. 진작 받을 걸 그랬어. 에이미가 워낙 추천하여 닥터 김에게 받았는데, 최고의 선택이었어."

에이미와 똑 닮은 외모의 뉴욕 주지사는 엄지손가락을 올리며 진현을 칭찬했다.

"Great!"

진현은 머쓱한 마음에 고개를 저었다. 별것도 아닌 수술인데 뭘 저렇게 감탄하나? 어쨌든 그 일로 진현은 다시 한 번 세인트죠셉 내에서 유명세를 탔다.

"역시 대단해, 미라클 김. 뉴욕 주지사를 수술하다니."

"아닙니다. 누구나 할 수 있는 간단한 수술이었습니다."

진현은 손을 저었다. 그 겸손에 데이비드는 감탄의 표정을 지었다.

'정말 대단해. 어리지만 존경할 만해.'

사실 외모만 어릴 뿐, 진현에게선 깊은 연륜이 느껴졌다. 데이비드는 그게 오리엔탈의 신비인지, 진현 본인의 연륜인지 구별이 잘 되지 않았지만 한 가지 확실한 것은 있었다. 닥터 김은 나이와 직급을 떠나 존경할 만한 동료라는 것! 그것 하나는 확실했다. 그렇게 생각하는 것은 데이비드뿐이 아니었다. 세인트죠셉의 모든 외과의사는 1년 가까운 세월 동안 진현에게 깊이 매료되었다.


어쨌든 진현은 그렇게 무탈, 아니, 승승장구의 나날을 보내고 있었는데 병원장 제임스에게서 전화가 왔다.

―닥터 김? 잠시 볼 수 있을까요?

"아, 네."

무슨 일이지? 의아한 얼굴로 찾아가니 제임스가 두 팔을 벌리며 진현을 환영했다.

"어서 와요, 닥터 김. 아니, 미라클 김이라 해야 하나?"

"미라클… 농담하지 말아주십시오."

진현은 질색을 했다.

미라클 김. 최근 들어 진현에게 붙은 별명이다. 세인트죠셉의 의사들은 진현의 실력을 새로이 볼 때마다 크게 감탄했고, 그 외계인 같은 연구 실적과 최고의 수술 실력에 경의를 표해 진현에게 미라클 김이란 별명을 붙여주었다.

'한국에선 괴물이고, 여기선 미라클이냐.'

경의가 담긴 별명이지만 듣는 입장에선 민망하기 짝이 없었다.

"그런데 무슨 일입니까?"

제임스는 씨익 웃더니 서류를 내밀었다.

"이건?"

"벌써 닥터 김이 우리 세인트죠셉에 온 지도 10개월이 넘어가네요. 이제 내년의 정식 채용 계약을 해야 할 때가 된 것 같아서요."

"아……."

"세인트죠셉에 온 뒤 너무 잘해줘서 고마워요. 처음엔 닥터 김이 잘해줄까 반신반의했는데, 지금은 로또에라도 당첨된 기분이에요."

진현은 쓴웃음을 지었다. 만약 잘못했으면 이런 대접을 받기는커녕 짐을 쌌어야 했을 것이다.

제임스는 기쁜 표정으로 말했다.

"이사회와 상의했는데 지금까지의 미라클한 실적을 고려해서 조건을 더욱 상향했습니다. 이리저리 세부 조건이 더 많지만 간단히 말해 연봉 70만 달러, 맨해튼 내 사택 제공. 어떤가요?"

연봉 70만 달러면 한화로 대략 8억 이상의 거금이다. 더구나 세계에서 가장 임대료가 비싼 곳 중 하나인 맨해튼 내 사택 제공과 자동차까지. 엄청난 조건이 아닐 수 없었다. 미국이 아무리 의사의 천국이라지만 이 정도 연봉과 대접을 받으며 지내는 의사가 과연 얼마나 될까?

그런데 진현의 표정은 밝아지지 않았다. 제임스는 진현이 크게 기뻐할 줄 알았는데, 얼굴이 굳어 있자 의아한 표정을 지었다.

"왜 그런가요, 닥터 김? 전 당신이 크게 좋아할 줄 알았는데……."

"그게……."

진현은 입을 다물었다.

'다른 병원에서 제시한 조건보다 조금 모자란걸.'

최근 진현은 미국 각지의 병원에서 스카우트 제의를 받고 있었다. 그중엔 눈이 휘둥그레질 정도의 명문 병원도 있었고, 억 소리 날 만한 연봉을 제안한 곳도 있었다.

제임스가 금방 진현의 상황을 눈치챘다.

"이런! 더 좋은 조건을 제시한 곳이 있군요."

그는 적잖이 당황했다. 방금 제시한 조건도 아카데믹 서전, 즉 연구하는 의사로서는 최고 수준의 대우이다. 문제는 진현이 연구에만 치우친 의사가 아니란 것이다. 외계인 같은 연구 능력에 더해 최고 수준의 수술 솜씨도 가지고 있었다. 필드에서 최고 수준의 서전이 연봉으로 150만 불까지 받는 것을 고려하면 70만 달러도 많다고 할 수 없었다.

'이런 어쩌지.'

제임스는 고심에 잠겼다. 이제 곧 닥터 김이 여러 제약회사와 진행 중인 프로젝트의 결실이 터져 나올 것이다. 그런데 닥터 김이 다른 병원으로 가면 그 연구 성과를 전부 빼앗기게 된다.

'그건 절대 안 돼!'

결국 제임스는 강수를 두었다.

"80만 달러. 이 정도면 안 되겠습니까? 우리가 남도 아니지 않습니까?"

"……."

진현이 답을 하지 않자 제임스는 속이 탔다.

"85만 달러. 안 되겠습니까? 더 이상은 정말 안 됩니다."

진현은 속으로 슬며시 웃었다.

'더 올려볼까?'

계속 그가 대답을 안 하고 있으면 과연 연봉이 어디까지 올라갈지 궁금했다.

"알겠습니다. 90만 달러. 더 이상은 저희도 무리입니다. 제발 부탁합니다. 서운하지 않게 나중에 추가 인상을 해드리겠습니다."

제임스가 울 것 같은 표정으로 부탁하자 결국 진현은 고개를 끄덕였다. 버티면 몇만 달러 정도 더 올릴 수도 있을 것 같으나 더 중요한 사안을 위해 물러서기로 했다.

"알겠습니다. 내년에도 잘 부탁합니다."

제임스가 함박웃음을 지었다.

"하하? 지금 승낙하신 거죠?! 잘 생각했습니다. 저희야말로 잘 부탁합니다, 미라클 김!"

진현도 웃음을 지었다.

"아닙니다. 부족한 저를 이렇듯 높게 평가해 주셔서 감사합니다."

물론 그건 겸양의 말이었다. 세인트죠셉보다 훨씬 높은 연봉을 제시한 곳도 있었기 때문이다. 연구 위주의 대학이 아닌 돈을 끌어 담는 필드의 병원에서는 100만 달러를 제시한 곳도 있었다.

'100만 달러의 사나이가 될 뻔했는데 말이지.'

진현은 웃음을 지었다. 의사 면허 정지 처분을 받았을 때만 해도 이런 상황이 될 줄 누가 알았겠는가?

'돈을 더 벌려면 다른 곳에 가는 게 좋겠지만.'

그러나 고개를 저었다.

'어차피 이제 돈은 많으니.'

돈바라기 진현이 그런 생각을 할 정도로 이제 돈이 넘쳐 났다. 마피아 보스 매리에게 받은 30억 원을 제외하고라도. 모두 다국적 제약회사와의 수많은 프로젝트 때문이다.

'그리고 돈보다 중요한 게 있어.'

"제가 세인트죠셉에 남는 대신 한 가지 부탁이 있습니다. 꼭 들어주셨으면 합니다."

진현이 말했다.

"뭡니까, 닥터 김? 개인 연구실이 필요합니까? 제가 제일 좋은 곳으로 물색해 드리겠습니다. 뭐든지 말씀해 보십시오."

진현은 고개를 저었다.

"그런 게 아니라 교환교수 때문입니다."

"교환교수요?"

의외의 말에 제임스는 되물었다.

"세인트죠셉병원과 한국의 대일병원은 일정 시기마다 서로 교환교수를 보낸다고 알고 있습니다. 그때 대일병원으로 보내는 교수는 병원장님이 정하는 것이 맞는가요?"

"네, 제가 정합니다."

"다음번 대일병원으로 갈 교환교수는 저로 지명해 주십시오. 대일병원 측에서 어떤 반대를 하더라도. 반드시!"

제임스는 의아한 마음이 들었다. 그러고 보니 닥터 김이 처음 세인트죠셉에 올 때 요구한 조건 중에 대일병원 파견이 있었다. 왜 굳이? 더구나 한창 상종가를 올리고 있는데? 이해가 잘 되지 않았지만 제임스는 흔쾌히 고개를 끄덕였다.

"그 정도는 얼마든지 해드릴 수 있습니다. 저희와의 교류를 완전히 끊을 생각이 아닌 한, 제가 지명하는 교수를 그쪽에서 거절할 수는 없을 것입니다. 그런데 어째서 그런 부탁을?"

"그냥… 개인적으로 해결해야 할 일이 있어서입니다."

진현은 그렇게만 답했다. 그리고 문득 창가를 바라봤다. 센트럴 파크를 넘어 서쪽의 드넓은 창공이 펼쳐졌다. 저 멀리 그들이 있을 것이다.

이상민, 이종근.

그들이 죗값을 치르게 해야 했다.

병원장 제임스와 면담 후 밖으로 나오는데, 띠리링 전화가 울렸다. 모르는 번호였다.

"네, 김진현입니다."

―닥터 김? 나 정길수네. 잠깐 시간 되나? 지금 볼 수 있을까?

진현은 의아한 표정을 지었다. 정길수면 세인트죠셉 외과의 과장이었다. 그동안 한 번도 따로 보자고 부른 적이 없었는데?

'무슨 일이지?'

"네, 알겠습니다. 지금 가겠습니다."

병원장실과 정길수의 교수실은 멀지 않았다. 곧 방에 도착하니 수북이 쌓인 논문 서류 사이로 날카로운 인상의 정길수가 보였다. 희끗희끗한 머리가 정길수의 연륜을 보여줬다.

"부르셨습니까?"

"영어."

"네?"

"병원 안에선 영어로 말하게."

"아, 죄송합니다."

진현은 머쓱한 표정으로 말했다. 간만에 한국인을 만나 자신도 모르게 한국어로 이야기했다. 그는 이번엔 영어로 말했다.

"무슨 일로 부르셨습니까?"

"몇 가지 할 이야기가 있어서 불렀네. 앉게."

진현은 엉거주춤 정길수 앞에 앉았다.

'같은 한국인인데 어렵네.'

세인트죠셉 내에서 가장 불편한 의사를 꼽으라면 정길수일 것이다. 못된 영감 같은 인상을 보고 있으면 절로 긴장이 됐다.

"왜 그렇게 했나?"

"네?"

"논문 말이야."

진현은 정길수가 무슨 말을 하는지 이해할 수가 없었다.

"죄송하지만 제가 어떤 잘못을 한 것인지……."

"네 논문에 왜 2저자로 내 이름을 넣었냐고. 난 네 논문에 먼지 하나만큼도 도와준 게 없는데."

"……!"

진현은 정길수의 말을 깨달았다.

'그거야 관례적으로…….'

논문을 작성할 때 윗사람의 이름을 2저자나 3저자로 넣는 것은 의학계의 오래된 관례였다. 따라서 진현은 논문을 쓸 때 과장인 정길수와 각 분야 파트의 주임 교수들을 2저자로 넣었었다. 정길수를 제외한 다른 교수들은 진현의 그런 예의에 크게 기뻐했었다. 숟가락 하나 안 얹고 큰 실적을 얻은 것이니까.

"예의상 그런 것은 아는데, 그건 좋은 관례가 아니야. 공동 저자는 논문에 기여한 사람으로 적어야지. 앞으로는 이러지 말게."

"네, 죄송합니다."

진현은 고개를 숙였다. 딱딱하다고 생각할 수도 있지만 존경할 만한 자세긴 했다.

"그리고……."

또 무슨 쓴소리를 할지 진현은 긴장했다. 그런데 의외의 말이 들렸다.

"나쁜 이야기는 여기까지. 트집을 잡아보려 했는데 이것 말고는 잡을 게 없군."

진현은 놀라 고개를 들었다. 그러자 진현의 눈에 놀라운 광경이 들어왔다. 정길수가 그를 보며 살짝 미소 짓고 있었던 것이다!

"지난 1년 동안 수고했네. 말은 안 하고 있었지만 계속 지켜보고 있었어."

부드러운 목소리. 진현은 자신이 꿈을 꾸는 것인가 생각했다.

'이렇게도 말할 수 있는 사람이었어?'

정길수가 탁자에 놓인 물을 입가에 가져갔다.

"그간 나한테 서운했지? 같은 한국인인데 하나도 챙겨주지 않고."

"아, 아닙니다."

"원래 이런 데 나와서 한국인들끼리 챙기고 뭉치는 건 좋지 않아. 그래도 계속 이야기는 듣고 있었네. 믿을 수 없는 연구 실적들, 탁월한 수술 솜씨. 정말 잘했고 수고했네. 딱히 한국에 애정이 없는 내가 이런 말하긴 그렇지만… 내가 자네와 같은 한국인인 것이 자랑스러울 정도로 잘했어."

뭔가 뭉클해지는 말이었다.

"아닙니다. 감사합니다."

정길수는 잔잔히 웃더니 말했다.

"사실 이런 이야기를 하려고 부른 것은 아니고, 다른 용건이 있네."

"무엇입니까?"

"이종근이 자꾸 자네를 세인트죠셉에서 파면시키라는 등, 미친 소리를 계속해서 말이야. 이종근 알지? 그 인간쓰레기 이종근."

옆집 똥개 언급하는 듯한 목소리지만 엄청난 내용의 말이었다. 진현의 얼굴에 놀람과 분노가 동시에 떠올랐다.

'이종근… 여기까지 그 추악한 술수를.'

너무 화가 나 주먹이 떨렸다. 그런 진현에게 정길수가 말했다.

"원래 처음 세인트죠셉에 왔을 때부터 자네를 처리해 달라고 나한테 연락을 했는데, 다 무시하고 있었거든. 메일이 오면 스팸 처리하고."

"……."

"그런데 어제 또 연락이 오더라고. 그래서 내가 뭐라고 했는지 아나?"

진현은 의아한 표정을 지었다. 정길수가 담담히 말했다.

"닥치고 꺼지라고 했네. 추잡한 짓을 할 거면 네 병원에서나 하라고. 이 자식은 아직도 내가 30년 전의 자기 꼬붕인 줄 알아."

"……."

진현은 황당한 표정을 지었다. 저 근엄한 얼굴로 그런 욕을 했다고?

"왜 그런 표정 짓나? 잘했지?"

진현은 크게 고개를 끄덕였다.

"네, 정말 잘하셨습니다. 그자는 욕을 들어도 쌉니다."

"그래, 욕을 들어도 싸지. 나랑 같이 학교 다닐 때도 그놈은 진짜 못된 놈이었어. 대일그룹만 아니면 어디 가서 밥벌이도 못 할 놈이 대일병원의 이사장에 앉아서 말이야, 온갖 찌질한 짓은 다 하고 있어. 그놈은 지금까지 지은 죄를 봤을 때 편하게 못 죽고, 중풍 걸려 10년 정도 똥오줌 못 가리며 고생하다 죽을 거야."

진현은 그 말에 웃음을 터뜨렸다. 정길수 과장은 생각보다 훨씬 특이하고 유쾌한 사람이었다. 마주 웃은 정길수는 진현에게 서류 파일을 내밀었다.

"받게."

"이건……?"

"그간 이종근이 나한테 보낸 메일 내용이네."

파일 속 문서들을 확인한 진현의 얼굴에 다시금 분노가 떠올랐다. 무슨 누명을 씌워서라도 그를 파면시키라는 내용이 가득했던 것이다.

정길수가 말했다.

"이종근이랑 무슨 악연이 있는 것인지는 모르지만 이종근이 무조건 잘못했겠지. 자네 다시 한국에 갈 거지?"

"…네."

"그때 그 메일들을 쓰게. 뭐, 고작 그걸로 그놈을 잡아넣지는 못해도 망신 정도는 줄 수 있겠지."

정길수는 가볍게 이야기했지만 이 메일을 한국 의학계에 공개하면 망신 정도가 아니었다. 의학계를 강타하고 있는 세인트죠셉 최고 유망한 의사 김진현을 누명을 씌워 파면시키라고 획책하다니. 그것도 국내 최고 대일병원의 이사장의 직책을 가지고. 그 후 폭풍은 상상도 못 할 정도로 어마어마하리라.

"감사합니다."

"뭘. 나도 그놈과 악연이 깊어. 자네가 제대로 한 방 먹여줬으면 좋겠군."

"네, 기대해 주십시오."

진현은 깊은 눈으로 답했다. 그리고 창가를 바라봤다. 어느덧 어두워지기 시작한 하늘이 보였다. 그래, 기대해도 좋다. 왜냐하면……

# 대일그룹 회장

빠르게 시간이 지나갔다. 해가 지나고 겨울이 끝나갈 무렵 진현은 가벼운 코트를 입고 늦은 저녁에 퇴근을 했다.

'아직 춥네. 피곤해.'

전날 밤새 간이식 수술을 집도했더니 졸음이 밀려왔다.

'그래도 내일 오전은 쉬니.'

미국이 좋은 점은 밤새 일하면 휴식을 보장해 준다는 점이다. 내일은 오랜만에 늦잠을 자기로 결심했다.

'집을 옮겨 걸어가긴 무리고, 택시나 타야지.'

세인트죠셉은 정식 채용 계약을 마친 후 그에게 새로운 사택을 제공했다. 기존보다 훨씬 넓고 최신식 주거용 오피스텔이었는데 병원과는 거리가 좀 멀었다.

'차를 사야 하는데.'

통장에 돈이 산더미처럼 쌓여 있지만 아직 그는 뚜벅이였다. 차를 사러 갈 시간은 차치하고, 운전면허가 없었다.

'아, 운전면허를 언제 따러 가지? 그런데 시간이 안 나는데.'

택시 승강장으로 이동하는데, 갑자기 빠앙 차 경적 소리가 울렸다.

"……?"

놀라 고개를 돌려보니 커다란 롤스로이스가 그의 앞에 서 있었다. 진현의 드림카인 포르쉐보다 몇 배는 비싼 차의 창문이 스르륵 열리며 실버 블론드에 벽안을 지닌 여인이 모습을 드러냈다. 깜짝 놀랄 만큼 아름다운 여인이었지만 진현은 인상을 찌푸렸다.

"오랜만이에요, 닥터 김."

"…여긴 무슨 일입니까?"

"그야 닥터 김 보러 왔죠."

여인이 고혹적으로 웃으며 말했다. 남심(男心)을 뒤흔드는 미소였지만 진현은 한숨을 내쉬었다.

"그러니까 왜 절 보러 오는 겁니까?"

"보고 싶으니까 보러 왔죠."

그러니까 날 왜 보고 싶냐고! 그것도 마피아 보스가! 여인의 이름은 매리 클랜시. 뉴욕을 주름잡는 마피아, 클랜시 패밀리의 보스이자 촉망받는 기업 레이드의 CEO였다.

'왜 자꾸 찾아오는 거야. 사람들 오해하게.'

오늘뿐이 아니었다. 매리는 처음의 만남 이후로 몇 번 더 진현을 초청했다. 코앞에 살면서 이리저리 피하는 것도 한계여서 식사를 몇 번 했는데 어느 날 그녀가 청천벽력 같은 말을 했다.

"우리 사귈래요, 닥터 김?"

"……!"

도망치듯 거절했지만 그 뒤 그녀는 잊을 만하면 찾아와 진현에게 작업(?)을 걸었다.

'잘생긴 백인도 많은데 왜 나한테 작업을 거는 거야! 장난하는 것도 아니고!'

어쨌든 덕분에 세인트죠셉에는 진현이 마피아 보스의 애인이라는 웃지 못할 소문도 돌았다.

"오늘 밤도 혼자 보낼 거예요? 쓸쓸히?"

"…하나도 안 쓸쓸합니다."

"그러지 말고 타세요. 닥터 김이 좋아하는 한식 소고기 집 예약해 놨어요."

한식 소고기란 이야기에 진현은 자신도 모르게 침을 꿀꺽 삼켰으나 곧 고개를 저었다. 매리의 눈빛이 심상치 않다. 소고기를 먹으러 갔다가 후회하게 될 것 같은 눈빛이었다.

그런데 그때였다.

빠앙!

또 차의 경적 소리가 울렸다. 고개를 돌리니 크라이슬러가 진현의 옆에 끼익 멈춰 섰다.

"에이미?"

창문이 열리며 도도한 인상의 여인이 모습을 드러냈다. 에이미였다. 에이미를 본 매리는 인상을 찌푸렸다.

"에이미, 네가 여긴 무슨 일이야?"

"무슨 일은? 미스터 김 보러 왔지."

"닥터 김은 나와 밤을 보낼 건데? 너는 그냥 네 갈 길이나 가시지?"

"너야말로 미스터 김이 싫어하는데 너무 들이대는 거 아니야?"

"싫어해? 누가 그래?"

두 여인 사이에 불꽃이 튀었다. 매리가 적극적으로 들이대자 에이미도 자극을 받은 것인지 진현에게 열심히 작업을 걸었다. 원래 친한 사이였다는데, 둘의 분위기는 험악하기 그지없었다.

"그렇게 나의 닥터 김에 손대려 하다가는 큰일 날 수도 있어, 에이미. 킬러가 집에 찾아온다든지."

"그래? 난 그 전에 네 기업이 부도날 수도 있다고 생각하는데."

아무리 클랜시 패밀리의 기업이 잘나간다고 하지만 세계에서 손꼽히는 다국적 제약회사인 헤인스에 비할 바는 아니었다. 더구나 에이미의 집안은 정재계를 주름잡는 어마어마한 가문이었다.

"좋은 말로 할 때 그냥 가시지? 닥터 김은 나와 행복하고 즐거운 밤을 보낼 거야."

"누구 마음대로? 닥터 김은 나와 시간을 보낼 거야."

두 여인의 다툼에 진현은 난감한 얼굴로 말했다.

"저기 저는……."

그러나 두 여인은 버럭 화를 내었다.

"닥터 김은 가만히 있으세요!"

"미스터 김은 가만히!"

"……."

꿰다 놓은 보릿자루가 된 진현은 한숨을 내쉬었다.

'날 두고 도대체 뭘 하는 거야? 난 임자가 있다고!'

그냥 빨리 집에 가서 발 닦고 잠이나 자고 싶었다.


한편 그렇게 진현이 곤란을 겪고 있을 때였다. 서울의 한남동 한가운데 위치한 대한민국 재계 1위 이해중 회장의 저택은 어마어마한 크기와 삼엄한 경호로 대일그룹의 넘치는 부를 드러내고 있었다.

그 저택 한편에서 꽃이 피는 듯 화사한 아름다움을 지닌 여인, 혜미가 창밖을 바라봤다. 그녀는 진현이 미국으로 떠난 후, 할아버지인 이해중 회장의 저택에 들어와 생활하는 중이었다.

"연락이 없네……. 자고 있을 시간은 아닌데……."

혜미는 한숨을 내쉬었다. 메시지를 보냈는데 답이 없다.

'수술 중인가?'

혜미는 핸드폰을 눌러 메시지를 보냈다.

[바쁘지? 힘내고 사랑해. 보고 싶어.]

그래, 그가 보고 싶었다. 지금이라도 미국으로 날아가 그를 안고 싶고, 함께하고 싶었다. 그녀는 아릿한 마음으로 중얼거렸다.

"사랑해… 정말 보고 싶어……."

그러고 혹시나 답변이 올까 핸드폰을 바라보며 한참을 기다렸으나 묵묵부답이었다.

'몸이 멀어지면 마음이 멀어진다고 했는데. 난 왜 이럴까?'

못 보면 못 볼수록 그가 보고 싶어 미칠 것만 같았다. 그리움이 갈수록 사무쳤다.

'진현이가 나한테 마음이 식으면 어떻게 하지? 바람이라도 피우면?'

문득 그런 걱정이 들었다. 그를 믿지만 사람의 마음이란 모르는 것이다. 이국땅에서 쓸쓸히 지내는데 누군가 접근하면 흔들리지 않는단 보장이 없었다.

'안 돼. 난 진현이 없으면 살 수 없는데.'

생각하는 것만 해도 가슴이 저릿하게 아파왔다. 믿음에도 불구하고 사랑하기 때문에 계속 불안하고 걱정이 되었다.

'보고 싶어, 이 바보야. 바람피우면 절대 가만히 안 둘 거야.'

그녀는 다시 한숨을 내쉬었다.

'사랑해……'

그런데 그때였다. 갑자기 그녀의 방문이 벌컥 열렸다.

"아가씨!"

"……!"

깜짝 놀라 고개를 돌리니 저택을 관리하는 고용인이 다급한 표정을 짓고 있었다. 무슨 일이지? 혜미가 의아한 표정을 짓는 순간, 고용인이 비명을 지르듯 외쳤다.

"회, 회장님이 쓰러지셨어요!"

"……!"

혜미의 얼굴이 하얘졌다.

'할아버지가?!'

혜미는 허겁지겁 이해중 회장의 방으로 뛰어갔다.

"할아버지!"

방에는 이미 여러 사람이 모여 웅성거리고 있었다.

"아가씨! 회장님이!"

"잠깐만요! 잠깐만 제가 볼게요!"

혜미는 사람들을 헤치고 이해중 회장에게 다가갔다. 세월이 흘러 어느덧 그녀도 치프급의 내과의사로 응급처치는 얼마든지 가능했다. 급히 이해중 회장을 진찰한 혜미의 얼굴이 급속도로 굳어졌다.

'간성혼수야!'

간성혼수는 간 기능이 악화돼 노폐물이 쌓여 발생한다. 입에서 나는 암모니아 냄새, 떨리는 손. 전형적인 간성혼수의 모습이었다. 원래 안 좋았던 간 기능이 결국 한계에 도달한 것이다.

"간성혼수예요! 빨리 병원에 가야겠어요. 앰뷸런스로 옮겨주세요. 빨리요!"

혜미는 다급히 말했다. 모두의 얼굴이 하얗게 질렸다. 간성혼수가 뭔지는 정확히 몰라도 심각한 상황인 것은 한눈에 알 수 있었다.

삐보! 삐보!

이해중 회장을 태운 앰뷸런스가 대일병원으로 향했다.


—이해중 회장이 쓰러졌다!


대일병원이 난리가 났다.

"반드시 살려야 해."

회장을 살리기 위해 대일병원 최고의 의사들이 나섰다. 하지만 최고의 의사들이 나섰음에도 회장의 상태는 좋지 않았다.

"간성혼수인데… 좋지 않아."

간이식의 대가(大家) 강민철이 굳은 표정으로 고개를 저었다. 간 파트의 또 다른 대가 공민기도 무겁게 고개를 끄덕였다.

"그러게 말입니다. 좋지 않군요."

두 대가(大家)의 심상치 않은 대화에 대일그룹의 비서실장 백중현의 얼굴이 하얘졌다.

"많이 좋지 않습니까, 교수님?"

간 파트의 대가 공민기는 딱딱한 목소리로 설명했다.

"회장님이 의식을 잃은 이유는 간성혼수 때문입니다."

"간성혼수요?"

"네, 원래 간은 몸의 노폐물을 해독하는 기관인데, 그 간의 기능이 악화되면서 해독 능력이 떨어져 노폐물이 몸에 쌓이면서 생기는 혼수입니다. 간성혼수 자체는 치료하면 되는데, 문제는 회장님의 간이 결국 한계에 도달한 것 같습니다. 더불어 콩팥의 기능도 같이 나빠지고 있습니다."

"……!"

백중현의 얼굴이 크게 어두워졌다. 회장의 막내아들인 이동민이 다급히 물었다. 이동민은 회장의 가장 사랑받는 아들이자 효심 깊은 아들로 그룹 내 최고 계열사인 대일IT의 사장이었다. 즉, 차기 대일그룹의 회장으로 꼽히는 인물이었다.

"그러면 어떻게 되는 것입니까? 안 좋은 것입니까?"

"네, 간 기능도 최악의 상태고, 콩팥도 같이 나빠지고 있는데… 이럴 경우 보통 일주일을 넘기기 어렵습니다."

"……!"

청천벽력 같은 선언에 백중현과 이동민의 눈이 요동쳤다.

"아니, 일주일을 넘길 수 없다니요? 그게 도대체 무슨 말입니까? 제가 지금 잘못 이해한 것이죠?"

간 파트의 대가 공민기는 주저하다 말했다.

"이렇게 간 기능 자체가 안 좋아지는 경우는 현대 의학으로도 방법이 없습니다. 정말 죄송하지만… 마음의 준비를 하셔야 할 것 같습니다."

하늘이 무너지는 소리였다.

"아!"

효심 깊은 막내아들 이동민은 크게 휘청거렸다.

"그런……! 말도 안 되는!"

이동민이 공민기에게 매달렸다.

"안 됩니다. 무조건 살려야 합니다. 제발 살려주십시오. 살려만 주시면 어떤 보상이라도 하겠습니다!"

백중현도 간절히 부탁했다.

"회장님은 절대 돌아가시면 안 됩니다. 지금 돌아가시면 대일그룹은 산산조각 날 것입니다. 제발 어떻게 좀 해주십시오."

공민기는 곤란한 얼굴을 했다. 하지만 아무리 그룹 회장이라도 안 되는 것은 안 되는 거다.

"정말 죄송합니다. 하지만 어쩔 수가 없습니다."

"아……!"

그 잔인한 선고에 이동민은 눈물을 흘렸다. 비서실장 백중현이 지푸라기를 잡는 심정으로 물었다.

"간 기능이 안 좋은 게 문제면 간이식을 하면 되지 않습니까?"

옳은 말이다. 다름 사람의 간을 받으면 새 간을 갖게 되는 것이니까. 하지만 공민기는 고개를 저었다.

"간이식은 이전부터 고려했으나 회장님께 간이식은 현실적으로 어렵습니다."

이동민이 물었다.

"어째서입니까? 간이 없어서 그런 거면 제 간을 주겠습니다. 혹시나 몰라서 이미 예전에 매칭(Matching) 검사도 끝내났습니다."

그때 국내 최고의 간이식 대가인 강민철이 나섰다.

"전 간이식 파트의 강민철이라 합니다. 설명을 드리자면 먼저 회장님은 너무 고령입니다. 10시간 이상 걸리는 대수술인 간이식을 못 버틸 가능성이 높습니다. 그리고 그것만이라면 일단 수술을 시도해 볼 수도 있겠으나 더 큰 문제가 있습니다."

"무엇입니까?"

"간에 연결되는 기관인 담관 쪽에 기형이 있습니다. 수술 중 담관을 연결해야 하는데, 이런 경우 굉장히 위험합니다. 수술을 받아도 버티지 못할 것입니다."

결국 방법이 없다는 뜻이었다. 비서실장 백중현은 크게 좌절했다.

'안 돼! 이대로 회장님이 돌아가시면 대일그룹은 끝이야!'

백중현 본인도 끈 떨어진 연 신세가 될 확률이 높았다. 막내아들 이동민도 좌절하긴 마찬가지였다. 회장 사후 벌어질 그룹 내의 이권 다툼은 차치하고라도 사랑하는 아버지를 이렇게 허무하게 보내고 싶지 않았다. 하지만 방법이 없었다. 국내 최고의 대가들이 안 된다는데 어떻게 할 것인가? 의사들이 나간 후 대일 가문의 자제들이 모여 회의를 하였다.

"너무 고령이시잖아. 그냥 보내 드려야 하지 않을까?"

"그래, 의사들도 방법이 없다고 하고."

"오래 사셨지."

이동민과 백중현을 제외하고는 어쩔 수 없다는 분위기였다. 안타까워하는 사람은 막내아들 이동민과 백중현만이 유일했다.

"그런데 아버지 돌아가시면 형님은 어떻게 할 거유? 정유 쪽 먹었으면 이제 욕심 부리지 마시지?"

"너야말로 텔레콤 쪽 가지고 있잖아. 그만 양보해."

다들 회장이 죽은 후, 그룹 내 재산 싸움에서 자신의 몫을 챙길 생각만 가득했다. 분통이 터지는 분위기에 이동민과 백중현은 밖으로 걸어 나와 담배를 피웠다.

"빌어먹을 놈들! 자식이란 놈들이 돈에 눈이 멀어서!"

이동민은 욕설을 내뱉었다.

"어떻게 했으면 좋겠습니까, 백 실장. 전 아버지를 이렇게 보내고 싶지 않습니다."

"하아, 그러게 말입니다."

하지만 둘이 이야기해 본들 뾰족한 답이 나올 리 없었다. 이동민이 이를 악물었다.

"사실 난 이 대일병원 의사들의 말을 믿을 수가 없습니다. 나이만 많으실 뿐 그렇게나 정정하셨는데 방법이 없다니요? 이놈들이 수술 후 잘못됐을 경우 책임을 지기 싫어 그러는 것이 분명합니다."

"그러면?"

"다른 병원에 가봅시다."

백중현은 놀란 표정을 지었다.

"하지만 우리나라엔 대일병원이 최고입니다. 특히 간이식은 강민철 교수가 독보적이고요."

"미국으로 갑시다."

"……!"

"어차피 여기에 있어도 죽는다지 않습니까? 미국 최고의 병원에 가서 진료를 받아봅시다. 미국에서는 혹시 방법이 있을지도 모릅니다."

"그러면 미국 어느 병원으로?"

"지난번 보니 미국 내 간 파트는 뉴욕의 세인트죠셉병원이 랭킹 1위더군요. 그쪽으로 갑시다."

사실 그들은 지금까지 이해중 회장에게 미국에 가서 치료를 받을 것을 계속 권유했었다. 그러나 회장 본인이,

'무슨 미국까지 가나? 거기나 한국이나 거기서 거기지.'

이러며 대일병원에서의 치료를 고집했던 것이다. 그래서 미국 병원엔 연락도 못 해봤었다.

"회장님께서는 한국에서 치료를 받기 원하셨는데, 미국으로 가도 괜찮을까요?"

"일단 살아야 나중에 노여워라도 하시죠. 어차피 아버지는 지금 의식이 없으니 제 말대로 합시다. 모든 책임은 제가 지겠습니다."

결국 백중현 실장은 고개를 끄덕였다.

"네, 그렇게 하겠습니다. 다른 형제분들도 그러면 같이 미국에?"

"됐습니다. 전부 아버지가 돌아가길 바라는 놈들뿐인데. 미국

가는 것도 반대할 것입니다. 저와 백 실장 둘만 갑시다."

그렇게 이해중 회장의 미국행이 결정되었다. 한시가 급한 상황이어서 이송은 신속히 이루어졌다. 곧 이해중 회장을 태운 전용기가 하늘을 날았다. 세인트죠셉병원이 위치한 뉴욕을 향해.


전용기 안에서 이동민은 초조한 표정으로 창밖을 바라봤다. 하늘 가득한 구름이 갑갑하기 그지없었다.

"너무 급하게 떠났군요."

백중현 실장이 혀를 차며 말했다.

"어쩔 수 없지요. 꾸물대다가는 그 돈만 아는 놈들이 미국으로 떠나게 가만히 놔두지 않았을 테니까요."

다들 자신 앞으로 떨어질 재물에만 관심 있지, 아무도 이해중 회장의 소생을 바라지 않았다.

"같이 안 가서 혜미 아가씨가 서운하겠군요."

이동민은 셋째 형 이종근의 딸인 이혜미를 떠올렸다. 그녀도 이해중 회장과 사이가 각별했었다. 이혜미는 제일 쓰레기인 이종근에게서 태어난 게 신기할 정도로 착한 아이였다.

"어쩔 수 없지요. 상황이 급했으니까."

"그렇지 않아도 따로 최대한 빨리 따라온다고 합니다."

"그래요."

고개를 끄덕인 이동민은 물었다.

"그나저나 세인트죠셉병원에는 면밀히 연락을 해놨죠?"

"네, 세인트죠셉의 병원장 라인으로 연락을 해놨습니다. 회장님의 상태에 대해선 대일병원에서 전부 자료를 보냈고요. 간 파트의 주임 교수는 부재중이지만, 최고의 의료진으로 대기해 놓겠다고 합니다."

"다행이군요."

이동민은 전용기에 누워 있는 이해중 회장을 바라봤다. 의식 없이 가쁜 숨을 몰아쉬고 있는 이해중 회장의 얼굴은 황달로 샛노랬다.

'몇 달 전만 해도 정정하셨는데. 조금만 기다리십시오, 아버지. 반드시 살려 드리겠습니다.'

이동민은 주먹을 움켜쥐었다. 세인트죠셉에 가면 방법이 분명 있을 거다. 아니, 있어야 했다.


가슴이 타는 초조한 비행 후 뉴욕에 도착했다. 뉴욕에 도착한 이해중 회장은 병원 측에서 미리 마련한 앰뷸런스를 타고 곧바로 맨해튼 세인트죠셉병원으로 이송됐다. 간 파트의 주임 교수는 현재 연구 안식년으로 진료 부재중이라 잘생긴 교수 데이비드가 대신 그들을 맞았다.

"세인트죠셉에 온 것을 환영합니다. 데이비드라고 합니다."

"한국 대일그룹의 이동민이라고 합니다. 아버지를 잘 부탁합니다."

이동민은 영어로 답했다. 외국 생활 경험이 있는 이동민과 백중현은 의사소통에 지장이 전혀 없었다.

"네, 알겠습니다. 먼저 환자를 보겠습니다."

미리 비워둔 VIP실로 이송 후, 진찰을 시작했다. 그런데 진찰을 하면 할수록 데이비드의 얼굴이 어두워졌다. 대일병원에서 연락받았던 것보다 상태가 더욱 안 좋았던 것이다.

"이런……."

이동민은 가슴이 철렁하여 물었다.

"어떻습니까?"

"일단 검사를 해봐야 할 것 같습니다. 잠시만 기다리십시오."

데이비드는 긴 이야기는 하지 않았다. 이후 억겁 같은 시간이 이어졌다. 응급 검사가 계속해서 이루어졌고, 하나씩 결과가 나왔다. 그리고 결과를 확인할수록 데이비드의 얼굴은 무거워져만 갔다. 최악의 상태였다.

"좋지 않군요. 쉽지 않을 것 같습니다. 간이식을 해야 하는데 나이도 고령이고 환자분의 췌담관 해부학적 구조에 기형이 있어 일반적인 사람들과 다르게 간이식을 시행하기가 어려운 상황입니다."

"……!"

"마음의 준비를 하십시오. 멀리까지 오셨는데 도움을 못 드려 죄송합니다."

대일병원의 의사들과 똑같은 이야기다. 회장의 막내아들이자 대일IT의 사장인 이동민의 얼굴이 흙빛으로 물들었다. 그는 데이비드의 손을 붙잡았다.

"안 됩니다. 제발 살려주십시오. 제발!"

데이비드는 곤란한 표정을 지었다. 아무리 대기업 회장이라고 해도 안 되는 일을 되게 할 수는 없다. 그런데 놀라운 일이 일어났다.

털썩!

이동민이 무릎을 꿇은 것이다. 데이비드는 깜짝 놀랐다.

"아니?! 일어나십시오!"

"제발… 제발 부탁합니다! 일부러 한국에서 여기 뉴욕까지 왔습니다. 제발 아버지를 살려주십시오! 살려만 주시면 억만금, 아니, 어떤 대가라도 지불하겠습니다!"

"하아……."

데이비드는 크게 한숨을 내쉬었다. 이런다고 해서 불가능이 가능으로 바뀌진 않는다. 그래도 이동민의 간절함이 그의 마음을 움직였다.

"안 될 거라 생각은 하지만… 저보다 더 뛰어난 의사에게 한 번 더 문의해 보겠습니다. 물론 큰 기대는 하지 마십시오."

"그런 사람이 있습니까?"

이동민과 백중현의 눈이 번뜩 뜨였다.

"네, 저보다 훨씬 뛰어난 의사입니다. 몇 번이고 기적을 선보인 의사이니 어쩌면 방법을 찾을지도 모릅니다."

"그 의사의 이름이 무엇입니까?"

"같은 나라 사람이니 당신들도 알 수도 있겠군요."

데이비드는 말했다.

"한국의 닥터 김이라고 합니다. 저희 세인트죠셉병원에서는 미라클 김이라 부르는 세기의 천재이지요."

"……!"


데이비드가 진현을 소개했다.

"한국의 닥터 김입니다."

"……!"

이동민과 백중현은 진현을 보고 깜짝 놀랐다. 너무 어려 보이는 한국 청년이 나타난 것이다.

"김진현이라고 합니다."

"아니……."

이동민은 떠듬떠듬 입을 벌렸다. 어떤 고명한 의사가 나타날지 기대했건만 이렇게 어린 청년이라니? 그것도 한국 국적의.

'아니, 동양에서 왔다고 우리를 무시하는 건가?'

일순 그런 생각이 들었다.

'다른 사람도 아닌 한국 최고의 그룹 대일의 회장인데. 이런 핏덩이를 들여보내?'

백중현의 불쾌감은 더욱 컸다. 그는 진현을 알고 있었다.

'저 청년은 대일병원에서 천재로 불리다 의사 면허가 정지된 그 의사잖아. 아무리 우리가 한국에서 왔다고 해도 의사 면허가 정지된 적이 있는 돌팔이를 소개해?'

한편 진현도 곤란하긴 마찬가지였다. 이곳 미국에서야 대일그룹? 이해중이 누구야? 이러지만 한국 재계에서 이해중 회장의 위상은 대통령 이상이었다. 더구나 연인 혜미의 친할아버지이지 않은가? 자신을 불신의 눈으로 노려보는 이동민도 혜미의 작은아버지였다. 그런 이해중 회장을 진료해야 하다니.

"이분이 그 대단하다는 미라클 김입니까?"

뻐딱한 말투였다. 하지만 데이비드는 흔쾌히 고개를 끄덕였다.

"네, 대단한 실력을 가지고 있으니 어쩌면 방법을 찾을지도 모릅니다. 닥터 김, 여기는 한국 국적의 환자로 간경화가 악화

돼……."

데이비드가 진현에게 이해중의 상태에 대해 설명을 하는데, 이동민이 돌연 말을 끊었다.

"그만두십시오."

"네?"

"그만두란 말입니다! 지금 장난하는 겁니까?! 우리 대일그룹의 회장에게 저런 핏덩이를 뛰어난 전문가라고 소개하다니! 우리가 한국인이라 무시하는 것입니까, 뭡니까?! 제 아버지는 이래봬도……!"

그 말에 오히려 데이비드가 불쾌한 표정을 지었다.

"닥터 김이 왜요?"

"왜라니요? 저런 핏덩이를! 더구나 저놈은 한국에서 의사 면허가 정지된 돌팔이 아닙니까?!"

데이비드의 얼굴이 갈수록 굳어졌다.

"사과하십시오."

"뭐라고?"

"닥터 김은 제가 마음속 깊이 존경하는 동료입니다. 당신들이 한국에서 얼마나 높은 위치의 사람들인지는 모르지만, 닥터 김은! 우리 세인트죠셉의 닥터 김은 당신들에게 그런 평가를 들을 이유가 없는 사람입니다."

얼마나 불쾌했는지 데이비드는 언성까지 높였다.

"……!"

하지만 이동민은 입술을 깨물었다. 저런 애송이에게 진료를 받으려고 이 먼 미국까지 온 것이 아니다.

'빌어먹을. 이럴 줄 알았으면 하버드나 존스홉킨스, 메이요, 엠디앤더슨으로 가는 것인데. 이런 모욕이나 당하다니.'

아버지의 생명이 위험한 상태에서 당한 모욕이라 더욱 기분이 나빴다.

'이런 모욕을 줘? 빌어먹을 세인트죠셉 놈들. 내가 대일그룹의 회장이 되면 무슨 수를 써서라도 이 설욕을 갚아주겠다.'

한편 그때 진현은 이해중 회장의 검사 결과를 깊은 눈으로 살피고 있었다.

'담관 기형… 어려워.'

그의 얼굴이 무거워졌다. 억지로 하려고 하면 할 수는 있다. 지난 삶에서도 이런 환자를 수술했던 적이 있으니까. 하지만 결과는 담관의 연결이 불안정해 담즙이 밖으로 새어 나와 복막염으로 인해 사망했다.

'한국의 강민철 교수님도 이 사실을 알기에 수술을 포기했겠지. 하지만 정말 방법이 없을까?'

이전 삶에서 그 환자가 죽은 후 진현은 깊은 실의에 빠졌었다. 반드시 살리고 싶었던 환자였기 때문이다. 보호자들은 최선을 다한 진현에게 오히려 감사를 표했지만 이후 진현은 고민에 고민을 거듭했었다. 어떻게 하면 이런 환자를 다시 만났을 때 살릴 수 있을 것인가! 그리고 궁구 끝에 한 가지 방법을 찾았다. 시도할 기회는 없었지만.

'그래, 그 방법을 쓰면 가능성이 없지는 않을 거야. 물론 굉장히 위험하겠지만.'

진현은 이해중 회장의 모습을 바라봤다. 다른 사람도 아닌 혜미의 할아버지였다. 살리고 싶었다. 살려서 그녀가 슬퍼하는 모습을 보고 싶지 않았다.

"어쩌면 한 가지 방법이 있을 수도 있을 것 같습니다."

"……!"

모두 진현의 말에 깜짝 놀랐다. 데이비드가 엄지손가락을 들며 말했다.

"역시 미라클 김! 무슨 방법인가요? 담관의 변형이 심해 간이식 자체를 시도하기가 어려운데요."

"담관이 문제가 되니 아예 담관을 버리는 것입니다."

"그러면?"

"거리가 문제가 되지만 장을 절제해 루프를 만들어 간에 직접 연결하는 간―소장 연결술(Hepaticojejunostomy)을 시행하면 가능할 것 같기도 합니다."

"Roux―en―Y를 말하는 건가요?"

"그것과 비슷하지만 조금 다릅니다. 좀 더 자세히 설명하면 T―stent를 이용해……."

진현의 추가 설명을 들은 데이비드는 감탄을 토했다. 확실히 그 방법이면 가능성이 있다. 어려운 수술이 되긴 하겠으나 아예 손 놓고 있는 것보단 훨씬 나았다. 살릴 가능성이 있는 것이니까.

데이비드가 거보라는 듯 이동민에게 말했다.

"어떻습니까?"

이동민은 인상을 찌푸렸다.

'뭐라고 떠드는 거지?'

저 애송이가 뭔가 기발한 발상을 떠올렸다는 것은 알겠다. 하지만 아무래도 신뢰가 가지 않았다. 오히려 애송이가 뭣도 모르고 소중한 아버지의 몸에 실험을 하려고 한다는 느낌만 받았다. 결국 그는 자리를 박차고 일어났다.

"그만두십시오! 지금 장난치는 것입니까?!"

"……!"

"내가 미쳤지. 이따위 병원에 아버지를 데려오다니."

이동민은 백중현에게 말했다.

"백 실장, 하버드나 존스홉킨스병원에 당장 연락하세요. 이런 병원에 더 있다가는 살 사람도 죽겠습니다. 그쪽으로 옮깁시다."

"네, 사장님."

그러고 이동민은 데이비드와 진현을 노려봤다.

"당신들 감히 우리를 이렇게 농락하다니. 나중에 반드시 후회하게 해주겠어!"


그걸로 대화는 끝이었다. 단단히 마음이 상한 이동민과 백중현은 더 이상 세인트죠셉 의료진의 진료를 거부했다.

"사장님, 존스홉킨스와 연락이 됐습니다. 곧바로 헬기를 타고 볼티모어로 가면 될 듯합니다."

"거기서도 또 어중이떠중이가 진료하는 것은 아니겠지요?"

"아닙니다. 간 파트의 최고 교수인 쿱스 박사가 진료하겠다고 확답을 받았습니다."

"그러면 곧바로 출발합시다. 이 불쾌한 곳에서는 한시도 더 있고 싶지 않군요."

"네, 사장님."

그런데 문제가 생겼다. 마침 뉴욕 상공에 미친 듯이 눈보라가 몰아닥치고 있었던 것이다.

"오늘은 도저히 못 뜰 것 같습니다."

"한시가 급한 상황입니다. 어떻게 안 되겠습니까?"

"사정은 알지만… 무리입니다. 지금 헬기를 띄우면 전부 죽습니다."

헬기 조종사가 고개를 저었다. 아닌 게 아니라, 정말 한 치 앞도 안 보이는 눈보라였다.

'하필 왜 지금 눈보라가!'

이동민은 하늘이 원망스러웠다. 기상 상태를 봤을 때 오늘내일은 무리였고 최소 이틀은 더 기다려야 할 것 같았다. 그러나 사태는 더욱 악화되었다. 밤사이 이해중 회장의 상세가 더욱 나빠진 것이다.

"선생님, 혈압 떨어져요!"

진현과 데이비드가 급히 VIP실로 들어와 응급처치를 하였다.

"수액 주시고 혈압 올리는 승압제 걸어주세요! 중환자실에 연락해서 빨리 환자 옮길 준비 해주세요!"

그렇게 한참을 부산을 떨고 난 후에야 이해중 회장의 상태가 안정되었다. 그러나 살얼음 같은 안정으로 언제 또다시 나빠질지 몰랐다. 병실도 VIP실에서 중환자실로 옮겨졌다. 의식을 잃고 누워 간신히 버티고 있는 이해중 회장의 모습을 보고 이동민은 고개를 떨궜다.

데이비드가 그에게 다가왔다.

"간 기능 악화로 인한 증세입니다."

"좋아질 수는 있는 것입니까?"

데이비드는 잠시 입을 다물었다.

"솔직히 말씀드리면… 이제 정말 얼마 남지 않았습니다. 이제 다른 병원으로 옮기는 것도 무리입니다."

물론 진현이 말한 방법으로 간이식을 하면 아예 희망이 없는 것은 아니다. 하지만 지난번 이동민의 반응을 봤을 때, 확실하지도 않은 방법을 권할 수는 없었다. 그런데 이동민이 의외의 질문을 하였다.

"지난번 김진현이란 의사가 말한 방법으로 수술해도 가망이 없는 것입니까?"

"……!"

데이비드가 놀란 표정을 지었다.

"워낙 고령이고 어려운 테크닉이라 성공 확률은 높지 않습니다. 아니, 실패할 확률이 훨씬 높습니다. 그러나……."

"안 하면 무조건 죽는다는 거죠? 이식을 하면 적은 확률이나마 살 가능성이 있는 거고?"

"그렇습니다. 그리고 더 중요한 점은……."

데이비드는 잠시 말을 멈췄다. 이동민이 의아한 표정을 지을 때 다시 말을 이었다.

"어렵고 실패할 확률이 훨씬 높지만 저는 닥터 김을 믿습니다. 제가 환자라면 그에게 제 몸을 맡겼을 것입니다."

"……!"

이동민의 눈이 크게 흔들렸다.

"잘 생각해 보십시오."

홀로 남은 이동민은 크게 한숨을 내쉬었다. 중환자실을 나와 멍하니 의자에 앉아 있는데 백중현이 다가왔다. 백중현의 얼굴도 침울했다. 간밤의 소란으로 더 이상 치료가 어려울 것 같다는 것을 느낀 거다.

"마음의 준비를 하시는 게 좋을 것 같습니다."

"……."

그 말에 이동민은 먼 옛날의 기억이 떠올랐다. 아주 어렸을 때, 이해중 회장은 그의 손을 잡고 종종 나들이를 갔었다. 그때의 따뜻한 손이 떠올라 갑자기 눈물이 돌았다. 탐욕만 가득한 가족들 사이에서 아버지는 유일하게 그를 사랑해 준 사람이었다.

"…내가 너무 바보 같은 걸까요? 보내줘야 하는데 미련을 못 버리겠습니다."

백중현은 쓴웃음을 지었다. 이런 효심에 이해중은 그를 자신의 후계자로 삼았다. 물론 뛰어난 능력이 뒷받침되기도 했지만 말이다.

"아닙니다. 회장님께서도 기뻐하실 것입니다."

"그럴까요?"

이동민은 눈물을 닦았다. 보내줘야 할 때라 생각하지만 마음이 다스려지지 않았다. 주책 없는 일이 아닐 수 없었다. 누구라도 아버지를 살려만 준다면 무슨 대가라도 치를 텐데.

그때 이동민의 전화벨이 울렸다. 조카 혜미였다. 욕심 가득한 괴물만 득실거리는 대일 가문에서 유일하게 착한 아이.

"어, 혜미야."

—흐윽, 작은아버지! 할아버지는 어떠세요?

할아버지의 죽음을 직감한 것인지 그녀의 목소리에도 눈물이 가득했다. 이동민은 조카를 생각해 거짓말을 했다.

"괜찮다. 괜찮으셔."

―나, 나……! 지금 뉴욕으로 가려 하는데……! 날씨 때문에 비행기가 안 떠서……!

"응, 괜찮아. 여긴 나와 백 실장이 있으니 걱정하지 마."

하지만 그녀가 도착할 때까지 이해중이 살아 있을 확률은 낮았다. 그런데 그 순간 이동민은 혹시나, 혹시나 하는 마음이 들었다.

'정말 김진현이란 그 젊은 친구가 아버지를 살릴 수 있을까?'

절벽에 떨어졌기에 든 생각이었다. 썩은 지푸라기라도 잡고 싶었다.

"혜미야."

―흐윽, 네, 작은아버지.

"혹시 김진현이란 의사를 아니?"

―……!

갑작스러운 진현의 이야기에 전화기 너머로 혜미는 깜짝 놀랐다.

―왜, 왜요?

"그냥 어떤 의사인가 해서."

―…어떤 의사인지 묻는 거예요, 아니면 어떤 사람인지 묻는 거예요?

"어떤 사람인지가 아니라, 어떤 의사인지 묻는 거야."

전화기 너머 혜미의 답이 들렸다. 한 치의 주저도 없는 목소리였다.

―제가 아는 최고의 의사예요.

그 뒤 이동민은 김진현이 근무했던 한국의 대일병원에 전화를 걸었다.

그리고 똑같은 질문을 했다.

─김진현? 최고입니다.

강민철 교수의 답이었다.

─최고 중의 최고이지요.

최대원의 답이었다. 누구에게도 물어도 마찬가지였다. 진현을 평가하는 말은 단 한 마디, 최고였다. 한 명, 진현을 나쁘게 평가한 사람이 있었다. 셋째 형이자 이사장인 이종근이었다.

─김진현? 그 녀석 별로인데, 의사 면허도 정지되었잖아. 아버지의 상태는?

형제 중에서도 특히나 못난 이종근이 나쁘게 평가하자 역설적으로 좋은 느낌이 들었다. 그런데 그때 누군가 그에게 다가왔다. 앳된 동양인의 얼굴, 그러나 한없이 깊은 눈빛을 지닌 진현이었다. 진현은 무거운 목소리로 말했다.

"다시 상태가 안 좋아지는 것 같습니다."

"…상태가 안 좋아진다면?"

"오래 버티지는 못할 듯합니다."

간은 심장과 폐와 마찬가지로 생명에 연관되는 생체 기관이다. 이렇게까지 기능이 악화되면 무슨 약을 써도 버틸 재간이 없다. 방법은 단 하나.

진현은 조심히 말했다.

"간이식 외에는 방법이 없습니다. 물론 이런 경우 일반적으로 간이식을 추천하진 않습니다. 너무 고령이고 수술해도 살아날 확률보다 안 좋아질 확률이 높기 때문이지요."

의사 입장에서도 이해중 회장은 최악의 환자였다. 일단 나이도 너무 많고, 힘들게 수술해도 안 좋아질 확률이 높다. 사실 순리대로 임종을 맞이하게 놔두는 것이 의사 입장에서는 가장 합리적이다. 그럼에도 진현이 수술을 언급하는 이유는 두 가지다.

'환자가 대일그룹의 회장이어서가 아니야. 그런 것 따위 중요하지 않아.'

대일그룹의 회장? 그게 뭐? 어차피 죽음 앞에서는 모두 평등하다. 그렇지만 그가 포기하지 못하는 이유들이 있다. 첫 번째 이유는 보호자인 이동민이 환자의 소생을 간절히 원하기 때문이고, 그리고 두 번째는.

"제가 이런 이야기를 하는 것은… 저도 환자분을 살리고 싶기 때문입니다."

"……!"

이동민이 놀란 얼굴로 진현을 바라봤다. 그래, 진현도 이해중 회장을 살리고 싶었다. 사랑하는 연인 혜미의 할아버지를 이렇게 보내고 싶지 않았다. 그녀를 슬프게 하고 싶지 않았다.

"물론 수술해도 안 좋아질 확률이 훨씬 높습니다. 그래도 환자분을 살리기 위해 노력해 보고 싶습니다."

"……."

이동민은 손으로 얼굴을 감쌌다. 모르겠다. 어떻게 해야 할지, 이 젊은 의사를 믿어도 되는 것인지. 그러나 한 가지 느낄 수 있었다. 이 한국의 젊은 의사는 진정으로 환자를 위하고 있었다. 그것 하나만은 확실했다.

"…아버지를 살릴 수 있습니까?"

"여러 번 말씀드렸다시피 장담할 수 없습니다. 아니, 수술을 해도 안 좋아질 가능성이 훨씬 높습니다."

늘 그렇듯 진현은 거짓말을 하지 않는다.

"하지만… 최선을 다하겠습니다."

그 진심이 담긴 말이 결국 이동민을 무너뜨렸다. 이동민은 한 방울 눈물을 흘렸다.

"잘… 꼭 잘 부탁합니다."

그렇게 이해중 회장의 수술이 결정되었다.


곧바로 응급 수술이 결정되었다. 느긋하게 아침까지 기다릴 시간이 없었다. 간을 줄 공여자는 다름 아닌 아들인 이동민이었다. 이식을 위한 매칭 검사는 이미 대일병원에서 완벽히 끝내놓은 상태여서 진행에 문제는 없었다. 간을 받을 이해중 회장의 수술은 '미라클 김'이 담당하고, 간을 줄 이동민의 수술은 데이비드가 담당하기로 했다. 이후 이동민의 간 일부를 떼어내고 이해중에게 그 간을 이식할 때는 진현과 데이비드 둘이 손을 합칠 것이다.

"잘 부탁합니다, 꼭. 세인트죠셉에서의 별명처럼 꼭 기적을 일으켜 주십시오."

이동민은 수술장에 들어가며 진현에게 말했다. 진현은 무겁게 고개를 끄덕였다.

"네, 최선을 다하겠습니다."

이동민이 말했다.

"만약 아버지만 살려주신다면 어떤 보답이라도 하겠습니다. 설사 한국의 대일병원의 병원장 자리를 원하신다 해도 드리겠습니다."

진현은 대일그룹의 후계자답게 농담도 통이 크다 생각했다.

"지금은 수술에만 집중하겠습니다."

그리고 수술이 시작됐다.


수술 경과 4시간 후, 진현의 수술방으로 데이비드가 들어왔다. 이동민의 간 일부를 절제하는 수술이 끝난 것이다. 이제 그 간을 이해중 회장에게 연결하기만 하면 된다.

"공여자의 간 절제가 끝났네."

"네, 이제 간을 환자에게 연결하겠습니다. 함께해 주십시오."

"얼마든지."

그러면서 데이비드는 진현에게 찡긋 웃었다.

"또 기적을 만들어보자고, 미라클 김."

하지만 진현은 마주 웃지 못했다. 곧 이어질 어마어마한 난이도의 수술이 걱정됐던 것이다.

'잘할 수 있을까?'

당연한 이야기지만 자신은 없었다. 이런 수술을 앞두고 성공을 확신할 수 있는 의사가 누가 있을까? 강민철도, 아니, 미국의 어떤 의사라도 그러지는 못할 거다. 하지만 늘 그렇듯 방법은 하나다.

'기도하는 마음으로 최선을 다할 수밖에.'

진현은 고개를 들었다. 그리고 기도하는 심정으로 수술장 천장 너머로 있을 하늘을 바라봤다. 이런 환자를 보며 한계를 마주할 때마다 종교에 기댈 수밖에 없다. 어쩔 수 없는 일이다. 아무리 천재니 뭐니 해도 그는 미약한 인간일 뿐이니까.

"시작합니다."

그 말과 함께 간이식의 본격적인 부분이 시작됐다. 초고난도의 수술이었다.

*　　　*　　　*

이동민은 어스름한 빛에 깨어났다. 눈을 뜨자 메스로 갈랐던 배에서 격통이 느껴져 신음을 흘렸다.

"으윽! 아버지는?!"

"아직 수술 중입니다."

백중현이 답했다.

"아직이요? 지금 몇 시간이나 지난 거죠?"

"수술 시작 후 13시간째입니다."

"13시간이요?!"

이동민은 깜짝 놀라 외쳤다. 예상 수술은 원래 10시간이었는데, 3시간이나 경과된 것이다.

"그러면 수술은……."

이동민의 얼굴이 걱정으로 물들었다. 순조롭게 풀리는 수술이 예상 시간보다 오래 걸릴 일은 없다. 뭔가 수술장에서 문제가 생겼기에 시간이 길어지는 것이다.

"간이식이란 게 워낙 대수술이니 그런 것 아니겠습니까? 괜찮 겠지요."

이동민을 안심시키는 말을 한 백중현이지만 정작 본인의 얼굴 도 좋지 않았다.

"수술장에선 특별한 연락은 없었죠?"

"네."

"하아… 잘되어야 할 텐데."

이동민은 걱정되는 마음에 한숨을 내쉬었다. 그는 계속 시계 만 보며 초초한 기색을 보였다. 보다 못한 백중현이 말했다.

"사장님도 큰 수술 하셨는데, 너무 걱정하지 마시고 일단 푹 쉬십시오."

이동민은 고개를 저었다.

"마음이 불안한 걸 어떻게 그럽니까?"

"혹시라도 회장님이 잘못되면 이제 대일그룹을 이끌어야 하는 것은 사장님입니다. 그러니 몸을 돌보십시오."

그 말에 이동민은 와락 인상을 구겼다.

"그게 무슨 말입니까? 아버지가 잘못되다니."

백중현은 아차 실수한 표정을 지었지만 말을 무르진 않았다.

"최악의 경우를 생각해야 합니다. 만약 회장님이 돌아가시면 다른 형제분들이 벌 떼처럼 달려들 겁니다. 사장님이 확고히 경 영권을 확립하지 않으면 대일그룹은 끝입니다."

"그런 말 마십시오. 아버지는 일어나 10년은 더 사실 것입니다."

"사장님."

백중현은 한숨을 내쉬었다.

"애초에 무리한 수술이었습니다. 계획한 대로 잘 끝나도 결과를 보장 못 할 수술인데, 벌써 3시간, 아니, 4시간이 초과되고 있습니다. 앞날을 생각해야 합니다."

"됐습니다. 일단 수술 결과를 기다립시다."

이동민은 단호히 말했으나 불안하긴 마찬가지였다. 그렇게 불편한 침묵 속에 째각째각 초침만 흘렀다. 수술 시작 후 14시간을 지나 15시간에 가까워 올 때 결국 이동민이 말했다.

"더 이상은 못 기다리겠습니다."

"네?"

"수술장에 가봐야겠습니다."

"하, 하지만… 그건 안 됩니다. 어차피 수술장 안으로 들어갈 수도 없고, 사장님은 지금 안정을 취해야 합니다."

"제 몸은 괜찮습니다. 진통제를 잔뜩 맞아 지금은 참을 만합니다. 이대로는 초조해 못 견디겠습니다. 수술장 근처로 데려가 주십시오."

백중현뿐만 아니라 담당 간호사도 절대 불가하다 말했으나 이동민의 고집을 꺾을 순 없었다. 결국 문제가 생겨도 전부 이동민의 책임이란 사인까지 하고 나서야 휠체어에 탈 수 있었다. 수술장 입구에 도착하긴 했으나 안의 사정을 알 수 없는 것은 마찬가지였다.

"사장님, 그냥 올라가시죠. 여기에 이러고 있어도 변하는 것은 없습니다. 본인 몸도 생각하셔야죠."

"…잠시… 잠시만 있다가 올라가겠습니다."

"하아… 그러면 딱 10분입니다. 10분이 지나면 병실로 올라가도록 하겠습니다."

그런데 그때였다. 수술 종료 예정 환자가 표시되는 전광판의 리스트가 반짝반짝 빛을 내었다.

[Hae Jung Lee]

드디어 이해중 회장의 이름이 수술 종료 예정 환자 전광판에 뜬 것이다!

"수술 끝나면 이쪽으로 나오는 것 맞죠, 백 실장?"

"네, 맞습니다. 저렇게 뜬 걸 보니 곧 나올 것 같습니다."

둘은 침을 꿀꺽 삼켰다. 과연 어떻게 됐을까? 일분일초가 억만 년처럼 느껴졌다. 그렇게 짧지만 억겁 같은 시간이 지난 후, 드르 륵 수술장의 문이 열렸다.

이해중 회장이었다! 드디어 수술이 끝난 것이다!

"거기 비켜주세요!"

선두에 선 마취과 의사가 외쳤다. 진현과 데이비드가 그 뒤를 따르고 있었다. 둘 모두 녹초가 된 모습이었다.

'수술은?!'

이동민은 속으로 물었다. 안 좋은 대답이 돌아올까 봐 차마 입을 열어 물어볼 수가 없었다. 그때 진현이 이동민을 바라봤다. 데이비드가 진현에게 눈빛을 보냈다. 자신이 중환자실로 데려갈 테니 수술 결과를 설명해 주라는 뜻이었다. 진현이 그들에게 걸어왔다.

"······!"

진현의 피로한 얼굴을 보자 이동민은 가슴이 내려앉았다.

"수, 수술은 어떻게 됐습니까?"

그러고 이동민은 눈을 감았다. 결과를 들을 자신이 없었다. 그런데 의외의 대답이 들렸다.

"잘됐습니다."

"네?"

놀라 눈을 뜨니 한국의 젊은 의사 김진현은 피로한 얼굴 속으로 살짝 미소를 짓고 있었다.

"오래 걸리긴 했지만 다행히 잘 끝났습니다. 물론 정확한 경과는 아직 지켜봐야 알 수 있겠지만 수술 자체는 성공적입니다."

"……!"

이동민은 가슴에 뭉클한 감정이 차올랐다. 수도 없이 많은 말이 떠올랐지만 입 밖으로 말이 나오지 않았다. 그래서 그저 한마디만 하였다.

"…감사합니다. 정말로……."


간이식 수술이 끝났다고 해서 곧바로 상태가 좋아지는 것은 아니었다. 오히려 또 다른 전쟁의 시작이었다.

'이식을 받으면 건강해지는 게 아니다. 이식을 받았다는 질병의 시작이다'란 말이 있다. 남의 장기가 몸 안에 들어가 있으니 몸의 부담이 얼마나 심하겠는가? 면역억제제도 써야 하고, 고령이니 합병증 발생도 눈여겨봐야 한다. 진현은 밤낮을 가리지 않고 이해중 회장의 곁을 떠나지 않았다. 그런 그의 정성 때문인지 이해중 회장의 상태는 조금씩 조금씩, 하지만 확실히 좋아지기 시작했다.

"감사합니다, 정말. 정말로."

이동민은 진현에게 고개를 숙였다.

"아닙니다. 해야 할 일을 했을 뿐이니 신경 쓰지 마십시오."

진현은 겸손히 말했으나 이동민은 감사의 눈빛을 거두지 않았다.

'정말 이 젊은 의사가 기적을 일으켰어.'

왜 미라클 김이란 거창한 별명이 붙었는지 알 수 있었다. 그리고 단순히 실력만 뛰어난 것이 아니었다. 환자를 돌보는 정성도 상상을 초월했다. 이동민은 진현을 볼 때마다 감탄에 감탄을 거듭했다.

"그래도 합병증이 생길까 많이 걱정했는데 큰 문제가 없어서 다행입니다. 사장님의 효심 덕분인 것 같습니다."

진현의 말에 이동민은 미소를 지었다. 그게 어찌 자신 때문이겠는가? 그가 치료를 잘해서지.

"아닙니다. 다 선생님 덕분입니다."

"사장님도 몸이 안 좋으신데 무리하지 마시고 병실에서 쉬십시오."

"괜찮습니다. 어차피 옆 병실인걸요."

상태가 좋아져 이해중 회장은 중환자실에서 VIP 병실로 옮긴 상태다. 이동민 사장도 바로 옆의 병실을 쓰고 있었다.

"아버지의 목숨을 살려주신 은혜, 절대 잊지 않겠습니다. 혹 바라는 것이 있습니까? 무엇을 말씀하셔도 다 들어드리겠습니다."

빈말이 아니었다. 대일IT의 사장이자 대일병원을 금전적으로 지탱하는 대일홀딩스의 최고 대주주 이동민은 그럴 능력이 있었다. 더구나 이해중 회장이 정신을 차려도 간이식까지 하고서 일선으로 복구할 수 있을 확률은 적었다. 후계 계승이 가속화될 것이고 조만간 그는 대일그룹 전체 회장의 직위에 오를 것이다. 하지만 진현은 화들짝 놀라 손을 저었다.

"전 의사입니다. 환자를 치료하는 것은 당연한 일이니 그런 말씀 마십시오."

"아닙니다. 그러지 말고……."

"자꾸 그러시면 저 안 옵니다. 데이비드 교수에게 전담을 부탁할 것입니다."

그 말에 이동민은 입을 다물었다. 하지만 보은을 포기한 것은 아니다.

'꼭 은혜를 갚아야지.'

모두가 포기했을 때, 아버지를 살린 은인이다. 반드시 그 보답을 하고 말 것이다.

"그러면 저는 나가보겠습니다. 오후에 다시 뵙겠습니다."

"네, 수고하십시오."

진현이 나가고 이동민은 백중현을 바라봤다.

"참 좋은 의사죠? 실력이면 실력, 친절이면 친절, 환자를 위하는 마음이면 마음. 뭐 하나 빠지는 것이 없어요. 왜 진즉 저런 의사를 못 만났을까요?"

"그러게 말입니다."

백중현은 쓴웃음을 지었다.

"그런데 미라클 김이 한국에서 의사 면허가 정지됐다는 말은 무엇입니까? 그럴 사람으로 보이지 않는데……."

"그게… 저도 정확히는 모르는데 송영그룹의 딸을 수술하다 문제가 생겼나 봅니다."

"흠… 무슨 문제입니까?"

"사실 수술 자체의 문제라기보단 수술 후 원인 미상으로 사망했는데 그 책임을 뒤집어썼습니다."

이동민은 인상을 찌푸렸다. 물론 원숭이도 나무에서 떨어지니 저 천재 의사가 실수를 했다 해서 이상할 것은 없다. 하지만 그런 문제가 아닌 것 같다.

"뭔가 이상하네요. 다시 한 번 백 실장이 알아보세요."

"네, 알겠습니다."

백 실장은 고개를 끄덕였다. 그리고 그가 무거운 목소리로 말했다.

"그런데 사장님, 앞으로 마음을 굳게 드셔야 합니다."

"무슨 말입니까?"

"수술이 잘되긴 했어도 회장님이 일선으로 복귀하는 데는 무리가 있을 확률이 높습니다."

옳은 말이었다. 원체 고령인 데다 대수술을 하고 난 뒤이고, 면역억제제를 써야 하니 그룹 경영을 이전처럼 하긴 어려울 것이다.

"이제 대일그룹의 회장은 당신입니다."

"……!"

이동민의 얼굴이 굳어졌다. 하지만 부정하진 않았다.

"무슨 말인지 알겠습니다. 마음을 굳게 먹어야겠군요."

당분간 형제들 간 피 튀기는 싸움이 있을 거다.

"그래도 회장님이 회복 추세여서 다행입니다. 의식만 돌아오시면 후계 승계에 문제는 없을 것입니다. 저 천재 의사가 대일그룹을 살렸습니다."

만약 이해중이 그대로 죽었으면 대일그룹은 공중분해됐을 것이다. 하지만 이해중의 의식만 돌아오면 아무런 문제가 없다. 이동민에게 힘을 실어줄 것이기 때문이다.

"벌써부터 한국에서 형제분들이 법적 공방을 준비 중이라고 하니 간단히 경고를 하는 것이 좋겠습니다."

"경고라면?"

"회장님이 회복 중임을 알려야겠지요."

지금 한국에 남아 있는 형제들은 이해중 회장이 죽을 줄 알고 신나서 재산 싸움을 준비 중이었다. 회복 소식은 그 잔치에 찬물을 끼얹는 것이나 다름없었다.

"좋은 생각입니다. 그리고 최근 주가가 안 좋던데 이왕이면 언론사를 통해 그룹 회장의 건재를 알리도록 하세요."

"네, 각 언론사엔 제가 연락을 하겠습니다."

지구 반 바퀴를 돌아 대한민국 모든 언론사에 연락이 갔다. 지상파면 지상파, 신문이면 신문, 케이블이면 케이블. 수없이 많은 기자가 뉴욕의 세인트죠셉으로 날아왔다. 모든 언론이 이해중 회장의 회복을 방송했다.


─네, 여기는 재계 1위, 대일그룹의 이해중 회장이 입원 중인 뉴욕의 세인트죠셉병원입니다.

─이해중 회장의 상태는 어떤가요?

─간부전으로 목숨이 위독한 상태였으나 간이식을 받고 순조롭게 회복 중입니다.

─다행이군요.

—네, 고령인데도 불구하고 수술이 굉장히 성공적이어서 곧 의식을 회복할 것으로 보입니다.

그리고 언론들은 이해중 회장의 상태만 보도하지 않았다.

—그런데 이해중 회장의 수술을 집도한 의사가 한국인이란 이야기가 있던데요?
—네, 한국입니다. 그것도 굉장히 젊은 한국 의사입니다.
—놀랍군요. 누구인가요?
—김진현, 이곳 미국에서는 미라클 김이라 불리는 천재 외과의사입니다. 김진현 의사는 이전 비행기에서 김창영 총리를 치료한 적도 있습니다.

한국 재계 1위의 회장이 미국에서 천재 한국인의 손에 살아났다. 당연히 기삿거리가 안 될 수가 없었다. 리포터는 진현이 그간 이루어낸 만행에 가까운 업적들을 간단히 설명했다. 원체 놀라운 성과들이라 단순히 설명하는 것만으로도 이야기가 되었다.

—그러면 지금도 이해중 회장의 진료는 김진현 의사가 담당하고 있는 것인가요?
—네, 이해중 회장은 김진현 선생의 진료하에 순조롭게 회복 중입니다.

그렇게 대한민국의 모든 사람이 김진현에 대해 알게 되었다. 그리고 얼마 지나지 않아 또 놀라운 일이 일어났다. 이해중 회장이 의식을 완전히 회복한 것이다.

이해중 회장이 안 좋을 때는 코빼기도 안 비치고 재산 싸움만 준비하던 형제들이 그가 의식을 회복하니 하나둘 얼굴을 드러냈다.

"아버지, 괜찮으세요? 제가 얼마나 걱정했는데요."

"저도 엄청 걱정했어요. 이렇게 좋아지셔서 정말 다행이에요."

형제들이 옆에서 알랑방귀를 뀌었다. 그 가식적인 모습에 이동민은 기도 차지 않았다.

'죽게 내버려 두자고 할 때는 언제고.'

이해중 회장은 말없는 미소로 그들을 바라봤다. 정말 기적이 일어난 것인지 그는 건강해 보였다.

그렇게 며칠이 지난 후, 이해중 회장이 입을 열었다.

"그만 됐다."

"네?"

"효도 잘 받았으니 동민이 빼고 다 돌아가 봐라."

"……!"

다른 형제들의 얼굴이 흙빛으로 변했다.

"아, 아니. 아버지 곁에는 제가 있어야지요. 야, 너희들 다 돌아가. 번잡해서 그러시잖아."

"형님이야말로 돌아가슈. 전 아버지 곁에 있을 테니."

모두 자신의 목숨처럼 아버지를 아끼는 듯 나섰으나 이해중 회장은 바보가 아니었다. 모든 자식 중에서 자신을 진심으로 생각하는 이는 이동민밖에 없었다. 손주까지 따지면 이혜미까지.

"됐다. 다 돌아가라."

어쩔 수 없이 그들은 전부 한국으로 돌아갔다. 한결 쾌적해진 병실에 김진현이 들어왔다.

"몸은 어떠십니까?"

이해중이 빙긋 웃었다.

"좋습니다. 다 선생님이 잘 치료해 주신 덕분이죠."

이해중은 손자뻘 되는 진현에게 지극히 깍듯한 태도로 말했다.

"편하게 말씀해 주십시오, 회장님."

"제 생명을 구해주셨는데 어떻게 그렇습니까?"

하지만 진현은 곤란하기 그지없었다. 대일그룹의 회장인 것을 떠나 그는 혜미의 할아버지였으니까.

'혜미와 교제한다는 사실을 말해야 하나?'

그러나 이제 간이식 수술을 받은 환자에게 할 말은 아닌 것 같았다.

'나중에 같이 찾아가서 말해야지.'

하여튼 이해중이 깍듯이 고개를 숙일 때마다 난감하기 그지없었다. 그러지 말라고 아무리 말려도 이해중은 요지부동이었다.

"제가 평생 사업을 해왔는데, 한 가지 신조가 있습니다. 바로 은혜를 잊지 말라는 것이지요."

즉, 자신이 이러는 것을 말리지 말라는 뜻이었다. 진현이 한숨을 내쉬는데 이해중이 더 부담스러운 이야기를 하였다.

"제 생명을 구해준 은혜 정말 감사합니다. 혹시 따로 원하는 것이 있습니까? 제가 할 수 있는 것이면 뭐든지 들어드리겠습니다."

이동민과 똑같은 이야기다.

"그런 말씀 마십시오. 대가를 바라고 한 일이 아닙니다."

그러나 재계 1위 대한민국 최고 부자의 고집도 보통은 아니었다.

"제가 마음이 불편해서 그럽니다. 이렇게 불편해서야 좋아지던 간도 다시 나빠질 것 같은데요? 그러니 저를 생각해서라도 보답을 할 수 있게 해주십시오."

"하지만……."

그런데 그때 웃음기 섞인 목소리가 들렸다.

"그렇게 하십시오, 선생님. 저희 아버지 원하는 대로 안 해드리면 성나서 건강 나빠집니다. 고집이 엄청 세시거든요."

대일IT의 사장 이동민이었다. 어느덧 수술 상처가 많이 회복돼 그는 퇴원할 준비를 하고 있었다. 물론 퇴원해 봤자 보호자 입장으로 계속 세인트죠셉에 머물겠지만.

"그래도 그럴 수는 없습니다."

하지만 이해중은 막무가내였다.

"은혜를 갚을 기회를 주지 않으면 전 그냥 여기서 퇴원하겠습니다."

"네?"

진현은 황당한 표정을 지었다. 애도 아니고, 이게 무슨…….

"아버지 말 들으세요, 선생님. 이러다 아버지 병납니다."

결국 진현은 한숨을 내쉬었다.

"하아, 알겠습니다. 어쩔 수 없군요."

그 승낙에 이해중은 눈을 빛냈다. 그는 램프의 요정처럼 말했다.

"무엇입니까? 원하는 것은 뭐든지 말씀해 보십시오. 제가 제일 사랑하는 손녀딸을 달라는 것 말고는 무엇이든지 다 들어드리겠습니다."

이해중의 말은 빈말이 아니었다. 대한민국 최고의 부자이자 재계를 한 손에 쥐고 있는 그는 그 어떤 소원이라도 이루어줄 수 있는 능력이 있었다. 진현이 주저하다 입을 열었다.

"사실은 부탁드리고 싶은 게 있긴 합니다."

"말씀해 보십시오."

"하지만 지금 말고 나중에 말씀드리겠습니다."

"……?"

이해중은 의아한 표정을 지었다.

"무엇이기에 그렇습니까?"

"정말 죄송합니다. 하지만 나중에 말씀드리겠습니다."

이해중은 갑갑한 마음이 들었으나 이번엔 진현도 확고했다.

"아직은 때가 아닌 것 같습니다. 제가 나중에 한국에 갑니다. 그때 말씀드리도록 하겠습니다. 이해해 주시면 감사하겠습니다."

그러면서 진현은 생각했다. 그래, 아직은 때가 아니었다. 하지만 멀지 않았다.


진현이 나간 후, 이해중과 이동민은 대화를 나눴다.

"저 의사 선생님이 바라는 게 뭔지 아느냐?"

"글쎄요? 그래도 돈 같은 것은 아닐 것 같습니다."

"그렇지?"

"네, 돈을 바라는 성격은 아닌 듯하니까요."

진현이 돈을 얼마나 좋아하는지 모르는 이동민이 답했다. 이해중은 고개를 갸웃했다.

"설마 우리 혜미를 달라거나 그런 것은 아니겠지?"

바보 같은 손녀딸 사랑에 이동민이 웃음을 삼켰다.

"설마요. 아무리 혜미가 연예인보다 예쁘다고 하지만."

"아니야. 이전에 우리 혜미와 대일병원에서 같이 일했었는데, 젊으니까 우리 혜미를 보고 반했을 수도 있지."

"그래서 싫습니까? 전 저 선생님 정도면 괜찮다고 보는데."

이해중은 고집 센 노인네처럼 인상을 찌푸렸다.

"몰라. 내 눈에 흙이 들어가지 않는 한 우리 손녀딸은 아무한테도 안 줘."

이동민은 크큭 웃음을 흘렸다.

"그런데 몸은 정말 괜찮으십니까?"

"그래, 수술을 얼마나 잘했는지 멀쩡해."

물론 그건 과장이다. 원체 고령에 시행한 간이식이고 면역억제제를 사용 중이기에 이해중 회장의 몸 상태는 이전에 비해 훨씬 쇠약해진 상태다. 그래도 이 정도라도 어딘가? 죽을 운명에서 벗어났는데.

"그나저나… 참 탐난단 말이야."

"미라클 김 말입니까?"

"세인트죠셉 놈들은 어떻게 저런 보배를 뺏앗아갔지? 원래 우리 대일병원의 의사지 않더냐. 이종근 이 자식은 도대체 제대로 하는 게 없어."

이해중은 마음에 드는 구석이라곤 하나도 없는 셋째 아들을 욕했다.

"대일병원으로 다시 데려올 수는 없겠느냐? 탐나는데."

"흠… 세인트죠셉병원에서도 스타급 교수의 대우를 하고 있어서……."

"우리도 스타급 대우를 하면 되지."

"하지만……."

지난 1년간 진현이 거둔 성과는 눈부시다 못해 기적적이었다. 그런 만큼 보장받은 연봉도 어마어마해 100만 달러에 가까운 90만 달러였다. 한국의 그 어느 의대 교수도 그런 연봉을 받진 않는다.

"뭘, 광혜병원은 존스홉킨스의 오영수를 스카우트했고, 기독병원은 엠디앤더슨의 오스틴 김을 스카우트했잖아. 그것도 어마어마한 거금을 들여서. 우리도 그러면 되지."

"……!"

존스홉킨스의 오영수, 엠디앤더슨의 오스틴 김. 둘 모두 한국계 미국인으로 각 분야에서 의학 교과서를 기술할 정도의 세계적 대가들이었다. 1년 전, 광혜병원과 기독병원은 광고 효과를 위해 이들을 거액의 금액을 들여 스카우트했었다. 그것도 전속 교수가 아닌 협약 교수로. 1년의 몇 개월은 한국에서, 나머지는 미국에서 진료하는 식의 계약이다.

"우리도 그렇게 하면 되잖아. 우리가 걔네들에 비해 돈이 없어, 뭐가 없어?"

"네, 알겠습니다. 백 실장을 통해 알아보라 하겠습니다."

이동민도 김진현 같은 의사가 대일병원에 오는 것에 대찬성이었다. 더구나 진현은 단순히 수술 실력을 떠나 학술적인 면에 있어서도 메이요의 오영수나 엠디앤더슨을 능가할 재능을 가진 외계인급의 천재이다. 한국대나 광혜, 기독병원에서 채가기 전에 미리 계약을 하는 것도 나쁘지 않으리라.

이후 이해중 회장은 무탈하게 퇴원했다.

"꼭 대일병원으로 오십시오. 항상 문을 열어놓겠습니다."

퇴원할 때 그는 진현의 손을 잡으며 연신 부탁을 했다. 진현은 알 수 없는 미소만 지을 뿐이었다.

그렇게 시간이 다시 지나갔다. 새순이 돋고, 잎이 우거지며 이후 낙엽이 떨어졌다. 겨울, 봄, 여름, 가을이 그렇게 다시 겨울이 다가왔다.

# 한국으로

그사이 진현의 학문적 업적은 어마어마하게 쌓여갔다. 대부분 이전 삶의 기억을 활용한 업적이다. 의학적 이슈 중 어떤 내용이 후에 인정을 받고 진실로 여겨지며, 어떤 방법을 써야 그것을 입증할 수 있는지 이미 알고 있기에 학문적 성과를 내는 것은 식은 죽 먹기보다 더 쉬웠다. 하지만 그의 업적 모두가 그런 종류의 것은 아니었다.

"데이비드, 이 주제로 연구를 해보는 것은 어떨까요?"

미래의 누구의 아이디어도 아닌 진현 본인의 구상이었다. 설명을 들은 데이비드의 눈이 커졌다.

"이 주제를 말입니까?"

"네, 현재 간암의 병기가 바르셀로나를 따르긴 하지만 오쿠다 등 확립이 안 되어서 정립에 도움이 되지 않을까 해서요."

데이비드는 진현에게 감탄의 눈빛을 보냈다.

"역시 미라클 김, 좋은 아이디어입니다. 같이 진행해 보죠."

연구 결과는 성공적이었다. 세계 3대 저널은 아니어도 그 밑의 급의 유수 저널에 게재가 확정되었다. 그 뒤에도 진현은 단순한 미래의 지식이 아닌, 자신의 아이디어로 연구를 구상하여 발표했다. 10년 앞선 의학계의 정립된 이슈를 알고 있어서인지 그의 아이디어는 항상 궤를 꿰뚫고 학계의 반향을 일으켰다. 그렇게 진현이 세인트죠셉에 머무는 2년 동안 이룩한 학문적 업적은 기함할 정도였다. 미국, 아니, 세계의 의학계가 이 동양의 천재를 주목했다. 진현은 한 걸음, 한 걸음 진정한 대가(大家)가 되어갔다.

*　　　*　　　*

한국의 서울에 위치한 한 특급 호텔.

"상민 씨? 상민 씨?"

어렴풋한 목소리가 들렸다.

"상민 씨!"

"……!"

이상민의 흐릿한 눈에 초점이 돌아왔다. 이연희가 걱정스레 물었다.

"도대체 무슨 생각해요? 요즘 계속 멍하니 있고."

"아… 아니야."

이상민이 미소를 지었다. 갈수록 말라가는 그는 이제는 뼈만 앙상히 남아 마치 말기 암 환자와 같은 외양이었다.

"담배 좀."

"담배 이제 좀 끊어요. 몸도 계속 안 좋잖아요."

"줘."

"안 된다니까요."

"주라고."

짧지만 차가운 목소리.

"……!"

이연희는 흠칫 놀라 이상민을 바라봤다. 어느덧 만난 지 2년이 넘어가는 그녀의 연인은 여전히 알 수 없는 미소를 짓고 있었다.

'도대체 저 미소 속에 무슨 생각을 하는 걸까?'

문득 그녀는 소름이 돋았다. 그와 관계를 가져도 그에게서 사랑 받는다고 느낀 적이 없다. 단 한 번도. 아니, 과연 그에게도 사랑이란 감정이 존재하긴 하는 걸까?

"후우……."

이상민은 담배 연기를 뿜었다.

"계속 몸이 안 좋으면 병원에 가보는 게 어때요?"

"병원? 맨날 출근하잖아."

"그런 것 말고요. 진료를 받아보세요."

"내가?"

"걱정돼서 그래요."

이상민은 미소를 지을 뿐이었다.

"걱정하지 마. 내 몸은 내가 잘 알아."

그래, 그의 몸은 그가 잘 알았다. 지금 자신이 앓고 있는 질환의 병명도 알고 있었다.

'환각(Hallucination)… 정신증(Psychosis)…….'

지난 죄악에 대한 징벌일까? 눈을 감으면, 아니, 눈을 뜨고 있어도 그들이 보였다. 그의 손에 죽은, 항상 피를 흘리고 있는 사람들.

'재미없군.'

자신에게 향하는 저주를 들으며 그는 생각했다.

'재미없어.'

계속된 환각 때문일까? 아니면 다른 이유 때문일까? 모든 것이 무료하고 따분하고 재미가 없었다. 삶의 모든 것에서 의미가 느껴지지 않았다.

'이래서 어머니가 자살했던 건가?'

우울증과 정신분열증은 정신과적 응급 질환이다. 네거티브적 감정 때문에 자살의 고위험군이기 때문이다.

'이 무료함은 정신분열증에 동반된 정서적 둔감(Obtundation), 쾌감상실(Anhedonoia)에 따른 것?'

그는 실없이 생각했다. 물론 현재 그의 증상을 정신분열증이라 진단하기에는 다소 맞지 않은 부분이 있다. 그래도 확실한 것은 그의 감정이 서서히 마모되고 있다는 점이다. 그는 문득 피식 웃었다.

'내 친구는 잘 지내고 있나?'

자신의 유일한 친구가 떠올랐다. 왜일까? 오늘따라 그가 보고 싶었다.


이연희와 헤어지고 그는 포르쉐 스포츠카를 몰고 간선도로를 질주했다.

빠아앙!

폭주에 가까운 속도에 여러 자동차가 경적을 울렸으나 그는 신경 쓰지 않았다. 짧은 질주 후 그는 한남동 이종근의 저택 앞에 내려섰다.

"아버지는요?"

"기다리고 계십니다."

고용인이 그를 맞았다. 널찍한 방에 들어가니 이종근이 인상을 찌푸리고 술을 마시고 있었다. 1년 사이 굉장히 수척해진 이종근의 얼굴에는 짜증이 가득했다.

"뭘 하고 지금까지 돌아다니는 거냐?"

"그냥 밖에서 바람 좀 쐤어요."

이종근이 버럭 화를 내었다.

"정신 좀 차려! 지금 네가 그렇게 한가하게 돌아다닐 때인 줄 알아?! 이 한심한 놈!"

"……."

"멍청한 놈! 지 어미를 꼭 닮아서 한심하기 그지없어."

이미 취했는지 이종근의 얼굴은 뻘겠다. 만약 어릴 때였으면 폭력을 휘둘렀을 것이다.

"왜 부르셨어요?"

"2주 뒤에 특별히 하는 일은 없지?"

"네, 특별한 일은 없는데요."

"그러면 그때 시카고에 갔다 와."

"시카고에는 왜요?"

"그때 시카고에 세계 외과 학회가 있잖아. 밥만 빌어먹지 말고 거기 가서 구연 발표라도 하고 와."

세계 외과 학회는 전문의만 수만 명이 참석하는 세계 최고의 외과의사들의 학술 대회이다. 그런 곳에서 구연 발표를 한다는 것은 레지던트, 교수를 떠나 굉장한 영광이 아닐 수 없다. 이종근은 짜증 섞인 목소리로 말했다.

"고영찬 교수가 본인 연구를 네 이름으로 발표했어. 발표 파일과 대본도 다 준비해 놨으니 넌 몸만 가서 발표하고 와."

그렇게 이상민은 시카고의 세계 외과 학회에 참석하기로 했다.


세계 외과 학회는 이상민만 참석한 것은 아니었다. 주임 교수, 아니, 이제 외과 과장인 고영찬과 이종근도 같이 갔다. 고영찬은 자신의 연구 때문에 참석한 것이고 이종근은 최근 답답한 마음에 휴가차 갔다.

"가서 잘 배우고. 발표도 똑바로 잘해."

이종근은 마음에 안 드는 얼굴로 말했다.

'한심한 놈.'

그런 아버지의 마음을 아는지 모르는지 이상민은 그저 미소를 지을 뿐이었다.

"네."

시카고에 도착한 그들은 최고급 호텔에 짐을 풀고 학회장으로 향했다. 세계 외과 학회라는 이름에 걸맞게 어마어마한 규모였다. 삼성동 코엑스의 4배쯤 되는 컨벤션 센터에 외과의사가 바글바글했다. 족히 3만 명은 될 듯한 인원이었다.

"전 세계에서 모인 의사들 앞에서 발표하는 것이니 꼭 잘해야 해."

무척 부담이 되는 자리지만 그만큼 영광스러운 자리기도 했다. 실적에도 도움이 되리라.

'어린애도 아니고. 이런 걸 일일이 챙겨줘야 하다니. 젠장.'

그때 고영찬이 물었다.

"어느 세션에 참가할까요, 이사장님?"

"그래도 오늘은 이놈이 발표하는 세션에 참가해야지. 학술 대회 내용을 먼저 보지."

외과 최고의 학회답게 학술 대회는 한 구역에서만 이루어지지 않았다. 걸어서 10분 넘게 걸리는 거리만큼 떨어진 곳에 총 4개의 구역이 있었다.

"이놈의 발표가 언제지?"

"B구역의 오후 2시 30분입니다."

"B구역……."

그들은 학술 대회의 구체적인 내용을 담은 안내 서적을 펼쳤다. 그런데 내용을 살피던 그들의 눈이 커졌다. 익숙한 이름이 안내 서적에 가득 적혀 있었다.

〈Professor, Jin Hyun Kim, Saint Joseph Hospital〉

그런데 그 이름이 한 번만 적혀 있는 것이 아니었다. B구역의 발표를 거의 도배하다시피 적혀 있었던 것이다.

"뭐, 뭐야, 이건?"

오늘만 7회의 발표. 그리고 내일도, 모레도. 이건 거의 세계 외과 학회 B구역을 진현을 위해 전세를 내준 느낌의 발표 일정이었다. 그것도 조잡한 내용의 발표도 아니었다. 하나같이 최근 외과계에 화두가 되고 있는 주제들이었다.

"이, 이게 뭐야? 왜 이놈이 이렇게?"

이종근이 당황해 짜증을 냈으나 질문할 필요가 없었다. 모두 2년 동안 진현이 이룬 학문적 업적에 대한 발표였으니까. 중간에 이상민의 조잡한 발표가 끼어 있긴 했으나 진현의 굵직한 발표에 가려 몇 명이나 관심을 가질지 모를 지경이었다.

그때 발표자들은 각 구역으로 늦지 않게 참석해 달라는 연락이 왔다. 어쩔 수 없이 그들은 B구역에 들어갔다. 그리고 그곳에서 그들이 본 것은 빛이 나는 진현의 위상이었다.

"거기 안 보이니 좀 비킵시다!"

"여긴 내 자리요!"

A, B, C, D 4구역 중 B구역이 가장 미어터졌다. 어느 나라 할 것 없이 전 세계에서 모인 외과의사가 세기의 천재, 진현의 발표를 듣기 위해 모여든 것이다.

"다들 뒤의 사람 안 가리게 자리에 잘 앉아주세요! 자리 없으니 계단 사이에라도 앉아주세요!"

수용 인원이 넘치게 모여든 사람들에게 진행 요원들이 외쳤다. 이종근과 고영찬은 엉거주춤 간이 의자에 앉았다. 이사장 체면에 그나마 계단에 안 앉아서 다행이었다.

'도대체 이 무슨…….'

이종근은 이 상황이 믿기지가 않았다. 놀라운 일은 그것으로 끝이 아니었다. 드디어 첫 발표를 하기 위해 연자가 나타났다. 앳된 인상의 동양인, 진현이었다.

"안녕하십니까? 세인트죠셉의 진현 김이라 합니다. 먼저 밀란(Milan criteria)을 충족하는 간암 환자의 5년 사망률, 그리고 MELD score(The Model for End—stage Liver disease score)에 따른 각 치료 방법에 따른 생존률과 합병증에 관한 사항을 메타 분석한 연구를 발표하고자 합니다."

단순한 인사말임에도 불구하고 우레와 같은 박수가 터져 나왔다. 얼마 전 란셋(Lancet)에 발표된 최근 가장 이슈가 되고 있는 논문이었기 때문이다.

"너무 많은 사람 앞이어서 긴장이 되네요. 실수하더라도 용서해 주시기 바랍니다."

농담 섞인 말을 한 후, 본격적으로 발표를 시작했다.

"42개 센터에서 조사한 결과, 합병증이……."

컨벤션 센터가 죽은 듯이 조용해졌다. 모두가 진현의 목소리에 집중했다. 그뿐 아니라 진현은 연달아 3개의 발표를 하였다. 전부 다른 주제의, 하지만 세계 3대 의학 저널에 기재된 최고의 이슈를 끄는 저널들의 발표였다. 당연히 모두 진현이 1저자였다.

1시간여가 지난 후, 연속 발표가 끝났다. 다시 우레와 같은 박수 후 사람들이 폭풍 같은 질문을 던졌다.

"저는 영국 캐임브릿지 의대의 도널드입니다. 닥터 김의 연구는 매우 감명 깊게 읽었습니다. 그런데 저희 센터의 연구 결과에 따르면……."

"저는 존스홉킨스의 로이드입니다. 역시 마찬가지로 감명 깊게 발표를 들었습니다. 한 가지 질문이 있는데…….”

　세계에서 내로라하는 의학자들이 진현에게 질문을 쏟아부었다. 이종근이나 고영찬 따위는 명함도 못 내밀 분위기였다. 그 모든 질문에 진현은 한 치의 주눅도 없이 당당히 대답했다. 이종근 주위에서 누군가가 대화를 나눴다.

　“하, 저렇게 어린데 정말 대단해. 얼굴에서 빛이 나는군. 빛이 나.”

　“세기의 천재라잖아.”

　“지난 2년간의 연구 업적을 보면 세기의 천재란 말도 모자라는데? 인간이 아니야, 인간이.”

　“일본인인가?”

　“아니야. 한국인이라는데?”

　“그래? 하여튼 한국인들은 좋겠군. 저런 세기의 천재가 태어나다니.”

　“뭘, 그래 봤자 지금은 반은 미국인인걸. 내가 세인트죠셉에 아는 사람이 있는데 한국에서 쫓겨나듯 세인트죠셉으로 온 것이라던데?”

　“하? 정말로? 누군지 모르지만 저런 천재를 쫓아내다니. 정말 바보 등신이군.”

　그 수군거림을 듣고 있던 바보 등신, 이종근은 얼굴이 벌게졌다. 그때 누군가 진현에게 마지막 질문을 했다.

　“닥터 김, 마지막 질문을 하겠습니다.”

　“말씀하십시오.”

　“이 논문들을 모두 닥터 김 혼자서 연구했다는 소문이 있는데 사실입니까?"

그 질문에 모두가 김진현을 바라봤다. 여러 사람이 그런 소문을 듣긴 했다. 이 기적 같은 연구 업적은 세인트죠셉의 공동 성과가 아니라 김진현이란 괴물 한 명이 이룬 것이라고.

"글쎄요. 전 세인트죠셉의 선생님들께 많은 도움을 받습니다."

진현은 애매하게 답했다.

짝짝짝!

질문 시간이 끝나고 터질 듯한 박수가 울렸다. 그렇게 진현은 세계 외과의사들 사이에서 당당히 이름을 알렸다.

이종근은 주먹을 움켜쥐었다.

'제장.'

중간에 이상민의 발표가 있긴 했다. 나름 나쁘지 않은 발표였지만 진현에게 가려 아무도 신경 쓰지 않았다. 그리고 다음엔 진현의 마지막 발표 시간.

"이번엔 담관 기형 환자에게 스텐트를 이용한 간 소장 문합술에 대한 수술을 발표하겠습니다."

이미 몇 차례 발표를 진행한 진현은 다소 지친 얼굴로 발표를 이어갔다.

"해당 담관 기형은 드물긴 하지만 간이식을 어렵게 하는 상황으로⋯⋯."

이번 것은 연구라기보단 담관 기형이란 특수한 상황 때 수술 술식에 대한 발표였다. 1년 전 이해중 회장을 치료할 때 시도했던 방법으로, 그 아이디어에 감명한 데이비드가 같은 환자를 만날 때마다 적극적으로 사용했다. 그리고 데이터를 모아보니 성적이 굉장히 좋아 이렇게 세계 외과 학회에서 발표하게 된 것이다. 심지어 데이비드는 이렇게도 말했다.

'이건 킴스 메소드(Kim's method)라고 이름 붙여야 해!'

킴스 메소드(Kim's method).

김진현의 수술법이란 뜻이었다. 진현은 자신의 이름을 붙일 만큼 대단한 것은 아니라 생각했지만, 이렇게 학회에서 지식을 공유하면 누군가에게 도움을 줄 수 있을지도 몰랐다.

가만히 듣던 중 누군가 불쑥 끼어들었다. 하버드의 대가, 저스틴이었다.

"닥터 김, 당신이 대단한 천재인 것은 알지만 지금 이 아이디어는 동의할 수 없소."

하지만 진현은 고개를 저었다. 예상했던 반응이다.

"네, 그럴 것이라 생각하고 동영상을 준비해 왔습니다. 먼저 보십시오."

커다란 화면에 진현이 수술하는 장면이 나타났다. 그 수술을 보는 전 세계의 외과의사들의 눈에 경악이 떠올랐다.

"Oh, my God!"

"지저스! 어떻게 저런 방식으로?"

동영상이 끝났지만 하버드의 저스틴은 수긍하지 않았다.

"닥터 김, 그 수술 방법에는 큰 단점이 있소."

"무엇입니까?"

"훌륭한 수술 방법이긴 하지만 너무 전문적인 실력을 요구하는 방법이오. 그 수술법을 성공했던 것은 당신이 뛰어났기 때문이지 다른 사람들이 같은 수술을 하면, 글쎄? 실패할 확률이 높다고 생각하오."

정확한 지적이었다. 수술법은 누구나 사용할 수 있는 방법이어야 가치가 있지, 일부의 뛰어난 사람만 사용할 수 있으면 가치가 없다.

진현은 머쓱히 웃었다.

"네, 좋은 지적 감사합니다. 개선점을 찾도록 하겠습니다."

"그래도 수술 실력이 뒷받침된다면 확실히 담관 기형이 있는 사람들한테 도움이 될 것 같기는 하오. 우리 하버드와 합작으로 개선점을 찾는 것을 연구해 보면 좋을 것 같은데, 생각 있으면 연락 주시오. 아, 그리고 마지막으로……."

"……?"

하버드의 저스틴이 웃으며 마지막 질문을 했다.

"우리 하버드로 옮길 생각은 없소, 닥터 김? 내가 내 연봉을 털어서라도 최고의 대우를 해주겠소."

농담 섞인 그 물음에 웃음 섞인 야유가 들렸다. 다른 병원의 의사들이 일어나 말했다.

"그러지 말고 차라리 존스홉킨스로 오시오!"

"아니, 이 사람들이 갑자기 학회장에서 왜 이러나? 차라리 우리 메이요로 오시오!"

진현은 난감하게 웃으며 응대했다.

"관심에 감사합니다. 여기는 학회장이니 나중에 따로 말씀해 주시면 감사하겠습니다."

그렇게 진현의 발표가 열화와 같은 호응 속에 마무리되었다.

"많은 발표 경청해 주셔서 감사합니다. 더 이상 질문이 없으면 이만 마치도록 하겠습니다. 아, 마치기 전에."

진현의 얼굴이 한 방향을 향했다. 다름 아닌 이상민이 앉아 있는 쪽이었다. 진현의 눈이 깊어졌다.

"거기 한국에서 오신 의사 선생님은 따로 질문 없으십니까? 계속 말없이 계시던데."

"……!"

이상민의 얼굴이 굳어졌다. 진현은 차갑게 그를 바라봤다.

"질문 없으십니까?"

"…없습니다."

"그렇군요. 그러면……."

진현은 짧게 말했다.

"조만간 봅시다."

"……!"

마지막 말은 한국어였다. 이상민의 얼굴이 더없이 딱딱해졌다.

고등학교 때부터 친구였던 진현과 이상민은 항상 1등과 2등이었다. 그리고 지금 그 격차는 하늘과 땅처럼 벌어져 있었다. 세계적 대가(大家)와 일개 레지던트. 그게 진현과 이상민의 차이였다.

*    *    *

다시 날씨가 싸늘해졌다. 세계의 중심 뉴욕. 그중에서도 마천루가 치솟은 맨해튼도 겨울이 깊어졌다.

"꼭 그렇게 해야겠습니까, 닥터 김?"

맨해튼 센트럴 파크 인근에 위치한 뉴욕 최고의 병원 세인트죠셉에서 병원장 제임스가 곤란한 표정을 짓고 있었다.

"난 시기를 좀 늦추었으면 좋겠는데……."

"죄송합니다. 약속대로 진행해 주십시오."

세인트죠셉의 병원장 앞에는 젊다 못해 어린 인상의 동양계 남자가 앉아 있었다. 최근 미국 의학계에서 떠오르는 신성(新星)으로 불리는 미라클 김진현이었다.

"제 개인적인 생각을 떠나서 우리 세인트죠셉은 닥터 김의 한국행을 조금만 미루고 싶은데……. 닥터 김도 알겠지만 닥터 김이 지금 한국으로 떠나면 너무 손해가 커요."

진현도 병원의 입장을 이해했다. 현재 그의 주가는 하늘 높은 줄 모르고 치솟은 상태였다. 제약회사와 연계해 진행되는 프로젝트들, 기타 대규모 선행 연구(Multicenter prospective randomized study), 그리고 미라클이라고까지 불리는 그의 수술을 받기 위해 대기하는 환자들…….

한마디로 진현은 세인트죠셉 내에서도 손꼽히는 스타 의사였다. 세인트죠셉병원의 입장에선 최고의 가치를 가진 의사를 극동의 한국으로 파견 보내고 싶지 않았다.

"죄송합니다. 처음 계약할 때의 약속대로 저를 한국 대일병원에 교환교수로 보내주십시오."

제임스는 한숨을 내쉬었다.

"후우, 도대체 왜 굳이 한국에 돌아가려는 것인가요, 닥터 김? 고향이라서? 아니면 다른 이유라도 있나요?"

"……."

진현은 답하지 않았지만 그의 굳은 얼굴은 굽히지 않을 의지를 나타내었다. 결국 제임스가 항복했다.

"알겠습니다. 너무 아쉽지만 어쩔 수 없죠. 대신 교환교수 기간이 끝나면 곧바로 돌아와야 합니다. 알겠죠?"

"네, 감사합니다."

교환교수 기간은 1년으로 그가 원하는 일을 이루기에 충분했다. 그렇게 세인트죠셉병원은 한국의 대일병원에 공문을 보냈다. 조만간 정기적으로 교류하는 교환교수로 간 파트의 닥터 김이 파견 갈 것이라고.


그 공문은 한국 대일병원을 뒤집어엎었다.

"유 교수, 혹시 그 이야기 들었나?"

간이식 분야 국내 최고의 대가(大家) 강민철이 주니어 교수 유영수에게 물었다. 유영수는 기쁜 얼굴로 고개를 끄덕였다.

"네, 들었습니다. 교수님."

강민철이 크게 웃음을 터뜨렸다.

"하하, 김진현, 그 친구가 대일병원으로 온다고 하네! 그것도 세인트죠셉의 교수 자격으로 말이야! 하하!"

강민철은 마치 친자식이 금의환향하는 것처럼 기뻐했다. 유영수도 가만히 미소를 지었다.

'잘됐어, 정말로. 김 선생이 그렇게 떠났을 때 다들 얼마나 안타까워했는지.'

이전 진현이 억울한 죄를 뒤집어쓰고 대일병원을 떠날 때 다들 얼마나 낙심했는지 모른다. 특히 그를 후계자로 여기며 아꼈던 강민철의 상심은 상상을 초월해 한동안 술독에 빠져 정신을 못 차릴 정도였다.

"잘됐어. 정말 잘됐어."

강민철은 기뻐 중얼거렸다. 더구나 단순한 금의환향 정도가 아니라 세계에서도 인정받는 대가가 되어서 돌아오는 것이다. 몇 년 사이 진현의 명성은 국내 최고라 불리는 강민철을 능가했다. 청출어람. 그것보다 스승을 기쁘게 하는 단어가 있을까?

"미국에 가서 수술 실력이 죽진 않았겠지?"

"설마요. 미국 내에서 미라클 김이라 불린다지 않습니까?"

"그래, 김 선생의 실력과 재능은 정말 미라클이란 단어에 어울리지. 어울리고말고."

강민철은 흐뭇한 표정을 지었다.

"떠날 때 제대로 술도 못 사줬는데, 이번에 돌아오면 술이라도 사줘야겠어."

"김 선생은 소고기 좋아합니다."

"그래, 그깟 소고기. 백제 갈비라도 가서 사주지."

강민철은 인근에 위치한 1인분에 10만 원을 훨씬 넘는 최고급 소고기집을 말했다. 그 마음에 유영수가 웃으며 답했다.

"네, 김 선생이 좋아할 것입니다."


진현의 복귀에 기뻐한 이들은 강민철과 유영수만이 아니었다.

"다행이야. 정말로 다행이야."

학생 때부터 연이 있었던 내과의 최대원이 웃음을 지었다. 최 대원뿐 아니라 진현과 연이 있었던 모든 이가 크게 기뻐했다. 모 두들 진현의 인품과 환자를 향한 마음, 그리고 그의 뛰어난 실력을 기억하고 있었다. 별같이 빛나던 그가 억울하게 떠났을 때 다들 얼마나 안타까워했는지. 하지만 진현의 복귀를 반기지 않는 사람들도 있었다. 이사장 이종근 일당이었다.

"제길, 그놈의 김진현! 김진현!"

이종근은 왈칵 짜증을 내었다.

"왜 세인트죠셉에선 다른 교수도 많으면서 하필 그놈을 교환교수로 보낸단 거야?"

외과 과장 고영찬이 조심히 물었다.

"어떻게 하시겠습니까, 이사장님?"

사실 김진현이 오든 말든 그들과 큰 연관은 없었다. 이제 김진현은 세인트죠셉 소속의 의사였고, 지난 2년간 대일병원의 후계는 이상민으로 굳어졌으니까. 하지만 이종근은 왠지 기분이 좋지 않았다. 지난 악연도 악연이고……. 괜히 불길한 느낌이 들었다.

'동민이와 아버지가 그놈을 협력 교수로 초빙하자고 하는 걸 이 핑계 저 핑계 대면서 피했는데… 교환교수로 온다고?'

대일그룹의 전체 회장인 이해중과 확고한 후계자 이동민은 김진현, 그놈을 은인으로 여기며 거액을 들여서라도 대일병원으로 스카우트하고 싶어 했다.

"거절해. 그놈 말고 다른 교수를 보내 달라 그래."

고영찬이 살짝 당황했다.

"하지만… 파견할 교수를 정하는 것은 그쪽의 권한인데……."

대일병원과 세인트죠셉 간의 교수 교류는 역사 깊은 전통으로 어느 교수를 보낼지 결정하는 것은 각 병원 고유 권한이었다.

"그리고 거절할 명분도 없습니다."

무슨 명목으로 세인트죠셉에서 제일 잘나가는 교수의 파견을 거절한단 말인가? 쌍수를 들고 환영해도 모자랄 판에.

이종근은 버럭 화를 냈다.

"명분은 자네가 알아서 생각해! 그 정도도 생각 못 하나?!"

그런데 그 순간이었다!

"크윽!"

이종근이 갑자기 머리를 감싸 쥐었다. 고영찬이 놀라 다가왔다.

"이사장님!"

"크윽……."

두통은 한참을 지속되다 멈추었다. 고영찬이 걱정스레 물었다.

"괜찮으십니까?"

"크… 스트레스 때문인지 요즘 자꾸 편두통이 오는군. 민 비서, 물 좀 가져다줘."

민 비서가 시원한 물을 가져오자 이종근은 잔을 들이켰다.

"검사를 받아보시는 게 어떻습니까?"

"편두통인 것 같은데 무슨 검사를 해? 어차피 MRI를 찍어도 아무것도 안 나올 텐데."

"그래도 혹시 다른 병이 숨어 있을 수도 있으니……."

"됐어. 요즘 스트레스가 심해서 그래. 계속 안 좋으면 그때 검사해 보지."

그래, 스트레스 때문이다. 막냇동생인 이동민이 그룹 전체의 경영권을 승계받기 시작한 뒤로 그룹 내에서 대일병원을 바라보는 시선이 심상치가 않다. 무엇보다 그는 막냇동생 이동민과 어릴 때부터 좋은 사이가 아니어서 병원의 경영권을 시시각각 위협

받고 있어 스트레스가 보통이 아니었다.

'이런 판국에 김진현 그 기분 나쁜 놈도 대일병원에 온다고 난리고. 제기랄.'

이종근은 이를 악물며 말했다.

"어쨌든 세인트죠셉 측에 말해. 김진현, 그놈은 절대 안 된다고. 만약 반발하면 앞으로 교수 교류를 끊겠다고 전해."

어차피 교수 교류야 학문적 상징성이 있을 뿐, 병원 전체에 큰 영향을 주는 사안이 아니므로 교류를 끊어도 문제가 될 것은 없다.

'김진현… 이 지긋지긋한 놈. 절대 다시는 내 대일병원에 발을 디디게 하지 않겠다.'


대일병원의 거절은 곧바로 김진현의 귀에 들어갔다.

"대일병원에서 거절했다고요?"

"네, 닥터 김."

병원장 제임스는 불쾌한 표정이었다. 고작 동양의 조그만 나라의 병원에서 세인트죠셉의 보물을 거절하다니? 물론 잘나가는 닥터 김이 동양의 작은 나라에 가는 것을 반대하긴 했다. 그래도 막상 자신들의 소중한 보물이 대일병원에서 거절당하자 본인이 거절당한 것처럼 기분이 나빴다.

"도대체 대일병원에서 무슨 생각을 하는지 모르겠군요. 두 손을 들고 엎드려 절하며 부탁해도 시원찮을 판에 거절이라니. 만약 닥터 김을 계속 보낼 생각이면 오랜 전통인 교수 교류를 중단하겠다고 합니다."

진현은 단번에 상황을 파악했다. 이사장 이종근의 수작이 분명했다.

'이종근······.'

그는 주먹을 움켜쥐었다. 이상민, 이종근 둘 다 용서할 수 없었다.

"대일병원 측에 강하게 요청할 수는 없습니까?"

"아예 교수 교류를 끊겠다고 나온 상황이어서 어려울 듯합니다."

제임스는 대일병원을 욕했다.

"차라리 잘됐습니다. 그딴 곳에 갈 필요가 있습니까? 그냥 가지 마십시오. 닥터 김은 대일병원 같은 곳에 어울리는 인재가 아닙니다."

어쩔 수 없이 진현은 병원장실을 나왔다. 대일병원이 이런 식으로 강경히 나온다면 세인트죠셉 측에서도 진현을 보내줄 방법이 없다. 아니, 별로 보내주고 싶은 마음도 없는 것 같고.

'어떻게 하지?'

진현은 자신의 교수실에 돌아왔다. 세인트죠셉은 그에게 최고의 교수실을 마련해 주었다. 센트럴 파크와 맨해튼 서쪽이 한눈에 내려다보이는 교수실은 혼자서 쓰기엔 지나치게 넓고 호화로웠다. 그는 원목 책상 한편에 수북이 쌓여 있는 프로젝트 서류를 보며 생각했다. 이종근, 이상민과의 악연을 마무리하기 위해선 반드시 한국에 돌아가야 했다. 대일병원에 교환교수로 가면 가장 좋기야 하겠지만 여의치 않다면 다른 방법을 고려해야 했다.

'꼭 대일병원의 교환교수로 돌아갈 필요는 없으니.'

그런데 생각지도 못한 방향으로 일이 풀렸다. 한국의 외과 학회에 진현에 대한 소문이 돈 것이다.

\*　　　\*　　　\*

서울 강북 대학로에 위치한 한국 최고의 명문 한국대 의과대
학 부속병원. 한국대병원 외과 과장 김민석이 물었다.

"세인트죠셉의 김진현 교수가 교환교수로 파견 오는 것을 대
일병원이 거절했다고?"

다른 교수가 답했다.

"네, 지난번 간이식 학회에서 강민철 회장이 울분을 토하더라
고요."

"김진현이면 최근 미국 의학계에서 가장 떠오르는 그 스타 교
수 아닌가?"

"네, 맞습니다."

"거금을 주고 모셔 와도 시원찮을 판에 왜 거절한 거지?"

"그건 잘 모르겠습니다."

한국대 외과 과장 김민석은 턱을 쓰다듬었다.

"김진현 교수가 우리 후배 맞지?"

"네, 72기 수석졸업생으로 저희들 후배입니다."

한 교수가 자랑스러운 목소리로 답했다. 72기면 까마득히 어
린 후배이다. 그런 어린 후배가 의학의 종주국 미국의 학회를 뒤
흔들고 있으니 자랑스럽지 않을 수가 없다. 과장 김민석이 새롭
게 발령 난 젊은 교수 남기택을 바라봤다.

"남기택 교수, 자네랑 비슷한 나이인 것 같은데 김진현 교수와
같이 일해 본 적이 있나?"

"네, 제가 치프일 때 외과 실습 학생이었습니다."

"어땠나?"

그 물음에 남기택은 깡마른 얼굴로 미소를 지었다. 김진현과 함께한 시간은 굉장히 짧았지만 강렬한 기억으로 남아 있었다. 치프였던 그가 진현의 도움 덕분에 환자를 잃지 않았으니까.

"학생일 때도 천재였습니다. 그때도 최고였는데 지금은 어떻게 성장해 있을지 짐작도 되지 않습니다."

김민석은 고개를 끄덕이며 말했다.

"그러면 우리가 접촉해 볼까?"

"접촉이라 하면……?"

"대일병원이 아니라 우리 한국대병원에 교환교수로 올 생각 없는지 물어보자고. 김진현 교수 입장에서도 모교에 교환교수로 오면 좋지 않을까?"

외과 교수들은 고개를 끄덕였다. 좋은 생각이었다. 김진현 같은 스타 교수가 파견 오면 한국대병원의 학문적 위상에도 큰 이득이었으니까. 인사 담당자인 민 교수가 말했다.

"네, 연락을 해보겠습니다."

"그래, 민 교수가 책임지고 최대한 빨리 연락해 보라고. 광혜병원이나 기독병원에서 채가면 곤란하니까.

과장 김민석은 행정을 도맡고 있는 민 교수를 재촉했다.

"네, 최대한 빨리 연락해 보겠습니다."

"그래, 또 한국계 스타 교수를 광혜병원이나 기독병원 측에 뺏기면 안 돼."

과거 광혜병원은 존스홉킨스의 오영수를, 기독병원은 엠디앤더슨의 오스틴 김을 부분 협력 교수의 형태로 스카우트했었고, 세계적 대가인 그들을 간판으로 걸어놓음에 따라 막대한 홍보 효과를 누렸었다.

"서둘러. 김진현 교수는 꼭 우리가 데려오자고."

과장 김민석은 민 교수를 다시 한 번 독촉했다.

한국대병원의 외과 과장 김민석의 걱정대로 광혜병원과 기독병원도 진현에게 접근했다.

"김진현이면 최근 미국에서 가장 뜨는 외과 교수잖아? 다른 병원으로 안 가게 꼭 책임지고 우리 쪽으로 데려와!"

김진현이 지난 몇 년간 학계에 남긴 업적은 상상을 초월했다. 대단하다고 평할 수준을 한참 뛰어넘어 그야말로 외계인이 아니면 불가능한 업적들이었다. 단순히 NEJM 몇 편 기재, 이런 게 아닌 의학적 패러다임을 바꾸는 저널을 몇 편이나 썼는지 모른다. 이런 추세대로라면 언젠가 김진현 교수는 노벨상 후보자 중 한 명이 될 판이었다.

'무슨 수를 써서라도 우리 쪽으로 데려와야 해!'

김진현 정도 되는 스타 교수는 단순한 방문만으로도 학문적 의의와 홍보 효과가 있어 각 대학에서 초빙하기 위해 기를 쓴다. 더구나 단순 강연이나 방문이 아닌 교환교수 파견이다. 따라서 대일병원을 제외한 대한민국 굴지의 병원들이 진현을 모셔오기 위해 기를 쓰고 접촉했다.

맨해튼 세인트죠셉의 병원장 제임스는 다시 곤란한 표정을 지을 수밖에 없었다.

"한국대병원, 광혜병원, 기독병원에서 닥터 김을 교환교수로 보내줄 수 없느냐고 요청해 왔습니다. 어떻게 생각하시나요?"

제임스는 여전히 안 갔으면 하는 표정으로 진현을 바라봤다. 세인트죠셉에 꽁꽁 보관하고 싶은 듯했다. 하지만 진현은 두 번 생각하지 않고 답했다.

"가겠습니다."

제임스는 아쉬운 마음으로 물었다.

"어쩔 수 없군요. 어느 병원으로 파견 가겠습니까?"

"그건 조금 생각을 해보겠습니다."

각 병원마다 제시한 조건이 달랐다. 모교인 한국대병원이 가장 끌리긴 했으나 국립대의 특성상 혜택이 제일 박했다.

'어차피 돈을 바라고 가는 것은 아니니.'

사실 대일병원이 아니면 어느 병원을 가든 다 똑같았다.

'이종근과 이상민이 있는 대일병원에 가는 것이 제일 좋긴 한데. 어쩔 수가 없군.'

그런데 하늘이 진현을 살핀 것일까? 또다시 의외의 방향으로 일이 풀렸다. 한국 최고의 언론사인 KBC에서 진현에게 연락을 한 것이다.

"명의(名醫) 후속 편을 찍고 싶다고요?"

진현은 놀란 얼굴로 물었다.

─네, 선생님.

"하지만 전 나이도 어리고… 다른 뛰어난 선배님에게 부탁하는 것이 나을 듯합니다."

진현은 곤란한 마음이 들었다. 명의는 한국의 고명한 의사들을 소개하는 프로그램으로 의사에 대한 미화가 장난이 아니라 지난번 방송을 찍고 나서 얼마나 민망했는지 모른다. 하지만 KBC 방송국은 거듭 그를 설득했다.

─지난번 방영했을 때는 더 어리시지 않았습니까? 그때 방송했던 편의 반응이 굉장히 좋았습니다.

"하지만 전 지금 한국의 의사가 아닌 미국에서 일하는 중입니다."

─미국에서 일하고 있지만 그 어떤 한국 의사보다 한국을 빛내고 있지 않습니까? 선생님의 자랑스러운 업적을 한국인으로서 소개하고 싶어서 그러니 제발 부탁합니다."

그 간절한 부탁에 진현은 하는 수 없이 승낙을 했다.

"알겠습니다. 대신 너무 편파적으로 미화시키진 말아주십시오."

─알겠습니다. 최대한 객관적으로 방영토록 하겠습니다.

하지만 언론사 PD는 전화기 너머 웃음을 지었다.

'미화를 할 필요가 없지. 그냥 있는 사실 그대로 방송만 해도 판타스틱할 텐데.'

진현이 지금까지 해낸 일이 너무나 많아 객관적인 사실만 담아도 방송 시간이 모자랄 걱정을 해야 할 판이었다.

'이번 방송도 대박이야. 분명히.'

그렇게 KBC 방송국에서 스탭들이 뉴욕으로 날아와 진현의 업적을 카메라에 담았다. 촬영 마지막에 기자가 인터뷰 형식으로 물었다.

"촬영 협조에 감사합니다. 김 교수님은 향후 한국으로 돌아오실 생각은 없으십니까?"

진현은 쓴웃음을 지었다. 왜 없겠는가? 최고의 대우를 받고 있고, 더할 나위 없이 좋은 환경이지만 가족과 사랑하는 이들이 모두 있는 한국이 그립지 않을 수가 없었다.

"나중에 상황이 되면 한국으로 돌아가고 싶은 마음은 있습니다."

그런데 기자가 의외의 질문을 하였다.

"만약 원래 일하던 대일병원에서 스카우트 제의를 하면 받아들일 것입니까?"

진현은 별생각 없이 답했다.

"그럴 일은 없을 겁니다. 사실 이번에도 교환교수로 파견 가려 했으나 대일병원 쪽에서 거절했거든요."

기자는 놀란 표정을 지었다.

"대일병원에서 김 교수님이 오는 것을 거절했다고요? 어째서 거절한 것입니까?"

"글쎄요? 그건 저도 잘 모르겠습니다."

그렇게 촬영이 끝났다. 기자를 비롯한 촬영진들은 서로를 바라봤다.

"김 교수님과 대일병원 측에 무언가 문제가 있나 보지?"

"그런가 본데요? 한번 파고들어 볼까요? 이것도 이야기 거리가 나올 것 같은데."

"아니야. 예민한 문제일 텐데 대일그룹 측에서 별로 안 좋아할 거야. 그냥 간단히 언급만 하자고."

촬영진들은 고개를 끄덕였다. 명의 프로그램에서 굳이 예민한 문제를 건드릴 필요는 없다. 곧 진현의 방송 편이 방영되었다.

〈미국 의학계를 뒤흔들고 있는 한국 천재 의사 김진현〉

진현이 학계에 몇 년간 남긴 업적들, 마피아 두목을 치료한 이야기, 뉴욕의 명사들을 수술한 이야기, 그리고 대일그룹의 회장인 이해중의 목숨을 살린 이야기……. 눈으로 보고도 믿기지 않는 판타스틱한 이야기들이 주르륵 펼쳐졌고 반응은 예상대로 대박이었다. 방송은 진현의 애국심(?)을 언급하며 끝을 맺었다.

—김진현 교수는 기회만 된다면 귀국해 한국을 위해 일하고 싶다고 합니다. 이번에도 한국 대일병원에 교환교수로 오려 했으나 병원 사정상 결렬되어 안타까워했습니다.

한국의 수많은 사람이 그 방송을 보았다. 그중에는 대일그룹의 회장인 이해중과 후계자 이동민도 있었다. 생명의 은인인 김진현의 방송이라 일부러 챙겨본 것이다.
"동민아."
"네, 아버지."
"김 교수가 우리 대일병원에 교환교수로 오려고 했었다고? 넌 알고 있었느냐?"
"…아니요."
처음 듣는 이야기였다.
"그런데 왜 거절을 해? 종근이, 그놈이 거절한 건가? 도대체 왜? 거금을 주고 모셔 와도 시원치 않을 판에."
이해중은 혀를 찼다.

"네 형, 종근이 놈 좀 오라고 해라. 병원 하나밖에 관리하는 게 없으면서 제대로 하는 게 없어, 이놈은."

"네, 아버지."

이해중 회장의 저택과 이종근의 집은 같은 한남동으로 걸어서 10분밖에 안 걸린다. 전화를 한 지 얼마 되지 않아 이종근이 도착했다.

"저 왔습니다, 아버지. 무슨 일입니까?"

"물어볼 게 있다."

뭔가 불쾌한 아버지의 음성에 이종근은 바짝 긴장했다.

'무슨 일이지? 병원 실적도 나쁘지 않고⋯ 최근 특별히 잘못한 것도 없는데?'

이종근은 머리를 굴렸으나 짐작되는 바가 없었다. 그런데 이해중 회장의 입에서 생각지도 못한 말이 나왔다.

"세인트죠셉의 김 교수가 대일병원으로 오고 싶다 했는데 왜 거절했어? 그 정도 되는 스타 교수면 돈을 주고라도 모셔 와야 하는 거 아니냐?"

"⋯⋯!"

이종근의 얼굴이 하얘졌다.

"왜? 병원에 무슨 사정이 있기에 거절한 거냐?"

"그, 그건⋯⋯."

이종근은 말을 더듬었다. 대답할 말이 있을 리가 없었다. 그냥 기분 나쁜 놈이어서라고 답할 순 없는 노릇 아닌가? 더구나 이해중 회장은 김진현을 생명의 은인으로 극진히 생각했다.

"내가 예전부터 세인트죠셉의 김 교수를 협력 교수로 초빙하자고 이야기했지? 그건 왜 소식이 없어? 김 교수가 거절한 거야? 아니, 연락을 해보긴 한 거냐?"

이종근의 등에서 식은땀이 흘렀다. 그는 떠듬떠듬 변명했다.

"그, 그건… 병원 자금 사정상… 고액의 연봉을 제시할 수 없어서……."

이해중의 눈썹이 올라갔다.

"돈이 없다고? 그걸 말이라고 해? 대일홀딩스에서 지원할 테니 얼마를 주더라도 초빙해 오라 했잖아!"

그의 언성이 점차 올라갔다. 이종근은 쩔쩔매며 고개를 숙였다.

"죄, 죄송합니다. 제 불찰입니다."

"지금 당장 돌아가서 세인트죠셉 쪽에 연락해. 교환교수로 김 교수를 파견해 달라고. 그리고 김 교수가 오면 꼭 협력 교수 계약을 맺어. 어떤 조건을 제시해도 좋으니! 알았느냐!"

이종근은 속으로 인상을 찌푸렸으나 감히 티 내지 못했다.

"아, 알겠습니다."

"가봐."

"네, 네."

이종근이 나가자 이해중은 역성을 냈다.

"에잉, 내 핏줄이지만 왜 저렇게 못났는지. 제대로 하는 게 없어."

이동민도 그 말에 동의했다.

"그러게 말입니다."

참 못난 형이었다.


다음 날 아침, 이사장의 호출을 받은 고영찬은 얼떨떨한 표정을 지었다.

"세인트죠셉에 다시 연락을 해 김진현 교수를 파견 보내 달라 부탁하란 말씀이십니까?"

"그래."

고영찬이 조심스러운 어조로 물었다.

"이미 끝난 이야기인데… 세인트죠셉 측에서 굉장히 불쾌하게 생각할 것입니다."

김진현을 받지 않겠다 했을 때 세인트죠셉은 굉장히 불쾌한 반응을 보였었다. 그런데 이제 와서 파견 보내 달라니? 하지만 이종근은 버럭 화를 내었다.

"자네는 내가 시키면 그냥 시키는 대로 할 것이지 뭘 그렇게 말이 많나?! 오늘 당장 세인트죠셉 측에 연락해!"

그런데 지나친 흥분 때문일까? 격렬한 두통이 이종근의 머리에 작렬했다.

"크흑!"

"이, 이사장님."

스트레스가 심해져서인지 두통 시간이 점점 길어졌다. 한참을 괴로워한 뒤에야 두통이 사라졌다.

"아무래도 검사를 받아보시는 게……."

하지만 이종근은 고개를 저었다. 뇌에 종양이 있지 않는 한, 이런 유의 두통은 검사한다고 원인이 나오는 경우는 드물었다. 어차피 스트레스성 편두통일 게 뻔한데 검사 따위는 받으나 마나이다.

'젠장. 아버지는 왜 김진현 그놈한테 수술을 받아가지고.'

이해중과 이동민이 김진현에게 고마워하는 마음이 얼마나 깊은지, 대일병원이라도 선물로 줄 기세였다.

이종근은 말했다.

"하여튼 자네가 책임지고 진행해."

"…네."

대화가 끝난 후 자신의 교수실로 돌아온 외과 과장 고영찬은 한숨을 내쉬었다.

'도대체 김진현은 왜 우리 대일병원에 오려고 하는 거야?'

과거 지은 죄가 있어서 고영찬도 김진현이 불편하긴 마찬가지였다. 이사장 이종근도 김진현을 부르라는 게 본인의 뜻은 아닌 것 같았다.

'하아, 도대체 뭐하는 짓인지 모르겠군.'

고영찬은 한숨을 내쉬었다. 이사장의 뜻에 따라 매번 김진현을 괴롭히긴 했지만 이게 뭐하는 짓거리인지 모르겠다. 문득 이종근 밑에서 충성을 바치는 것에 회의가 들었다.

'사실 김진현이 잘못한 것은 하나도 없는데.'

잘못은커녕 그처럼 훌륭한 의사도 찾기 어렵다. 못난 이종근 혼자 찌질하게 못 잡아먹어 안달일 뿐.

'뭐라고 다시 대일병원으로 와달라고 요청을 하지?'

단 몇 년 사이에 김진현은 세계적인 유명 인사가 되어 일개 대형병원의 과장인 그와는 비교도 안 되는 위상을 가지게 되었다.

'세인트죠셉에서 분명 싫어할 텐데.'

고영찬은 인상을 찌푸렸다. 스타 의사가 제 발로 온다고 했는데 거절할 때는 언제고 다시 와달라고 부탁을 해야 하다니. 세인트죠셉이 얼마나 역성을 낼지 막막했다.

'젠장, 때려치울 수도 없고.'

한참을 주저하던 고영찬은 전화를 들었다. 그리고 최대한 조심스럽고 친절한 목소리로 전화를 걸었다.

—뭐라고요? 닥터 김을 다시 대일병원으로 보내 달라고요? 지금 장난하는 건가요?

"아, 그게… 정말 죄송합니다. 착오가 있어서……."

당연히 세인트죠셉은 잔뜩 짜증을 부렸고 고영찬은 전화기 너머로 굽신굽신 부탁할 수밖에 없었다. 진땀이 떨어지는 굴욕이었다.


한편 그런 진현의 복귀 소식에 알 수 없는 미소를 짓는 이가 있었다.

진현의 오랜 친우, 이상민이었다.

"무슨 생각해요, 상민 씨?"

이연희가 그에게 다가왔다.

"그냥… 반가운 소식을 들어서."

"반가운 소식?"

"응, 오랜 친구가 돌아온다 해서."

"친구요?"

이연희는 고개를 갸웃했다. 이 위험한 매력의 남자는 아무에게도 마음을 열지 않는다. 오랜 연인인 자신에게도. 그런데 친구라고?

'혹시?'

그때 떠오르는 한 사람이 있었다. 설마? 그녀의 가슴이 뛰었다.

"친구라면… 혹시?"

"응, 김진현이야."

이상민은 여전히 속을 알 수 없는 표정으로 답했다. 이연희의 눈동자가 파르르 떨렸다.

'진현……'

그녀는 자신의 마음을 알 수가 없었다. 그에게 차인지 벌써 몇 년의 시간이 지났건만 왜 또 그의 이름에 가슴이 반응하는 걸까? 하지만 그녀는 굳게 고개를 저었다. 이제 진현과 그녀는 상관없는 인연으로, 그녀의 연인은 이상민이었다. 연희는 이상민의 앞에 앉았다. 표정이 딱딱한 게 할 말이 있는 듯했다.

"왜? 무슨 할 말 있어?"

"네."

"뭔데?"

연희는 주저하다 입을 열었다.

"기분 나쁘게 듣지는 말아줘요."

"……?"

이상민이 의아한 표정을 짓자 연희는 한숨을 내쉬며 말했다.

"상민 씨, 병원 가보면 안 돼요?"

"병원? 갑자기 무슨?"

"…다 알고 있어요. 환각증 앓고 있잖아요."

"……!"

이상민의 미소가 일순 사라졌다. 하지만 그는 곧 다시 그린 듯한 미소를 만들어냈다.

"언제부터 알고 있었어?"

"…오래됐어요."

"그래?"

"네."

"괜찮아. 힘들지 않아."

"거짓말하지 마요."

연희는 그의 손을 잡았다.

"말은 안 하고 있지만 상민 씨도 많이 힘들어하고 있는 것 알아요. 항정신약(Anti—psyochotic drug)을 쓰면 환각증이 좋아질 수도 있어요. 그러니 더 늦기 전에 정신과에 가봐요."

그러나 이상민은 답하지 않고 이렇게 말했다.

"연희야."

"네?"

"우리 결혼할까?"

"……!"

연희는 고개를 돌렸다.

"말 돌리지 마요."

"말 돌리는 것 아닌데."

"나 실제로 좋아하지도 않잖아요. 그런 말은 빈말로 하는 것 아니에요."

말을 하면서 연희는 슬퍼졌다. 진심으로 좋아했던 사내는 다른 여자를 선택했고, 지금 함께하고 있는 연인은 자신을 좋아하지 않는다.

'그런데 난 왜 상민 씨 곁에 있는 걸까? 아니, 상민 씨는 왜 내

곁에 있는 걸까?

아무것도 모르겠다. 자신의 마음도. 그의 마음도. 한 가지 확실한 것은 그와 자신 모두 어리석고 불쌍한 사람들이란 것이다. 최소 그녀는 그렇게 생각했다. 정말 바보 같은 일이었다.


그렇게 우여곡절 끝에 진현의 한국행이 결정됐다. 그의 한국행에 많은 사람이 기뻐했지만 그중에서도 가장 기뻐한 사람은 부모님이었다.

―그래, 언제 온다고?!

"한 달 정도 있다 봄 되면 갈 것 같아요."

―오면 얼마나 있는 거니?

"1년 정도 쭉 있을 것 같아요."

―아이고! 이게 꿈이야, 생시야!

어머니는 전화기 너머 난리를 폈다. 2년 동안 못 본 아들이 돌아온다니 기뻐할 만했다. 아들이 좋아하는 소고기 요리를 잔뜩 해놓는다는 말에 진현은 진땀을 흘리며 말렸다.

"여기서 고기 많이 먹었어요. 하여튼 금방 갈 테니 그때 봬요."

―그래! 그때까지 몸 건강하고!

그리고 부모님만큼, 아니, 그 이상으로 기뻐한 사람이 있었다. 혜미였다.

―교환교수로 온다고? 정말로?

"응. 이제 곧 갈게. 그때 봐."

―…….

잠시 혜미는 말이 없었다.

"혜미야?"

의아하게 묻는 순간, 진현은 깜짝 놀랐다. 전화기 너머로 훌쩍거리며 우는 소리가 들렸기 때문이다. 진현이 당황해 물었다.

"혜, 혜미야? 혹시 울어? 왜?"

―…좋아서.

울먹거리는 목소리.

―흐윽. 보, 보고 싶었는데… 이제 같이 있을 수 있다는 이야기에 좋아서. 나 바보 같지?

진현은 잔잔히 미소 지었다.

"아니, 바보 같지 않아."

그러면서 말했다.

"이제 돌아가면 나 너랑 떨어지지 않을 거야. 절대로."


진현은 한국으로 돌아갈 준비를 착실히 하였다.

"아, 난 닥터 김이 한국에 안 갔으면 좋겠는데."

병원장 제임스는 연신 투덜거렸다.

"죄송합니다."

"아, 몰라요. 교류 기간 끝나자마자 곧바로 돌아와야 해요. 알았죠?"

제임스는 진현이 도망이라도 갈까 봐 걱정되는지 당부하고 또 당부했다.

"네, 꼭 그렇게 하겠습니다."

그렇게 한참 주변을 정리하는데 데이비드가 찾아왔다.

"곧 한국으로 가나, 닥터 김?"

"아, 데이비드. 네."

데이비드 역시 아쉬운 얼굴이었다. 그와 진현은 어느덧 나이를 넘어 단짝처럼 친해진 상태였다.

"자네의 미라클한 솜씨를 못 본다 생각하니 아쉽군. 가기 전에 와인이나 한잔 마시자고."

진현은 어색한 표정을 지었다. 젠틀한 미남 데이비드는 와인 애호가였지만 토종 한국 입맛인 진현은 와인이 영 입맛에 맞지 않았다.

"늘 마시는 프랑스 와인 말고 한국 술 어떻습니까?"

데이비드가 의아한 표정을 지었다.

"한국 술? 한국에도 맛있는 술이 있나?"

"네, 소주라고… 맛이 끝내줍니다."

"소주? So… ju?"

데이비드는 연신 고개를 갸웃했다.

"그래, 닥터 김이 마시자는데 마셔야지. 기대해 보겠어."

"네, 제가 대접하겠습니다."

그렇게 데이비드는 거한 술자리를 예약하고 사라졌고, 얼마 뒤 핸드폰이 띠링하고 울리며 메시지가 도착했다.

[한국으로 가기 전 만날 수 있나요?]

그런데 발신인이 두 명이었다. 에미이와 피의 매리. 두 명 모두 동시에 진현에게 만남을 신청한 것이다.


주말 늦은 저녁에 진현은 맨해튼 중심가에 위치한 음식점에 도착했다. 미슐랭 3성의 스테이크집으로 진현이 좋아하는 소고기 요리점이었다. 창백한 피부의 미녀, 에이미가 진현을 맞았다.

"어서 오세요, 미스터 김."

"무슨 일로 만나자 한 것입니까?"

"보고 싶어서 보자고 했죠. 특별한 일 없는데요?"

"……."

이 여자가 지금, 바빠 죽겠는데. 진현의 곱지 않은 눈초리에 에이미가 미소를 지었다.

"따로 할 이야기도 있고요."

"……?"

"일단 식사 먼저 하세요. 샐러드는 또 안 먹나요?"

취향에 안 맞는 애피타이저를 깨작거리니 스테이크가 나왔다. 진현이 좋아하는 큼직한 티본 스테이크였다.

"그렇게 고기만 먹다간 대장암 걸려요."

"10년에 한 번씩 내시경 받으면 괜찮습니다."

"식성을 봤을 때 더 자주 받아야 할 것 같은데요?"

"5년에 한 번 받죠, 뭐."

스테이크를 먹으며 시시껄렁한 이야기를 하였다. 스테이크가 바닥을 드러낼 즈음, 에이미가 나이프를 내려놓았다.

"사실 두 가지 할 이야기가 있어서 보자고 했어요."

"무엇입니까?"

"첫째는……."

에이미는 진현의 눈을 똑바로 바라봤다.

"나 에이미는… 그리고 헤인스는 미스터 김의 편이라고요."

"네?"

난데없는 말에 진현의 눈이 커졌다. 하지만 에이미는 의미 없는 이야기를 하는 것이 아니었다.

"한국에 가는 것, 대일의 누군가와 악연을 풀기 위해서 가는 것 아닌가요?"

"……!"

진현은 주먹을 움켜쥐었다. 에이미는 맥주를 한 모금 마셨다.

"정확한 사정이야 모르지만, 그래도 만약 누군가 괴롭히면 헤인스의 이름을 파세요. 대일그룹도 최근 대규모로 투자하는 생명공학, 바이오 쪽을 포기할 생각이 아니면 우리 헤인스의 눈치를 안 볼 수는 없으니까요."

그러면서 에이미는 싱긋 웃었다.

"미스터 김이 우리 헤인스를 도와준 게 너무 많아서 이렇게라도 도와주고 싶어서요."

"아닙니다. 신경 쓰지 마십시오. 마음만 받겠습니다."

"그냥 기억만 하고 계세요. 우리 헤인스는 지난 2년간 미스터 김의 도움에 항상 고마워하고 있다는 것을."

진현은 겸연쩍은 마음이 들었다. 그가 헤인스에 특별한 도움을 준 것은 없다. 그저 금전적, 학문적 성과를 위해 프로젝트를 같이 해결했을 뿐이다. 하지만 맡는 프로젝트마다 대박이 터지니 헤인스는 진현을 미다스의 손처럼 귀하고 고맙게 여겼다.

"다른 이야기는 무엇입니까?"

"두 번째 이야기는 별건 아니고……."

"……?"

에이미는 지나가듯 말했다.

"좋아해요."

마치 '날씨가 좋네?' 라고 말하는 듯한 말투여서 진현은 말뜻을 이해하지 못했다. 아니, 이해는 했는데 머리에서 받아들이질 못했다. 그러나 그것도 잠시,

진현이 말을 더듬었다.

"에, 에이미?

"왠지 한국에 다녀오면 이런 이야기를 하는 것 자체가 범죄가 될 것 같아서 미리 이야기하는 거예요. 좋아해요. 진심으로."

진현의 얼굴이 붉어졌다. 물론 에이미가 자신에게 관심이 있다고 자주 이야기하긴 했다. 하지만 늘 짓궂은 장난 같은 이야기였는데, 갑자기 이런 고백이라니?

에이미가 진현을 빤히 바라봤다.

"대답은요?"

진현은 한숨을 내쉬었다.

"죄송합니다. 아시겠지만 저는 미래를 약속한 여자가 있습니다."

에이미는 의외로 쿨하게 반응했다.

"역시 그렇군요. 당연히 예상은 했어요. 그냥 후회가 안 남기 위해 한 고백이니 신경 쓰지 마세요."

"…미안합니다."

"아니에요. 정말로."

그러면서 에이미는 웃었다.

"한국에서 일 잘 해결하고… 혹시 결혼하게 되면 꼭 초대해 주세요."

진현은 고개를 끄덕였다.

"네, 알겠습니다. 꼭 초대하겠습니다."

에이미와 헤어지고 쌀쌀한 거리를 걷는데 빵 하고 경적 소리가 울렸다. 고개를 돌리니 벤틀리가 진현을 바라보고 있었다. 방탄유리가 살짝 열리며 화려한 인상의 미녀, 피의 매리의 얼굴이 모습을 드러냈다.

"타세요. 집으로 바래다 드릴게요."

"괜찮습니다. 걸어도 금방입니다."

"그러지 말고 타세요. 선물 줄 것도 있고."

내키지 않았으나 거절해 봤자 집까지 따라올 게 뻔해 어쩔 수 없이 차문을 열었다.

"여, 잘 지냈나, 닥터 김?"

순애보 마피아 로버트가 반갑게 진현을 맞았다. 매리는 늘 냉랭한데 이 녀석의 짝사랑은 항상 현재진행형이다.

"오랜만입니다, 닥터 김."

운전사도 인사를 건넸다. 진현도 쓴웃음을 지으며 말했다.

"네, 다들 오랜만입니다."

지난 2년간 원체 자주 봐서 그런지 이제 어렵고 무섭다기보단 익숙했다. 진현을 태운 벤틀리가 부앙 RPM을 올렸다. 차가 향하는 방향을 보고 매리에게 말했다.

"제 집은 반대 방향입니다."

매리는 중세 귀족 영애처럼 고상하게 웃었다.

"이렇게 가도 도착할 수 있어요."

"……."

도착할 수야 있겠지. 지구를 한 바퀴 돌면! 애네들이 이러는 게 하루 이틀도 아니라 진현은 잠자코 있었다. 적당히 드라이브를 하면 집에 보내줄 것이다.

"그런데 무슨 선물입니까?"

"아… 받으세요."

매리가 고풍스러운 상자를 건넸다.

"이게 뭡니까?"

"열어보세요. 지금."

의아한 마음으로 상자를 열고 안의 내용물을 확인한 진현은 입을 다물었다. 권총이었다. 그것도 무식하게 생긴.

"…이게 뭡니까?"

"한국에 가서 쓰시라고요."

"…총을 말입니까?"

"네, 혼내주고 싶은 사람 있지 않아요? 그걸로 한 방 먹여줘요. 안에 납을 잔뜩 담은 총알이어서 대충 맞혀도 치명상이에요. 닥터 김이 수술해도 못 살릴걸요?"

"……."

진현은 똥 씹은 표정을 지었다. 이 여자가 지금 누굴 감옥에 보내려고! 그의 썩은 얼굴을 보고 매리가 쿡쿡 웃음을 참았다.

"장난이에요. 장난."

"…재미없습니다."

"난 재미있는데. 하여튼 진짜 선물은 따로 있어요."

"이번엔 뭡니까?"

진현은 불퉁하게 물었다.

"받으세요."

이번에 매리가 내민 것은 이태리제 명품 서류 가방이었다. 장인이 한 땀 한 땀 딴 것이 한눈에 봐도 엄청 비싸 보여 진현은 사양했다.

"괜찮습니다. 마음만 받겠습니다."

"아니에요. 받으세요."

"하지만……."

"이거 안 받을 거면 총이라도 받으세요."

어쩔 수 없이 진현은 가방을 건네받았다. 그런데 손으로 가방을 쥐는 순간, 두툼한 느낌이 들어 멈칫했다. 빼곡한 서류 뭉치였다.

"이건?"

"그게 진짜 선물이에요. 지난번에 이야기했던. 나중에 들어가서 확인해 보세요."

그러면서 그녀는 가만히 웃었다.

"그 선물, 분명 만족할 거예요."

*　　　*　　　*

인천국제공항. 커다란 콩코드 여객기가 활주로에 내려앉고 비즈니스 객석 전용 통로의 문이 열렸다.

"좋은 여행되십시오."

단정한 스튜어디스가 승객들에게 일일이 인사를 하였고, 양복을 입은 젊은 남자가 인사를 받았다.

"네, 감사합니다."

젊은 남자, 진현은 활주로 너머의 지평선을 보며 감회 서린 표정을 지었다. 드디어 한국에 돌아왔다. 입국 수속 후 캐리어를 찾고, 게이트를 넘으니 바글바글 보이는 한국인들이 고향에 돌아왔음을 느끼게 해주었다.

'좋구나.'

진현은 자신도 모르게 미소를 지었다. 미국에서 누구보다도 잘나가는 삶을 살고 있지만 그는 구수한 냄새가 나는 토종 한국인이다. 한국이 그립지 않았다면 거짓말이리라.

'강남 쪽으로 가려면……'

리무진을 향해 걸음을 옮기는데 생각지도 못한 음성이 들렸다.

"지, 진현아?"

"……!"

고개를 돌린 진현의 눈이 커졌다. 꽃이 피듯 아름다운 얼굴, 혜미였다. 그녀가 커다란 눈에 눈물을 글썽이며 자신을 바라보고 있었다. 이전에 비해 수척해진 얼굴에 안타까운 마음이 들었다.

"아……."

진현은 입을 열지 못했다. 너무나 할 말이 많아서 감정이 요동쳐서 무슨 말을 해야 할지 모르겠다. 그리고 그건 그녀도 마찬가지인 듯했다. 한 걸음 한 걸음. 둘의 거리가 말없이 가까워졌다. 서로의 체향이 느껴질 정도로 다가갔을 때, 진현이 말했다.

"잘 지냈어?"

"…아니."

"왜?"

"네가 보고 싶어서, 이 바보야."

혜미의 눈에서 결국 한 방울 눈물이 흘러내렸다. 진현의 손이 그녀의 어깨를 감싸 안았다.

"나도… 나도 정말 보고 싶었어."

"몰라. 이 바보야. 흐윽."

그녀가 울먹거렸다. 그녀의 떨림을 느끼며 진현은 힘을 주어 안았다.

"이제 절대로 떨어지지 않을게. 절대로."

진현은 약속했다. 그래, 이제는 떨어지지 않을 것이다. 절대로!


공항에 진현을 마중 나온 것은 혜미뿐이 아니었다. 둘이 재회의 기쁨을 나누는데 우렁찬 헛기침 소리가 들렸다.

"크흠, 젊은 사람들 연애하는데 이 늙은이가 괜히 나온 것 같군."

"……!"

깜짝 놀라 고개를 돌리니 우람한 체구, 반백의 중년 남자가 서 있었다. 간이식 파트의 대가이자 진현의 스승이라 할 수 있는 강민철이었다!

"교수님?! 바쁘실 텐데 어떻게 여기까지?"

진현은 허겁지겁 일어나 고개를 숙였다. 강민철이 호탕하게 웃었다.

"왜? 제자가 왔는데 나와 봐야지."

저 멀리서 캐주얼 차림에 온화한 남자, 유영수 교수가 고개를 흔들며 다가왔다.

"잘 지냈어, 김 선생?"

"아… 유 교수님."

진현은 마음이 감동으로 차올랐다. 강민철과 유영수는 대일병원 외과 내에서도 가장 바쁜 사람들인데 제자가 온다는 이야기에 만사 제쳐두고 공항까지 달려온 것이다. 그 마음을 눈치챘는지 유영수가 싱긋 웃었다.

"김 선생, 자네 온다는 이야기에 강민철 교수님이 얼마나 기뻐했는지 몰라. 오죽했으면 수술이 한 가득 밀려 있는데 다 제쳐 두고 여기까지 왔겠어?"

진현은 한마디 말밖에 할 말이 없었다.

"감사… 정말 감사합니다."

강민철이 고개를 저었다.

"감사는 무슨……."

그러면서 그의 손이 진현의 어깨를 덥석 잡았다.

"잘 왔네. 정말로. 자네가 이렇게 돌아와서 정말 기뻐."

짧지만 진심이 담긴 목소리에 진현도 먹먹히 고개를 끄덕였다.

"네, 정말 감사합니다."

# 대가(大家)

　반가운 마음에 강민철이 낮술을 달리려는 것을 간신히 말리고, 공항에서 간단한 식사만 한 그들은 유영수의 차를 타고 서울로 이동했다.

　"조만간 꼭 술 한잔 먹자고."

　아쉬움 가득한 강민철의 목소리에 진현은 곤란한 웃음을 지었다. 단단히 벼르고 있는 것이 조만간 인사불성으로 취하게 될 것 같다.

　유영수도 웃으며 말했다.

　"김 선생은 집에 먼저 들를래, 아니면 대일병원에 가서 일을 먼저 볼래?"

　"병원에 먼저 가겠습니다."

　"그래? 피곤하지 않겠어?"

　피곤하기야 하지만 쉬기 전에 할 일이 있었다.

"병원에 들렀다 쉬겠습니다."

"그래, 그러면 병원으로 갈게. 그런데 첫날부터 뭐 하게?"

"한국에 도착했으니 인사를 드려야지요."

진현은 짧게 답했다.

부아앙!

속도를 올린 유영수의 차가 올림픽대로를 가른 후 목적지에 도착했다. 이전 삶부터 수없이 많은 인연을 겪었던 곳, 대일병원 이었다.


미리 연락을 받은 남자가 진현을 맞았다.

"어서 오십시오. 대일병원에 오신 것을 환영합니다, 김 선생님."

머리가 반쯤 벗겨진 중년 남자로 행정 업무를 총 관리하는 행정실 부장이었다.

"김 교수님이 머물 곳은……."

부장은 이런저런 편의를 열심히 설명했다. 미국에서도 손꼽히는 스타 교수가 자신의 병원에 교환교수로 온 것에 크게 감명한 눈치였다. 가만히 듣던 진현이 말했다.

"감사합니다. 그런데 한 가지 부탁을 드려도 될까요?"

"무엇입니까?"

"근무를 시작하기 전에 이사장님께 인사를 드리고 싶습니다."

부장은 고개를 끄덕였다.

"아, 네. 당연히 그러셔야죠."

그러면서 부장은 의아한 마음이 들었다. 원래 스타 의사가 방문하면 의례적으로 이사장이나 그에 준하는 급의 인물이 마중하는 것이 일반적인데 별 소식이 없었다. 마치 일부러 외면하는 것처럼. 남자는 전화로 비서실에 김진현의 방문을 알렸다.

"아, 아… 네."

전화를 끊은 남자는 말했다.

"지금 당장은 어렵고, 1시간 뒤에 방문해 달라 하는군요."

"알겠습니다."

진현은 고개를 끄덕였다.

"알겠습니다. 그러면 제가 1시간 뒤에 이사장실로 방문하겠다고 전해주십시오."

"네, 그렇게 하겠습니다."

이전의 인연들과 인사를 하고 주변을 걸으며 여독을 풀다 보니 금세 1시간이 지나갔다. 꼭대기 층에 위치한 이사장실에 도착하니 고혹적인 인상의 미녀, 민 비서가 진현을 맞았다.

"어서 오세요, 김 선생님."

"네, 오랜만입니다."

진현의 인사를 받는 그녀의 얼굴은 평소와 다르게 딱딱하기 그지없었다. 진현은 속으로 웃었다. 그녀와의 악연도 보통이 아니었다.

"이쪽으로 오세요."

등을 돌린 그녀를 따라가니 익숙한 얼굴들이 보였다. 이사장 이종근, 외과 과장 고영찬, 그리고 이상민도 있었다. 진현은 미소를 지었다. 다들 그리운 얼굴들이었다. 미국에서 얼마나 보고 싶었던지! 이가 갈릴 정도였다. 돌처럼 굳은 표정으로 자신을 보는 그들에게 진현이 먼저 입을 열었다.

"세인트죠셉의 김진현이라 합니다. 반갑습니다."

"…대일병원의 이사장 이종근이오. 세인트죠셉의 명망 높은 김 선생의 방문을 환영하오. 앞으로 1년간 잘 부탁합니다."

그러면서 서로 악수를 나눴다.

"여기는 우리 대일병원 외과의 과장 고영찬 교수라고 합니다. 업무나 일정은 고 교수와 상의하면 됩니다."

"네, 반갑습니다. 고영찬 교수님, 오랜만이지요?"

진현은 고영찬에게 웃으며 인사를 건넸다. 고영찬은 불편한 얼굴로 고개를 끄덕였다. 진현과 고영찬은 이렇게 웃으며 인사할 사이가 절대 아니었다.

"네, 대일병원에 온 것을 환영합니다."

이번에 진현은 이상민을 바라봤다. 진현의 눈빛이 차갑게 가라앉았다.

"이상민 선생도 오랜만이군요. 잘 지냈습니까?"

이상민은 답하지 않았다. 그저 마주 미소를 지을 뿐이었다. 부드러운 미소가 오갔지만 더없이 냉랭한 분위기가 장내에 가라앉았다. 다들 아무 말도 하지 않자 진현은 어깨를 으쓱했다.

"모두 바쁘신 것 같으니 이만 물러가겠습니다. 정식 출근은 내일부터니 내일 고영찬 교수님을 다시 찾아뵈면 될까요?"

이종근은 고개를 끄덕였다. 일 초라도 빨리 사라져 줬으면 좋겠다.

"그렇게 하면 될 듯합니다. 먼 길 오시느라 피곤하셨을 텐데 푹 쉬시고 앞으로 수고해 주십시오. 명망 높은 김 교수님에게 기대가 많습니다."

마음에도 없는 말을 들으며 진현은 고개를 끄덕였다.

"감사합니다. 아, 그리고 참."

"왜 그러십니까, 김 교수님?"

이종근이 의아한 표정을 짓자 낮은 목소리로 말했다.

"따로 드릴 말씀이 있으니 조만간 다시 찾아뵙도록 하겠습니다, 이사장님."

"......!"

이종근은 와락 인상을 찌푸렸다. 그러거나 말거나 진현은 이상민에게 고개를 돌렸다.

"이상민 선생도 다음에 봅시다. '이전처럼' 잘 부탁합니다."

이전처럼. 그 묘한 말에 이상민의 미소가 짙어졌다.

"네, 저도 잘 부탁합니다, 김진현 선생님."


진현이 나간 후 이종근은 짜증을 내었다.

"다시 찾아오긴 뭘 다시 찾아와."

사실 김진현이 대일병원에서 교환교수로 근무하든 말든 자신과는 아무런 상관도 없었다. 1년 동안 일하고 세인트죠셉으로 돌아갈 사람이니까. 하지만 이상하게 기분이 나빴다. 마치 고양이가 개를 만난 듯 불쾌하고 짜증 났고, 불안한 마음이 들었다.

"큭!"

그 순간 이종근은 머리를 감쌌다. 스트레스 때문인지 다시 두통이 발작한 것이다.

"이, 이사장님."

이번엔 꽤 통증이 심했다. 이종근의 손이 벌벌 떨렸고, 식은땀이 등을 적셨다.

'검사를 받아봐야 할 것 같은데…….'

고영찬은 그리 생각했으나 이종근의 기분이 원체 나빠 보여 말을 꺼내지 못했다. 한참을 지나서야 두통이 가라앉은 이종근이 주먹을 움켜쥐었다.

'빌어먹을.'

＊　　　　＊　　　　＊

교환교수로 왔지만 특별한 업무가 떨어지진 않았다. 업무를 조율하는 고영찬이 그를 불편해해서가 아니라 애초에 교환교수 라는 직위 자체가 학문적 교류에 의의가 있는 것이지, 부려먹으 려는 것이 아니어서 그렇다. 그래서 처음 며칠간 진현은 편안한 시간들을 보냈다. 가족들과 회포를 풀고, 강민철과 술을 먹고, 그를 아끼던 사람들과 재회하고, 그리고 혜미와 못다 한 데이트를 하고, 친구들과도 만남을 가졌다.

"범생이의 귀국을 축하하며!"

고등학교 때 일진이었지만 지금은 형사가 된 김철우가 큰 소 리로 건배를 외쳤다. 그는 친구의 귀국이 기쁜지 단숨에 소주를 들이켰다.

"크… 이렇게 돌아와서 정말 기쁘다. 정말로! 네가 그렇게 미국 으로 갔을 때 얼마나 속상했는지. 어쨌든 성공해서 돌아온 거지?"

의료계의 문외한인 그는 진현이 어떤 위치로 돌아온 것인지 감 이 잡히질 않았다. 뭐라 설명하기 곤란해 진현은 고개만 끄덕였다.

"뭐, 그냥."

"그래, 난 네가 어딜 가도 성공할 줄 알았어. 아, 황문진 그놈도 같이 마셨으면 좋았을 텐데."

"지금 훈련소에 있지?"

"엉. 죽겠다고 연락 왔다. 자식이, 장교로 간 주제에 뭐가 힘들다고."

올해 전문의 자격을 딴 황문진은 군의관 복무를 위해 훈련소에 간 상태다. 참고로 같이 전문의를 딴 이상민은 무슨 이유에서인지 면제를 받았다.

"아버지께서는 건강하시고?"

"엉. 누가 수술했는데. 멀쩡하시다."

화기애애하게 술잔이 돌았다. 과거를 생각하면 김철우와도 참 묘한 인연이었다. 그렇게 얼마나 마셨을까? 둘 다 얼굴이 빨개졌을 때 진현이 입을 열었다.

"철우야."

"응?"

"너 내 친구지?"

"자식이, 그런 걸 왜 묻냐?"

김철우는 진현을 타박했다.

"취한 김에 이야기하는데 넌 내 마음속 가장 소중한 친구다, 임마."

그 말은 한 치의 거짓도 없는 사실이었다. 가장 친하다 생각했던 이상민과는 이미 절교했고, 진현은 깊은 우정에 더해 아버지의 은인이었으니까.

"그래, 그러면… 나중에 부탁 하나만 해도 될까?"

그 나직한 목소리에 김철우는 술기운이 확 달아났다. 김진현, 이놈은 실없는 말을 할 놈이 아닌데?

"왜 그래? 무슨 일 있냐?"

"……."

김철우는 소주를 쭈욱 들이켜고 말했다.

"무슨 일인지는 모르겠지만, 네 부탁인데. 걱정 마라. 내 목을 걸고라도 네 부탁은 들어주마."

진현은 미소를 지었다.

"고맙다."


그 꿈 같은 휴식은 금세 끝이 났다. 어디서 소문이 난 것인지 진현에게 환자가 모여들기 시작한 것이다.

"대일병원에 세인트죠셉에서 온 김진현 교수란 분이 계시다던데……."

주로 다른 병원에서 곤란을 표한 난치성의, 그러면서도 희망의 끈을 놓지 않고 미국의 유명 병원을 알아볼 정도로 간절한 환자들이 진현에게 몰려들었다.

"꼭 살려주세요, 선생님. 제발 부탁합니다."

"쉽진 않겠지만… 일단 최선을 다해보겠습니다."

자신의 손을 잡는 환자들에게 진현은 묵묵히 고개를 끄덕였다. 물론 진현이라고 그들 모두를 치료할 수 있는 것은 아니다. 현대 의학엔 분명한 한계가 있고, 진현은 신이 아니었으니까. 그래도 진현은 자신을 찾아오는 이들에게 항상 최선을 다했다. 완치를 위해서도, 그리고 딱하고 슬픈 일이지만 아름다운 죽음을 위해서도. 뛰어난 실력, 그리고 마음을 다한 치료에 그를 찾은 환자들은 모두 만족했다.

〈미국 최고의 병원 중 한 곳인 세인트죠셉의 김진현 교수, 대일병원의 교환교수로 재직 중.〉

이런 내용의 글이 인터넷 환우회를 중심으로 퍼져 나갔고, 진현은 계속해서 몰려드는 환자들 때문에 정신없는 나날을 보냈다. 일복은 그것이 끝이 아니었다.

"저… 선생님."

한 앳된 인상의 외과의사가 그에게 조심히 말을 걸었다.

"무슨 일입니까?"

"아, 저는 외과 전공의 2년 차 대표 김은성이라 합니다. 다름이 아니라……."

김은성은 머리를 긁적이며 머뭇거렸다. 그 어려워하는 모습에 진현은 미소를 지었다. 2년 차 대표면 나름 자신의 의국 후배로 애틋한 마음이 들었다.

"편하게 말해도 됩니다."

"네! 사실 다름이 아니라… 바쁘신데 정말 죄송하지만 강연을 해주시면 안 될까요?"

"강연이요?"

뜻밖의 부탁이었다.

"네, 사실 김진현 교수님이 미국에서 쓰신 논문들을 보고 감명

받은 레지던트가 많아서… 꼭 강연을 듣고 싶다고 의견을 모아 이렇게 부탁드리는 것입니다."

"아, 네……."

진현은 고개를 끄덕였다. 의외의 부탁이긴 하지만 못 들어줄 부탁은 아니었다. 애초에 의대 교수란 직책엔 아랫사람을 가르치는 의무도 포함돼 있으니까.

"알겠습니다. 제가 일정을 본 후 다시 연락을 드리겠습니다."

"네, 감사합니다!"

대표 김은성은 활짝 웃으며 고개를 끄덕였다. 세계적으로 인정받는 진현이 강연한다는 것에 크게 기대하는 듯했다. 그런데 그 사실을 알게 된 강민철이 의외의 말을 하였다.

"강연한다고, 김 선생?"

"네."

"잘됐네. 나도 가서 듣지."

"네?"

진현은 황당이 되물었다. 레지던트 대상 강연에 국내 최고 대가인 강민철이 온다고? 하지만 강민철은 태연히 말했다.

"왜? 나도 자네 논문에 이전부터 궁금한 게 많았거든. 감탄도 많이 하고. 도대체 2년 동안 어떻게 그런 논문들을 찍어낸 거야? 김 선생, 자네 아이큐는 도대체 몇인가?"

유영수도 덩달아 말했다.

"나도 자네 논문들 감명 깊게 봤는데. 나도 가도 되지?"

교수실 근처를 지나다니던 외과 교수들도 말했다.

"김 교수가 강연을 한다고? 나도 가지."

"시간은 언젠가? 장소는?"

진현은 당황한 표정을 지었다. 뭔가 이게 아닌데?

강민철은 아예 묘수를 냈다.

"이러지 말고, 심포지움(Symposium)을 열지."

"심포지움요?"

"그래, 그렇지 않아도 내가 회장으로 있는 간이식 학회에서 김 선생 강연 안 하냐고 자꾸 연락이 왔거든. 기회가 되면 초빙해서 강연 듣고 싶다고. 그냥 그러지 말고 아예 대일병원 컨벤션 센터를 빌려서 심포지엄을 열지?"

유영수도 신나서 말했다.

"간이식 학회에는 제가 공지하겠습니다. 이거 몰려올 사람들 숫자를 생각하면 병원 내 컨벤션 센터가 좁을지도 모르겠는데요?"

"간이 의자로 때워야지, 뭐. 늦게 온 사람은 서서 들으라고 하고."

"차라리 힐튼이나 하얏트 호텔의 컨벤션 센터를 빌릴까요? 거기 넓고 깨끗하고 좋던데."

"그것도 좋지. 비싸진 않나?"

"대충 스폰서 받고, 참가비 10만 원씩 걷으면 됩니다. 더 걷어도 다들 들으러 올걸요?"

강민철은 기꺼이 고개를 끄덕였다.

"그래, 좋은 생각이야. 그렇게 진행해 봐."

"대표 좌장은 누구에게 부탁할까요?"

"부탁하긴 누구한테 부탁해? 당연히 내가 해야지."

말 한마디를 주고받을 때마다 스케일이 기하급수적으로 커져 나갔다. 진현은 살짝 당황해 그들을 제지했다.

"저… 저는 그냥 레지던트 강연을 하려 한 건데……."

"그 좋은 강연을 왜 레지던트만 듣나?! 가만히 있어봐. 우리가 알아서 진행할 테니."

"……."

그렇게 진현을 주인공으로 한 심포지엄이 결정됐다.

〈세인트죠셉의 천재 김진현 교수의 심포지엄!〉

이런 공지문이 간이식 학회, 간 학회, 대한 외과 학회에 전달되었고 전국의 의과대학 및 병원에서 문의 전화가 쇄도했다.

—김진현 교수면 란셋의 그 논문을 쓴 그 사람 맞습니까?

—날짜는 정확히 언제입니까?

—여기가 경남이라서 늦을 것 같은데 몇 시에 시작이죠?

지난 2년간 미국 의학계를 뒤흔들었던 진현의 논문들은 한국 의학계에서도 초유의 관심사였다. 대한민국 외과 의학계와 관련 있는 수많은 의사가 진현의 강의를 듣기 위해 심포지엄 참가 신청을 하였고, 참석 희망자가 너무 많아 힐튼의 컨벤션 센터의 좌석이 모자랄 지경이었다. 심포지움을 준비하는 이식 학회 직원들은 혀를 내둘렀다.

"우리 학회 창립 이래 이렇게 참석자가 많은 심포지엄이 있었나? 이건 뭐, 대한 외과 학회 총회와 비슷한 규모잖아."

"강연하는 사람이 워낙 유명한 사람이잖아."

"그 뉴욕 세인트죠셉의 김진현 교수?"

"응, 미국 내의 학회에서도 김진현 교수를 초빙하려고 난리라던데?"

"이거 참 준비를 잘해야겠군."

강연자가 워낙 유명한 인물이다 보니 한 치의 실수도 용납할
수 없었다. 그런 유명 인물이 강연하는데, 미흡한 점이 있으면 학
회 전체의 망신이었다. 간이식 학회 직원들은 온 정성과 힘을 다
해 심포지엄을 준비해 갔다.


그렇게 진현이 드넓은 창공으로 끝없이 날아오를 때, 인상을
찌푸리고 있는 자들이 있었다. 이사장 이종근 일당들이었다.

"힐튼 호텔을 빌려 심포지엄을 연다고?"

"네."

"지방에서 올라올 사람들 때문에 호텔 방 예약도 끝났고?"

"…네."

고영찬은 잘못한 것도 없으면서 이종근의 눈치를 보았다. 진
현이 가볍게 생각한 레지던트 강연은 그 스케일이 하늘 끝까지
커져 이젠 어마어마한 학회 총회 수준이 되어버렸다.

"고 교수, 자네도 심포지엄에 참석할 건가?"

"……."

고영찬은 답하지 못했다. 사실 그도 진작에 사전 등록을 마친
상태였다. 악연과는 별개로 진현의 기합할 논문들에 대한 강연을
듣고 싶었던 것이다. 이종근의 수족인 것을 떠나 고영찬도 의사
이며 의과대학의 의학자였으니까.

이종근은 인상을 찌푸렸다. 물론 그놈이 잘나가든 말든 자신과
는 상관없는 일이다. 하지만 마음에 안 들었다. 그저 불쾌함을 떠

나 뭔가 기분이 불안했다. 그런데 문득 한 가지 계책이 떠올랐다.

"자네도 심포지엄에 간다고?"

"네."

"잘됐군."

"…예?"

"이번 심포지엄 내용 중에 '간 우엽 절제를 통한 간이식 진행 중 Roux—en Y 루프 및 Stent' 사용에 대한 강연도 있지 않나?"

"네, 그렇습니다."

"미국에서 많은 공격을 받고 있는 내용이라던데."

"그렇긴 합니다."

이종근이 말한 주제는 진현이 지난번 발표한 연구로 기존 학설과 정면으로 반대되는 내용의 주장이어서 많은 논란에 휩싸이고 있었다.

"기존 학설과의 논란의 여지를 떠나 내 생각에는 말도 안 되는 주장 같은데. 자네 생각은 어떤가?"

그렇진 않았다. 그 주제에 대한 진현의 논문은 향후 3년 뒤 5,000명 이상을 대상으로 한 다기관 대규모 선행 연구로 진실이 밝혀지는 시대를 앞선 주장이었으니까. 진실을 기반으로 했기에 이론적 근거도 탄탄했다. 하지만 고영찬은 이종근의 비위를 맞추기 위해 떨떠름히 답했다.

"네, 제 생각에도 무리수가 많은 주장이라 생각합니다. 기존 학설과도 상충되고요."

"그렇지?"

"네."

이종근이 은밀히 말했다.

"그러면 자네가 심포지엄에 가서 그 문제를 거론해 보게."

"네?"

"기존 학설과도 완전히 반대되는 내용이잖아. 자네가 그 문제를 지적해서 망신을 줘 보게."

고영찬은 황망한 표정을 지었다. 지금 누가 누구한테 망신을 주라고?

"그, 그건… 제가 학회에서는 큰 발언권이……."

"왜? 자네는 이래 봬도 국내 최고 대일병원의 외과 과장이잖아. 그 건방진 놈에게 톡톡히 망신을 주라고."

그가 과장이 된 것은 오로지 이종근의 충견이었기 때문이다. 이런 말하기 그렇지만 학계에서 명성의 관점으로 세인트죠셉의 김진현과 그를 비교하면 태양과 반딧불 정도의 차이가 났다.

'내가 어떻게 김진현을 망신 줘! 아무리 진료에 손 놓은 지 오래돼서 감이 떨어진다 해도 이건 너무 무리한 명령이잖아!'

강민철 정도 되는 간이식의 대가면 김진현의 주장에 면박을 주는 언급을 할 수 있다. 물론 상대의 주장에 김진현도 순순히 당하진 않겠지만. 하지만 고영찬이 괜히 어설프게 면박을 줬다간? 반대로 톡톡히 망신만 당하고 말 것이다. 물론 김진현의 주장이 턱도 없는 내용이었으면 얼마든지 망신을 줄 수 있겠지만, 애초에 그런 내용이었으면 최고 권위의 외과 학회지인 'Surgery'에 기재되었을 리가 없다. 고영찬은 거절도 못 하고 교수실로 돌아와 머리를 감싸 쥐었다.

'미치겠군.'

고영찬은 이러지도 저러지도 못 하고 고민했다. 스트레스에 머리가 빠질 지경이었다.

그리고 심포지엄 당일.

"……."

고영찬은 컨벤션 센터를 가득 채운 인원에 입을 벌렸다.

'이게 무슨…….'

자리가 모자라 호텔의 진행 요원들이 간이 의자를 나르고 난리도 아니었다. 메인 진행자를 자원한 유영수가 단정한 양복을 입은 채 마이크를 들었다.

"아아, 모두 자리에 앉아주시기 바랍니다. 이 자리에 참석해 주신 선생님들께 감사를 드립니다. 먼저 이 심포지엄의 좌장이신 강민철 교수님을 소개하겠습니다."

강연장 우측에 테이블에 앉아 있던 강민철이 몸을 일으켰다. 몸이 워낙 커 검은 양복이 작은 듯한 느낌이다.

"간이식 학회의 강민철입니다."

짝짝짝!

이 자리에 참석한 모두가 강민철을 알고 있었다. 대한민국의 간이식을 위해 한평생을 바친 그에게 모두들 존경의 박수를 보냈다. 유영수가 주인공을 소개했다.

"다음은 이 심포지엄의 강연자를 소개하겠습니다. 세인트죠셉의 김진현 교수입니다."

그 소개와 함께 중간 정도의 키, 젊다 못해 어려 보이는 남자가 고개를 숙였다.

"세인트죠셉의 김진현이라고 합니다."

짧은 인사말과 함께 우레와 같은 박수가 터져 나왔다. 모두들 외과 학회를 뒤흔드는 젊은 천재의 강연을 기대하고 있었다.

"그러면 심포지엄을 시작하겠습니다. 첫 번째 주제는……."

각 대학의 교수들, 학회의 대가들 너 나 할 것 없이 진현의 얼굴만 바라봤다. 압도당할 만한 분위기였지만 진현은 일말의 흔들림도 없었다. 지난 2년간 이런 자리는 수도 없이 많이 겪었기 때문이다.

"간이식 후 합병증에 대한 메타 분석 결과……."

차분한 음성이 컨벤션 센터를 울렸다. 쓸데없는 군더더기란 전혀 없는 고도로 정제된 발표가 장내의 모두를 압도했다. 그리고 여러 개의 주제를 연달아 발표 후 질문 시간이 되었다. 여러 사람이 한꺼번에 손을 들었다.

"백제 의과대학의 강석형입니다. 방금 발표한 내용 중 질문이 있습니다."

간 절제술에 한하여 전라남도 쪽 최고의 명의라 꼽히는 강석형이 먼저 질문을 하였다. 그 뒤에도 수많은 질문이 쏟아졌다. 질문자들 모두가 학회의 내로라하는 인물들이다. 논문의 핵을 찌르는 날카로운 지적도 많았으나 지난 2년간 수많은 학회를 다니며 미국의 대가들과 논쟁과 토론을 거듭한 진현이다. 일체의 당황 없이 차분히 답변을 했다.

"그 내용에 대해서는 좀 더 추가적인 연구가 필요해, 현재 세인트죠셉과 엠디앤더슨, 홉킨스가 연계해 다기관 선행 연구(Multi center prospective study)를 진행 중입니다. 파일럿 스터디(Pilot study) 결과, 현재 예상과 큰 차이는 없을 것이라 보고 있습니다."

한편 그의 발표를 보며 고영찬은 한 단어를 떠올렸다.

대가(大家).

그래, 대가였다. 자신 같은 이와는 다른 의학의 대가. 바로 강민철 같은. 이 자리에 모인 그 누구도 진현이 어리다 무시하는 이가 없었다. 오로지 감탄의 눈빛으로 쳐다볼 뿐. 순간 고영찬은 까닭 없이 부끄러운 마음이 들었다. 이곳은 자신 같은 이가 나설 수 있는 자리가 아니었다.

'나도 한때 저런 것을 꿈꿨는데……'

처음 교수의 꿈을 꿀 때만 해도 환자를 위하는 마음과 의학을 추구하는 마음이 깊었다. 하지만 시간이 흐르면서 세파에 찌들고 스스로의 무력함을 깨달으며 권력만 탐하는 인물로 변해갔다. 병원 내 권력을 위해 추잡한 일을 얼마나 많이 했던가? 그까짓 권력이 뭐라고. 아무런 의미도 없는 것을.

'김진현……'

어린 나이임에도 저 높은 곳에서 빛을 발하는 그를 보니 씁쓸한 마음이 들었다. 고영찬은 시선을 돌렸다. 가슴이 쓰렸다. 이유 없이.


심포지엄은 성황리에 끝났다. 한국 외과 학회의 모두의 머리에 '김진현'이란 이름 석 자가 명확히 박혔다. 대일병원 내에서의 위상도 한없이 올라갔다.

"김 교수, 심포지엄 잘 들었네. 훌륭했어."

"그래, 다음엔 우리 병원 안에서도 따로 한 번 더 부탁하네."

미국의 의학계를 뒤흔드는 천재? 지금까지는 그저 막연하게만 느껴졌다면 이제는 확고한 대가로 모두의 가슴에 인정받게 된 것이다. 그리고 그 위상을 다시 한 번 높이는 사건이 일어났다. 이 사장 직속의 창조기획실에 한 통의 전화가 왔다. 민 비서가 다소 곳이 전화를 받았다.

"네, 창조기획실의 민소영실장입니다."

―백중현입니다.

짧은 소개. 그러나 민 비서는 뻣뻣이 굳어 자리에서 일어났다. 백중현은 대일그룹 회장실의 비서실장이다!

"백 실장님? 병원에는 무슨 일로……."

―회장님 진료 때문에 전화드렸습니다.

회장이면 대일그룹의 총회장 이해중을 뜻한다. 건강 문제로 경영권은 막내아들 이동민에게 대부분 할양된 상태지만 막대한 입김은 여전했다.

"네, 실장님. 회장님 진료는 14일 목요일로 잡혀 있는데, 변경하도록 할까요?"

―시간은 괜찮은데, 의료진을 변경했으면 합니다.

"의료진이요?"

―네, 지금 교수님도 훌륭하시지만 회장님께서 세인트죠셉에서 온 김진현 교수님의 진료를 받고 싶어 하셔서요. 김진현 교수님의 진료로 변경해 주십시오.

"……!"

대일그룹, 아니, 대한민국 최고의 경제 권력자, 이해중 회장의 주치의가 김진현으로 변경되는 순간이다.

# 몰락

　주위의 시선 때문에 이해중 회장의 진료는 은밀하게 이루어졌다. 이해중 회장은 통행이 통제된 검사실에서 최고 수준의 검사를 받고, 최고층에 위치한 VIP 병실로 이동했다. 남들의 시선을 피한 움직임이었지만, 원체 중대 사안이라 병원 내 주요 의료진들은 이해중 회장의 방문을 알고 있었다. 그들은 이해중 회장의 지정 주치의가 세인트죠셉의 김진현으로 바뀌었다는 것을 인식했다.

　"이거 이러다 김진현 선생이 간 센터의 센터장이 되는 것 아니야?"

　"회장님의 주치의인데 센터장이 문제인가? 앞으로 잘 보여야겠어."

　권력에 예민한 각 과의 교수들이 눈을 낮게 빛냈다. 국내 최고라 불리지만 대일병원은 이해중 회장의 개인 소유나 다름없었다. 과거의 사례를 보면 이해중 회장은 절대 은혜를 잊지 않아 크든 작든 자신의 병을 치료해 준 의사에게 큰 사례를 했었다.

10년 전, 자신의 폐렴을 치료해 준 호흡기 내과 교수에게 부원 장 자리를 주었던 것이 대표적 사례다. 당시 일주일간 입원했을 때 담당 교수는 물론, 수발을 들은 간호사, PCD 소독 담당 레지 던트, X—ray를 촬영한 방사선사 모두 수천만 원 상당의 사례를 받았다.

간단한 폐렴조차 그랬는데 불가능하다 일컬어진 간이식 수술 을 성공해 목숨을 살려준 김진현이다. 병원 자체를 송두리째 선 물한다 해도 이상치 않았다.

"이거 이러다 병원장 자리가 바뀌는 것 아니야?"

"우리 병원에 병원장 자리가 의미가 있나? 어차피 이종근 이 사장이 다 해먹는데."

대일병원에도 당연히 병원장이 있다. 재활의학과 교수인 김영 후 병원장. 하지만 이종근의 꼭두각시로 자리에 앉아 있을 뿐, 아 무런 영향력도 행사하지 못했다.

그때 한 교수가 의미심장하게 고개를 저었다.

"자네들 그거 모르나? 요새 대일그룹 내에서 이종근 이사장에 대한 안 좋은 소문이 많아. 대일그룹의 경영권을 승계받은 이동 민 사장이 이종근 이사장에게 이를 갈고 있다던데?"

"그리고 보니 나도 그 이야기 듣긴 했어. 우리 병원을 금전적 으로 지원하는 대일홀딩스의 분위기도 심상치 않다던데."

한 교수가 웃으며 말했다.

"이거 진짜 김진현 선생에게 잘 보여야 하는 것 아니야?"

지나가듯 한 목소리였지만 그 의미는 가볍지 않았다. 물론 김진현은 세인트죠셉 소속의 의사이고, 대일병원에는 교환교수로 온 것이니 시간이 지나면 미국에 돌아갈 것이다. 하지만 미래는 어떻게 될지 모른다. 권력에 예민한 교수들은 김진현이란 이름을 머리 깊숙이 새겼다.

대일병원 꼭대기 층에는 오로지 대일그룹 일가족을 위한 병실이 있었다. 병동 하나의 크기만 한 그 병실은 최고급 인테리어로 장식되어 있는데, 병실이라기보단 호화 리조트의 스위트룸 같았다. 그 병실에서 이해중이 입을 열었다.

"오랜만입니다, 김 선생님."

"네, 안녕하셨습니까?"

김진현은 공손히 고개를 숙였다. 대일병원의 주인이라서가 아니다. 어차피 세인트죠셉 소속의 진현은 이해중에게 잘 보일 이유가 없었다. 이건 연인인 혜미의 친할아버지에게 보이는 예의였다.

'이종근이야… 이미 연을 끊은 가족이니.'

과거 이종근이 혜미를 포함한 자식들을 어떻게 학대했는지 알고 있는 진현은 그를 혜미의 아버지 취급해 줄 생각이 없었다. 그뿐 아니라 수없는 죄악들. 그는 존중받을 자격이 없다.

"덕분에 잘 지냈습니다. 수술을 워낙 잘 받아서요. 선생님께 받은 새 생명, 정말 감사합니다."

진현은 머쓱한 표정을 지었다. 하지만 이해중 회장의 감사는 전혀 과장이 아니었다. 진현이 아니었다면 그는 당시의 고비를 절대 넘기지 못했을 것이다. 이해중이 그렇게 죽었다면 대일그룹은 욕심 많은 자식들 손에 갈가리 찢어졌을 게 분명했다. 즉, 진현은 이해중 회장 개인의 은인일 뿐만 아니라 대일그룹 전체의 은인이나 마찬가지였다.

진현은 검사 결과를 보며 설명을 시작했다.

"오늘 검사 결과는 전부 좋습니다. 간 수치도 정상이고, CT상 이상 소견도 없습니다."

"다행이군요."

"단 면역억제제인 MMF(Mycophenolate mofetil)의 수치가 미세하게 낮아, 용량을 조절하는 것이 좋겠습니다. 약을 먹는 데 불편함은 없으신지요?"

"네, 괜찮습니다."

"면역억제제를 복용하면 감염이 문제가 될 수 있으니, 중간에 고열이 나거나 하면 곧바로 병원에 연락을 주십시오."

그 뒤 진현은 차분한 어조로 진료를 이어갔다. 그런데 가만히 그의 설명을 듣던 이해중이 입을 열었다.

"감사합니다, 선생님. 그런데 질문을 하나 해도 되겠습니까?"

"네, 말씀하십시오."

이해중은 살짝 미소를 지었다.

"이전에 저에게 세인트죠셉병원에서 했던 말 기억합니까?"

"……?"

"한국에 돌아오면 제게 한 가지 부탁을 할 것이라 했지요. 그 부탁이 무엇입니까?"

그 물음에 진현은 입을 다물었다. 이해중은 원망 서린 표정을 지었다.

"김 선생님은 늙은이들이 얼마나 궁금증이 많은지 모르는 모양입니다. 한국에 돌아와서 계속 궁금했습니다. 도대체 나중에 무슨 부탁을 하려고 그러나. 내가 아끼는 손녀딸이라도 달라는 것은 아니겠지? 그리고 김 선생이 한국에 돌아왔다는 말을 듣고 드디어 궁금증을 푸나 했는데… 계속 아무런 말씀도 없고. 궁금해 죽겠습니다. 말씀해 주십시오."

그러면서 이해중은 '이제 좀 말해봐라' 란 표정으로 진현을 바라봤다. 옆에 서 있던 이동민도 물었다.

"그래요. 저도 궁금합니다. 어떤 부탁이든 들어드리겠습니다. 말해주십시오."

이해중, 이동민, 그리고 백중현 비서실장 모두 진현의 입만 바라봤다. 진현의 입이 천천히 열렸다. 하지만 그들이 원하는 답변은 아니었다.

"혹시 조만간 회장님의 댁으로 찾아 봬도 되겠습니까?"

그들은 의아한 표정을 지었다.

"그야 당연히 되지요. 김 선생님이라면 언제든 환영입니다."

진현이 나직이 말했다.

"그러면 그때 찾아 봬서 말씀드리겠습니다."

그들은 도대체 무슨 부탁일지 궁금하단 얼굴을 했으나 진현은 더 이상의 말은 하지 않았다.

\*　　　\*　　　\*

이상민은 무심한 얼굴로 컴퓨터 모니터를 응시하고 있었다. 그가 접속한 사이트는 세계적인 대가들이 모여 만든 의학 데이터 베이스였는데, 빽빽한 영어가 적혀 있었다.

Schizophrenia is a psychiatric disorder involving chronic or recurrent psychosis……

정신분열병(Schizophrenia). 이제는 조현병이라 이름이 바뀐 이 질환은 망상, 환각을 보며 와해된 언어나 행동, 정서적 둔마, 무논리증, 무욕증 등이 나타나는 질환으로……. 가만히 읽어보던 이상민은 피식 웃었다. 그의 어머니는 십 년이 넘는 세월을 정신분열병을 앓다 사망했다. 어릴 적 환각에 비명을 지르던 그녀의 모습이 생각났다.

'재미없군.'

고개를 드니 흐릿한 영상이 지나갔다. 마치 악몽을 꾸듯 섬뜩한 환각. 이전에는 그의 손에 죽은 사람들만 보였으나 이제는 수없이 많은 사람이 피를 흘리며 그를 저주했다. 전형적인 정신증(Psychosis)으로 점점 증상이 악화되고 있었다.

'DSM—IV로 분류하면 어디에 들어갈까?'

여상이 생각했다. 싸이코시스는 확실히 싸이코시스인데… 글쎄? 어디에 들어갈까? 일단 아직까지는 정신분열병은 아닌 듯했다. 현실지각능력과 와해된 행동이 나타나지 않았으니까. 물론 후에 더 증상이 악화되면 어떻게 될지는 모르지만.

'재미없군.'

그래, 재미없었다.

그때 누군가 이상민을 불렀다.

"선생님, 오기수 교수님 PPPD 수술 시작할 시간이에요."

"네, 알겠습니다. 곧 가겠습니다."

그가 퍼스트 어시스트를 서기로 한 수술이었다. 이상민은 자리에서 일어났다.


고요와 긴장이 감도는 회색빛 수술장. 고난도의 췌장암 수술, PPPD를 집도하는 대일병원의 오기수 교수는 인상을 찌푸렸다. 퍼스트 어시스트인 이상민이 영 수술을 못 따라오고 있었던 것이다.

"이상민 선생?"

"……."

"이상민 선생?! 뭐하나?"

짧은 외침 뒤에야 느릿하게 움직이는 손놀림.

"이상민 선생, 어디 몸이 안 좋은가?"

"아닙니다."

수술 마스크 뒤 삐쩍 마른 이상민의 얼굴을 보며 오기수는 고개를 갸웃했다. 이상민은 대일병원 교수들 사이에서 유명인이었다. 이사장 이종근의 아들이자 대일병원을 물려받을 후계로 꼽히는 인물이었기 때문이다.

"오늘 좀 이상한데? 어디 안 좋은 것 아니야?"

"괜찮습니다."

이상민은 괴물 김진현에게 비교되었을 뿐이지 굉장히 훌륭한 능력을 가지고 있었다. 명석한 상황 판단 능력, 재능이 넘치는 손재주, 재빠른 위기 대응 능력. 임상의로서 항상 최고의 모습을 보여주었는데, 요즘은 무언가 이상했다. 먼 허공을 바라보듯 흐릿한 눈빛.

"몸이 안 좋으면 말해. 다른 임상 강사나 치프랑 손 바꾸게 해줄 테니."

오기수 교수는 걱정해 말했다. 이상민은 수술 마스크 너머로 미소를 지었다.

"괜찮습니다. 걱정 감사합니다."

어기적어기적 시간이 지나고, 다행히 별문제 없이 수술이 끝났다. 수술복을 갈아입은 후 이상민은 환자의 상태를 확인하기 위해 중환자실로 향했다. 수술실에서 중환자실로 향하는 짧은 거리를 걷는데도 환각과 환청이 시야를 어지럽혔다. 따분한 표정으로 자신의 환자를 살피는데, 외과 중환자실 B—zone에 위치한 다른 환자가 눈에 들어왔다.

김O성, M/57, 간이식, 교수 : 김진현.

젊다 못해 어린 나이에 세계적인 대가로 인정받는 자신의 천재 친구의 환자였다. 굉장히 고난도 수술의 환자였는지 상태는 좋지 않아 보였다. 누가 툭 건드리기만 해도 스러져 생을 마감할 정도로. 물론 김진현은 무슨 수를 써서라도 이 환자를 살릴 것이다. 그게 김진현이었으니까. 하지만 누군가의 손이 개입한다면? 그래도 김진현이 이 환자를 살릴 수 있을까?

"……."

이상민은 가만히 그 환자를 바라봤다. 환자의 쇄골정맥에 삽입된 중심 정맥관에는 독한 약들이 주렁주렁 매달려 있었다. 저 약들 중 하나만 잘못된 속도로 들어가도 간신히 버티고 있는 저 환자는 생을 마감할 것이 분명했다.

"……."

저벅.

이상민은 한 걸음 발걸음을 옮겼다. 마침 B—zone과는 사각에 위치한 D—zone의 환자의 상태가 급해 간호사들은 모두 D—zone에 몰려 있는 상황이다. CCTV? 일반적인 생각과 다르게 병원 구석구석에 CCTV가 모두 있는 것은 아니다. 아니, 설치되어 있는 곳보단 없는 구역이 훨씬 많다. 지금 그가 서 있는 B—zone에도 CCTV는 없다.

저벅.

다시 발걸음을 옮겼다.

"으으……."

환자가 신음을 흘렸다. 곧 옆에 도착한 이상민은 환자에게 투입되는 약물들을 바라봤다. 노르에피네프린, 도파민, KCL, 면역억제제……. 모두 과량 투입 시 독이나 다름없는 약이었다.

"김진현……."

이 약물들에 손만 대면 이전과 같은 사고를 진현에게 덮어씌울 수 있다. 그러면 한창 날개를 달고 날아오르는 그는 다시 꼬꾸라지겠지.

"으으……."

이상민의 눈이 신음을 흘리는 환자를 무미건조하게 바라봤다.

그리고 그의 손이 올라가기 직전,

흠칫!

이상민은 움찔하며 등을 돌렸다. 그곳엔 차가운 눈빛의 젊은 남자가 그를 노려보고 있었다. 김진현이었다!

이상민이 말했다.

"언제 왔어? 아니, 와 있었나?"

김진현은 낮은 목소리로 말했다.

"왜 멈추지?"

"뭘?"

"몰라서 물어?"

"난 그저 환자를 보고 있었을 뿐이야. 세계에서 인정받는 천재 교수님의 환자가 어떤지 궁금했거든."

김진현은 피식 웃었다.

"그래?"

그러고 그는 이상민을 스쳐 지나가 환자 옆에 위치한 중환자실 컴퓨터에 섰다.

"뭐, 좋아. 그래도 감옥에 처넣을 꼬리를 잡나 싶었는데 아쉽군. 하여튼 감도 좋아. 그러니 지금까지 그런 죄악을 저지르고도 무사한 거겠지."

이상민은 어깨를 으쓱했다.

"무슨 말 하는지 모르겠군."

"그래, 뭐."

진현은 중환자실 차트를 클릭했다. 바이탈 시트(Vital sheet)가 검은색, 빨간색, 초록색 선으로 어지럽혀져 있었다.

"2년 동안 미국에서 많은 생각을 했었지. 넌 왜 그런 일들을 저질렀을까? 이해할 수가 없었어."

그래, 이해할 수 없었다. 왜 이상민은 혜미의 오빠를 죽이고, 자신을 궁지에 몰았을까? 어째서?

"고민을 하다 깨달았지. 이유 따위는 중요치 않다는 것을. 네가 무슨 생각으로 그런 일을 저질렀는지가 뭐가 중요하겠어? 그냥 넌 죽일 놈이야."

이상민은 아무런 대답도 하지 않았다. 진현은 검사 결과를 확인하며 면역억제제의 용량을 계산했다.

"뭔가 하고 싶은 일 있으면 빨리 하는 게 좋을 거야. 곧 너를 대일병원에서 쫓아낼 생각이거든. 대일병원뿐만 아니라 외과의사 사회 전체에서 널 매장시킬 거야. 무슨 수를 써서라도. 오래 걸리지 않을 테니 마지막 발악을 하고 싶으면 빨리 하는 게 좋을 거야."

도발이었다.

이상민의 미소가 짙어졌다.

"글쎄? 정말 무슨 말 하는지 모르겠군."

진현은 피식 웃었다.

"그래? 마음대로 해."

그는 모니터 옆에 놓인 청진기를 챙겨 중환자실을 떠났다. 떠나는 친구의 뒷모습에 이상민의 미소가 더욱더 깊어졌다.

"그래, 재미있는 일이 하나 남아 있었지."

모든 삶에서 흥미를 잃은 그였지만 재미있는 일이 단 하나 남아 있었다. 이상민은 작게 중얼거렸다.

"김진현……."

*             *             *

이해중 회장이 퇴원한 후 며칠 뒤.

"많이 기다렸어?"

혜미가 병원 로비에서 진현에게 뛰어왔다.

"아니, 나도 막 도착했어. 타."

진현은 부모님 집에서 매일 출퇴근이 어려워 국산 중형차를 하나 마련했다. 미국에서 번 돈으로 꿈에 그리던 포르쉐를 살 수도 있었지만 그건 모든 일이 마무리된 다음으로 미뤘다. 그녀가 차에 타자 진현은 나직이 물었다.

"특별한 일은 없었어?"

특별한 일. 단순한 안부를 묻는 것이 아니라 이상민의 일을 묻는 것이다. 혜미는 고개를 끄덕였다.

"응, 나야 할아버지 집에서 출퇴근하고 병원 밖엔 나가지 않으니까."

이해중 회장의 자택은 대한민국에서 가장 안전한 곳이라 할 수 있었다.

"그래도 조심해. 그 미친놈이 무슨 일을 저지를지 모르니."

"너야말로. 절대, 꼭 조심해. 알았지?"

"응, 충분히 조심하고 있으니 걱정하지 마."

아무리 이상민이 범죄의 천재라도 경계를 곤두서고 신변을 주의하고 지내면 어쩔 방법이 없었다. 물론 무작정 총을 쏜다거나 칼을 휘두른다거나 자동차로 들이박는다면 속수무책이겠지만 서울이 무법지대도 아니고 그런 일을 벌일 수는 없을 것이다. 부주의하게 홀로 인적 드문 곳에 가질 않는 한.

진현의 눈이 차갑게 가라앉았다.

'기다려라, 이상민. 그리고 이종근. 준비는 다 끝나 있으니.'

모든 준비는 한국에 발을 디디는 순간 이미 다 끝나 있었다. 그들이 무슨 발악을 해도 소용없을.

'이제 멀지 않았어.'

그래, 정말 멀지 않았다. 그들의 죄악을 단죄할 때가!

그런데 혜미가 물었다.

"오늘 왜 이렇게 차려입은 거야? 무슨 날이야?"

평소 패션에 신경을 쓰지 않는 진현이지만 오늘은 달랐다. 미국에서 마련한 말쑥한 정장으로 몸을 단장한 것이다. 독일제 고가 정장에 지적인 분위기, 깊은 눈빛이 얽혀서 인텔리한 느낌을 자아냈다.

"어디 갈 데가 있어서."

"어딜?"

진현은 차에 시동을 켰다.

부르릉.

차의 시동이 요란하게 울렸다.

"너도 잘 아는 곳이야."

"어딘데? 어디 가려는데?"

"금방 도착해. 20분이면 도착할 거야."

혜미는 볼을 부풀렸다. 진현은 웃으며 운전을 시작했다. 병원을 벗어난 자동차는 올림픽대로에 진입 후, 한남대교에서 방향을 꺾었다. 출퇴근할 때마다 다니는 길이 나타나자 혜미의 눈이 커졌다. 어디로 가는지 눈치챈 것이다.

"진현아, 설마 지금?"

"응."

진현은 답했다.

"우리 결혼하려면 인사드려야지. 따로 하나 더 드릴 말씀도 있고."

한남대교를 건넌 자동차는 한남동 커다란 저택 앞에 멈추어 섰다. 대일그룹의 회장, 이해중의 저택이었다.


미리 연락을 받았는지 백중현이 마중을 나왔다. 그룹 전체의 비서실장인 그가 마중 나온 것만으로도 이해중 회장이 진현의 방문을 얼마나 반기는지 알 수 있었다.

"어서 오십시오, 김 선생님."

그런데 보조석 문이 열리며 익숙한 얼굴이 나타나자 백중현은 눈을 크게 떴다.

"아니, 아가씨?"

"아… 백 실장님."

혜미는 어색한 표정을 지었다.

"왜 아가씨가 김 선생님과……?"

"그게……."

살짝 부끄러운 표정을 보고 백중현은 두 사람의 관계를 퍼뜩 짐작했다. 백중현은 새삼스레 두 사람을 바라봤다. 화사한 꽃 같은 혜미, 깊은 눈빛의 진현. 안 어울릴 것 같으면서도 잘 어울리는 한 쌍이었다. 백중현은 부드럽게 웃음을 지었다.

'보기 좋은 커플이군.'

혜미를 끔찍이 아끼는 이해중 회장이 뭐라 반응할지는 모르지만 잘 어울리는 커플인 것은 맞았다.

"안으로 들어오십시오. 회장님이 기다리고 있습니다."

백중현은 둘을 안으로 안내했다. 작은 공원 같은 정원을 지나 저택 내 커다란 응접실에 이해중과 이동민이 그를 기다리고 있었다.

"어서 오십……."

인사말을 건네다 이동민이 의외의 얼굴에 말을 멈췄다.

"혜미야, 네가 왜 김 선생님과 같이? 오다가 만난 거니?"

"아… 작은아빠……."

혜미가 어색한 얼굴을 했다. 이해중과 이동민이 의아한 표정을 짓자 진현이 한 걸음 앞으로 나섰다.

"다시 한 번 인사하겠습니다, 회장님."

그러면서 공손히 허리를 숙이며 인사했다.

"제가 혜미의 남자친구입니다. 인사드리러 왔습니다."

"……!"

이해중과 이동민의 얼굴에 경악이 번졌다.


넷은 커다란 식탁에 마주앉았다. 고용인들이 정성스레 준비한 음식들을 내왔지만 아무도 젓가락을 들지 않았다.

"김 선생이 우리 손녀딸과……."

생각지도 못한 표정이었다. 아무리 대기업 총수라 해도 손녀

딸의 일거수일투족을 감시하진 않으니 혜미가 누구와 사귀는지는 모르고 있었다. 물론 다 큰 성인이니 누군가와 교제를 하는 것은 당연한 일이었지만 그게 설마 자신의 생명의 은인인 김 선생이라니?

그때 이동민이 웃으며 말했다.

"아니, 김 선생님이 우리 혜미의 남자친구라니? 둘이 언제부터 만난 것입니까?"

"처음 만난 것은 학생 때부터고, 교제를 시작한 지는 3년 정도 되었습니다."

이동민은 둘의 사랑을 기뻐하는 눈치였다. 당연했다. 김진현 정도 되는 남자를 누가 싫어하겠는가? 집안 수준에서 차이가 나긴 하지만 어차피 조카를 정략 결혼시킬 것도 아니고. 김진현이라면 최고의 신랑감이다. 이동민은 뭔가 복잡한 심정의 이해중에게 고개를 돌렸다.

"아버지는 왜 아무 말 없으십니까? 김 선생님이 마음에 안 듭니까?"

짓궂은 질문에 이해중은 헛기침을 했다.

"크흠, 그게 아니라……."

그건 아니다. 김진현이 왜 마음에 안 들겠는가? 자신의 생명을 구해주었을 뿐 아니라 미국 의학계를 뒤흔들 정도의 천재 의사에, 인품도 요즘 젊은이들답지 않게 훌륭하다. 다만…….

'허허, 아무에게도 안 주려 했건만… 김 선생이라니.'

눈에 넣어도 안 아플 손녀딸이다. 특히나 못난 애비 밑에서 불우하게 자라서인지 다른 손주들에 비해 더 강한 애착이 들어 누가 와도 도둑놈이라 여겼다. 하지만 이해중은 주책바가지 늙은이가 아니다. 그의 시선에 둘의 모습이 들어왔다. 나란히 앉아 있을 뿐이지만 애틋함이 느껴졌다. 아무에게도 주기 싫지만 그건 자신의 주책 같은 욕심일 뿐이다.

'그래, 다른 사람이면 몰라도 김 선생님이라면……'

이해중은 입을 열었다.

"김 선생님."

"네, 회장님. 말씀 편하게 하십시오."

이해중은 쓴웃음을 짓더니 말을 놓았다.

"그래, 한 가지만 묻겠네."

"말씀하십시오."

"우리 혜미. 딱하고 착한 아이야. 행복하게 해줄 수 있나?"

진현은 굳은 얼굴로 답했다.

"네, 무슨 일이 있어도 행복하게 해주겠습니다."

이해중은 고개를 끄덕였다.

"그래, 앞으로는 자네도 날 할아버지라 부르게."

진현을 손녀사위로 인정한 것이다.


그 뒤 화기애애한 식사가 이어졌다. 새로운 조카사위를 맞이한 이동민이 기쁜 얼굴로 집 안에 귀히 보관 중인 꼬냑을 땄다.

"김 선생… 아니, 이제 김 서방이라 불러야 하나? 하여튼 한 잔 받으라고!"

혜미가 술을 잘 마시는 것은 대일 가문 전체의 내력인지 이동민도 주량이 장난 아니었다. 이해중 회장도 한 잔 마시고 싶은 눈치지만 간이식까지 받은 몸으로 술을 마실 수 없는 노릇. 마시고 싶은 만큼 손녀사위에게 술을 권했다.

"쭈욱 마시고 내 술도 한 잔 더 받게, 허허."

"하, 할아버지. 진현이 취해요. 그만 좀 줘요."

혜미가 말렸으나 홍이 오른 그들은 듣지 않았다. 원래부터 은인으로 여겼던 김진현이 손녀사위가 된다니! 처음엔 당황스러웠지만 생각할수록 기쁜 일이었다.

"남자는 원래 술을 잘 마셔야 해. 자, 김 서방, 한 잔 더 받게!"

특히 이동민이 신이 나서 술을 권했다. 말술인 대일 가문 사람들에 비해 주량이 약한 진현은 죽을 맛이었으나 거절하지도 못하고 넙죽넙죽 받아 마셨다.

'취하면 안 되는데.'

처갓댁 어른들 앞에서 취할 수는 없는 노릇이다. 거기다 아직 중요한 용건이 하나 더 남아 있었다. 어떻게 보면 방금 전의 용건보다 훨씬 중요한. 그런데 혜미가 잠시 자리를 비웠을 때, 이해중이 물었다. 이전과 다른 무거운 목소리다.

"저 아이의 가정사는 알고 있나?"

진현의 얼굴이 굳어졌다.

"네, 알고 있습니다."

"그래, 참 불쌍한 아이이지. 내가 바빠 저 어린것을 챙겨주지 못했어."

이해중은 안타까운 목소리로 말했다.

진현은 눈을 감으며 그녀의 과거를 떠올렸다. 그녀는 어린 시절 아버지, 이종근의 여성 편력으로 어머니가 자살했고 어머니

없이 자라며 가정 폭력에 시달렸다. 그 사실을 이해중이 눈치채 손을 쓰기 전까지 그녀가 얼마나 많은 눈물을 흘렸는지는 아무도 모른다. 유일하게 가족으로 여겼던 이범수의 죽음까지. 그녀의 과거는 슬픔으로 얼룩져 있었다.

"네, 혜미는 제가 행복하게 해줄 것입니다."

그래, 그녀는 내가 행복하게 해줄 것이다. 하지만 그러기 위해 선 먼저 처리해야 할 일들이 있었다.

"그래, 잘 부탁하네. 그리고 혜미가 아버지와 사이가 무척 안 좋지만 그래도 아버지니 가서 인사를 드리게."

"네, 그렇지 않아도 그렇게 할 생각입니다."

진현이 묘한 목소리로 답했다. 그렇지 않아도 곧 인사를 드릴 생각이었다. 장인어른께 하는 일반적인 인사와는 분위기가 다르 겠지만.

"회장님."

"허어, 할아버지라고 부르래도."

진현은 머쓱히 웃으며 말했다.

"지난번 말씀드렸던 것 기억하십니까? 나중에 한 가지 부탁을 드리겠다는 것."

"당연히 기억하지. 뭔데 그러나? 모든 말만 하게. 다 들어줄 테니."

이해중과 이동민, 모두 귀를 종긋 세우고 물었다. 과연 이 세 기의 천재 의사가 무슨 부탁을 할까? 그들은 김진현이 무슨 부탁 을 하든 다 들어줄 생각이었다. 생명의 은인인 것에 더해 이제 손 녀사위가 될 사이였으니.

"그건……."

진현은 나직한 목소리로 말했다.

*　　　*　　　*

진현이 이해중에게 인사를 올린 후, 며칠의 시간이 지났다. 이해중은 저택의 연못에서 잉어들을 바라보며 고개를 갸웃했다.

"아버지, 바람이 차니 들어가 계세요."

이동민이 다가왔다. 하지만 이해중은 계속 연못을 바라볼 뿐이었다.

"동민아."

"네?"

"김 선생님… 아니, 우리 손녀사위의 부탁이 도대체 무슨 의미인지 아느냐?"

이동민은 입을 다물었다. 그도 김진현의 말이 이해가 안 되는 것은 마찬가지였다.

"저도 잘 모르겠습니다."

"그렇지? 흐음… 공의에 맞는 처분을 부탁한다라… 이게 무슨 말이지?"

진현의 부탁은 간단했다. 공의에 맞는 처분을 부탁한다. 이게 다였다. 그게 무슨 말이냐고 물었으나 자세한 설명은 하지 않았다. 지금은 말씀드릴 수가 없고 조만간 알게 될 것이라고 말할 뿐.

"글쎄요. 빈말을 할 사람은 아니니 분명 무슨 의미가 있을 텐데."

"대일병원과 무슨 문제가 있는 건가?"

김진현과 대일그룹과의 연관성은 대일병원밖에 없다.

"뭐, 조만간 알게 될 것이라 하니 기다려 보시죠."

"흠… 그래도 궁금하잖아."

이동민은 웃으며 화제를 돌렸다.

"그나저나 어떻습니까?"

"뭘?"

"김 선생 말입니까?"

"사람을 찝찝하고 궁금하게 만드는 것만 빼면 최고지. 왜?"

"대일병원 때문에 말입니다."

"대일병원? 대일병원이랑 손녀사위가 왜?"

이동민은 나직이 말했다.

"최근 대일병원 지표가 그다지 안 좋지 않습니까?"

"그거야, 뭐. 이종근, 그놈이 하는 게 다 그렇지."

이해중은 투덜거렸다. 그래도 핏줄이라서 이사장 자리에 앉혀 놓고는 있지만 이종근 그놈은 마음에 드는 게 하나도 없었다.

"슬슬 대일병원도 혁신이 필요치 않겠습니까?"

"병원에 무슨 혁신?"

"대일병원은 너무 정체되어 있습니다. 그룹의 지원금으로 국내 1위 자리를 지키곤 있지만 들어가는 돈에 비하면 별다른 발전도 없는 상황이지요."

"그래서?"

"그런데 이런 상황에도 이종근 이사장은 자신의 아들이란 이유만으로 이상민을 병원의 후계로 지목했지요. 누구보다도 뛰어난 사람이 병원을 지휘해도 모자랄 판에 말입니다."

그 말에 이해중은 인상을 찌푸렸다. 이상민은 혜미와 마찬가지로 자신의 손주이긴 하지만 마음에 드는 손주는 아니었다. 태생부터가 마음에 들지 않았다.

"그래도 그룹의 병원을 외부 사람에게 맡길 수는 없지 않느냐? 핏줄이 마음에 안 들어서 그렇지, 한국대 차석 졸업자이기도 하고. 후에 경험이 쌓이면 잘하겠지."

물론 혜미도 후계 후보가 될 수 있겠으나 보수적인 의사 사회에서 여자인 혜미를 국내 1위 병원의 이사장으로 선정하는 것은 무리가 있었다.

"훨씬 적합한 사람이 우리 가문에 생기지 않았습니까?"

"생겨? 그게 무슨 말……?"

물으려던 이해중은 입을 다물었다. 아들의 말뜻을 알아차린 것이다.

"설마 김 선생? 손녀사위?"

이동민이 눈을 빛냈다.

"네, 김 선생이 우리 집안의 손녀사위가 되면 대일병원의 후계로 가장 걸맞지 않겠습니까?"

틀린 말이 아니었다. 이미 김진현은 최고의 의사이자 의학자로 세계에서 이름이 높았다. 그보다 뛰어난 의사를 어디서 또 찾을 수 있겠는가?

"흠… 그렇긴 하군. 좋은 생각이야. 아주."

이해중은 고개를 끄덕였다.

"아직은 연배가 어리지만 조금만 더 경험을 쌓으면 그보다 훌륭한 적임자는 없습니다."

"그래, 내 생각도 그렇긴 해. 한번 고민해 봐야겠군. 그런데 손녀 사위가 대일병원의 병원장 자리를 맡으려 할까? 세인트죠셉병원에서도 스타 대우를 받으며 의학자로서 최고의 길을 걷고 있는데."

이동민은 미소를 지었다.

"지난번 술 마시면서 이야기를 나눠보니 김 서방도 한국을 그리워하고 있는 것 같습니다. 대일병원이라고 의학자의 길을 못 걷는 것도 아닌데 잘 이야기하면 되지 않겠습니까?"

그 뒤 둘은 김진현이 손녀사위로 들어오면 대일병원의 후계로 삼는 것에 대해 진지하게 논의하였다. 만약 김진현이 승낙만 한다면 그보다 더 좋은 적임자도 없기 때문이다.

*      *      *

대일병원의 이종근은 심기가 극도로 좋지 않았다. 원래도 기분이 좋을 때가 별로 없었지만 며칠 전부터는 정말 최악이었다. 막냇동생이자 그룹의 경영권을 이어받은 이동민과의 대화 때문이다.

'빌어먹을.'

그는 이동민과의 대화를 떠올렸다. 손녀사위가 될 김진현에게 병원을 물려줄 생각이라고? 아버지도 동의한 내용이고?

"누구 마음대로?"

이종근은 이를 갈았다.

"이 병원은 내 것인데, 누구 마음대로?"

통보하듯 말하던 이동민의 얼굴에 담긴 감정이 그를 분노케

했다. 비웃음과 통쾌함이 가득한 그의 목소리엔 이런 함의가 담겨 있었다.

'형님도 이제 대일병원에서 손을 뗄 때가 되지 않았소?'

피해의식에 따른 착각이 아니라 이동민과 이종근은 어릴 때부터 사이가 극도로 좋지 않았다.

"빌어먹을! 제기랄!"

그런데 그때, 민 비서가 곤란한 얼굴로 다가왔다.

"저… 이사장님. 손님이 왔습니다."

"누구?!"

"…김진현 교수입니다."

이종근은 와락 인상을 구겼다. 이 순간 제일 꼴 보기 싫은 놈이었다.

"무슨 일인데?!"

"긴히 할 말이 있다고…….."

꺼지라고 말하고 싶었지만 간신히 마음을 가다듬었다.

"들어오라고 해."

"…네."

민 비서는 조심스러운 걸음으로 물러갔고 곧 딱딱한 얼굴의 김진현이 들어왔다.

"무슨 일입니까? 제가 지금 조금 바쁩니다."

이종근은 삐딱한 목소리로 물었다. 빨리 할 말하고 꺼지란 음성이다.

"잠깐 앉아도 되겠습니까? 중요한 이야기가 될 것 같은데."

이종근은 고개를 끄덕였다.

"거기 앉으십시오."

진현이 앉자 민 비서가 커피 두 잔을 내왔다. 짙은 커피 향이 방 안에 맴돌았다.

"무슨 할 말입니까? 말씀해 보십시오."

진현은 대답 대신 가만히 이종근의 얼굴을 바라봤다.

"이사장님."

"……?"

"저에게 혹시 하실 말씀 없으십니까?"

이종근은 인상을 찌푸렸다.

"그게 무슨 말입니까? 제가 김 교수님께 할 말이 있을 리가……."

진현의 얼굴이 차가워졌다.

"그렇습니까? 정말로? 정말로 없습니까?"

"그러니까 그게 무슨……."

"인턴, 레지던트 시절부터 저에게 많은 일을 해온 것으로 알고 있습니다. 그에 대해서 정말로 아무 할 말도 없습니까?"

"……!"

진현의 눈동자가 차갑게 내려앉았다. 그 눈동자를 마주하며 이종근의 얼굴이 딱딱히 굳어졌다.

"무슨 말… 하는지 잘 모르겠군요."

"잘 모르겠다고요?"

"그래요. 지금 난 김 교수의 말을 도통 이해할 수가 없군요. 뭔가 착각을 하고 온 것 같은데, 계속 이상한 말을 할 생각이면 이만 나가주십시오."

진현은 주먹을 움켜쥐었다.

"전부 다 알고 왔습니다. 저를 병원에서 쫓아내기 위해 뒤에서 한 일들을 부정하실 것입니까?"

이종근이 버럭 화를 내었다.

"아니, 김 교수! 지금 도대체 무슨 황당한 말을 하는 것입니까?! 내가 당신을 쫓아내기 위해 수작이라도 부렸단 말입니까? 하! 세인트죠셉의 교수라고 눈에 뵈는 게 없는 모양인데… 나한테 이런 말도 안 되는 막말을 하고도 괜찮을 거라 생각하는 것이오?"

김진현은 한숨을 내쉬었다. 그래, 예상했던 반응이다. 차라리 해가 서쪽에서 뜨길 바라지. 이종근이 순순히 죄를 인정할 것이라고는 생각하지 않았다.

"정말 계속 부정할 것입니까? 이미 다 알고 있습니다."

"당신이야말로 증거도 없으면서 계속 헛소리할 거면 저도 가만히 있지 않겠습니다."

이종근은 '증거'란 단어에 힘을 주었다. 김진현에게 부린 수작은 자신과 측근 외엔 아무도 모르는 일이다. 유형의 증거가 남는 일이 아니었기 때문에 죄를 입증할 수도 없다. 인턴 시절 어려운 환자를 진료하게 한 것? 응급실로 보내 과도한 업무를 통해 실수를 유발한 것? 위법도 아니고 병원 진료 로테이션상 어쩔 수 없이 그랬다고 하면 그만이다. 물론 이전에 응급 수술팀에 과도하게 술을 권해 수술에 차질이 빚어지도록 한 것은 문제가 될 수 있는 일이나, 이것 역시 명확히 죄를 입증하기 어려웠다. 실제로 김진현의 활약 덕에 아무런 피해자도 생기지 않았고.

"알겠습니다. 인정하지 않겠다면 어쩔 수 없는 일이죠."

진현은 고개를 끄덕였다. 이종근은 으르렁거리며 말했다.

"헛소리 그만하고 빨리 나가주시오. 이번 일은 내 그냥 넘어가지 않겠소."

하지만 진현은 물러난 것이 아니었다. 한 손에 들고 온 서류 봉투를 열어 수북한 서류를 꺼내 들었다.

"그게 뭐요?"

"한번 읽어보십시오."

"바쁜데 자꾸 이러면……."

"지금 안 읽으면 후회하실 겁니다. 읽어보십시오."

이종근은 짜증나는 얼굴로 서류를 받아 들었다. 그러나 짜증나는 얼굴도 잠시. 이종근의 안색이 시체처럼 하얗게 질리며 전신이 사시나무처럼 떨리기 시작했다.

"이, 이건… 이건……."

진현은 무표정하게 물었다.

"이것조차 거짓이라 말씀하실 것입니까?"

그가 내민 서류는 매리의 클랜시 패밀리가 진현을 위해 심혈을 다해 마련한 선물로, 지난 10년간 이종근의 죄악이 모조리 담겨 있었다. 병원 자금 횡령, 교수 임용과 관련한 뇌물 수수, 병원 약품 선정 시 제약회사에게 받은 리베이트 등등 수도 없었다. 심지어 7년 전 강제 추행 후 내쫓은 개인 비서에 대한 자료도 수록돼 있었다.

이종근은 분노와 공포로 몸을 떨었다.

"가, 감히 어디서 이런 거짓 자료를……!"

"거짓 자료라고요? 정말 그렇게 생각하는 것입니까?"

이종근은 하얗게 질려 입을 다물었다.

'어, 어떻게 저 자료를? 말도 안 돼.'

진현이 내민 서류에 적힌 내용들은 한 치의 거짓도 없는 사실이었다. 만약 저 서류가 밖으로 유출될 경우 그는 끝이었다. 병원에서의 직위와 재산을 잃는 것은 물론, 수없는 시간을 감옥에서 썩어야 할지도 몰랐다.

"지금까지 저지른 죄악들을 생각하면… 당장에라도 이 서류를 경찰에 넘기고 싶지만……."

진현은 크게 숨을 들이켜며 마음을 다스렸다.

"당신이 혜미의 아버지이기 때문에 단 한 번 기회를 드리겠습니다."

저런 아버지도 아버지라 해야 할지 모르지만, 혜미도 그를 아버지라 여기고 있진 않지만 핏줄이 이어졌음은 사실이다. 그래서 진현은 단 한 번의 기회를 주기로 했다. 목석처럼 굳어 아무 말도 못하고 있는 이종근에게 말했다.

"모든 죄를 인정하고 스스로 대일병원의 이사장직에서 물러나십시오. 그리고 대일병원과 대일그룹에 관련된 모든 지분은 이혜미에게 양도하고, 부정으로 축재한 재산은 전부 사회에 환원하십시오. 그렇게 하면 이 서류를 경찰에 넘기지 않겠습니다."

"……!"

진현의 말대로 하면 이종근은 거지가 된다. 그의 모든 재산은 대일병원과 그룹의 지분, 그리고 부정 축재로 이루어진 것이니까. 일평생 탐욕스럽게 모은 모든 것을 내려놓아야 하는 것이다. 하지만 이것도 최대한 자비를 베푼 것이다. 이종근의 죄악을 생각하면 평생을 감옥에 썩어도 시원치 않았다.

"이, 이놈……! 나, 나한테 이러고도……!"

이종근은 분노해 외쳤으나 추레할 뿐이었다. 진현은 냉소를 지었다.

"딱 일주일 드리겠습니다. 그 안에 결정하십시오. 만약 제 의견에 따르지 않는다면 이 서류를 이해중 회장님과 검찰, 양측에 보내도록 하겠습니다."

그리고 자리에서 일어나며 말했다.

"제 솔직한 마음으론 당신이 제 제안을 받아들이지 않았으면 좋겠습니다. 그래야 제대로 된 처벌을 내릴 수 있을 테니까요."

어린 시절 혜미에게 가했던 학대만으로도 진현은 이종근을 용서할 수 없었다. 하지만 그래도 자신이 사랑하는 혜미를 낳은 아버지이기에 일말의 기회를 주는 것이다.

"기다리겠습니다."

그 말을 끝으로 진현은 이사장실에서 나갔다. 진현이 나간 후, 이종근은 부르르 손을 떨었다.

"어, 어떻게… 저 자료를……? 말도 안 돼. 말도 안 돼! 이… 이……!"

곧 괴성이 터져 나왔다.

"크아악! 제기랄! 빌어먹을!"

분노한 그는 닥치는 대로 주변 가구를 던지고 부쉈다.


와장창!

진현은 이사장실 밖에서 고가의 장식품들이 깨져 나가는 소리를 들으며 비웃음을 지었다.

'추해.'

이종근. 정말 추하고 추레한 작자다.

'내 제안을 받아들일까?'

진현은 고개를 저었다. 받아들일 인물이었으면 지금까지 이런 죄악을 저지르지도 않았겠지.

'분명 또 무슨 술수를 부리려 하겠지.'

상관없다. 아니, 오히려 술수를 부려주었으면 좋겠다. 혜미를 낳아준 것에 대한 보답은 방금 전 제안만으로 충분했으니까. 만약 술수를 부린다면 그 죄까지 합쳐서 평생을 감옥에서 썩게 할 생각이다.

'이걸로 끝이 아니야.'

그다음은 이상민이다. 이상민은 이종근처럼 간단하지 않다. 이종근과 다르게 뚜렷하게 잡아놓을 증거가 없었기 때문이다.

'궁지에 몰아놓고 기다리자. 분명 움직일 테니 그때가 놈을 잡아넣을 기회야.'

진현은 차가운 얼굴로 생각했다. 이상민. 가장 용서할 수 없는 인물이었다.


진현이 다녀간 후, 이종근은 극도의 신경쇠약에 시달렸다.

'빌어먹을. 어떻게 하지?'

그렇지 않아도 그룹 내에서 이미 눈 밖에 났다. 김진현이 그 자료를 경찰이나 이해중에게 보내면 그는 파멸이다. 그렇다고 김진현의 제안을 받아들일 수도 없다. 모든 것을 잃게 될 테니까. 이러지도 저러지도 못하는 상황.

'무조건 막아야 해. 하지만 어떻게?'

어떻게 입수한 것인지는 모르지만 이미 모든 증거가 김진현의 손에 있어 아무리 머리를 싸매고 고민해 봐도 빠져나갈 구멍이 없었다. 그렇게 고민하던 어느 순간, 머리에 통증이 작렬했다.

"크윽!"

최근 들어 통증이 더 자주, 더 강하게 왔다. 이렇게 되고 보니 일반적인 편두통과는 양상이 다른 것 같아 뒤늦게 검사를 받아봐야겠단 생각이 들었다. 하지만 지금은 초조함에 정신이 없었다.

"빌어먹을! 빌어먹을! 제기랄!"

와장창!

그는 괴성을 지르며 다시 이사장실을 뒤엎었다. 민 비서가 덜덜 떨며 그를 만류했다.

"이, 이사장님. 지, 진정을……."

"닥쳐!"

짝!

"꺄악!"

눈이 시뻘게진 이종근이 애꿎은 민 비서의 따귀를 날렸고, 그녀는 비명을 지르며 바닥에 쓰러졌다.

"……."

외과 과장 고영찬은 그 모습을 보며 침을 꿀꺽 삼켰다. 이종근이 자세한 상황을 설명해 주진 않았지만 간간히 내뱉는 욕설만으로도 사태를 짐작할 수 있었다.

'그 자료가 경찰에 넘어가면 나도 끝장이야. 어떻게 하지?'

이종근의 죄악은 그 혼자만의 죄악이 아니라 심복인 고영찬도 깊숙이 관여하고 있었다. 이대로라면 이종근과 고영찬 둘 모두 파멸이다. 증거가 김진현에게 있는 이상 딱히 취할 수 있는 방법도 없었다.

'끝장이구나.'

고영찬은 허탈한 마음이 들었다. 지난 세월 어떤 삶을 산 것인지 모르겠다.

'김진현…….'

문득 지난 심포지엄 때 김진현의 강연 장면이 떠올랐다. 한때 고영찬이 꿈꾸던, 지금은 포기했던 그 자리에서 김진현은 찬란히 빛나고 있었다. 그 모습이 떠오르자 고영찬은 지난 삶이 더욱더 허무해졌다.

"제기랄! 빌어먹을!"

파멸이 예정된 이종근은 안정을 취하지 못하고 계속해서 추태를 부렸다. 이종근은 이를 악물었다.

'어떻게 해서든 수를 써야 해.'

하지만 어떻게?

'그래, 병원 자금 횡령과 리베이트 건만 무마하면 돼. 나머지는 그룹 형제들의 도움을 받으면 어떻게든 넘어갈 수 있을 거야.'

물론 다른 일들도 심각한 중죄이긴 마찬가지였지만 병원 자금 횡령과 대규모 리베이트에 비할 수 없었다. 이 두 건은 무조건 무마해야 했다.

'병원 자금 횡령은 그래도 그룹 내에서 눈만 감아주면 어떻게든 덮을 수 있어. 가장 큰 문제는 대규모 리베이트야.'

국내 1위 대일병원에서 사용하는 약물과 관련된 리베이트니

규모가 어마어마했다. 그래도 그나마 천만다행인 점은 그가 저지른 일들은 측근들, 특히 외과 과장인 고영찬과 깊은 연관이 있었다. 약품 선정과 관련된 거액의 리베이트를 받을 때 모두 고영찬의 손을 빌렸다. 3국에서 자금을 세탁해 어떻게든 그에게 덮어씌울 수 있을 것이다.

'꼬리를 자르는 거야.'

"고 교수?"

"네?"

고영찬이 의아한 얼굴로 물었다.

"크흠, 그게……."

이종근은 머뭇거리다 안면을 몰수하고 말했다.

"고영찬 교수, 자네 혹시… 지금까지 제약회사들에게 리베이트를 받은 것이 있나?"

"네?"

고영찬은 황당한 얼굴로 되물었다.

"그건 이사장님께서……?"

"어허, 이 사람! 큰일 날 소리를 하는군! 갑자기 내 이야기를 왜 하나?"

고영찬의 표정이 굳어졌다. 이사장의 추한 의도가 훤히 보였던 것이다.

"자네도 알겠지만 리베이트는 아주 큰 죄야. 아무리 자네가 나를 위해 많이 노력해 줬다 해도 리베이트를 감싸줄 순 없어."

"……."

"더 큰 문제가 생기기 전에 자수하게. 그러면 지난 노력을 생각해서 자네 노후는 걱정 없이 챙겨주겠네."

고영찬은 주먹을 부르르 떨었다. 지금 이종근은 자신에게 모든 죄를 덮어쓰라고 말하는 것이다.

'하……'

고영찬은 다시금 깊은 허무함을 느꼈다. 권력을 위해 평생을 노력해 왔건만 결국 맞이하는 것은 이런 추악한 결말이란 말인가? 넋을 잃은 고영찬은 인사를 하는 둥 마는 둥 이사장실을 나와 자신의 교수실로 돌아왔다.

"나보고 다 덮어쓰라고?"

멍하니 중얼거리며 그는 자신의 교수실을 둘러보았다. 한강의 전경이 보이는 교수실은 인생의 모든 것이 담긴 곳이었다.

'뭘 위해 산 것인지… 허무하구나.'

씁쓸한 표정을 지은 그는 잠시 후 핸드폰을 들어 전화를 걸었다. 이종근이 말한 대로 경찰에 자수를 하려는 것은 아니다. 그가 전화를 건 상대는 다름 아닌 김진현이었다.

"김진현 선생님? 나 고영찬 교수입니다. 잠시 만나서 이야기를 할 수 있겠습니까? 드릴 말씀이 있습니다."

고영찬의 얼굴이 차가워졌다. 그가 아무리 이종근의 충복이었다 해도 바보는 아니다. 버려져 죽임을 당할 개는 때론 주인을 물수도 있다는 것을 모르는 이종근이었다.

며칠의 시간이 지났다. 병원의 후계자인 이상민도 이종근에 불려가 고함을 들었다.

"이대로라면 너도 끝장이야, 이 바보 같은 녀석아!"

틀린 말은 아니었다. 이종근이 몰락하면 이상민도 대일병원에 발을 붙이고 있을 수 없는 노릇이니.

"그러니 무슨 수라도 내! 수단 방법을 가리지 않아도 좋아! 알겠어?! 이 바보 같은 녀석아!"

이사장실에서 나온 이상민에게 전화가 걸려왔다.

─이상민 선생님? 수술할 환자분 수술장 입구에 도착했는데 수술장으로 오시겠어요?

"아, 네. 금방 가겠습니다."

오늘은 그가 담낭염 수술을 집도하는 날이었다. 복강경 담낭절제술. 특별히 어려울 것은 없는 외과에서 가장 기본에 속하는 수술 중 하나이다. 이전 그의 친구 진현은 전공의 저년 차 때 총리의 담낭염 수술을 집도한 적도 있었으니까.

그도 나름 천재라 불리고 병원의 후계로 꼽히지만 아직 집도할 수 있는 수술은 이런 간단한 종류밖에 없었다. 재능을 떠나 고난도 수술을 집도하려면 충분한 경험이 필요하다. 이상민뿐 아니라 다른 재능 있는 외과의들도 전공의, 전문의 시절 충분한 경험을 쌓은 후에야 고난도 수술을 집도할 수 있다.

물론 예외가 없는 것은 아니었다. 김진현. 그 재능과 연륜, 경험을 아득히 초월한 천재는 외과의 수술 중에서도 가장 초고난도로 꼽히는 간이식 수술을 수없이 집도하고 있었다.

"수술 시작합니다."

수술복으로 갈아입고 손을 씻고 장갑을 낀 이상민은 수술을 집도했다. 외과 전공의 한 명과 인턴이 그를 어시스트했고 담낭이 툭 떨어지면서 수술은 별문제 없이 끝났다.

"수고하셨습니다, 선생님."

퍼스트 어시스트를 서던 전공의가 인사를 했고 이상민은 고개를 끄덕였다.

"네, 수고하셨습니다."

환자를 회복실로 뺀 후, 이상민은 탈의실로 돌아왔다. 임상 강사, 전문의 탈의실은 교수들과 공동으로 사용하기 때문에 레지던트 시절보다 훨씬 넓고 쾌적했다. 그런데 이상민은 옷을 갈아입던 중 탈의실 구석의 소파에서 익숙한 얼굴을 발견했다.

김진현이었다. 수술복을 입고 있는 진현은 소파 구석에 기대곯아 떨어져 있었다.

"김진현 교수 아니야? 깨워 줄까?"

이상민의 옆에서 가운을 챙기던 소아외과 파트의 젊은 교수가 말했다. 하지만 다른 젊은 교수가 고개를 저었다.

"내버려 둬. 응급 간이식이 계속 떠서 며칠째 한숨도 못 잤다던데? 저렇게라도 눈을 붙여야지."

간이식 수술은 밤낮을 가리지 않는 응급 수술이다. 뇌사 환자의 간을 밤이라고 방치할 수도 없고, 간을 받을 간부전 환자도 아침이 될 때까지 기다려 주지 않기 때문이다. 아침까지 기다렸다가 무슨 사단이 날지 모른다.

"하여튼 대단해. 저렇게 어린데 저런 실력이라니."

"그러니까. 내가 부끄러워진다니까. 나이는 내가 훨씬 많은데, 학문 성과나 수술 실력… 모두 비교할 수가 없으니."

"어쨌든 우리는 그만 나가보게. 김 교수 깨겠네."

젊은 교수들은 진현에게 감탄을 토하며 탈의실을 나갔다. 탈의실엔 이상민과 김진현, 둘만이 남게 되었다.

"⋯⋯."

이상민은 진현을 바라봤다. 피로가 가득한 얼굴의 진현은 누가 건드려도 모를 정도로 깊게 잠들어 있었다. 이상민은 진현에게 천천히 다가갔다. 하필 진현이 잠들어 있는 소파는 탈의실 구석이라 CCTV가 닿지 않는 곳이었고, 이상민은 그 사실을 잘 알고 있었다.

"김진현⋯⋯."

이상민은 오랜 친구의 이름을 읊조렸다. 둘 사이가 지척으로 좁혀졌으나 진현은 여전히 눈치를 채지 못했다.

"김진현⋯⋯."

이상민의 시선이 진현의 경동맥에 닿았다. 손만 뻗으면 닿을 거리.

"⋯⋯."

숨 막힐 것 같은 정적이 흘렀다. 무슨 꿈을 꾸는지 진현의 눈썹이 파르르 떨렸고, 이상민은 말없이 진현을 내려 봤다. 이사장 이종근과 그는 궁지에 몰릴 대로 몰린 상황이다. 끔찍한 범죄를 저질러서라도 김진현을 제거하지 않는 한 풀릴 수 없는 상황.

이상민의 손이 천천히 올라갔다. 늘 습관처럼 가지고 다니는 손톱만 한 칼날이 손끝에서 번뜩였다. 그리고 천천히⋯ 천천히 움직인 그 손은 진현의 경동맥 근처로 향했고, 조금만 움직이면 개미를 눌러 죽이듯 숨을 끊을 거리가 되었다.

그런데 그 순간이었다!

멈칫.

이상민이 뻗던 손을 멈추었다. 그는 복잡한 눈으로 진현을 가만히 바라보더니 손을 내렸다.

"김진현⋯⋯."

그리고 등을 돌렸다. 그때 낮은 목소리가 이상민을 잡았다.

"왜 그냥 가지? 좋은 기회 아닌가?"

진현이었다. 그가 서슬 퍼런 눈으로 이상민을 노려봤다.

"아아, 깨어 있었어? 아니, 일부러 자는 척한 건가? 어쨌든 피곤할 텐데 좀 더 자."

진현은 피식 웃었다.

"별 걱정을 다해주는군. 왜 그냥 가는 거냐고 물었어."

이상민은 어깨를 으쓱했다.

"글쎄, 무슨 말을 하는지 모르겠군."

"그래."

진현은 소파에서 일어나 이상민에게 다가가 차가운 목소리로 말했다.

"뭐, 어쨌든 좋아. 네가 무슨 생각을 하고 있는지 알 바 아니니까. 그래도 한 가지는 명심해."

"⋯⋯."

"네놈이 무슨 수를 쓰려고 해도 이미 늦었어. 이종근과 너. 모두 내가 철저히 몰락시킬 거야. 오래 걸리지 않을 테니 기다리고 있어."

이상민은 미소를 지었다.

"얼마든지."

그 대화를 끝으로 이상민은 탈의실을 나섰다. 진현은 그런 그의 뒷모습을 말없이 노려봤다.

탈의실을 나온 이상민은 다시 한 번 중얼거렸다.

"김진현……."

피식 웃은 그는 중환자실로 향하는 통로를 걸었다. 무채색 통로 끝으로 시선을 옮기니 늘 보이는 환각들이 그에게 비명을 지르며 저주를 퍼부었다. 피에 젖은 그 환각들은 마치 지옥의 한 광경 같았다.


한편 늦은 밤, 못나고 추잡한 인물의 대명사인 이종근은 머리를 쥐어뜯으며 고민하고 있었다.

'리베이트 건은 고영찬이 뒤집어쓸 거니 됐어.'

그는 고영찬을 버림으로써 스스로가 자신의 무덤을 더욱더 깊게 팠다는 사실을 몰랐다.

'하지만 병원 자금 횡령은 어떻게 하지?'

이것도 리베이트 못지않은 큰 죄악이다. 특히 아버지인 이해중 회장의 귀에 들어가면 그날로 끝장이었다. 하지만 아무리 고민해 봐도 방법이 떠오르지 않았다.

'김진현, 그놈의 손에 증거가 있는 이상, 아버지의 귀에 들어가는 것은 피할 수가 없어.'

검찰에서 구형받을 형도 문제였다. 워낙 횡령 금액이 커서 관련 법정 최고형을 받을 가능성이 높았다.

'막아야 돼. 무조건!'

김진현의 자료가 이해중과 검찰에 넘어가면 그가 평생을 걸쳐 이룩한 모든 것을 잃게 된다. 이종근은 눈에 핏대를 세우며 고민했다.

'그래도 동생인 동민이에게 부탁을 해볼까?'

그룹의 차기 회장인 이동민이 손을 쓰면 그의 죄쯤은 덮어줄 수 있을 거다.

'아니야. 동민이 그놈이 나를 도와줄 리가 없어. 오히려 눈에 불을 켜고 나를 감방에 넣으려고 하겠지. 그러면 다른 형제들은?'

다른 형제들을 떠올렸으나 역시 고개를 저었다. 이동민에게 밀려 그룹 내에서 별다른 영향력도 없었고, 형제가 위기에 빠졌다고 손을 내밀어줄 위인들이 아니다. 오히려 박수를 치며 기뻐하면 기뻐했지.

'제기랄.'

그렇게 뜬눈으로 밤을 새우던 중, 한 가지 사실을 떠올랐다.

'잠깐. 김진현 그놈이 혜미랑 결혼한다고 하지 않았나?'

사실 이혜미와 그는 거의 의절한 것이나 다름없어 부녀간이라 부르기도 민망한 사이였지만 막다른 골목에 몰린 이종근은 그런 사실 따위는 까마득히 잊고 있었다.

'그래, 혜미를 설득하면 돼. 왜 이 간단한 방법을 못 떠올리고 있었지?'

가장 간단하고 손쉬운 해결책이다.

'혜미는 예전부터 착했으니 내 부탁을 거절하지 않을 거야. 그리고 혜미가 부탁하면 그놈도 한발 물러설 거야.'

그렇게 생각한 그는 날이 밝자마자 이혜미에게 전화를 걸었다.

―뚜우뚜우… 전화를 받지 않아 소리샘으로…….

하지만 아무리 전화를 걸어도 받지 않았다. 처음에는 부재중

통화로만 연결되더니 나중에는 스팸 등록이라도 한 듯 아예 신호가 가질 않았다.

"빌어먹을! 이년은 아비가 전화를 하는데!"

분통을 터뜨린 이종근은 날밤을 새우고 병원으로 출근했다. 이종근에게 맞아 한쪽 뺨이 퉁퉁 부운 민 비서가 그를 맞았다.

"민 비서, 이혜미 선생의 스케줄 확인해 봐요."

"이혜미 선생님이요? 그건 왜……?"

이종근은 버럭 화를 냈다.

"아, 시키면 시키는 대로 하지! 뭔 말이 많아! 지금 당장 알아봐!"

초조함과 스트레스가 극에 달해 툭하면 소리를 지르는 이종근이었다. 민 비서가 벌벌 떨며 스케줄을 확인했다.

"오전 8시 30분부터 내시경 스케줄입니다."

이혜미는 4년간의 내과 수련 동안 위암의 대가 최대원 교수와 깊은 연을 맺어 그의 제자가 되었다. 전문의 자격을 취득한 후에는 최대원의 뒤를 따라 소화기내과 분과를 선택했고, 한창 내시경 수련에 열중이었다. 이종근은 8시 30분이 되자마자 내시경실로 직접 내려갔다.

"아니, 이사장님?! 여기는 무슨 일로?"

난데없는 이사장의 행차에 내시경실 책임 운영자가 헐레벌떡 뛰어나왔다.

"이혜미는?"

"네?"

"이혜미 선생은 어디에 있냐고!"

이사장의 고함에 책임 운영자는 허겁지겁 스케줄 표를 확인했다.

"2, 21번 방에서 내시경 중입니다. 그런데 이혜미 선생은 어째서……?"

이종근은 대꾸도 하지 않고 발걸음을 옮겼다.

드륵.

거칠게 21번 방문을 여니 가냘픈 몸을 가진 혜미가 파란 가운을 걸친 채 환자의 위 안에서 내시경 스코프(Scope)를 움직이고 있었다. 혜미를 어시스트하던 내시경 간호사가 놀라 이종근을 바라봤다.

"이, 이사장님? 여긴 어떻게?"

이사장이란 말에 내시경을 하는 혜미의 눈이 살짝 커졌다. 하지만 그뿐. 혜미는 내시경 화면에서 시선을 거두지 않았다.

"이혜미."

이종근이 딸을 불렀다. 그러나 묵묵부답. 오히려 혜미는 비수면 내시경을 받는 환자에게 친절하게 설명하였다.

"환자분, 깊숙이 들어가니 놀라지 마세요. 트림하면 위험하니 조심하시고요."

자신은 신경도 쓰지 않는 모습에 이종근이 이를 갈았다.

'이년이!'

당장에라도 고함을 지르고 싶었지만 부탁을 해야 하는 처지라 간신히 화를 억누르고 최대한 부드럽게 말했다.

"혜미야, 아비다."

아비. 그 단어에 이혜미의 눈썹이 꿈틀했다. 그러나 그녀는 여전히 내시경에 집중했다. 기저부를 보기 위해 내시경 스코프를 비틀며 환자에게 차분히 말했다.

"이 부분은 좀 불편합니다. 그러니 놀라지 마세요."

가냘픈 몸에 내시경과 전혀 어울리지 않은 인상임에도 그녀의 솜씨는 보통이 아니었다. 비수면 내시경임에도 능숙한 움직임과 친절한 설명에 환자는 전혀 힘들어하지 않았다.

"이혜미, 할 말이 있어서 왔다."

이종근이 다시 한 번 딸을 불렀다. 하지만 혜미는 대꾸하지 않고 어시스트하는 간호사를 돌아왔다.

"EGC(조기 위암) 의심 소견이에요. 조직 검사 할 테니 포셉 주세요."

간호사는 이사장의 눈치를 살폈다. 부드러운 말투와 다르게 이사장의 얼굴은 폭발하기 직전이었다.

"선생님… 저기 이사장님이 기다리시는데……."

혜미는 못 들은 듯 차분히 말했다.

"내시경 검사 중입니다. 조직 검사 포셉 주세요."

간호사는 불안한 마음으로 이사장의 눈치를 보며 기다란 포셉을 건넸다.

쓱쓱.

장갑을 낀 하얀 손이 철제 포셉을 내시경 스코프 안으로 밀어 넣었다.

"조직 검사합니다. 오픈해 주세요."

날카로운 집게발이 조기 위암 의심 병변을 앞에 두고 입을 열었다.

"클로즈(Close). 잡아주세요. 하나 더 합니다."

결국 이종근이 참지 못하고 폭발했다.

"이혜미! 도대체 뭐 하자는 거냐?! 지금 장난해?!"

그 발작적인 외침에 간호사와 비수면 내시경을 받던 환자가 깜짝 놀랐다. 마스크 안으로 혜미는 작게 한숨을 내쉬었다.

"검사 중이에요. 목소리를 낮춰주세요."

"뭐?!"

"그리고 관계자 외에는 검사실에 들어올 수 없는데, 어떻게 들어오신 거죠? 검사에 방해되니 나가주세요."

이종근은 화가 머리끝까지 치솟았다. 그래도 필사적인 의지로 다시 한 번 화를 누르며 입을 열었다. 하지만 목소리가 부들부들 떨렸다.

"혜미야, 이 아비가 할 말이 있다. 검사는 멈추고 따라와 봐라."

"저는 당신과 할 말이 없어요. 검사에 방해되니 이만 나가주세요."

"혜미야!"

혜미는 간호사를 돌아보았다.

"선생님, 검사에 방해되니 외부인은 밖에 나갈 수 있게 해주세요."

간호사는 이러지도 못하고 난처한 얼굴로 서로를 바라봤다. 이종근이 또다시 폭발했다.

"이혜미! 그깟 내시경 검사가 뭐가 중요하다고! 당장 일어나!"

그 말에 내시경을 움직이던 혜미의 손이 일순 멈췄다.

"그깟 검사라고요?"

"그래! 그깟……."

"이 환자분은 지금 조직 검사 결과에 따라 평생이 달라질 수도 있어요. 한 사람의 일생이 걸려 있는데 그깟 내시경 검사라고요? 그게 한때 의사 가운을 입었던 사람이 할 말인가요?"

"⋯⋯!"

이종근의 얼굴이 화악 달아올랐다.

"나가주세요. 검사에 집중해야 하니."

결국 이종근은 맥없이 쫓겨나 내시경실 밖에서 혜미의 검사가 끝나길 기다렸다.

'빌어먹을! 빌어먹을!'

이렇게 밖에서 딸의 내시경이 끝나길 기다리니 비루한 기분이 들며 분노가 솟구쳤다. 내시경실의 모두가 그를 힐끗힐끗 바라보는 게 분노를 더 돋우었다.

'참자. 지금은 참아야 해.'

이종근은 억지 미소를 지으려 애썼지만 도저히 참을 수 없어 다시 일어났다. 내시경 검사가 끝났는데 이혜미의 검사실에 새로운 환자가 입실하더니 다시 검사를 시작한 것이다. 자신을 신경도 쓰지 않는 모습에 결국 이종근은 이를 갈며 내시경 방문을 열었다.

"이혜미! 지금 도대체 뭐 하는 거냐? 내가 할 말이 있다 했잖아!"

"전 할 말 없어요. 그리고 이 환자분들은 두 달도 전부터 예약을 해서 기다리던 분들이니 나가주세요. 검사에 집중이 안 되니."

보아하니 이혜미는 그를 상대할 생각도 없는 듯했다. 이종근은 성큼성큼 그녀에게 다가가 거칠게 팔을 낚아챘다.

"꺄악! 뭐 하는 거예요?!"

탕!

고가의 내시경 스코프가 바닥에 떨어졌다.

"이혜미! 너한테 할 말이 있다고!"

희번덕 치켜뜬 그의 눈에 혜미의 얼굴에 일순 공포가 스쳤다. 어릴 적 그녀를 학대할 때 이종근의 눈빛이 항상 저랬다.

"이리로 와!"

"꺄악! 놔요!"

이종근은 거친 힘으로 그녀를 내시경실 내 VIP실로 이끌었다. 주변을 관리하던 이들은 둘의 분위기에 놀라 허겁지겁 자리를 비켰다.

"놔, 놔요."

혜미가 입술을 깨물며 말했다. 그녀는 어머니가 자살한 후 이종근의 모진 학대를 받았다. 할아버지가 그 사실을 깨닫고 개입한 후에는 학대에서 벗어났지만 그때의 트라우마가 없어진 것은 아니었다.

"크음, 흠."

이종근은 그녀의 눈빛에 자신의 잘못을 깨달았다. 부탁을 해야 하는 처지에 이렇게 강압적으로 행동하다니. 하지만 너무 화가 나 참을 수가 없었다. 스트레스 때문일까? 두통도 그렇고, 원래도 참을성이 없는 성격이었지만 최근에는 더욱더 감정을 조절하기가 어려웠다. 마치 감정을 조절하는 전두엽에 이상이라도 생긴 것 같았다.

이종근은 최대한 친절한 어조로 말했다.

"방금 일은 미안하구나. 꼭 할 말이 있어서 그랬단다. 내시경 검사하는 것은 힘들진 않고?"

갑작스레 친절한 말투로 말하니 우습기 그지없었다. 혜미는 시선을 피했다.

"무슨 할 말인데요? 당신과 오래 이야기하고 싶지 않아요. 빨리 이야기해 주세요."

"크흠! 너와 결혼할 김진현 때문이다."

그 말에 혜미는 입술을 깨물었다.

"진현이는 왜요?"

"너는 그놈이 나한테 얼마 전 무슨 말을 했는지 아니?"

당연히 안다. 그때 진현은 혜미에게 허락을 구한 후 이종근에게 통보하러 갔던 것이니까.

이종근은 이를 갈았다.

"그래도 내가 네 아버지고, 그놈의 장인 될 몸인데 그딴 말버릇이라니!"

"……."

"그래서 하는 부탁인데… 네가 김진현에게 말을 잘해줬으면 하는구나. 결혼할 사이이니 김진현도 네 말을 따를 것 아니야."

"…무슨 말이요?"

"크흠! 무슨 말이긴. 그… 너도 알지 않느냐?"

자신의 입으로 스스로의 죄악을 열거하기 민망했는지 이종근은 말끝을 흐렸다. 그런데 그가 근본적으로 착각하는 것이 있었다.

"제가 왜요?"

이혜미는 그의 편이 아니란 것이다.

"뭐?"

"제가 왜 당신을 위해 그래야 하죠?"

"그, 그거야 당연히… 넌 내 딸이고……."

"내가 당신의 딸이라서요?"

이혜미는 헛웃음을 터뜨렸다. 황당하다 못해 화가 났다.

"…전혀 기억하지 못하나 보군요. 당신이 저에게 어떤 일들을 저질렀는지. 하긴, 당신한테는 별것도 아닌 일이었을 테니까요."

너무나 화가 나 눈물이 날 것 같아 혜미는 VIP실 문을 잡았다. 1초라도 더 그와 같이 있고 싶지 않았다.

"잠깐!"

하지만 그녀는 VIP실을 나가지 못했다. 이종근이 그녀의 손목을 잡은 것이다.

"놔요."

"고작 어릴 때 몇 번 때린 것 때문에 그런 것이냐? 그래도 난 너를 낳은 아비야. 다 지난 옛날 일 때문에 너무하는 것 아니냐?"

그 파렴치한 말에 그녀의 몸이 떨렸다.

"때린 거요?"

"그래, 그때 일은 내가 미안하다."

"그래요. 사실 그건 별일 아니죠. 다 지난 일이기도 하고."

그래, 어렸을 적 가정 폭력 따위 그게 뭐라고. 몸에 새겨진 흉터 따위 남이 보는 것도 아니고. 하지만 그녀의 한은 고작 그런 것 때문이 아니었다.

"어머니는요?"

"뭐?"

그녀는 입술을 깨물었다. 안 그러려 했지만 바보같이 목소리가 떨렸다.

"당신 때문에 자살한 제 어머니는요?"

이종근과 결혼한 그녀의 어머니는 그의 여성 편력과 가정 폭력 때문에 지독한 우울증에 시달렸다.

"혜미야. 사랑하는 내 딸."

지금도 어릴 적, 괴로움이 가득한 어머니의 목소리가 생생히 떠올랐다. 그렇게 딸만 바라보며 하루하루를 버티던 어머니는 시간이 지날수록 생기를 잃었고, 결국 이종근이 이상민과 술집 여자인 그의 어머니를 집에까지 끌어들여 바람을 피우자 극단적 선택을 하였다.

"엄마? 엄마? 뭐해? 응? 엄마?"

그게 어머니의 마지막 모습이었다. 어린 그녀가 매달렸지만 차갑게 식은 어머니는 아무런 대답이 없었다.

그런데 그때 이종근이 말했다.

"네 엄마? 그걸 왜 나한테 말하는 거냐? 네 엄마는 우울증 때문에 자살했잖아."

자신의 잘못이라고는 전혀 생각지 않는 목소리. 가슴속엔 천불이 났지만 혜미는 헛웃음을 지을 뿐이었다.

'원래 이런 사람이니까. 됐어.'

그래도 아비라고 어떻게든 용서하려고 노력하며 오랜 시간을 같이 보냈다. 배다른 오빠인 이범수가 그런 그녀를 정신적으로 지탱해 주었지만 그마저 이상민 때문에 고혼이 되어버렸다. 혈육에 대한 정은 이범수의 죽음이 이상민 때문이란 것을 깨닫고, 이종근이 그 사실을 자신의 욕심 때문에 외면하려고 할 때 바닥나 버렸다.

"이만 나가보겠어요. 더 이상 만나고 싶지도 않으니 저를 찾지 마세요."

혜미는 문을 열려 하였고, 이종근은 다시 그녀를 잡았다.

"못 나가."

"놔요."

"못 나간다고, 이혜미! 난 네 아비야! 아비라고! 딸이면 딸의 도리를 다해! 당장 가서 김진현, 그 개자식을 설득하라고!"

이종근의 목소리가 점차 높아졌다. 자신의 모든 것을 잃을 위기에 처한 이종근은 미치기 일보 직전이었다.

"저와는 상관없는 일이에요. 할 말이 있으면 진현에게 직접 이야기하세요."

"이이……!"

완고한 그녀의 태도에 이종근은 결국 이성의 끈이 끊어졌다.

"이년이 정말! 보자 보자 하니까 아비한테! 죽고 싶어?!"

"꺄악!"

이종근이 손을 번쩍 들어 이혜미의 따귀를 날리려고 하였다. 그런데 그 순간이었다! 분노에 찬 음성과 함께 VIP실의 문이 드르륵 열렸다.

"이게 뭐하는 짓입니까, 이사장님?"

김진현이었다. 그는 지독히도 차가운 얼굴로 이종근을 노려보았다.

"네, 네가… 여기에 어떻게?"

진현은 우연히 이곳에 온 것이 아니라 다급한 사정을 목격한 혜미의 동료에게 연락을 받고 온 것이다.

"지금 뭐하는 짓이냐고 물었습니다, 이사장님."

"이……! 딸과 이야기 중이었다. 네놈이 무슨 상관이야?!"

"그렇습니까?"

"그래, 그러니 네놈은 당장 꺼져!"

"당신은 딸과의 대화를 폭력으로 하나 보군요. 이전에도 항상 이런 식이었던 겁니까?"

진현의 눈에 섬뜩한 분노가 휘몰아쳤다. 그 강렬한 눈길에 이종근은 움찔 주춤했다.

'인간 말종…….'

진현은 이를 갈았다. 이종근은 지금까지 그가 만난 인간 중 가장 한심하고 혐오스러운 사람이었다.

"진현아, 그냥 가자. 더 이야기하고 싶지 않아."

혜미가 진현의 손을 이끌었다. 진현은 고개를 끄덕였다.

"그래, 가자. 여기서 이럴 필요 없지."

그리고 그는 이종근에게 말했다.

"원래는 일주일의 시간을 드리려 했습니다. 하지만 오늘 모습을 보니 굳이 그런 시간이 필요하진 않을 것 같군요."

"……!"

"기다리십시오. 조만간 연락이 올 것입니다."

이종근이 비명을 지르듯 진현을 불렀다.

"자, 잠깐! 잠깐만! 김 선생! 안 돼! 잠시만 기다려!"

하지만 진현은 듣지 않았다. 이제 오랜 죄의 대가를 치를 때였다.


곧 이사장실로 불청객이 들이닥쳤다. 민 비서가 놀라 그들을 막았다.

"무슨 일이죠? 여기는 외부인이 들어올 수 없는 곳이에요. 나가주세요."

거친 인상의 사내가 가만히 무언가를 들어 올렸다.

"……!"

그것을 본 민 비서의 얼굴이 하얘졌다. 경찰 배지였다!

"경찰입니다. 이종근 이사장을 연행하러 왔습니다."

"가, 갑자기… 무슨……."

민 비서는 말을 더듬었다. 거친 인상의 사내, 김철우는 그녀를 지나쳐 벌컥 이사장실 문을 열었다. 얼굴이 반쪽이 된 이종근이 벌떡 일어나 외쳤다.

"당신들 뭐야?!"

"경찰입니다."

"경찰?! 여기가 감히 어디라고?! 당신들 제정신이야?!"

"이종근 이사장, 당신을 리베이트, 병원 공금 횡령, 뇌물 수수……."

김철우의 입에서 이종근의 죄목이 술술 흘러나왔다. 김진현의 자료가 정말로 검찰로 넘어간 것이다.

이종근은 급히 말을 끊었다.

"닥쳐! 고작 그따위 것들로! 내가 누군지 알아?!"

"알지."

"나 대일그룹 이해중 회장의 아들이야! 나한테 이러고도 너희들 말단 경찰들이 무사할 것 같아……?!"

"당신이 천하의 죽일 놈은 것은 알지."

"…뭐?"

이종근의 얼굴이 멍청해졌다. 갑자기 그게 무슨? 김철우가 와락 인상을 구겼다.

"다 알고 왔어. 쓰레기 같은 자식."

"그게 무슨 말도 안 되는! 무고한 사람을……!"

그런데 그때 힘없는 목소리가 들려왔다.

"늦었습니다, 이사장님."

"…고영찬 교수!"

"제가 다 자백했습니다."

십 년은 늙은 듯한 얼굴을 한 고영찬이었다.

"이전 김진현을 곤란에 빠뜨리기 위해 했던 여러 일들… 모두 제가 자백했습니다. 특히 환자가 죽음에 이를 수도 있는데 일부러 방치하도록 했던 일들은 다행히 김진현 선생 덕분에 환자에게 아무런 일도 생기지 않았지만… 그것도 용서받지 못할 중죄입니다. 이제 포기하십시오."

"너, 너……!"

이종근이 손을 부르르 떨었으나 고영찬은 그저 허무한 표정을 지을 뿐이었다. 지난 삶의 모든 것이 덧없었다.

"고영찬, 이 자식이……!"

그런데 거친 인상의 경찰, 김철우가 저벅저벅 이종근에게 다가왔다. 가라앉은 눈빛이 서슬 퍼랬다. 흠칫 놀란 이종근이 뒤로 주춤 물러섰다.

"뭐, 뭐야… 이놈아!"

김철우가 와락 이종근의 멱살을 잡았다.

"그만 짖어, 이 개자식아. 지금이라도 묻어버리고 싶은 것 간신히 참고 있으니까."

이종근은 모르고 있었지만 과거 김철우의 아버지는 대동맥 파열로 응급실에 왔을 때 이종근의 수작으로 죽을 뻔했다. 김진현이 아니었으면 무조건 죽었을 것이다. 김철우가 으르렁거렸다.

"대일그룹? 웃기지 마. 넌 평생 감방에서 썩을 거야. 내가 무조건 그렇게 만들 테니 각오해, 이 개자식아."


이종근의 죄악은 한남동 이해중과 이동민에게도 전달되었다. 이해중은 침통한 얼굴을 했다.

"이게 정말인가?"

김진현은 무거운 표정으로 고개를 끄덕였다.

"전부 사실입니다. 죄송합니다."

"아니, 자네가 죄송할 것은 없지. 하… 아무리 못나도… 하……."

이해중은 헛웃음을 터뜨렸다. 아들의 죄악에 말이 안 나오는 듯했다.

"미안하네. 내가 마음을 정리할 시간이 필요하니 오늘은 이만 가주겠나?"

"네, 심려를 끼쳐드려 죄송합니다."

김진현은 조용히 한남동 저택을 떠났고, 이해중은 분통을 터뜨렸다.

"이종근! 이놈이 기어코!"

못나고 못난 아들이어도 그래도 혈육이니까 계속해서 감쌌다. 핏줄의 정을 못 이겨 자격이 안 됨에도 대일병원을 계속 맡겼건만 결국!

진현이 떠난 후 곧 후계자 이동민이 이해중의 저택에 도착했다.

"그래, 동민아. 네 형 이종근이⋯⋯."

이동민도 모든 것을 알고 있었다. 검찰에서 연락을 받은 것이다.

"종근이 형이 경찰에 연행되었습니다. 죄목은 리베이트, 병원 공금 횡령, 뇌물 수수라 합니다."

이해중은 앉은 자리에서 비틀거렸다. 이동민이 급히 아버지를 부축했다.

"아, 아버지!"

이해중 회장은 이를 갈았다.

"이종근, 내 이 자식을⋯⋯!"


구치소에 수감된 이종근은 고래고래 고함을 질렀다.

"내가 누군지 알아, 이 자식들아?! 죽고 싶어? 나중에 후회하기 전에 빨리 이것 안 열어?!"

그 소란에 옆에 앉아 있던 누군가 차갑게 말했다.

"아, 거참. 조용히 합시다."

"뭐?!"

"조용히 하라고, 이 새끼야. 피곤한데 더 시끄럽게 하면 죽여 버린다."

섬뜩한 욕설에 이종근은 흠칫 기가 죽었다. 말을 뱉은 사내는 이마 한가운데 커다란 흉터가 있는 것이 사람 몇쯤은 담가본 듯한 인상이었다.

'빌어먹을. 내가 나가기만 하면……!'

구치소에 수감되었지만 이종근은 희망의 끈을 놓지 않았다. 아무리 큰 죄를 저질렀어도 자신은 대(大)대일가문의 적통이다. 가문 내에서 미움받는다고는 해도 정이 많은 아버지가 자신을 버릴 리가 없다.

'유전무죄 무전유죄야. 다 덮을 수 있어.'

대한민국 경제계를 넘어 정계, 법조계에도 지배적 영향력을 행사하는 대일그룹의 힘이면 아무리 큰 죄라도 흐지부지 없앨 수 있었다. 과연 얼마 지나지 않아 기다리던 얼굴이 나타났다.

"동민아!"

이종근이 반가운 목소리로 외쳤다.

"잘 왔다. 왜 이렇게 늦게 왔어? 빨리 이 형의 억울함을 풀어다오."

그런데 이동민의 표정은 지극히 차가웠다.

"억울함을 풀어달라고요? 무슨 억울함을 말입니까?"

"도, 동민아?"

"아버지가 이번 일로 얼마나 상심하셨는지 아십니까? 아들로 태어나서 효도는커녕 평생 동안 아버지 속만 썩이더니, 또 이런 짓을……."

경멸이 가득한 목소리였다. 이해중과 이동민은 일이 터지자마자 따로 진상을 조사했고, 모든 것이 한 치의 거짓도 없는 사실임을 알게 되었다. 리베이트, 병원 공금 횡령, 뇌물 수수뿐이 아니었다. 이종근이 김진현을 음해하기 위해 벌였던 수작들도 샅샅이 드러났다.

"아버지가 손녀사위가 될 김진현 선생께 뭐라고 말했는지 아십니까? 아들을 못나게 키워 죄송하다고 했습니다."

"도, 동민아. 나는……!"

뜻대로 풀리지 않는 분위기에 이종근은 말을 더듬었다. 이동민은 한쪽 입꼬리를 들어 올렸다.

"형님은 더도 말고 덜도 말고 법대로 심판을 받을 것입니다."

그 말을 끝으로 이동민은 등을 돌려 사라졌다.

"동민아! 이동민! 거기 멈춰! 이동민!"

부질없는 부르짖음이었다.

대일병원 이사장의 비리! 대한민국 전체를 뒤흔들 이슈였지만 언론은 침묵했다. 이미지 하락을 걱정한 대일그룹의 언론 통제 때문이었다. 대신 이종근의 재판은 신속히 이루어졌다.

"피고의 죄는……."

검사가 이종근의 죄목을 조목조목 설명하였다. 지난 삶을 반영하듯 죄목은 참으로 많았다. 재판장엔 김진현과 이동민이 참석했지만, 혜미는 참석하지 않았다. 검사의 설명을 들은 판사는 무표정한 얼굴로 이종근을 쳐다봤다. 변호사가 이리저리 변호했지만 명백히 드러난 죄여서 참작의 여지가 없었다. 판사는 망치를 두드리며 판결을 내렸다.

"피고 이종근에게 5년의 징역을 선고한다."

이종근의 눈이 크게 흔들렸다 다시 가라앉았다.

'이렇게 끝나는군.'

진현은 피고석에 앉은 이종근을 바라봤다. 넋이 나간 그의 얼굴은 이미 영혼이 떠난 듯 생기가 없었다. 징역 5년보다 그가 지금껏 이룬 모든 것을 잃었다는 정신적 타격이 클 터였다. 부, 명예, 권력. 이제 그의 손에는 아무것도 남아 있지 않았다. 판결을 들은 진현은 자리에서 일어났다.

이동민이 김진현에게 다가왔다.

"가지, 김 선생."

"네."

"대일병원의 일로 상의할 게 있는데 조만간 한남동으로 와줄 수 있나?"

"네, 그렇게 하겠습니다."

대화를 나누며 재판장을 빠져나가려 하는데, 이종근과 복도에서 마주쳤다.

"……!"

수갑을 찬 채 경찰에 붙들려 있던 이종근의 눈이 김진현을 보고 갑자기 번뜩였다.

"너, 너……! 김진현!"

방금 전까지 죽어가던 것과는 전혀 다른 모습. 이종근은 바득이를 갈았다. 저놈 때문이다! 김진현, 저놈 때문에 자신의 인생이 이렇게 망해 버렸다!

"거참, 가만히 있지 못해!"

경찰들이 이종근을 붙들었으나 놀라운 일이 일어났다. 분노가 극에 달한 이종근이 어디서 온 힘인지, 놀라운 괴력으로 경찰을 뿌리치더니 수갑을 찬 채로 진현에게 달려든 것이다.

"죽여 버리겠다, 김진현!"

예상치 못한 돌진에 진현은 이종근의 손에 목을 내주었다.

"컥!"

"죽어! 죽으라고!"

경찰들과 이동민이 깜짝 놀라 달려들었으나 이종근은 진현의 목을 놓지 않았다. 비뚤어진 분노로 몸의 잠재된 힘을 모두 끌어 낸 것인지 요지부동이었고, 진현의 얼굴이 하얗게 질렸다.

"놔! 이게 뭐하는 짓이야! 놓으라고! 이 미친놈아!"

경찰이 달려들수록 이종근의 얼굴에는 핏대가 섰다.

"죽어! 죽어!"

그런데 그때였다.

"아……?"

이종근이 돌연 신음을 흘리더니 머리를 감싸 쥐었다.

"아, 아……."

손이 부들부들 떨렸고 전신에 땀에 젖어 들며 얼굴은 창백하게 질려갔다.

"뭐하는 거야, 이놈이?!"

경찰이 거칠게 제압하려는데 이종근의 몸이 휘청하더니 털썩 쓰러져 버렸다.

"이게 어디서 꾀병을?! 꾀병 부리지 말고 일어나! 당장!"

경찰들이 이종근의 몸을 흔들었으나 요지부동이었다. 오히려 벌린 입에서 거품이 흘러나왔고, 전신이 파르르 경련하듯 흔들렸다. 진현이 굳은 얼굴로 이종근을 살폈다.

'동공이!'

동공이 풀려 있는 게 정신적 충격으로 인한 단순한 실신이 아니라 뇌 쪽에 갑작스레 문제가 생긴 것이 분명했다.

"빨리 병원으로 옮겨야 할 것 같습니다. 머리 쪽에 문제가 생긴 듯합니다."

대일병원에 도착해 검사를 해보니 뇌경색이었다. 그것도 뇌종양에 동반된 출혈성 경색.

"원래부터 감정 억제를 조절하는 전두엽 쪽에 뇌종양이 있었는데, 이번에 출혈성 경색을 일으켰습니다. 뇌내압이 높고, 범위가 커서 당장 대뇌 절제술을 시행하지 않으면 목숨을 잃을 것입니다."

그렇게 이종근은 대뇌절제술을 받았고, 목숨은 건졌으나 눈을 깜빡거리는 것 외에는 손가락 하나 못 움직이는 전신마비 상태가 되어버렸다.

'사람의 욕심이란 참으로 덧없군.'

진현은 중환자실에 누워 있는 이종근을 보며 생각했다. 일평생 추악한 야욕을 위해 살아왔는데, 손가락 하나 못 움직이게 되는 처지가 되다니. 사형, 무기징역보다 더 끔찍한 최후가 아닐 수 없었다.

'인과응보라 해야 할지, 하늘의 벌이라 해야 할지.'

진현은 고개를 저었다.

한 가지 확실한 것은 있었다. 이종근, 그는 일평생 저지른 죄의 대가를 치르게 되었다. 그것도 누구보다 비참하게. 욕심이란 참으로 덧없었다.

# 이상민

얼마간의 시간이 지난 후, 진현은 남산에 위치한 국내 최고의 특급 호텔로 자동차를 몰았다.

"김진현 선생님이십니까?"

차에서 내리자마자 미리 연락을 받은 것인지 호텔 책임자로 보이는 나이 지긋한 남자가 진현을 맞이했다.

"아, 네."

"어서 오십시오. 저희 호텔을 방문해 주셔서 감사합니다."

마치 극빈이라도 맞는 듯한 예의였다. 진현은 민망한 마음이 들었으나 어쩔 수 없는 일이었다. 이곳은 대일그룹에서 운영하는 국내 최고의 특급 호텔이었고, 그는 그룹 회장의 은인이자 손녀 사위가 될 몸이었으니까.

"사장님께서 먼저 도착해 기다리고 계십니다."

그 말에 진현은 시계를 봤다. 특별히 늦은 것은 아닌데 먼저 도착한 듯했다.

"이쪽으로 오십시오."

호텔 책임자는 진현을 극진한 태도로 안내했다. VIP만 이용하는 전용 엘리베이터에 탑승 후 잠시 기다리자 서울 야경이 한눈에 들어오는 스카이라운지가 나타났다. 서울의 밤빛을 보며 칵테일을 마시던 중년 남자가 기척을 느끼고 웃음을 지었다.

"어서 오게, 김 선생. 며칠간 잘 지냈나?"

"네."

진현은 이동민에게 고개를 숙였다.

"이리 와서 앉게. 혜미는?"

"컨디션이 좋지 않아 쉬고 있습니다."

"컨디션이?"

"네."

이동민은 짐작한다는 듯 고개를 끄덕였다.

"그래, 심란하긴 하겠지. 아무리 못났어도 아비가 그렇게 됐으니. 착한 아이니 더 그럴 거야."

진현은 쓴웃음을 지었다. 이동민의 말대로였다. 부녀의 연을 끊고 원망스러운 아버지였지만 사람의 마음이 그렇게 간단한 것이 아니라 편할 수는 없었다.

"어쩔 수 없지. 하지만 난 형님이 죗값을 받은 것이라 생각해."

반면 이종근을 원수처럼 여기던 이동민은 한 치의 흔들림도 없어 보였다.

"자네도 너무 신경 쓰지 말게. 하필 그때 쓰러졌던 것도 형님의 잘못이니까."

"네, 감사합니다."

"술이나 한 잔 받지."

진현은 이동민이 따라주는 위스키를 스트레이트로 쭈욱 들이켰다.

"식사는 했나?"

"병원에서 간단히 샌드위치 먹었습니다."

"샌드위치가 뭔가? 잘 먹고 다녀야지. 앞으로 큰일을 해야 하는데."

"큰일이요?"

진현은 의아한 표정을 지었다.

"그래, 큰일."

"그게 무슨 말입니까?"

이동민은 빙긋 웃더니 다시 술을 따랐고 황금빛 위스키가 잔 안에서 찰랑거렸다.

"김 선생."

"네."

"내가 왜 오늘 자네를 보자고 한지 짐작하나?"

"잘 모르겠습니다."

"스카우트 제의를 하려고."

진현은 고개를 갸웃했다. 갑자기 스카우트 제의라니?

"종근이 형이 그렇게 된 것은 하늘의 벌이라 생각하지만 대일병원이 곤란하게 됐네. 형을 대신해 누군가 병원을 맡아줘야 하는데 당장 마땅한 사람이 없거든."

이동민은 술을 한 잔 들이켜고 말을 이었다.

"그래서 그러는데… 자네가 우리 대일병원을 맡아줄 수는 없겠나?"

"……!"

진현의 눈이 커졌다. 나보고 대일병원을 맡아달라고?

"지금 그 말씀은…….."

"자네가 이해한 대로야. 우린 자네가 대일병원을 맡아줬으면 하네."

진현은 지금 이동민이 농담을 하나 싶었다. 대일병원이 무슨 동네 병원도 아니고, 자신처럼 어린 사람에게 맡기려 하다니? 하지만 이동민은 농담을 하는 것이 아니었다.

"참고로 이건 나 혼자만의 의견이 아니야. 아버지도 기꺼이 찬성한 일이네. 우린 자네가 대일병원을 맡아줬으면 좋겠어."

"하지만… 제가 국내에서 가장 큰 규모의 병원장이 되기엔…….."

진현은 말끝을 흐렸다. 좋고 싫고를 떠나서 자신은 병원장에 적합하지 않다는 생각이 들었다.

"왜? 우린 자네만큼 적합한 사람이 없다고 생각하는데?"

"……?"

"누구보다도 뛰어난 실력, 세계를 울리는 학문적 성과, 더구나 이제 조만간 결혼식만 올리면 우리 가문의 사람이 될 거고."

"하지만 전 너무 어립니다."

"물론 자네 나이가 지나치게 어리단 점이 걸리긴 하지만 그것 빼고는 모든 면에서 완벽하지 않은가?"

이동민도 진현의 나이가 걸리긴 했으나 그거야 시간이 지나면 극복될 문제이다.

"그리고 무엇보다 자네는 외모 말고는 그 나이대로 보이지가 않아. 나이 많은, 연륜 깊은 의사를 보는 것 같네. 이건 내 생각만은 아니야."

모르고 한 말이겠지만 정확한 지적이었다. 실제로 회귀 이전의 삶까지 포함하면 진현의 나이는 현재 대형병원 병원장들에 비해 적지 않았으니까.

"그래도 제가 부각을 드러냈던 분야는 의술과 학문적인 부분이지 병원 경영이 아닙니다."

진현이 거듭 거절했으나 이동민도 만만치 않았다.

"자네가 뭘 모르는구만. 대일병원 같은 경우엔 경영을 서포트하는 전문 경영진이 따로 있어. 자네가 할 일은 세세한 병원 운영이 아니라 의학적 식견과 비전으로 큰 방향을 제시하는 것이야."

하지만 진현은 고개를 저었다. 아무리 그렇다 해도 이건 좀 아니었다.

"죄송합니다. 그래도 너무 갑작스럽습니다. 세인트죠셉병원과의 계약도 제 마음대로 엎을 수 있는 것도 아니고요. 일단 세인트죠셉에서 경험을 쌓으며 대일병원을 맡는 일은 차차 고민해 보도록 하겠습니다."

그 말에 이동민은 아쉬운 표정을 지었다.

"우린 자네가 그냥 맡아줬으면 좋겠는데. 형님이 이렇게 되어서 당장 병원을 맡을 사람도 없고. 그렇다고 혜미한테 맡길 수도 없는 노릇이고."

진현이야 세계적 명망을 가진 의학자로 대일병원의 대표가 될 자격이 있었지만 혜미는 상황이 달랐다. 그저 뛰어난 수재일 뿐 상대적으로 평범한 그녀가 대일가문의 일원이란 이유만으로 대일병원을 맡으면 반발이 보통이 아닐 것이다. 어린데다가 여자라는 점도 발목을 잡을 것이다. 이동민이 워낙 아쉬워해 진현은 이렇게 말했다.

"차후 좀 더 경험이 쌓이면 진지하게 고려해 보도록 하겠습니다."

"그러면 당장 대일병원은 누가 맡지? 가문 내에서는 맡을 사람이 없는데."

대일병원을 탐내는 사람은 많지만 막상 능력이 되는 사람은 없었다.

"추천할 분이 있긴 합니다."

"누구인가?"

"현재 대일병원에서 일하고 계신데 누구보다도 환자에게 헌신적이고, 대일병원을 위해 일하신 분입니다."

그 말에 이동민은 반가운 표정을 지었다. 다른 사람도 아닌 김진현의 추천이니 믿을 수 있었다. 가문의 사람이 아니란 점이 걸리긴 했지만 당장은 어쩔 수 없는 일이었다.

이동민은 다시 물었다.

"빨리 말해보게. 누구인가?"

진현은 짧게 답했다.

"간이식의 대가, 강민철 교수님입니다."


이사장 이종근의 불의의 사건 이후로 대일병원에 폭풍 같은 변화가 몰아쳤다. 무엇보다 가장 큰 변화는 병원장이 바뀌었단 것이다.

"크흠, 이거 잘 어울리나 모르겠군."

강민철은 몸에 꽉 끼는 양복에 불편한 표정을 지었다. 평생을 수술복에 와이셔츠만 적당히 입던 그는 이런 정장이 불편했으나 어쩔 수 없었다. 오늘은 임직원들 앞에서 병원장 취임 연설을 하는 날이니까.

진현은 웃으며 말했다.

"잘 어울리십니다. 병원장이 되신 것 다시 한 번 축하드립니다."

강민철은 투덜거렸다.

"아, 몰라. 나는 그냥 수술이나 하는 게 어울리는데 병원장이라니. 몇 년만 하고 자네한테 넘길 테니 그렇게 알아."

진현은 애매한 표정만 지을 뿐이었다.

'강민철 교수님만큼 적격인 사람은 없지.'

실력이면 실력, 연륜이면 연륜, 환자를 위하는 마음이면 마음, 병원을 위한 헌신, 뭐 하나 빠지는 것이 없었다.

"시간 됐습니다. 대강당으로 가시죠, 교수님. 다들 기다리고 있습니다."

유영수 교수가 함박웃음을 지으며 말했다. 강민철은 다시 한 번 투덜거렸다.

"자네는 뭘 그렇게 웃나?"

"좋은 날인데 웃어야죠. 이런 날 안 웃으면 언제 웃습니까?"

"그래, 실컷 웃어둬. 곧 죽도록 부려 먹어줄 테니."

하나도 안 무서운 으름장이었다. 병원장의 측근으로 일을 하면 할수록 병원 내 권력의 핵심에 가까워진다.

"네, 시켜만 주십시오. 하하."

그들은 병원 내 대강당으로 향했다. 대강당은 새 병원장 취임을 맞아 병원 내 임직원들이 가득 앉아 있었다. 다들 인망 높은 강민철의 취임을 기뻐하고 있었다.

"크흠, 이번에 새로 병원장이 된……."

그 취임 연설이 시작이었다. 대일병원에 새로운 바람이 불기 시작한 것은.


진현의 예상대로 강민철은 누구보다도 훌륭하게 병원장의 역할을 수행했다. 그룹의 막대한 투자 덕에 국내 1위라 불리는 대일병원이지만 손볼 곳은 수도 없이 많았다. 무엇보다 투자금을 비효율적으로 사용해 투자 대비 효율이 나지 않는 것이 가장 큰 문제였다. 먼저 이종근 개인의 욕심을 위해 낭비되던 부분을 깡그리 정리했다. 경영을 투명화했고, 능력도 없이 이종근에게 빌붙어 월급만 축내던 이들도 정리했다. 매너리즘에 빠져 비효율적으로 운영되던 부분도 혁신을 시도했고, 그런 그의 노력들 덕에 대일병원은 단 시일 내에 국내 1위를 넘어 세계를 바라볼 수 있는 기틀을 마련하기 시작했다.

단 하나,

"아, 난 수술이나 해야 하는데 팔자에도 없는 병원장이라니! 김진현 선생, 빨리 이 자리 가져가!"

이러면서 강민철이 진현에게 투덜거리는 것 외에는 아무런 문제 없었다.

그런 와중에 사람들의 눈초리를 받는 인물이 있었다.

"이상민 선생은 앞으로 어떻게 할 거지?"

"글쎄? 이종근 이사장도 그렇게 됐는데 나가야 하지 않을까? 어차피 분위기를 보니 차후 병원은 김진현 교수가 물려받게 될 것 같은데."

사람들은 이상민을 두고 숙덕거렸다. 이종근이 스스로의 죄로 몰락한 상태니 후계자였던 이상민이 더 이상 발을 붙이고 있을 수는 없는 노릇이었다. 이상민도 사람들이 자신을 두고 하는 이 야기를 잘 알고 있었지만 그는 그저 미소 지을 뿐이었다.


"이상민 선생, 내일부터는 수술에 들어올 필요 없네."

어느 날 외과의 수술 스케줄을 관리하는 주임 교수가 말했다. 외과의사에게 수술에 들어오지 말라니? 말도 안 되는 이야기였 지만 이상민은 말없이 고개를 끄덕일 뿐이었다.

"네, 알겠습니다."

"그리고……."

주임 교수는 무언가 안 좋은 이야기를 하려는 듯 머뭇거렸다.

"괜찮습니다. 말씀해 주십시오."

"재단 측에서 자네와의 재계약을 거부했어. 늦지 않게 다른 곳 으로 취업을 알아보는 것이 좋겠네."

"……."

대학병원에서 일하는 전문의, 임상 강사는 레지던트, 교수와 는 다르게 굉장히 짧은 기간으로 계약을 한다. 시간이 지나면 계 약을 갱신하며 교수 발령을 기다리는 것으로, 원래 그는 최소한의 시간만 채우고 대일병원의 정식 외과 교수가 될 예정이었다. 하지만 이렇게 된 이상 다 덧없는 과거의 이야기. 이상민이 맡기로 한 교수 자리는 한국대 출신의 다른 능력 있는 이를 초청하기로 결정된 상태다.

"그동안 수고했네."

그렇게 말한 주임 교수는 이상민이 반발할까 걱정했다. 병원의 후계자에서 한순간에 나락으로 떨어져 해고라니.

'하지만 어쩔 수 없는 일이지.'

아버지인 이종근이 추악한 죄로 비참한 말미를 맞았고, 이제 병원 내 실질적 최고 실권자라 할 수 있는 김진현 교수도 이상민에게 칼을 갈고 있는 상황. 즉 반발을 해도 이미 늦은 상황이었다. 만약 발 빠르게 움직였으면 달랐을까? 그렇지는 않았을 것이다. 애초에 김진현이 미국에서 귀국할 때 그들을 단죄할 모든 준비를 마친 상태였기 때문이다. 그룹 회장과 후계자가 자신의 편이고, 모든 죄악의 증거를 가지고 있는데 무슨 수를 쓸 수 있단말인가? 그나마 가능한 유일한 방법은 김진현을 불의의 방법으로 제거하는 것이었지만, 무슨 이유에서인지 이상민은 지난번 그 기회를 스스로 버렸다. 어쨌든 그의 지난 과거를 생각하면 허무한 몰락이 아닐 수 없었다.

그때 이상민이 말했다.

"한마디만 묻겠습니다."

"뭔가?"

"제 해고는 김진현 선생님의 뜻입니까?"

"……!"

주임 교수는 입을 다물었다 주저하며 답했다.

"지금 우리 대일병원에서 가장 큰 실권을 쥔 사람은 다름 아닌 김진현 교수야. 자네도 잘 알고 있지 않나?"

충분한 답변이었다. 이상민은 늘 그렇듯 속을 알 수 없는 표정으로 대답했다.

"네, 알겠습니다. 지금까지 감사했습니다."

주임 교수의 방을 나온 그의 얼굴에서 표정이 사라졌다. 그는 교수실 복도에 난 창으로 한강을 바라보았다. 푸른 한강의 전경은 환각이 섞인 그의 시계(視界) 속에서 핏빛으로 일그러져 있었다.

"김진현……."

그는 자신과 지독한 악연으로 얽힌 친구의 이름을 중얼거렸다.

"김진현……."

의미심장한 목소리. 그런데 그때 그의 핸드폰이 띠링 울리며 메시지가 도착했다.

[상민 씨, 오늘 저녁에 보지 않을래요?]

그의 연인, 이연희였다.


둘은 평소 자주 즐겨 찾던 논현동의 카페에서 만남을 가졌다.

"오래 기다렸어?"

"아니요. 식사했어요?"

이상민은 고개를 저었다.

"아니, 아직."

"왜 안 먹었어요?"

"그냥. 생각 없어."

"바빠도 잘 챙겨 먹어야죠. 뭐라도 시켜 먹어요."

이상민은 고개를 저었다.

"괜찮아. 그런데 왜 보자고 했어?"

그러면서 그는 이연희의 단아한 얼굴을 바라봤다. 이유가 짐작 안 되는 것은 아니다. 이연희는 외과 병동의 간호사. 이미 그에 대한 이야기를 들었을 게 분명했다.

'헤어지자 하려나? 뭐, 아무래도 상관없지.'

이상민은 따분하게 생각했다. 그런데 그녀는 의외의 말을 하였다.

"그냥 보고 싶어서요."

"응?"

"왜요? 우리 그래도 연인이잖아요. 이유 없이 만나면 안 돼요? 그냥 보고 싶어서 불렀어요."

이상민의 눈동자가 일순 흔들렸다. 그러나 그것은 잠시, 그는 늘 그렇듯 그린 듯한 미소를 지었다.

"고맙네."

"뭐가 고마워요? 상민 씨는 평소에 나 하나도 안 보고 싶은가 봐요?"

"아니야. 나도 보고 싶었어."

"피이, 거짓말은."

이연희는 샐쭉하게 입술을 내밀었다. 그와 그녀, 둘이 교제를 시작한 것도 벌써 몇 년의 시간이 흘렀다. 물론 정상적인 연인 관계라 하기에는 무리가 있었지만 그래도 짧은 기간은 아니었다.

'난 이 남자를 사랑하는 걸까?'

이연희는 속으로 자문했다. 그녀도 스스로의 감정을 알 수가 없었다.

"우리 밥이나 먹어요. 아니, 술이나 마셔요. 늘 얻어먹었으니 오늘은 제가 살게요."

그녀는 그를 인근의 주점으로 이끌었다. 일본식 선술집으로 그녀는 정종과 안주를 잔뜩 시켜 그에게 내밀었다.

"제가 사는 거니 다 먹어요. 알았죠?"

그러고 둘은 주거니 받거니 술을 나누었다. 주로 연희가 이야기를 하고, 이상민은 가만히 듣는 편이었다.

"오늘 우리 선임 간호사가… 상민 씨도 알죠? 그 못생긴 간호사."

"응, 알지."

"그러니까 그 못생긴 간호사가 병동에서……."

별 영양가 없는 이야기가 오가고, 정종 한 병이 바닥을 보일 때 즈음이었다. 그녀가 술기운에 살짝 붉어진 얼굴로 그의 손을 부드럽게 잡았다.

"상민 씨."

"응?"

"힘내요."

"…뭘?"

"힘든 것 알아요. 힘내요."

걱정이 가득한 그녀의 표정에 이상민의 입가에서 미소가 일순 사라졌다. 그녀는 슬픈 얼굴을 했다.

"우리 둘은… 잘 모르겠어."

그래, 잘 모르겠다. 그가 자신을 어떻게 생각하는지, 자신도 그를 어떻게 생각하는지. 하지만 한 가지 확실한 것은 있었다. 그녀는 술기운을 빌어 말했다.

"당신은 나에게 소중한 사람이에요. 솔직히 말해… 원래는 안 그랬지만… 어느덧 그렇게 됐어요. 그러니 당신이 기운을 냈으면 좋겠어요. 대일병원에서 나가면 어때요? 어차피 일할 데는 많고, 정 안 되면 저와 같이 병원이나 차리면 되잖아요. 그러니까 힘내요."

"……."

"맨날 그렇게 혼자서 넘기려고 하지 말고요. 그래도 당신 곁에 있을 테니."

이상민은 잠시 말없이 있다가 답했다.

"고마워. 너도 내 인생에서 두 번째로 의미 있는 사람이야."

이연희는 입술을 내밀었다.

"두 번째요? 그게 뭐예요? 첫 번째면 첫 번째지."

이상민은 미소를 지었다.

"미안, 첫 번째는 다른 사람이야. 서운해?"

"됐네요. 그래도 두 번째라도 돼서 기쁘네요. 원체 마음의 벽이 높아 한 자리도 못 차지하고 있을 줄 알았는데."

그 뒤로 잠시 대화가 끊겼다. 이상민은 가만히 그녀의 눈을 바라봤다. 왠지 민망한 마음이 들어 그녀는 시선을 피했다.

"왜 그렇게 봐요?"

"연희야."

"왜요?

"이번 주말에 우리, 여행 가지 않을래?"

"여행이요?"

"응, 여행. 근교에 내 소유의 별장이 있는데 쉬다 오지 않을래?"

그녀는 눈을 깜빡였다.

"왜, 싫어?"

"아니, 그건 아니지만… 좀 갑작스러워서. 가서 프러포즈라도 하려는 것은 아니죠?"

"큭큭, 아니야. 그냥… 마지막 여행이 될 것 같아서. 같이 갔으면 좋겠어. 싫어?"

마지막? 연희는 인상을 찌푸렸다.

"그게 무슨 말이에요? 마지막이라니?"

"아, 아냐. 신경 쓰지 마. 별뜻 아니니. 어쨌든 같이 갈 거지?"

그녀는 고개를 갸웃했다.

"뭐예요. 숨기는 것 있죠? 숨기지 말고 말해줘요."

"아니야, 아니야. 어쨌든 주말에 보자. 재미있을 거야."

이상민은 그녀에게 잔을 내밀었다.

딱.

그녀와 그의 잔이 부딪쳤고, 둘은 술을 마셨다. 술기운이 올라와 연희는 그의 말을 더 이상 깊게 생각하지 못했다. 그리고 밤이 깊어 술자리가 끝난 후 그녀와 헤어진 그는 낮게 중얼거렸다.

"재미있을 거야. 아마도."

그리고 저 멀리를 바라보았다.

"너도 재미있어야 할 텐데."

그의 눈이 깊게 침잠했다.

"김진현."

　　　　　*　　　　　*　　　　　*

　금세 시간이 흘러 주말이 되었다. 늦은 밤, 진현은 주말임에도 병원에 남아 업무를 처리하고 있었다.

　'레지던트 처음 할 때처럼 바쁘구나.'

　병원장에 취임한 강민철의 업무를 보조하며 덩달아 진현도 바빠졌다. 마치 레지던트 초반 시절로 돌아간 듯한 업무량이다.

　'오늘까지 이 일을 처리하고…….'

　그런데 한창 일에 열중하고 있을 때 핸드폰이 울렸다.

　띠리링.

　발신자 번호를 확인한 진현의 눈이 커졌다.

　'이 번호는?'

　이전 생의 부인이었던 이연희의 핸드폰 번호였다.

　'몇 년 동안 한 번도 연락이 없었는데? 갑자기 무슨 일이지?'

　그는 의아한 얼굴로 전화를 받았다.

　"여보세요?"

　―지, 진현 씨? 저 연희예요. 자, 잘 지냈어요?

　"……?"

　그런데 목소리가 이상했다. 무언가 파르르 떨리는 듯한? 뭐지? 진현은 고개를 갸웃했다.

　"네, 저는 잘 지냈습니다. 잘 지내셨습니까?"

　―아… 아, 네.

　"갑자기 무슨 일이십니까?"

그런데 그때 갑자기 전화기 너머로 울음이 터져 나왔다.

—흐윽! 크윽.

"······?!"

진현은 깜짝 놀라 물었다.

"아니, 갑자기 왜 그러십니까?"

—죄, 죄송해요! 흐윽. 저, 정말 죄송한데··· 지금 혹시 뵐 수 있을까요?

"지금 말입니까?"

—네, 흐윽. 제, 제발 부탁해요. 정말 죄송해요.

진현은 지금 상황이 이해가 되지 않았다. 몇 년 만에 전화를 한 이연희가 울면서 자신을 보자고 하다니?

'이제 난 그녀와 아무런 사이도 아닌데.'

부부였다지만 그건 지난 삶의 인연일 뿐 지금은 아무 사이도 아니다. 그러나 목소리가 심상치 않았다. 무언가 겁에 질린 듯한······. 거기까지 생각한 진현은 퍼뜩 섬뜩한 생각이 떠올랐다.

'설마?'

설마가 아니었다. 비공개적인 일이었지만 그는 그녀가 이상민과 깊은 관계를 맺고 있음을 알고 있었다.

'이상민?'

진현의 얼굴이 깊게 가라앉으며 굳은 목소리로 물었다.

"한 가지만 묻겠습니다. 지금 괜찮으신 것입니까?"

—·······.

연희는 울먹일 뿐 답을 하지 못했다. 의심이 확신으로 변해갔다. 진현은 주먹을 움켜쥐었다.

─저, 정말 죄송해요. 흐윽. 지, 지금 제가 있는 곳으로 와줄 수 있으세요?

진현은 가만히 고개를 끄덕였다.

"알겠습니다. 지금 어디입니까?"

그녀는 떨리는 목소리로 현재 자신의 위치를 전했다. 서울 외곽, 주변에 사람이라곤 찾기 어려운 곳에 위치한 건물이었다.

"지금 바로 가겠습니다. 기다리십시오."

전화를 끊은 진현의 얼굴이 차가워졌다.

"이상민… 드디어 움직였군."

이 전화는 이연희의 뜻이 아니라 이상민의 뜻이 분명했다. 정확한 상황은 모르지만 공포에 질린 듯 떨리는 목소리를 볼 때 무언가 협박을 받고 있을지도 모른다. 어째서 이연희를 끌어들인 것인지는 의문이지만 이건 그의 초대가 분명했다.

'뭐, 어쨌든 좋아.'

기다리던 바다. 이제 드디어 길고 긴 그와의 악연을 끝낼 때가 됐다. 진현은 전화를 들어 버튼을 눌렀다.

뚜뚜.

몇 번의 신호음이 간 후 거친 음성의 주인이 전화를 받았다.

김철우였다.

─여보세요?

"철우야, 나 진현이다."

진현은 짧게 말했다.

"지난번에 내가 했던 부탁 기억하지?"

김철우에게 연락 및 필요한 조치를 취한 진현은 연희가 말한 곳으로 차를 몰았다.

'이상민……'

인적 드문 밤길을 지나고 있으니 과거의 기억들이 떠올랐다. 지난 삶부터 이상민과는 악연이었다. 고등학교 3년 내내 그에게 괴롭힘을 당했고, 회귀 후에도 거의 만나자마자 주먹다짐을 했었다.

'그래도 잠깐 좋았을 때도 있긴 했지.'

쥬피르. 처음으로 그와 술을 마신 장소였다. 그때 이후로는 제법 친한 친구 사이를 유지했었다. 한때 그가 자신의 가장 친한 친구라고 생각한 적도 있을 정도로.

'쓸데없는 기억이지.'

진현의 눈이 무거워졌다. 그래, 쓰레기처럼 쓸모없는 기억이다. 이상민 그놈은 천하의 죽일 놈, 그 이상도 이하도 아니다.

'이상민, 이제 네 죗값을 치를 때야.'

진현은 운명을 느꼈다. 이 만남이 끝나면 그와의 악연도 끝이 날 것이다.

'물론 위험할 수도 있겠지만.'

혹시 모를 위험을 생각하면 이 초대를 외면하는 것이 현명하겠으나 진현은 고개를 저었다. 피한다고 될 일이 아니다. 그놈은 언제고 자신에게 마수를 뻗칠 것이다. 다음에는 분명 더 은밀하고 위험하게 다가오겠지. 이런 기회가 아니면 그놈의 죄악을 단죄할 수가 없다.

'나도 대비를 안 하고 가는 것도 아니고……'

당연한 이야기지만 진현은 혼자 이상민을 만나러 가는 것이 아니었다. 혼자 갔다 무슨 봉변을 당하려고? 사전에 부탁한 대로 김철우를 비롯한 무장 경찰들이 은밀히 그의 뒤를 따르고 있었고, 만약 위험한 상황이 발생하거나 이상민의 죄악이 확인되면 곧바로 개입할 예정이다.

'이 부탁을 하면서 꽤 애먹었지.'

원래대로라면 경찰을 이용한 이런 식의 작전은 말도 안 되는 것이었다. 하지만 김철우에게 했던 부탁과 대일그룹의 손녀사위가 될 지위 덕분에 가능했다.

'왜 이런 허술한 수작을 부리는 것인지 모르겠군. 그 녀석답지 않게. 설마 내가 눈치를 못 챌 거라 생각한 건가?'

이상민 그놈은 항상 증거가 남지 않는 완전 범죄를 저질러왔다. 한데 이번 수작은 허술하기 그지없다. 이연희를 협박해 그를 부른 것만 해도 그렇다. 과거에 저지른 죄악을 밝히지 못한다 해도, 그녀를 인적 드문 곳으로 데려와 협박하는 것만으로도 콩밥을 먹이기 충분했다.

'무슨 꿍꿍이지?'

진현은 양복 안주머니와 바지 주머니에 들어 있는 묵직한 물건을 느끼며 가속 페달을 밟았다.

부릉.

차량 없는 국도를 한참을 질주한 그의 차는 풍광 좋은 산에 위치한 조그만 별장에 도착했다. 이곳이었다. 과연 익숙한 얼굴이 그를 맞이했다.

"여, 왔네. 진현."

"이상민."

진현은 굳은 얼굴로 차에서 내렸다. 말기 암 환자처럼 삐쩍 마른 이상민이 미소를 지었다.

"오랜만이야. 잘 지냈어?"

반가운 목소리였지만 진현은 한가한 대화 따위를 나누고 싶지 않았다.

"그녀는?"

"안에서 자고 있어."

"자?"

"응, 푹 자."

진현은 미간을 좁혔다. 잔다고?

"약을 썼나?"

"난 나름 그녀를 아껴. 그러니 크게 걱정하지 않아도 돼."

믿을 사람이 따로 있지 웃기지도 않는 소리였다.

"그래, 왜 나를 부른 거지?"

이상민은 가만히 미소 짓다가 답했다.

"너와 술 한잔하고 싶어서."

"뭐?"

"그냥. '마지막'으로 너와 한잔하고 싶어서. 뭐, 그 이유만 있는 것은 아니지만."

"무슨 헛소리를……."

그런데 그때, 이상민이 의미심장한 말을 했다.

"너도 나한테 듣고 싶은 이야기가 많지 않아? 혹시 모르지. 술을 마시다 보면 이런저런 이야기를 할지도."

"……!"

진현은 흠칫 놀라 그를 바라봤다.

"그 말은… 지금까지의 죄를 자수라도 하겠단 거냐?"

"글쎄?"

이상민은 담담히 웃으며 말했다.

"일단 안으로 들어와. 반가워."

언제 준비한 것인지 대리석 탁자 위에 간단한 안주들과 각종 술병이 놓여 있었다. 연희는 벽난로 옆에 위치한 커다란 소파에 누워 있었다. 동화 속 공주님처럼 깊은 수면에 빠진 모습이 약에 당한 것인지, 정말 자는 것인지 구별이 되지 않았다.

"도대체 그녀는 왜 끌어들인 거냐? 상관도 없는데."

"글쎄? 왜일까? 그녀도 나름 의미가 있어서?"

이상민은 묘한 목소리로 말했다. 이해할 수 없는 말이었으나 진현은 깊게 생각하고 싶지 않았다. 그가 관심 있는 것은 오로지 하나, 이상민의 죄를 처벌하는 것이다.

"한 잔 받아."

이상민은 위스키를 빈 잔에 따라 내밀었다. 하지만 진현은 그를 노려볼 뿐 술을 받지 않았다.

"도대체 이게 뭐하는 수작인지 모르겠지만, 할 이야기 있으면 빨리 해. 너와 술 따위 마시고 싶지 않으니까."

"그냥 너랑 한잔하고 싶었다니까. 독 같은 건 안 탔으니 한 잔 해."

"……."

"안 마시면 나도 아무 이야기 안 한다?"

"마시면 이야기할 거냐?"

"일단 마셔."

진현은 눈을 가늘게 떴다.

'갑자기 무슨 꿍꿍이지?'

하지만 이상민의 얼굴은 지난 십수 년의 세월 동안 그랬듯 속을 알 수가 없었다.

"그래, 좋아."

어차피 호랑이를 잡기 위해 굴에 들어온 상황이다. 술 한 잔 정도 못 마실 이유가 없었다. 만약 위기 상황이 발생하면 지금쯤 근처에 잠복했을 김철우를 비롯한 경찰들이 들이닥칠 것이고. 진현은 스트레이트 잔에 담긴 황금빛 위스키를 한 번에 들이켰다. 가슴을 태우는 듯한 위스키 특유의 독한 느낌에 인상을 찌푸리는데, 진현은 의아한 얼굴을 했다.

"뭘 그렇게 보는 거지?"

자신을 바라보는 이상민의 눈빛이 묘했다. 뭔가 먼 허공을 바라보는 듯한 잡을 수 없는 무언가를 바라보는 눈빛.

"지금 마신 술. 무슨 술인지 알겠어?"

이해할 수 없는 질문에 진현은 불쾌한 얼굴로 답했다.

"발렌타인 30년산."

"그래, 맞아. 이전에 너와 종종 마셨었지."

둘은 고등학교 시절부터 대일그룹에서 운영하는 고급 주점 쥬피르에서 발렌타인 30년산을 즐겨 마셨었다. 당시에는 시험만 끝나면 김철우, 황문진과 함께 술을 퍼 마셨었다. 물론 지금은 의미 없는 과거의 이야기지만.

"그거 알아? 우리 둘이 자주 가던 그 쥬피르. 3년 전에 그룹에서 정리했어. 매출이 안 나와서."

"그래? 그래서? 그 이야기를 왜 하지?"

진현은 이상민에게 인상을 찌푸렸다.

"아니, 그냥. 그렇다고. 나름 추억의 장소였는데."

이상민은 지나가듯 미소를 짓더니 본인도 술을 마셨다.

"쓸데없는 이야기 그만하고. 빨리 본론을 말해."

"그래, 본론. 본론……. 그래, 좋아."

진현은 침을 삼켰다. 지금 그들의 대화는 은밀히 마련한 소형 장비를 통해 녹음 및 김철우에게로 전송되고 있었다. 이상민이 자신의 죄악을 실토하면 그걸로 끝이다.

'방심하면 안 돼. 이 미친놈이 어떤 짓을 저지를지 몰라.'

그의 손이 바지 주머니를 더듬었다. 바지 주머니 안엔 매리가 마련해 준 만년필 형태의 호신용 초소형 총이 들어 있었다. 이것을 사용할 일이 없어야 하겠지만, 이놈이 발악을 안 한단 보장이 없으니 불의의 사태에 대비해야 한다.

"그거 알아?"

"뭘?"

"난 네가 거슬렸어."

"……!"

진현은 흠칫 이상민을 바라봤다.

"네가 거슬렸어. 엄청."

이상민은 천천히 말을 이었다.

"물론 넌 나에게 의미가 있는 유일한 친구이긴 해. 술집 여자의 아들이라 나와 어머니는 가문에서 개돼지 같은 취급을 받았고, 그 스트레스 때문인지 어머니가 정신분열병으로 미쳐 삶이 참 지긋지긋했거든. 그때 날 그나마 마음을 담아 위로해 준 것은 네가 유일했지."

진현은 잠시 입을 다물었다. 십수 년의 세월 동안 한 번도 듣지 못했던 이상민의 진심이 한마디, 한마디 새어 나오고 있었다.

"그래도 난 네가 거슬렸어. 무척. 망가뜨리고 싶을 만큼. 왜인지 알아?"

"…네놈의 이야기 따위 듣고 싶지 않아."

"그래, 그래. 그렇겠지. 그래도 조금만 들어봐. 우리 이제 마지막이니까. 길지도 않아."

마지막. 계속해서 거슬리는 소리였다. 진현은 주머니 속 만년필형 총을 쥐었다. 이상민은 자신의 술잔에 위스키를 졸졸 따랐다. 그는 황금빛 위스키가 넘실거리는 모습을 보며 말을 이었다.

"있잖아. 내가 왜 그렇게 발버둥 치며 살았는지 알아? 배다른 형인 이범수를 직접 죽이면서까지."

"……!"

진현의 눈이 커졌다. 스스로의 입으로 이범수를 죽인 사실을 꺼낸 것이다.

'정말 도대체 무슨 생각인 거지?'

진현은 굳은 눈으로 이상민의 동태를 살폈다. 하지만 이상민은 쿡 하고 웃었다.

"난 아무 짓도 안 했는데 너무 긴장하는 것 아니야?"

"…말해봐라."

진현은 굳은 얼굴로 이상민의 말을 들었다.

"철없던 어린 시절, 가문에서 개돼지 취급당하면서 어머니가 모진 구박과 스트레스로 미쳐 정신분열병에 걸렸을 때 한 결심이 있었지. 최고가 되자고. 최고가 되어 저들을 처참하게 눌러주자고. 넌 내가 안 보이는 곳에서 얼마나 피 터지는 노력을 했는지 모를 거야."

"……."

이상민은 담배를 입에 물고 치익 불을 붙였다. 그래, 보이지 않는 곳에서 참 많은 노력을 했었다. 최고가 되기 위해. 그 결심은 정신분열병에 시달리던 어머니가 자살한 날 바뀌었다. 그 잘난, 자신과 어머니를 쓰레기 취급하던 아버지와 형의 모든 것인 대일병원을 손에 넣자고. 그래서 나와 어머니를 개돼지 취급한 그들에게 복수를 하자고. 하지만 그 결심은 모두 김진현 때문에 물거품이 되었다.

그때 진현이 물었다.

"그래서? 그래서 내가 미워 혈우병 환자의 수혈팩에 항응공제를 섞고, 날 교통사고를 위장해 죽이려 하고, 송영그룹 회장의 딸을 공기색전증으로 죽인 거냐?"

이상민은 피식 웃더니 답했다.

"맞아. 그땐 널 정말 망가뜨리고 싶었거든. 내 앞을 항상 가로막는 너를 파멸시키고 싶었지."

"……!"

진현은 눈을 크게 떴다. 지금 그들의 대화는 특수 장비를 통해 녹음되어 김철우에게 실시간으로 전송되고 있었다. 법정에 서면 최소 무기징역 혹은 사형이었다.

'이 녀석 도대체 무슨 생각인 것이지?'

진현의 의아한 얼굴을 본 이상민은 미소를 지었다.

"왜? 내가 이런 이야기를 하는 게 이해가 안 돼?"

"…그래, 무슨 꿍꿍이지?"

"마지막이니까."

의미심장한 목소리.

"뭐?"

진현의 등줄기에 소름이 돋았다! 그는 본능적으로 안주머니에서 초소형 총을 꺼내 들었다. 그러나 한발 늦었다.

철컥.

이상민도 테이블 밑에 숨겨둔 총을 꺼내 진현에게 겨눈 것이다. 이상민은 피식 웃었다.

"그 만년필, 총이지? 바보가 아니면 호신용 총 같은 무기를 가져올 거라 생각하긴 했는데, 귀엽게 생긴 걸 가져왔네."

진현은 이를 갈았다.

"닥쳐! 죽고 싶지 않으면 그 총 내려놔!"

"내가 왜?"

이상민은 진현을 똑바로 바라봤다.

"우리 악연. 이제 끝낼 때가 됐잖아. 너와 나, 둘 중 한 명이 죽어야 끝나지. 안 그래?"

"이……! 미친놈!"

진현은 이를 갈았으나 이상민은 서로 총을 겨누고 있는 이 상황이 유쾌한 듯했다.

"큭큭. 재미있네. 이렇게 서로 총을 겨누다니."

"닥쳐!"

"하여튼 어떻게 하지? 둘 다 한꺼번에 쏴야 하나? 그건 재미가 없는데."

이상민은 생글생글 웃더니 말했다.

"이건 어때? 너한테 5초 줄게."

"뭐?"

진현은 그의 말뜻을 이해 못 했다.

"네가 날 쏠 수 있는 시간을 5초 준다고. 다섯을 셀 테니, 그 안에 날 쏴."

"……!"

이상민은 마치 유희를 즐기듯 말했다.

"재미있을 것 같지 않아? 5초를 줄 테니 날 쏴. 쏠 수 있다면 말이야. 그 안에 날 쏘면 너의 승리. 만약 쏘지 못하면 내가 널 죽일 거야. 어떻게 할래, 착한 내 친구?"

진현은 분노에 손을 떨었다.

"이… 개 자식……!"

"왜? 너한테 압도적으로 유리한 제안이야. 다섯을 셀 때까지는 절대 너를 쏘지 않겠어. 아, 물론 밖에서 들리는 인기척이 가까워지면 당장 너를 쏘겠지만. 경찰인지 뭔지 모르겠지만… 지금 당장 너를 죽이고 싶은 게 아니면 잠시 가만히 있는 게 좋을걸?"

"……!"

진입을 시도 중인 경찰하게 하는 경고였다.

"이 미친놈! 왜 이런 짓을?"

"미친놈이니까. 몰랐어? 나 원래 미친놈이야."

그리고 이상민은 미소와 함께 카운트다운을 시도했다.

"5."

"……!"

진현의 눈이 흔들렸다.

"4."

숫자를 세며 이상민이 조롱하듯 말했다.

"3. 착한 진현 씨. 이건 너한테 주는 기회야. 그나마 나한테 조금이라도 의미가 있었던 친구한테 주는 기회. 정말 안 쏠 거야? 죽는다?"

"……!"

그는 유혹하듯 말했다.

"망설일 필요 없어. 어차피 너도 날 증오했잖아. 살인죄로 처벌받기 싫어 그런 거면 할아버지인 이해중 회장의 손을 빌리면 돼. 더구나 정당방위니 간단히 빼줄 수 있을 거야. 그리고 다시 한 번 말하지만 숫자를 다 세면 난 곧바로 총을 쏠 거야."

진현은 이를 악물었다.

'이 개자식!'

먼저 쏘지 않으면 이 미친놈은 정말 자신을 죽일 것이다. 그러고도 남을 놈이다.

"2."

이상민이 2를 세었다. 이제 2초도 안 남았다. 죽음의 공포가 몰아닥치며 진현은 주먹을 움켜쥐었다.

'이 개자식. 절대 용서하지 않겠어.'

1초. 억겁 같은 시간이 째깍 지났다. 그리고 이상민이 최후의 카운트다운을 하였다.

"1."

잠깐의 정적 후.

타앙!

총성이 울려 퍼졌다.

*　　　*　　　*

그 단발마의 총성과 함께 악몽 같은 그날의 밤이 막을 내렸다. 강민철이 걱정스러운 얼굴로 물었다.

"김 선생, 이제 괜찮나?"

"아… 괜찮습니다."

진현은 그날의 일을 전해 듣고 자신을 걱정해 주는 사람들에게 쓴웃음을 지으며 답했다. 괜찮다. 악몽 같은 밤이었지만 다치지도 않았고 나름 잘 해결됐다.

'아니, 잘 해결된 것일까?'

진현의 눈이 그날의 일을 더듬었다.

그때 마지막 순간, 이상민이 최후의 카운트다운을 끝낸 후 총이 불을 뿜었다. 하지만 그 총성은 이상민도, 진현의 것도 아니었다. 진현의 위기에 밖에서 대기하고 있던 김철우가 다급히 총을 발사했던 것이다! 하늘의 도움인지 그의 총탄은 절묘하게 이상민에게 명중했고, 김철우와 경찰들은 그를 산 채로 체포했다. 납치, 총기 협박! 이전에 지었던 살인미수와 살인죄들까지! 세상을 떠들썩하게 할 중죄였다. 진현에게 했던 자백을 근거로 이상민은 지금까지의 죄악들을 조사받았고, 그는 자신의 범죄에 대해 긍정도, 부정도 아무런 대답도 하지 않았다. 재판 결과는 무기징역.

"이제 끝났어. 잘됐어."

진현은 중얼거렸다. 차라리 만나지 않았다면 좋았을 인연. 드디어 그 길고 긴 악연이 종지부를 찍었다. 이종근은 하늘의 심판을 받아 식물인간이 되었고, 이상민은 평생을 감옥에서 벗어나지 못하게 되었다. 미국에서 바라고 바라던 복수를 이룬 것이다. 그런데 이상한 점이 있었다.

그때 마지막 순간……

진현은 인상을 찌푸렸다.

'그때 마지막 순간에… 쏘지 않았어.'

악몽 같은 그 밤의 마지막 순간, 이상민은 카운트다운을 끝냈음에도 총을 발사하지 않았다.

'시간이 없던 것은 아니었는데.'

카운트다운을 끝내고 김철우가 총을 쏠 때까지 분명 시간이 있었다. 1, 2초 남짓한 짧은 시간이었지만 방아쇠를 당기기에는 충분한 시간이었다.

'그리고 그때 마지막에…….'

김철우의 총을 맞기 전, 찰나의 순간. 이상민의 표정이 바뀌었었다. 공허하고 씁쓸한… 그래, 슬픈 감정. 그와 십수 년을 지냈지만 처음으로 보는 표정이었다. 늘 가면 같은 미소 뒤에 숨어 있던 게 저 얼굴이었을까? 그는 그 순간 자신에게 무언가를 말하려 했다.

'무슨 말을 하려고 했던 것일까?'

알 수가 없었다.

'혹시 그날 날 부른 것이……?'

하지만 진현은 고개를 저었다. 혹시나 하는 가정이 떠올랐으나 그건 지나친 생각이었다.

'됐어. 그놈은 천하의 죽일 놈, 그 이상도 그 이하도 아니야.'

이상민과 이종근, 둘 모두 죄의 대가를 받았다. 그것 외에 중요한 것은 없었다.

'다 잘 해결됐으니 쓸데없는 생각은 하지 말자.'

그래, 다 잘 해결된 것이다. 정말로. 진현은 그렇게 생각했다.

다시 덧없는 시간이 흘렀다.

# 성공한 삶,
# 끝을 바라보며

시간은 흐르고 흘러 1년간의 교환교수 기간도 끝이 다가왔다. 세인트죠셉으로 돌아가기 전, 진현은 마지막으로 남은 가장 중요한 일을 마무리했다. 혜미와의 결혼식이었다.

'그녀와 처음 만난 지 벌써 12년째구나.'

시간이 정말 빨랐다. 12년이라니. 바람처럼 스쳐 간 그 시간 사이로 많은 일이 있었다.

'상부(上府)의 비(婢).'

문득 진현은 이번 삶의 시작이자 이전 삶의 마지막 순간을 떠올렸다. 지난 삶은 실패만 거듭한 삶이었다. 실패의 실패 끝에 죽음을 목전에 두고 절망에 빠져 있을 때, 상부의 비라는 여인이 자신의 소원을 들어주었다. 그리고 벌써 회귀 후 16년이다.

'16년… 시간이 참 빨라.'

16년이란 세월이 흐르며 어느덧 이 자리까지 서게 되었다. 지난 일들을 떠올리니 감회가 새로웠다.

"김 선생, 정말 축하하네."

수많은 사람이 그와 혜미의 결혼을 기뻐하고 축하해 주었다. 원래는 조용히 친인척들만 초청하여 조촐한 결혼식을 치르려 했으나 참석하고 싶어 하는 사람이 워낙 많아 남산에 위치한 대일 그룹 소유의 특급 호텔 예식장에서 진행하기로 했다. 그래도 너무나 많은 사람이 와서 축하해 주길 원해 예식장 자리가 모자랄 지경이었다.

"우리 아들, 어떻게 이렇게 기특하게 자랐을까? 흑."

"아니, 이렇게 기쁜 날 주책 없이 왜 울어?"

"너무 기뻐서… 우리 아들이 이렇게 자라서 결혼까지 하다니."

이 세상에서 가장 진현의 결혼을 기뻐하는 사람은 그의 부모님이었다. 16년이란 세월이 흐르며 그들의 머리에도 흰머리가 점차 늘어갔다. 회귀 후 처음 뵀을 때보다 부쩍 나이가 든 모습이지만 이전 삶의 불행한 모습에 비할까? 그때 그들은 행복이란 감정을 느끼지도 못했다. 부모님의 행복만으로도 그의 회귀는 충분한 가치가 있었다. 그리고 그가 지금껏 살아온 지난 삶의 가치는 그것만이 아니었다. 수없이 많은 사람이 그의 결혼을 축하해 주었다. 형식상, 예의상 어쩔 수 없이 참석한 것이 아니라 마음을 다한 축하였다. 모두 그에게 직간접적으로 도움을 받았던 사람들로 그들의 축하가 진현의 삶의 가치를 증명해 주었다.

"범생이, 정말 축하한다."

이전 삶에서 지독한 악연이었지만 이제는 누구보다도 진현을 소중한 친구로 여기는 김철우가 큰 웃음을 지으며 축하의 말을 건넸다. 그 외에도 황문진을 비롯한 수많은 친구가 참석했다.

"진현 군, 정말 축하하네. 비록 내과를 하진 않았지만 자넨 내 가장 자랑스러운 제자야."

진현의 아버지를 치료한 위암의 대가, 어느덧 흰머리가 부쩍 늘어난 최대원이 잔잔히 웃었다.

"아니, 김 선생이 왜 최대원이 자네 제자야? 내 제자지."

간이식 최고의 대가이자 현(現) 대일병원의 병원장인 강민철이 솥뚜껑 같은 손을 내밀었다.

"김 선생, 정말 축하해. 정말로!"

강민철뿐이 아니었다. 유영수를 비롯한 대일병원의 외과의사 모두가 진현을 축하하러 왔다. 머나먼 땅 뉴욕의 세인트죠셉에서 도 사람이 왔다. 진현을 마음속으로 존경하는 동료로 여기는 데 이비드 교수였다.

"닥터 김, 정말 축하합니다."

젠틀한 백인 미남인 그는 웃으며 진현에게 축하를 건넸다.

"병원장께서도 꼭 참석하고 싶어 하셨는데, 일정이 바빠서 죄 송하다고 말씀 전해 달라 하셨습니다. 그리고 이제 얼마 안 남았 으니 빨리 세인트죠셉으로 돌아오라고 하시더군요. 목을 빼고 기 다리고 있다고."

진현은 미국에서 손꼽히는 병원의 대표답지 않게 자유분방한 제임스를 떠올렸다. 혹시라도 내가 한국에서 돌아오지 않을까 봐 계속 걱정했었지. 그건 데이비드도 마찬가지인 듯 조심히 물었다.

"혹시 한국에 남을 생각은 아니지요, 닥터 김? 그러면 곤란합니다. 계약 기간도 남아 있고… 닥터 김만 기다리고 있는 프로젝트와 환자가 아주 많습니다."

진현은 미소를 지었다.

"걱정 마십시오. 신혼여행 끝나고 곧 돌아갈 테니."

미국에서 온 손님은 데이비드만이 아니었다. 다국적 제약회사 헤인스의 에이미도 있었다.

"미스터 김, 정말 축하해요. 행복한 결혼 생활 하세요."

지난 고백 이후 마음을 정리한 걸까? 아니면 마음을 숨기는 것일까? 에이미의 눈에선 더 이상 진현에 대한 감정을 읽을 수 없었다. 어쨌든 다행한 일이었다.

"감사합니다. 먼 길 와주셔서 정말 감사합니다."

그런데 그때 차분한 목소리가 들렸다.

"닥터 김, 결혼 축하드려요."

고개를 돌린 진현은 생각지도 못한 인물을 보고 깜짝 놀랐다. 중세 귀족처럼 고상한 외모의 백인 미녀, 뉴욕을 주름잡는 마피아 보스 매리였던 것이다!

"아니, 어떻게 여기까지?"

매리는 손으로 입을 가리며 웃었다. 몸매가 드러나는 붉은 드레스가 하객들의 시선을 사로잡았다. 뭐, 항상 입던 화려한 코르셋 드레스에 비하면 간출한 복장이었다.

"지난번 제가 말했잖아요. 결혼식에 참석하겠다고."

"그래도……."

마피아 보스가 이렇게 무방비로 돌아다녀도 되나? 지난번 총도 맞았으면서. 그의 생각을 눈치챈 듯 그녀는 가볍게 말했다.

"생명의 은인의 큰 행사인데 참석하고 싶었어요. 그리고 한국의 갱들 따위는 눈치 볼 필요 없으니까요."

"……."

"제가 와서 싫으세요?"

진현은 허겁지겁 고개를 저었다.

"아닙니다. 정말 감사합니다."

여기까지 와준 성의를 떠나서 그녀의 도움으로 이종근과의 일을 마무리 지을 수 있었다. 눈에 띄는 하객들은 그들만이 아니었다. 그가 의업을 펼치는 중 특별한 도움을 받았던 자들도 자리를 빛내주었다.

"축하합니다."

진현은 말끔한 중년 사내의 인사에 눈을 깜빡였다. 누구지? 남자는 머쓱히 미소를 지었다.

"김종현입니다. 선생님이 치료해 준."

"아……!"

그제야 진현은 남자의 정체를 알아봤다. 동양화의 대가(大家) 김종현 대화백! 그때는 노숙자 같았는데, 결혼식에 참석한다고 깔끔히 몸을 단장해서 못 알아봤었다.

"정말 축하드립니다."

"감사합니다.

특별한 손님은 그만이 아니었다. 식장 안으로 한 노년의 신사가 들어오자 사람들이 웅성거렸다.

"아니, 저분은?"

"저분도 결혼식에?"

진현의 눈도 커졌다.

"결혼 축하합니다, 김진현 선생님."

부드러운 목소리. 김창영 전(前) 총리였다! 진현은 놀라 허리를 숙여 인사했다.

"어떻게 여기까지?"

"제 생명을 구해준 김진현 선생님의 결혼식인데 당연히 축하드리러 와야죠."

이 나라에서 최고로 존경받는 정치인인 그는 온화하게 미소 지었다.

"다시 한 번 정말 축하합니다."

"감사합니다."

그들만이 아니었다. 진현 덕분에 또 한 번의 삶을 얻었던 이들 모두 결혼식에 참석했다. 호텔 예식장이 부족할 지경이었다. 만약 진현이 단순히 실력만 뛰어난 의사였으면 이렇게 하객들이 몰리지 않았을 것이다. 하지만 진현은 단순히 실력만이 아닌 진정 환자를 위하는 의사였다. 그렇기에 이런 일이 발생한 것이다. 그때 신부 측 막내아버지인 이동민이 진현에게 다가왔다.

"이제 정말 우리 집안사람이 되는군."

"네."

"그나저나 정말 대일병원을 맡아줄 생각은 없나?"

진현은 곤란한 표정을 지었다. 이동민은 뭐가 그렇게 아쉬운지 만날 때마다 저런 이야기였다.

"죄송합니다. 아직 제가 그런 큰일을 맡기엔 부족한 것 같습니다."

"쩝. 뭐, 강민철 교수님도 훌륭하긴 하지만. 그래도 오래는 못 기다려 줘. 5년! 5년만 미국에 있다가 한국으로 돌아오게."

진현은 애매하게 웃었다. 그와 혜미는 결혼 후 미국으로 떠나기로 한 상태였다. 진현은 세인트죠셉에서 교수 생활을 이어가고, 혜미는 세인트죠셉병원에서 유학 공부를 하기로 했다.

"생각해 보겠습니다."

"생각은 무슨! 꼭 그렇게 해!"

그런데 그때였다. 안쪽에서 소리가 들렸다.

"결혼식 시작합니다! 신랑, 입장해 주세요!"

정신없이 축하를 받다 보니 시간이 훌쩍 지났나 보다. 진현은 크게 숨을 들이켜고는 식장으로 들어갔다.


주례는 대일병원의 병원장이자 스승인 강민철 교수가 맡았다.

"크흠, 신랑, 신부 모두 행복하게……."

물론 급한 성격의 강민철답게 주례는 길지 않고 짧고 간단명료했다. 뭐, 긴 주례가 뭐가 필요하겠는가? 서로 행복하라는 한마디면 충분하지. 아, 그리고 뽀뽀 타임. 모두의 박수를 받으며 진현과 혜미는 입을 맞추었다. 진현은 조그맣게 속삭였다.

"사랑해."

길고 긴 사랑이 드디어 결실을 맺었다. 그리고 사십여 분의 예식이 끝나고 포토타임이 다가왔다.

"신랑 측 하객들, 앞으로 나와 주세요!"

대일그룹 소속의 유명 사진 기사가 소리쳤다. 그 외침과 함께 수많은 사람이 앞으로 나오기 시작했다. 사진 기사가 당황해 말했다.

"아, 아니… 너무 많은데… 한 번에 찍을 수가……."

그래도 원체 식장이 넓어 어떻게 밀어 넣으니 간신히 공간이 나오긴 했다. 사진 기사가 웃으며 외쳤다.

"자, 신랑, 신부! 뽀뽀!"

다시 진현과 혜미가 수줍게 입을 맞추는 순간 찰칵 사진이 찍혔다.

16년. 회귀 후 진현의 삶이 담겨 있는 사진이었다. 그리고 머나면 하늘 끝에서 그 결혼식을 바라보고 있는 이가 있었다. 지난 삶의 마지막 때 진현이 만났던 여인, 스스로를 상부(上府)의 비(婢)라 칭했던 이였다. 그녀는 따뜻한 눈길로 진현의 모습을 살피고 있었다. 비의 입술이 살짝 열렸다.

"축복받길. God bless you."

그리고 한마디를 더하였다.

"마지막까지."


길고도 긴 사랑의 결실을 맺을 신혼여행 장소는 세이셸 공화국이었다. 유럽인들이 최상의 허니문 장소로 꼽는 세이셸 군도는 아프리카 인도양 서부 마다가스카르 북동쪽에 위치하고 있었다.

"사랑해."

퍼스트 클래스에서 아늑한 비행을 즐기며 진현은 혜미의 손을 잡았다. 소파 같은 의자에 기대어 혜미는 고개를 끄덕였다.

"응."

왠지 기분이 좋지 않아 보이는 모습에 진현은 의아한 표정을 지었다.

"피곤해?"

"아… 응."

"도착까지 한참 남았으니 좀 자."

"응, 미안. 좀 잘게."

그는 혜미를 위해 조명을 껐다. 호텔 방처럼 변한 퍼스트 클래스가 고요히 잠겨 들었고, 장기간 비행 끝에 그들은 세이셸 군도에 도착했다.

—너 그러다 마법사 된다? 그것도 그냥 마법사가 아니라, 대마법사.

항문진이 나이가 늦도록 총각 딱지를 떼지 못한 진현에게 놀리며 맨날 하는 말이었다. 진현은 그때마다 그저 고개를 저을 수밖에 없었다. 그리고 오늘 진현과 혜미는 드디어 사랑의 결실을 맺었다. 보석 같은 인도양의 푸른빛이 보이는 스위트룸에서 그들은 깊고도 깊은 밤을 보냈다. 꿈결 같은 시간이 지나고, 둘은 쓰러지듯 잠에 빠졌다. 그리고 얼마간의 시간이 지나 진현은 침대에서 뒤척이며 일어났다.

'아… 얼마나 잔 거지? 혜미는?'

아직 어두운 밤이었는데 침대 옆은 썰렁하게 비어 있었다.

"혜미야?"

답이 없자 진현은 의아한 얼굴로 침대에서 일어났다.

"이혜미?"

침실을 벗어나 거실에 나가니 흐릿한 실크 커튼 너머 발코니에 가녀린 몸매의 여인이 서 있었다.

"혜미야? 뭐 하고 있어?"

"……"

하지만 역시 답이 없다. 못 들은 것은 아닐 텐데? 무슨 생각을 하는 거지? 조심히 커튼을 열고 발코니에 나간 진현은 깜짝 놀랐다.

"혜미야?"

먼 허공을 응시하는 그녀의 검은 눈동자가 촉촉하게 젖어 있었던 것이다. 혜미는 급히 눈가를 훔쳤다.

"아… 미안. 왜 벌써 일어났어? 더 자지?"

"……"

"여기도 밤에는 춥네. 들어가서 좀 더 자자."

혜미는 어색하게 웃으며 진현의 옆을 스쳐 거실로 들어왔다.

"무슨 생각했어?"

"그냥… 아무것도 아니야. 자자."

진현은 고개를 젓더니 그녀의 손을 잡았다.

"혜미야. 난 이제 네 가족이야. 좋은 일도 힘든 일도 함께할."

"……!"

"그러니 힘든 일이 있으면 나한테 말해줬으면 좋겠어. 함께하고 싶어."

혜미의 눈동자가 흔들렸다. 그녀는 주저하더니 말했다.

"정말 별것 아니야. 그냥 엄마 생각했어."

"아……"

진현은 입을 다물었다. 혜미의 어머니는 그녀가 어린 시절 자살했었다. 어머니뿐이랴? 오빠인 이범수도 살해당했다. 그리고 치가 떨린다지만 아버지인 이종근도 식물인간이 된 상태다. 그야말로 슬픈 피로 점철된 가정이 아닐 수 없었다.

"그냥 괜찮다가… 이렇게 결혼까지 하고 나니 엄마 생각이 나서. 잘 지내고 있겠지? 엄마도? 범수 오빠도?"

혜미는 쓸쓸한 눈으로 바다를 바라봤다. 어둠을 머금은 인도양의 물결이 찰싹거렸다.

"……."

진현은 그런 혜미를 가만히 안아주었다. 그녀의 몸이 진현의 팔에 감겨들었다.

"혜미야."

"…응."

항상 밝게 웃고 다니지만 누구보다도 깊은 아픔을 숨기고 있던 그녀. 그녀의 아픔을 뭐라고 위로할 수 있을까? 고작 몇 마디 말로 그 아픔을 감쌀 수는 없다. 다만…….

"이젠 너한테 내가 있잖아. 이젠 내가 네 가족이야."

"……!"

"행복하게 해줄게. 누구보다도, 하늘에 있는 가족들이 미소를 지을 만큼."

혜미의 눈이 다시 흔들렸다. 그녀는 진현의 품 속에서 고개를 끄덕였다.

"…응. 꼭 행복하게 해줘야 해. 안 그러면 엄마랑 범수 오빠가 나중에 화낼 거야."

"응, 꼭. 약속할게. 애기도 많이 낳자."

"애기?"

"응. 너랑 나 닮은 애기. 많이 많이 낳아서 행복하게 키우자."

그제야 혜미가 미소를 지었다.

"응, 많이 낳자. 사랑해."

12년. 친구, 짝사랑, 연인. 그리고 이제 부부. 세상에서 가장 가까운 사이인 가족이 된 그들은 입을 맞추었다.

쏴아아ㅡ

인도양의 파도가 그들의 미래를 축복하듯 차분히 움직였다.


둘은 세이셸 군도에서 행복한 신혼여행을 보냈다. 세이셸 군도는 낙원이란 말이 어울리는 휴양지로 한평생을 치열히 달려오기만 한 진현은 진정한 휴식을 누렸다.

'좋구나.'

햇볕 아래 누워 나른히 생각했다. 혜미가 시원한 과일을 진현에게 내밀었다.

"과일 먹어, 자기야."

"응."

둘은 좀 더 애틋하게 서로의 호칭을 바꾸었다. 친구로 지낸 기간이 워낙 길어 어색했지만 결혼까지 했는데 딱딱히 이름만 부를 수도 없는 노릇이다. 행복한 시간이었다.

그런데 신혼여행이 반쯤 지났을 때, 의외의 일이 일어났다. 세이셸 군도의 거리를 걷는데 한국 사람을 발견한 것이다. 마른 체구의 나름 잘생긴 남자가 연인으로 추정되는 여자와 걷고 있었다.

"……!"

진현은 인상을 찌푸렸다.

'저 남자는?'

물론 그들이 세이셸 군도를 전세 낸 것도 아니니 한국 사람을 만날 수도 있다. 발리, 하와이, 몰디브보다는 드물지만 관광, 휴양으로 오는 사람들도 가끔 있었고. 문제는 모르는 사람이 아니었단 것이다. 그건 상대도 마찬가지인 듯 진현을 보고 화들짝 말했다.

"아니, 너는?"

마치 못 볼 사람이라도 만난 표정. 남자의 옆에 서 있던 여인이 물었다.

"강민 씨, 아는 사람이에요?"

"아… 아니, 그냥… 저, 저쪽으로 가자."

강민이라 불린 남자는 허겁지겁 반대 방향으로 사라졌다. 진현은 고개를 갸웃했다.

'어디서 본 것 같은데?'

혜미에게 물었으나 그녀도 고개를 저었다.

"누군지 알아?"

"어디서 봤던 얼굴인 것 같긴 한데… 누구지……?"

"강민……? 설마?"

진현은 여자가 말한 이름을 중얼거리다 남자가 누군지 갑자기 깨달았다.

"강민?! 그래, 김강민이야! 그 의과대학 같이 다니던!"

"에엑? 그 돼지 김강민이라고?"

돼지 김강민! 의과대학 본과 1학년 시절, 성적 조작 등 추잡한 수작을 부리다 휴학한 김강민이었다! 그 뒤로 신경도 안 쓰고 살

있는데, 갑자기 이런 곳에서 만나다니?

"살 많이 빠졌네……."

"그러게."

너무 많이 빠져 완전히 얼굴이 달라졌다. 환골탈태? 심지어 잘생겨지기까지 했다.

"뭐, 신경 쓰지 말자. 어차피 상관없는 놈이니."

"응."

진현은 그렇게 말했으나 그 뒤로 그들은 계속해서 마주쳤다. 애초에 군도 자체가 넓지 않았고 관광 포인트가 뻔했기 때문이다. 심지어 호텔도 같은 곳이었다.

'뭐야, 신혼여행까지 와서.'

진현은 인상을 찌푸렸으나 한 가지 다행인 점은 이전처럼 시비를 걸거나 하진 않는다는 것이었다. 오히려 그들을 만나면 눈치를 보며 슬그머니 다른 곳으로 자리를 비켰다. 진현과 혜미도 점점 그를 신경 쓰지 않았다. 김강민 따위에게 신경 쓰기엔 신혼여행이 너무 짧았다.

"좋다. 계속 이렇게 쉬고 싶다."

신혼여행이 얼마 남지 않은 오후. 혜미는 파라솔에 누워 행복한 얼굴로 말했다. 저 멀리 얼핏 김강민이 있었으나 서로를 향하는 그들의 눈엔 보이지 않았다.

진현이 웃었다.

"계속 이렇게 쉴까?"

"응?"

"나 돈 많은데. 이제 평생 놀면서 살아도 돼."

빈말이 아니었다. 그가 미국에서 제약회사들과 제휴해 번 돈은 그야말로 어마어마해 적당한 건물들을 몇 채 사서 평생 월세나 받으며 살아도 될 정도였다.

'그러고 보니 회귀 후 꿈이 피부과 의사 해서 번듯한 건물의 주인이 되는 거였는데……'

한국대 의대를 졸업 후 인턴을 할 때만 해도 자신이 이런 길을 걸을 것이라곤 생각지도 못했었다. 그때 혜미가 입술을 내밀었다.

"됐어. 돈은 나도 많아. 내가 자기보다 많을걸?"

"그야 그렇지."

진현이 아무리 많이 벌었다 해도 재벌 3세인 그녀에 비할까? 그녀는 초등학생 때 이미 강남 고층 건물의 건물주였다.

"나도 의사로서 이루고 싶은 꿈이 있어."

"어떤?"

하지만 그녀는 웃을 뿐이었다.

"비밀이야."

"응? 그게 무슨 비밀이야."

"몰라. 민망하니 알려고 하지 마."

진현은 의아한 표정을 지었으나 그녀는 입을 열지 않았다.

"뭐야, 더 궁금하잖아."

"몰라. 안 알려줘. 민망하단 말이야."

그런데 그때였다! 파라솔 옆 수영장이 갑작스럽게 시끄러워졌다.

"꺄악! 여기 누가 도와주세요!"

놀라 바라보니 중년의 백인 남성이 가슴을 부여잡고 쓰러져 있었다.

'급성 심장마비(Sudden cardiac arrest)!'

진현과 혜미는 서로를 바라보더니 누가 먼저라 할 것 없이 쓰러진 남자에게 뛰어갔다. 정말로 심장마비라면 1초라도 빨리 심폐소생술을 시행해야 환자를 살릴 수 있다.

'아니, 무슨. 신혼여행 중에 심장마비 환자야!'

진현은 속으로 비명을 질렀으나 어쩔 수 없는 일이었다. 하늘은 신혼여행 중에도 그가 쉬길 원하지 않는 듯했다.

"컴프레션(Compression:가슴 압박)!"

웅성거리는 사람들을 제치고 진현과 혜미는 심폐소생술을 시작했다. 번갈아 가며 가슴을 압박하고 인공호흡을 하고, 진현은 안전 요원에게 외쳤다.

"제세동기 좀 가져와 주십시오!"

최고급 호텔의 수영장이라 다행히 제세동기가 있었다. 그렇게 심실 부정맥으로 전기 충격 후 심폐소생술을 진행하는데, 진현은 입술을 깨물었다.

'우리 둘만으론 손이 모자라.'

제대로 된 심폐소생술을 진행하려면 5명 정도의 인원이 필요했다. 5명까진 못하더라도 3명은 있어야 호흡, 가슴 압박, 전기 충격 등을 수행할 수 있다. 둘만으론 한계가 있었다.

'어떻게 하지?'

진현은 초조한 마음이 들었다. 처음 보는 남자지만 생명이 걸린 일이다 지금 심폐소생술에 따라 이 남자의 운명이 결정될 것이다.

'심폐소생술 교육을 받은 직원은 없나?'

한국만 해도 안전 요원들이 모두 심폐소생술 교육을 받지만 여긴 아프리카다.

"아아, 제발 살려주세요!"

옆에서 부인으로 보이는 백인 여자가 발을 동동 굴렀다.

'이런.'

진현이 가슴을 압박하며 입술을 깨물 때였다. 의외의 도움이 나타났다.

"같이하자. 내가 가슴 압박을 할게."

"……!"

익숙한 한국어. 김강민이었다! 방금 수영하다 나왔는지 수영장 물에 흠뻑 젖어 있었다. 놀라 바라보니 그는 머쓱한 표정을 지었다.

"나도 외과의사야. 심폐소생술은 지긋지긋하게 해봤으니 같이하자."

더욱 놀라운 이야기였다. 그 찌질함의 대명사 김강민이 외과의사가 되었다고? 믿을 수 없었지만 지금은 그런 것을 따질 때가 아니었다.

"그래, 부탁한다."

"ACLS(Advanced Caridiac Life Support:전문심장소생술) cycle대로 가자."

서둘러 물기를 깨끗이 닦은 김강민이 합류했다. 인원이 3명으로 늘자, 심폐소생술이 훨씬 견고해졌다. 단순 기본에서 제대로 체계를 갖추게 된 것이다. 그리고 몇 분 뒤, 김강민이 외치며 전기 충격을 주었다. 외과의사란 말이 거짓이 아닌지 능숙한 움직임이었다.

"차징(Charging)! 쇼크!"

퍼억!

거센 전기에 환자의 몸이 흔들렸고…….

뚝. 뚝.

다시 맥이 돌아왔다.

"하아… 다행이다."

3명은 안도의 숨을 내쉬었다.

"감사합니다. 감사합니다!"

남자의 부인이 울며 감사를 표했다. 하지만 그들은 고개를 저었다. 지금부터가 더욱 중요한 때로 한가히 감사를 받을 때가 아니었다. 어서 추가적인 응급조치 후 병원으로 이송해야 한다.

"여기 빨리 병원으로 옮길 준비를 해주십시오!"

정신없는 시간이 지나고, 다행히 환자는 헬기를 타고 병원까지 무사히 이송할 수 있었다. 모두 그들 덕분이었다. 혜미는 지친 숨을 내쉬었다.

"하아… 이게 뭐야. 신혼여행에서 심폐소생술이라니."

"그러게. 그래도 늦지 않게 조처해서 다행이네."

진현도 진땀을 닦았다. 그나마 환자가 좋아져서 다행이었다. 한편 함께 병원까지 환자를 이송한 김강민은 별말이 없었다. 그저 어색한 얼굴로 먼 하늘만 바라볼 뿐.

"수고하셨습니다, 닥터. 호텔까지 모셔드리겠습니다."

헬기 조종사가 깍듯하게 말했다.

"감사합니다."

3명은 다시 헬기에 올라타 세이셸 군도로 향했다.

"……."

헬기 프로펠러 소리를 들으며 3명은 뻘쭘한 얼굴을 했다. 학창 시절 지독한 악연인데 이런 식으로 좁은 헬기에 마주보고 앉아 있으니 어색하기 그지없었다.

"…잘 지냈냐?"

"…응."

김강민은 바다를 내려다보며 고개를 끄덕였다. 확실히 잘 지낸 것 같긴 하다. 살도 빠졌고 나름 미남으로 변했으며, 무엇보다 아집으로 가득 차 있던 눈빛. 그것이 사라졌다.

다다다—

헬기가 나선으로 비단 같은 인도양을 감았다. 저물어가는 황혼이 바다를 황금빛으로 물들였다.

"다 도착했습니다. 수고하셨습니다!"

승강장에 내리니 어스름한 저녁으로 바닷바람에 머리칼이 찰랑였다.

"호텔 방 들어갈 거지?"

"어, 여자 친구도 기다리고 있을 거고."

그때 같이 있던 여자가 애인이었나 보다. 진현은 고개를 끄덕였다.

"그래, 오늘 수고했다. 고마웠고. 잘 쉬어라."

뭔가 뜨뜻미지근한 헤어짐이었으나 어차피 스쳐 지나가는 인연. 이번 여행이 끝나면 다시 그를 만날 일도 없을 것이다.

"가자, 혜미야."

"응. 들어가서 쉬고 싶어."

그러고 호텔 방으로 향하는데 의외의 외침이 그를 잡았다.

"잠깐, 김진현!"

김강민이었다. 고개를 돌리니 그가 어색한 표정을 짓고 있었다.

"응?"

"그때… 미안했다."

"……!"

진현의 눈이 커졌다. 김강민은 주저하며 말을 이었다.

"그때 내가 많이 어렸지. 정말 미안했다. 한번 이야기하고 싶었는데… 이제야 기회가 됐네."

진현의 얼굴에 잔잔한 미소가 서렸다. 김강민이 사과하는 것은 본과 1학년 때 일으켰던 사건에 대해서다. 참 추악한 짓거리였지만 벌써 십여 년이나 된 이야기다. 그사이 강산이 변한 것처럼 이 녀석도 정말 많이 변했다.

"괜찮다. 벌써 10년 전 이야기인데, 뭘."

김강민은 혜미도 바라봤다.

"혜미, 너한테도 미안하고."

"아, 아. 응."

김강민은 머리를 긁적였다.

"그때 이후로 나도 이런저런 일 겪으면서 많은 생각을 했거든. 그때 다 미안했다."

완전히 딴판으로 바뀐 그 모습에 진현은 기분 좋은 따뜻함을 느꼈다. 10년의 세월을 건너 이런 인연으로 재회하는 것도 나름 의미 있는 만남이리라. 그런데 왜일까? 그 순간, 진현은 한 인물을 떠올렸다. 이상민. 오랜 친구, 악연, 용서받지 못할 죄인. 그도 바뀔 수 있었을까?

'됐어. 의미 없는 이야기야.'

진현은 고개를 저었다. 어차피 이제 다시는 만날 일 없는 놈이다. 그는 그가 저지른 죗값을 평생 동안 치를 것이고 이제 자신은 자신의 인생을 살면 된다.

그때 김강민이 말했다.

"참, 나도 외과 선택했다. 지금 한국대 병원에서 레지던트 중이야."

그건 정말 의외였다. 피부과 교수인 아버지를 따라 피부과를 전공할 줄 알았는데?

"왜 외과를?"

"의대 졸업하고 유학 와서 빈둥거리고 있는데… 한국의 한 의학 다큐멘터리 프로그램을 봤거든. 그때 주인공이었던 의사가 너무 멋져 외과를 하기로 결정했지. 그런데 그때 나온 외과의사가 누군지 알아?"

"글쎄?"

진현은 고개를 갸웃했다. 굿 닥터, 명의 같은 프로그램인가? 외과의사야 워낙 멋진 분이 많으니. 그런데 김강민은 지금까지 했던 말들 중 가장 놀라운 이야기를 하였다.

"너야, 김진현."

"…뭐?"

"널 방송한 프로그램이었어. 같은 동기였는데 나와 달리 환자를 위해 사는 네 모습을 보고 외과의사가 되기로 결정한 거야."

진현은 입을 벌렸다. 이게 무슨 황당한 이야기? 김강민은 씨익 웃으며 손을 내밀었다. 악수 신청이었다. 진현은 얼떨떨하게 그 손을 잡았다.

"어쨌든 만나서 반가웠다. 다시 만날 일이 있을지 모르지만… 기회가 되면 또 보자."

"…그래."

"언젠가 너와 같은 외과의사가 되겠어."

낯간지러운 이야기에 진현은 민망한 표정을 지었다. 이놈이 왜 이렇게 변했지? 사람이 이렇게 변해도 되는 거야?

그 후 며칠이 지나고, 혜미와 진현의 신혼여행이 끝났다. 부부가 된 그들은 미국에 보금자리를 마련했고 다시 시간이 흘렀다.


진현은 세인트죠셉의 교수로, 혜미는 유학생으로 신혼생활을 시작했다. 이후 그의 삶은 다음과 같이 한마디로 요약할 수 있었다. 성공한 삶. 외과의(Surgeon)으로서도, 의학자(Academic physician)로서도 최고의 삶이었다. 1년, 2년이 지날 때마다 그의 명성은 하늘 높은 줄 모르고 치솟았다. 이전의 그가 미국 의학계의 떠오르는 신성(新星), 슈퍼 루키에 불과했다면 5년의 시간이 지난 후 그는 미국, 아니, 세계에서도 꼽히는 진정한 대가가 되어 있었다. 물론 난관이 없었던 것은 아니다. 아무리 재능이 뛰어나다지만 어린 동양인의 승승장구에 시기와 질투가 왜 없겠는가? 하지만 진현은 그 모든 것을 꿋꿋이 이겨냈다. 서른 중반이 된 그는 최근 5년간 가장 많은 의학적 업적을 남긴 의학자이자, 수술이 어려운 고난도 난치성 간암 환자의 희망인 마스터 서전(Master surgeon)이 되었다.

아, 물론 아무리 그라도 견디기 어려운 고비는 있었다. 결혼 후 2년 만에 아이를 가진 혜미의 난산이었다.

"나 괜찮아. 걱정하지 마."

미국에서도 꼽히는 명문 병원, 세인트죠셉병원. 그중에서도 최고의 산부인과 의료진이 달려들었음에도 아이와 산모, 둘 모두 생사를 장담하기 어려운 난산이었다.

'제발……!'

분만장 밖에서 진현은 두 손을 모으고 간절히 빌었다. 세계 최고로 꼽히는 외과의사이면 뭐할까? 가장 사랑하는 이가 위급할 때 아무런 도움도 줄 수 없는데. 이때만큼은 그간의 성공이 모두 덧없이 느껴졌다.

째각째각.

억겁 같은 시간이 지나고 드디어 분만장의 문이 드륵 열렸다. 흰 머리 지긋한 산부인과 주임 교수가 진현에게 다가왔다. 마스크 너머 표정이 보이지 않았다.

"어, 어떻습니까?"

산부인과 교수의 눈매가 호선을 그렸다.

"다 잘됐네. 어려웠지만 건강하게 태어났어. 산모는 피를 워낙 많이 흘려 당분간 치료를 받아야겠지만 다행히 큰 문제는 없을 것이네."

"아……! 정말 감사합니다! 정말 감사합니다!"

진현은 크게 고개를 숙였다. 급히 안으로 들어가 보니 부러질 것같이 여린 남자아이가 응애응애 울고 있었다.

"자기야. 우리 애기야."

혜미가 창백한 얼굴로 미소 지었다. 진현은 그녀의 손을 잡았다.

"응, 우리 아기야. 수고했어. 정말로."

그의 손길을 느끼며 혜미는 눈을 감았다.

"잘 키우자. 행복하게."

진현은 고개를 끄덕였다.

"응. 꼭."

어렵게 낳았기에 더욱 금쪽같은 아들이었다. 그 뒤 평온하고 행복한 나날이 이어졌다. 몇 년의 시간이 더 흐르고 아이가 걸음마를 떼고 말을 하며 재롱을 떨기 시작할 때, 진현은 자신의 의학 업적에 획을 그을 전기를 마주했다.

"닥터 김, 이것 좀 봐주시겠어요?"

젠틀한, 이제는 머리가 희끗해지기 시작한 미중년 데이비드가 진현에게 말했다.

"무슨 일입니까?"

"감염내과에서 컨설트가 왔는데 조금 이상해서요."

그러면서 데이비드는 설명했다.

"원인 불명의 발열로 치료 중이고, 장폐색이 심하게 왔어요. 간 수치도 이상하게 높고 혈소판도 낮고 뭔가 이상해요."

옆에서 외과, 그중에서도 대장 쪽 전문가인 로버트 교수가 말했다.

"발열에 동반된 장폐색의 가능성이 높아 급하게 수술적 교정을 할 필요는 없을 것 같은데… 뭔가 좀 이상해."

그 말에 진현은 고민했다.

'발열, 장폐색······.'

여기까지는 특별할 것은 없었다. 고열에 동반해 장 기능이 떨어져 폐색이 오는 것은 흔한 일이었으니까.

'그런데 간 수치와 혈소판은 왜 안 좋은 거지? 중증 바이러스성 감염인가?'

거기까지 생각한 진현은 퍼뜩 놀랐다.

'가만. 그러고 보니 지금 시기가······.'

"혹시 환자분에게 여행력은 없습니까?"

"여행력이라니?"

"그러니까 최근 아프리카를 방문했다든지······."

데이비드가 손뼉을 쳤다.

"아! 이 환자분, 남아프리카 공화국에 주재원으로 일하는 사람이라고 하던데. 그건 왜 물어보세요?"

"······!"

진현의 얼굴이 어두워졌다. 남아프리카 공화국. 점점 느낌이 안 좋아진다.

'설마 아니겠지? 아직 그 시기는 아니야.'

그의 머리에 한 가지 단어가 떠올랐다. 테노포 바이러스. 그가 사십 대 초반에 회귀 전, 사스(SARS), 조류독감, 신종플루처럼 전 세계를 공포에 몰아넣었던 전염병이었다.

'남아프리카 공화국. 테노포 바이러스의 가능성이 있어.'

테노포 바이러스는 원인 불명의 발열과 장폐색이 나타나는 질환으로 악화 시 장이 썩어 들어가며 사망하게 된다. 주로 남아프리카의 동물, 스프링복(Springbok)의 임파선 안에 머물다 드물게 인체 감염을 일으키며, 몇 년 뒤 RNA 돌연변이로 사람 간 전염성을 획득해 대유행을 겪기 전까지는 그저 남아프리카의 풍토병으로만 치부되던 질환이다.

'과거 대유행한 사스와 비슷한 경우지. 사스도 중국 광동성 사향고양이에 서식하는 코로나 바이러스가 인체에 감염돼 대유행한 경우니까.'

사스를 일으키는 코로나 바이러스의 숙주가 사향고양이인지 박쥐인지는 논란이 있었지만, 의학계 역학자(Epidemiologist) 일부는 사향고양이를 숙주로 생각했다. 사향고양이를 요리하는 요리사가 사스에 감염 후, 그 환자를 진료한 광동성의 의사가 홍콩에 학회에 참여. 당시 같은 호텔에 머무는 투숙객들이 단체로 감염된 후 전 세계로 퍼졌다는 설이다. 물론 이 환자의 증상이 테노포 바이러스에 의한 것인지는 명확하지는 않다. 그래도 확인해 볼 필요는 있었다.

"이 환자는 남아프리카의 질환인 테노포 바이러스의 감염 여부를 확인해야 할 것 같습니다."

"테노포 바이러스?"

데이비드와 로버트는 의아한 표정을 지었다. 당연했다. 아직까지 테노포 바이러스는 미생물 전공, 그중에서도 저명한 바이러스 학자가 아니면 이름도 들어보지 못한 질환이니까.

'하버드의 웨슬리 박사가 테노포 바이러스의 존재를 규명한 논문을 발표한 것이 불과 1년 전이었지?'

하버드의 웨슬리 박사는 테노포 바이러스의 존재를 입증한 업적으로 대유행이 끝난 후 노벨 생리의학상의 수상 후보가 된다.

"테노포 바이러스는……."

진현은 환자의 증상과 테노포 바이러스의 유사점을 설명했다. 세인트죠셉의 의사들은 진지한 얼굴로 경청했다.

"흠… 생소한 질환이긴 하지만 계속 발열의 원인을 못 찾는 불명열(Fever of Unknown Origin) 환자니 확인해 볼 필요는 있겠어요. 닥터 김의 말대로라면 충분히 의심해 볼 만하고."

솔직히 다른 사람이 이런 주장을 했으면 무시했을 수도 있다. 원체 들어본 적 없는 질환이기 때문이다. 하지만 다른 사람도 아닌, 세계적 대가로 인정받는 진현의 의견이었다.

"확인하려면 어떤 검사를 해야 할까요?"

"대부분 바이러스혈증 상태이기 때문에 피를 채취 후 RNA(Ribonucleic acid, 리보핵산:DNA와 함께 유전 정보의 전달에 관여하는 핵산의 일종)를 확인하는 Western blot(특수단백질검출검사), PCR(Polymerase chain reaction:중합효소 연쇄반응) 검사를 해보면 됩니다. 하버드대의 웨슬리 박사님에게 부탁하면 검사를 진행해 줄 것입니다. 그리고 더 중요한 것은 늦지 않게 CT를 다시 찍어 장의 괴사가 진행하는지 여부를 확인해 봐야 합니다."

진현의 의견은 그대로 받아들여졌다. 다음 날 CT를 찍으니 정말로 장이 썩는 괴사 소견이 확인되어 광범위 장 절제술을 시행하였고, 환자는 사경을 몇 번이나 넘긴 끝에 간신히 회복될 수 있었다.

"역시 미라클 김! 어떻게 이런 희귀 질환을?"

늘 그렇듯 데이비드는 진현에게 감탄을 보냈다. 어리지만 존경스러운 동료인 닥터 김을 보고 있으면 감탄이 끊이질 않는다.

데이비드뿐 아니라 감염내과의 의사들도 감탄을 터뜨렸다. 이런 희귀 바이러스성 감염을 진단하는 것은 자신들도 어려운데 전공도 아닌 외과의사가 해낸 것이다. 하지만 진현은 겸손히 고개를 저을 뿐이었다.

"아닙니다. 환자가 좋아져서 다행입니다."

그러면서 그는 걱정이 들었다.

'그러고 보니 몇 년 뒤에 테노포 바이러스 전염병이 유행하겠구나. 스페인 독감 때처럼은 아니어도 많은 사람이 죽을 텐데… 치료제가 없으니.'

전염성 자체는 다른 호흡기 바이러스 전염병보다는 훨씬 덜했지만 치료제가 없는 것이 치명적이었다. 당시 한국은 다행히 유행 지역에서 비껴갔지만, 의료 인프라가 취약한 아프리카와 중동쪽은 굉장한 피해를 입었었다.

'안타까운 일이지만 외과의사인 내가 어떻게 할 수 있는 일은 아니니……'

그렇게 생각하다 진현은 문득 이전 삶에서 읽었던 논문을 떠올렸다. 테노포 바이러스의 유행이 끝나갈 무렵에 발표된 논문으로 전공 외과 분야는 아니었지만 워낙 중대한 질환의 발표라 기억이 났다.

'RNA 바이러스를 타깃으로 하는 항바이러스제의 일부가 테노포 바이러스의 증식 억제에 효과가 있었다는 내용이었지? 장의 괴사로 진행도 막아, 사망률 감소에도 도움이 되었고.'

하지만 진현은 고개를 저었다. 그 논문의 내용이 정말로 사실이면 앞으로 발생할 사망자를 극적으로 낮출 수 있겠지만 신빙성이 떨어졌다. 대규모 선행 연구도 아니었고 하다못해 후향적 연구도 아니었기 때문이다. 몇몇 환자에게 적용한 사례를 정리해 리포트한 것으로 그저 가능성을 보여줄 뿐, 실제로 그 약제가 테노포 바이러스에 효과가 있다고 입증된 것은 아니었다.

'그래도… 아예 새로운 약을 개발하는 것도 아니고 기존의 약을 사용하는 것인데 한번 임상 연구를 시도해 볼 가치는 있지 않을까?'

실패해도 손해 볼 것이 없고 성공하면 수많은 사람의 생명을 살릴 수 있다. 마침 오랜 파트너이자 이제는 친한 친구처럼 지내는 에이미 엔더슨의 헤인스도 해당 약제를 생산, 판매한다. 생각이 정리된 진현은 에이미와 미팅을 잡았다.

―미스터 김? 무슨 일이에요?

"업무로 상의할 일이 있는데 시간 괜찮으십니까?"

―당연히 괜찮죠. 언제 볼까요?

진현은 헤인스에서 황금을 낳는 마이더스의 손으로 통한다. 미래의 지식을 이용해 손을 대는 프로젝트마다 잭팟이 터졌기 때문이다.

세월의 흐름을 완전히 비껴갈 수는 없었지만 그래도 에이미는 여전히 아름다웠다. 과거 진현에게 마음을 주었지만 지금은 깨끗이 정리한 모습으로, 독신인 그녀는 성공을 향해 달리고 있었다. 이런 추세대로라면 헤인스는 몇 년 지나지 않아 최연소 여성 CEO를 맞이할지도 모른다.

"잘 지내셨어요?"

"네, 오랜만입니다."

"그런데 어떤 일 때문에 보자고 한 거예요?"

에이미는 기대 서린 눈빛으로 말했다. 그녀는 그가 학생 때 TC80 프로젝트부터 오랜 기간 함께 일해 왔다. 폐기 직전의 문제가 생긴 프로젝트를 가져가면 진현은 마술사처럼 그 문제를 해결해 주었다. 마치 그의 별명인 미라클처럼. 그런 그의 제안이라니. 어떤 프로젝트일지 기대가 안 될 수가 없었다.

"테노포 바이러스 감염의 치료제에 대한 프로젝트입니다."

"테노포 바이러스요?"

에이미는 고개를 갸웃했다. 처음 듣는 바이러스다. 진현은 말을 이었다.

"남아프리카에 주로 서식하는 스프링복을 숙주로 하는 바이러스입니다. 최근 하버드의 웨슬리 박사에 의해 증명되었고, 드물게 인체 감염을 일으키는데 30%의 높은 치사율을 보입니다."

진현은 차분히 설명했다. 에이미의 눈이 커졌다. 치사율 30%면 어마어마하게 높은 사망률이다. 단일 질환으로는 거의 최고의 치사율. 패혈증 쇼크(Septic shock)에 맞먹는 것이다.

"…그래서 기존에 RNA 바이러스를 타깃으로 하는 헤인스의 항바이러스제로 임상 연구를 해봤으면 합니다."

생각지도 못한 제안이었다.

"…분명 말씀하신 바이러스라면 분자구조식상 저희 회사의 RNA 바이러스를 타깃으로 한 항바이러스제가 도움이 될 수도 있겠군요. 물론 임상 연구를 해봐야 알겠지만. 실제로 효과가 있으면 치사율도 낮출 수 있겠고요."

에이미는 고개를 끄덕였다.

"성공만 하면 큰 의미가 있겠어요. 30%의 치사율을 크게 낮출 테니."

분명 가능성 있는 이야기고 시도해 볼 만한 연구였다. 의학적 가치도 컸고. 그러나 그녀의 목소리는 어딘가 떨떠름했다. 얼굴도 혹한 표정이 아니다. 에이미는 주저하더니 물었다.

"하지만… 이게 시장가치가 있을까요, 미스터 김? 제 생각엔 남아프리카에서도 원체 드문 질환이라 성공해도 큰 수요가 없을 것 같은데. 아! 물론 치사율을 크게 낮출 테니 의학적 가치는 크겠지만 그래도……."

진현은 쓴웃음을 지었다. 그녀의 입장에서 당연한 물음이다. 헤인스는 수익을 우선으로 생각하는 제약회사, 그곳의 이사인 그녀로서는 시장성을 생각 안 할 수가 없다.

'지금으로선 시장가치가 별로 없지. 몇 년 뒤 돌연변이를 통해 인체 간 감염력을 획득하면 이야기가 달라지겠지만.'

무려 치사율 30%의 바이러스다. 유행하기 시작하면 전 세계가 치료제를 사들일 것이다. 몇 년 뒤 생길 돌연변이는 공기 전염이 아니라 체액 전염이라 감염력이 비교적 낮았지만 치사율이 워낙 높아 전 세계가 한때 공포에 떨었다.

'카피(Copy) 약이라도 있으면 대일바이오와 연구를 진행하면 될 텐데. 비교적 신약이라 아직 헤인스에서 특허권을 쥐고 있으니.'

진현은 입을 열었다.

"지금은 시장성이 크지 않지만 의학적 가치는 굉장히 크다 생각합니다. 그리고… 어쩌면 시장이 커질지도 모르고요."

이해할 수 없는 말이었다. 시장이 커질 수도 있다니? 에이미는 고개를 갸웃했지만 진현은 그 이상의 말을 할 수가 없었다. 점쟁이도 아니고 미래를 알고 있다고 말할 수도 없는 노릇이고.

'무엇보다 이 약이 테노포 바이러스에 정말 효과가 있을지도 모르는 일이고.'

몇몇 사례에서 도움이 되었다지만 실제로 그 약이 테노포 바이러스 치료제로 사용할 수 있을지는 아무도 모르는 일이었다. 그건 실제 감염 환자와 대조군을 대상으로 임상 시험을 해봐야 알 수 있다.

"……."

에이미는 아메리카노를 마시며 잠시 침묵했다. 진현은 독촉하지 않고 그녀가 생각을 정리할 시간을 주었다. 그리고 그 아메리카노가 바닥을 보일 즈음, 그녀가 입을 열었다.

"알았어요. 진행해 보죠."

"……!"

진현은 놀라 에이미를 바라봤다.

"괜찮겠습니까?"

시장가치도 적고 실패할 수도 있는 프로젝트인데 이렇게 선선히 승낙하다니?

"사실 합리적으로 생각하면 이번 제안은 거절하는 게 맞죠. 수익이 날지도 모르고 성공할지도 모르니, 아니, 실패할 가능성이 더 높은데."

하지만 에이미는 살짝 웃었다.

"그래도… 다른 사람도 아닌, 미스터 김의 제안이잖아요."

믿음이 가득한 목소리. 그녀는 머리가 아닌 가슴으로 그의 제안을 승낙한 것이다.

"저는 당신을 믿어요."

그녀의 신뢰가 진현의 가슴을 뭉클하게 했다.

"감사합니다. 정말로."

그녀는 싱그럽게 웃었다.

"뭐, 그걸 떠나 마이더스의 손이라 불리는 미라클 김의 제안이잖아요. 이번에도 잭팟이 터지겠죠. 미스터 김의 말대로 의학적 가치가 크기도 하고. 새로 약을 개발하는 것도 아니고 그냥 스터디 디자인해서 임상 시험만 하면 되니 큰돈이 드는 것도 아니고."

틀린 말은 아니었다. 시장가치가 적을 뿐이지 의학적 가치는 컸고 기존에 개발된 약을 사용하는 것이니 헤인스 입장에서 큰돈이 들 것도 없었다.

"그래도 감사합니다."

"아니에요. 혹시 알아요? 미스터 김의 말처럼 시장이 커질지?"

진현은 속으로 고개를 저었다. 과거처럼 테노포 바이러스가 돌연변이를 획득하면 단순히 시장이 커지는 수준이 아닐 것이다. 유행이 끝날 때까지 헤인스의 모든 공장을 항바이러스 약제를 생산하는 데 돌려야 할지도 몰랐다. 헤인스의 최고 간부인 그녀가 동의하자, 프로젝트 진행은 급물살을 탔다. 테노포 바이러스의 존재를 입증한 바이러스학의 대가, 하버드의 웨슬리 박사도 프로젝트에 참여했다.

"남아프리카의 테노포 바이러스의 감염자를 대상으로 항바이러스제의 효과를 확인하는 연구라고요?"

웨슬리 박사는 커다란 돋보기안경을 낀 머리가 하얀 노인으로 전형적인 학자형 외모를 가지고 있었다. 웨슬리 박사는 진현의 제안에 눈을 빛냈다.

"분명 RNA 구조상 효과가 있을 수도 있겠군요. 물론 임상 실험을 해봐야 알 수 있겠지만, 만약 성공만 한다면 치사율을 크게 낮출 수 있겠습니다."

"네, 남아프리카 공화국의 대형 병원들과 연계하여 환자군을 모은 후 약효를 확인하고자 합니다. 가능하면 다른 남아프리카의 대형 병원도 섭외하고요. 환자군이 많을수록 연구의 신뢰도가 높아지니."

물론 남아프리카 공화국 말고는 인프라가 열악해 얼마나 참여할 수 있을지는 의문이긴 하다.

"그러면 다국적, 다기관 선행연구가(Multi—center, prospective study)가 되겠군요."

"네."

다국적, 다기관 선행연구. 의학적으로 가장 가치 있다고 여겨지는 연구로 이런 종류의 연구는 설사 실패하더라도 큰 업적으로 남는다. 실패 자체로도 의학적 의미가 있기 때문이다. 연구 진행에 큰 문제는 없었다. 진현은 이런 대규모 연구를 진행한 경험이 숱하게 있었고, 남아프리카 측도 치사율 30%의 테노포 바이러스의 치료제의 연구에 쌍수를 들고 환영했다. 다만 한 가지 문제가 있었다.

진현은 웨슬리 박사에게 물었다.

"저보고 이 연구의 치프 디렉터가 되라는 말씀이십니까?"

치프 디렉터. 다기관 연구의 책임자를 뜻하는 것으로, 연구가 성공할 시 가장 큰 공을 가져갈 수 있는 자리이다. 진현은 원래 치프 디렉터의 자리를 하버드의 웨슬리 박사에게 돌리려 했다. 자신은 사실 바이러스 감염과 상관도 없는 외과의사이고, 테노포 바이러스의 존재를 웨슬리 박사가 증명하지 않았으면 시도도 못 해볼 연구였기 때문이다. 하지만 웨슬리 박사는 고개를 저었다.

"저도 치프 디렉터 자리가 탐나긴 합니다. 그래도 이 프로젝트의 아이디어는 온전히 닥터 김의 것이고, 진행에도 가장 큰 몫을 하고 있는데 어떻게 제가 치프 디렉터가 되겠습니까?"

"하지만… 저는 감염내과 의사도 아니고, 사실 바이러스와 상관없는 외과의사인데 이런 대규모 연구의 치프를 맡기엔……."

웨슬리 박사는 이를 드러내며 웃었다.

"그냥 외과의사가 아니라 미국에서 가장 빛나는 외과의사 중한 명이지요. 다른 사람도 아닌 닥터 김의 이름값이면 치프를 맡기 충분한 것 같습니다."

웨슬리 박사는 이전부터 진현을 알고 있었다고 한다. 전공은 다르지만 워낙 의학계에서 유명한 이름이라 도대체 어떤 외계인일지 궁금했다고. 막상 만나 보니 깍듯이 예의 바른 동양의 젊은 의사라 놀랐다 한다. 그렇게 진현은 연구의 치프가 되었다.

'누가 총책임자가 되든 상관없으니 꼭 좋은 결과가 있으면 좋겠구나.'

애초에 학문적 업적을 바라고 시작한 프로젝트가 아니었다. 학문적 업적은 이제 질리도록 쌓은 상태다. 진현은 그저 좋은 결과가 있기만을 바랐다.

하지만 그는 모르고 있었다. 이 프로젝트로 인해 의학계에서 그의 위상이 얼마나 오를지. 웨슬리 박사는 테노포 바이러스의 존재를 규명한 것만으로도 노벨 생리의학상 후보자가 되었다. 그 바이러스의 치료제를 개발하는 이 프로젝트가 성공한다면, 그리고 이 연구로 인해 바이러스 대유행 시 사망률이 급감한다면 노벨 재단은 노벨 생리의학상의 후보로 웨슬리가 아닌 진현을 꼽을 것이다. 물론 아직 일어나지 않은 미래의 이야기다.

그렇게 진현은 바쁜 나날들을 보냈다. 성공으로 빛나는 시간들이 지났고, 그도 점점 나이를 먹어갔다.

서른 중후반. 몇 년 만 지나면 마흔을 바라볼 그때, 그는 응급 간이식 수술을 끝내고 지친 몸을 달래러 세인트죠셉병원 근처의 센트럴 파크에서 휴식을 취하고 있었다.

'다음 수술까지 시간이 좀 있으니.'

맨해튼의 대공원인 센트럴 파크에는 그 말고도 휴식을 취하는 사람이 많았다. 문득 벤치에서 손을 잡고 사랑을 속삭이는 이십 대의 젊은 남녀를 보며 진현은 생각했다.

'시간이 참 빠르구나.'

자신도 저렇게 젊었을 때가 엊그제 같은데 벌써 서른 중후반이다.

'잘 살고 있는 거겠지?'

그는 하늘을 올려다보았다. 처음 회귀를 했을 때가 떠올랐다. 성공하겠다고 이를 악물며 살았지. 이십 년이 넘게 지난 지금 회귀할 때 삶의 목표는 전부 다 이루었다. 금전적 성공, 사회적 성공, 사랑하는 아내, 금쪽같은 아들. 뭐 하나 부족한 것이 없었다. 그런데 그렇게 흐르는 구름을 보고 있을 때였다. 생각지도 못한 목소리가 등 뒤에서 들렸다.

"김진현 선생님?"

차분한 한국어. 놀라 고개를 돌리니 단아한 인상의 여인이 눈을 동그랗게 뜨고 자신을 바라보고 있었다. 이연희였다! 그녀가 왜 여기에?

"아, 뒷모습이 닮아서 혹시나 했는데… 오랜만이에요. 잘 지내셨어요?"

"아, 네. 여기는 무슨 일이십니까?"

그녀는 대일병원의 간호사였다. 물론 이건 몇 년 전의 정보로, 지금은 무슨 일을 하고 있는지는 모른다. 어쨌든 미국에 올 일이 없을 텐데, 왜?

"관광 왔어요. 휴가 시즌이라."

"아……."

그리고 보니 여행자 특유의 가벼운 옷차림이다. 센트럴 파크는 뉴욕 관광객들의 핵심 코스니 방문한 듯했다.

"잠깐 옆에 앉아도 돼요? 이렇게 만난 것도 인연인데."

인연. 그녀는 별 생각 없이 한 말이겠지만 여운을 주는 단어였다. 이전 삶에서 부인이었지만 지금은 완전히 엇갈려 버린 인연. 뭐 이젠 아무래도 좋을 일이다.

"네, 앉으십시오."

"고마워요. 관광해 보니 뉴욕이 좋긴 좋네요."

연희의 말에 진현은 미소를 지었다.

"살기는 서울이 더 좋습니다."

"그런 것 같긴 해요. 그래도 관광하기에는 좋은 것 같아요. 물가도 훨씬 싸고."

"네."

연희가 물었다.

"선생님은 잘 지내셨어요?"

"저는 잘 지냈습니다. 잘 지내셨습니까?"

"저야 뭐 똑같죠."

뭔가 어색한 그 대화를 끝으로 말이 끊겼다. 연희는 무슨 생각을 하는지 센트럴 파크의 전경을 아련히 바라봤다. 진현은 침묵이 불편한 마음이 들어 입을 열었다.

"일행은 어디에 있습니까?"

"혼자 왔어요."

그 말에 진현은 다시 입을 다물었다. 삼십 대 중반의 여자가 혼자 여행이라. 특이한 일은 아니지만 그 의미는 하나였다. 그 생각에 답하듯 연희가 말했다.

"저 혼자 지내거든요."

"아… 네."

의외의 일이었다. 그와 이상민, 몇 번의 연애 실패를 겪긴 했어도 그녀 정도의 외모라면 모셔 갈 남자들이 줄을 섰을 텐데. 집안이나 직업이 나쁜 것도 아니고. 실제로 인기도 엄청 많았다.

"그냥 환자를 위해 살고 있어요."

"네."

진현은 이유를 더 자세히 묻진 않았다. 굉장히 실례되는 질문이고 그런 것을 물어볼 만큼 가까운 사이도 아니다.

"참, 그 이야기 들었어요?"

지나가는 듯한 목소리.

"무슨 이야기 말입니까?"

"상민 씨 이야기 말이에요."

"……!"

진현의 얼굴이 굳어졌다. 회귀 후 이십 년이 넘는 삶 동안 가장 큰 악연으로 얽힌 남자의 이름이다.

"못 들었습니다."

정확히 이야기하면 관심 없었다. 무기징역을 선고받고 자신의 죗값을 치르고 있는 놈의 이야기가 뭐가 중요하겠는가? 그녀는 씁쓸한 표정을 지었다.

"역시 그렇군요."

"이상민과 만난 적이 있습니까?"

"가끔… 정말 가끔 면회를 가곤 해요."

그것도 의외의 이야기였다. 그녀가 이상민의 면회를 가끔이나마 갔다니. 마지막 순간에 그렇게 험한 꼴을 당했으면서. 그녀는 웃으며 말했다.

"그냥 정말 가끔 가요. 마음이 남아 있다거나 그런 것은 아니에요."

"……."

"어쨌든 상민 씨, 감옥에서 나왔어요."

"……?!"

진현은 깜짝 놀랐다. 감옥에서 나왔다고? 그런 죄를 지어놓고? 하지만 연희의 말은 그런 뜻이 아니었다.

"정신분열병이 너무 악화돼 감옥에 도저히 있을 수가 없어 폐쇄 정신병원으로 옮겨 감금 중이에요."

"……."

진현은 답하지 않았다. 연희도 더 이상의 말은 하지 않았다. 침묵과 함께 바람이 그들 사이에 흘렀다. 약간의 시간이 지난 후, 힐끗 시계를 바라본 연희는 자리에서 일어났다.

"보스턴행 버스 시간 때문에 전 이만 가봐야 할 것 같아요."

"아, 네. 좋은 여행되십시오."

"고마워요."

그녀는 등을 돌려 정류장 쪽으로 걸어갔다. 만남만큼이나 덧없는 헤어짐이었다. 그와 그녀의 지난 인연들처럼.

"……."

진현도 자리에서 일어나 병원으로 들어갔다. 그리고 늘 하던 것처럼 다음 수술을 집도했다. 평소와 다를 것은 없었다. 전혀.


테노포 바이러스 치료제에 대한 연구는 다행히 대성공이었다. 헤인스의 항바이러스제는 테노포 바이러스의 감염을 예방하진 못해도 감염된 사람에서 바이러스의 체내 증식을 억제했고 그것은 치사율의 극적인 감소로 나타났다. 사망률 30%가 2%로 줄어든 것이다. 물론 2%도 높다. 그래도 30%와 2%는 천지 차이였다. 몇 년 뒤, 테노포 바이러스는 돌연변이를 획득해 유행을 일으켰지만 진현의 이전 삶처럼 치명적 피해를 일으키지 못했다. 진현의 연구 덕분으로 전 세계 의학계의 모두가 진현의 공로를 치하했다. 그건 의학계뿐만이 아니었다. 그는 미국 대통령 훈장까지 받았고, 세계보건기구(WHO)에서 사사카와 보건상까지 수상했다.

"당신의 업적이 아프리카를 살렸습니다."

세계보건기구의 사무총장이 직접 진현에게 감사를 표했으며 세계의 수많은 단체와 사람들이 진현의 공로를 치하했다. 노벨재단도 진현을 주목했다. 그의 지난 삶에서는 하버대의 웨슬리 박사가 노벨 생리의학상의 후보자가 되었지만 당연히 바이러스를 발견한 것보단 치료의 방안을 발견한 것이 더 뛰어난 업적이다. 웨슬리 박사와 진현 모두 공동으로 노벨 생리의학상의 후보자가 되었고, 단순한 학문적 업적이 아닌 수없이 많은 생명을 구한 업적이니 사람들은 그들이 머지않은 시일에 노벨상을 수상할 것이라 생각했다.

그렇게 성공한 삶이 흘러갔다.

*　　　*　　　*

인생의 시간은 휴지 두루마리와 같다는 말이 있다.

나이를 먹을수록 시간이 빨리 흐르는 것이 휴지 두루마리의 종이가 사라지는 것과 같다는 뜻이다. 그렇게 시간이 덧없이 흘러 진현의 나이도 벌써 마흔이 되었다. 의학자로서 정상에 도달한 그때, 진현과 헤미는 한국행을 결정했다.

"아니, 닥터 김? 한국으로 돌아간다고요? 그게 도대체 무슨 말입니까!"

자신들의 자랑인 진현이 한국으로 돌아간다는 이야기에 세인트죠셉의 모두가 펄쩍 뛰었다.

"저희가 뭐 서운하게 한 것 있습니까?"

"혹시 연봉이 모자랍니까? 뭐든지 말씀만 해주십시오. 다 들어드리겠습니다!"

동료 외과의사, 병원장, 이사진 모두가 달려들어 진현을 말렸다. 하지만 진현은 미안한 얼굴로 고개를 저었다.

"죄송합니다. 이미 결정된 일입니다."

"하아, 닥터 김… 너무 아쉽군요."

십여 년간 일하며 이제 정이 들 대로 든 데이비드가 아쉬운 한숨을 내쉬었다. 진현도 제2의 보금자리가 되어준 세인트죠셉을 떠나기 아쉬웠으나 결정을 번복하지는 않았다.

'이제 돌아갈 때가 되었지.'

그렇지 않아도 이해중 전 회장의 사후(死後) 대일그룹의 회장이 된 이동민이 계속해서 러브콜을 보내고 있었다. 와서 제발 대일병원을 맡아달라고. 그래도 그런 이유 때문에 귀국을 결정한 것은 아니다. 가장 큰 이유는 부모님이었다. 어느덧 부모님의 나이가 환갑을 훌쩍 넘어 칠순에 가까워져 온 것이다. 작년에 봤을 때, 하얀 머리의 노인이 된 그들의 얼굴을 잊을 수가 없다.

"그래, 잘 지내고. 가서 몸조심해야 해. 우리 손주도 학교 잘 다니고."

아들과 손자가 저 멀리 사라질 때까지 계속해서 바라보던 부모님의 모습이 왜 그리 눈에 밟히던지. 부모님은 진현이 신경 쓸까 말로 표현하지는 않았지만 나이가 들며 아들이 그리운 눈치였다. 왜 안 그러겠는가? 아들의 성공이 기뻐도 하나뿐인 자식과 손주가 그리운 것은 어쩔 수 없는 것이다.

'이미 성공은 할 대로 했어.'

물론 미국에서 빛나는 자리를 버리고 한국에 가는 것이 아쉽긴 했지만 더 늦기 전에 효도를 하고 싶었다.

'한국으로 가도 의학 연구나 진료를 못 하는 것도 아니고.'

그렇게 진현은 한국으로 돌아오기로 했다. 그 소식에 대일그룹의 총수 이동민 회장이 크게 기뻐했다.

"빨리 오게, 빨리! 자리는 이미 다 마련해 놨으니!"

그의 오랜 바람대로 진현은 대일병원을 맡기로 했다.

'내가 대일병원의 이사장이 되다니. 세상 참 묘하군.'

이제는 벌써 10년도 넘은 과거가 된 먼 옛날이 떠올랐다. 그때 이사장이었던 이종근과 참 지독한 악연으로 얽혔었다. 한국에서 인연이 있던 이들 모두 그의 귀국을 환영했다. 특히 스승인 강민철의 기쁨이 컸다.

"빨리 오게, 김 선생! 내가 주는 술 한잔 받아야지!"

다년간 대일병원의 병원장으로 활약하던 강민철은 완전히 은퇴해 유유자적 삶을 즐기고 있었다. 메스는 손에서 놓았지만 여전히 정정했다. 그리고 미국에서의 생활을 정리하고 한국으로 떠나기 직전. 진현은 자신의 교수실을 바라봤다.

'이곳에서 지낸 지도 벌써 10년이 넘었구나.'

정신없이 지낸 세월이었다. 그래도 정이 많이 들었는지 떠나려니 아쉬운 마음이 들었다.

'어쩔 수 없지.'

진현은 고개를 젓고 남은 짐을 정리했다. 중요한 짐은 다 보낸 상태지만 10년 동안 지내 정리할 것이 꽤 남아 있었다. 다른 사람에게 정리를 부탁해도 되지만 자신의 손때 묻은 방이어서 그럴까? 왠지 직접 하고 싶었다. 그런데 늦은 밤이었다.

끼익.

교수실의 방문이 조심히 열렸다. 고개를 돌리니 데이비드가 놀란 표정으로 자신을 바라보고 있었다.

"아… 있었군요, 닥터 김."

"네, 정리를 하고 있었습니다. 무슨 일입니까?"

데이비드는 머리를 긁적였다.

"그냥 아쉬워서요. 이렇게 떠난다니."

그 말에 진현은 미소를 지었다. 처음 세인트죠셉에 왔을 때부터 데이비드는 한결같은 호의로 자신을 대해줬다. 참 고마운 인물이다. 진현은 손을 내밀어 악수를 청했다.

"자주 오겠습니다."

"정말이죠?"

"네, 학회 때마다 찾아오겠습니다. 그때 귀찮다 하기 없기입니다?"

데이비드가 화들짝 고개를 저었다.

"귀찮다니요. 우리 세인트죠셉의 전설, 미라클 김의 방문인데요."

미라클 김. 10년 동안 들어도 민망한 별명이다. 서로 손을 마주잡으며 데이비드가 말했다.

"닥터 김, 떠나니까 말할게요."

"네."

"저, 당신을 존경했어요. 비록 나이는 나보다 훨씬 어리지만 말이에요. 정말 많은 것을 배웠어요."

진현은 살짝 얼굴을 붉히며 고개를 저었다.

"지나친 말씀이십니다."

여유 있는 중년 신사 같은 인상이지만 데이비드도 미국 의학계에서 굉장한 인정을 받는 명의였다. 그런 이가 자신을 존경한다니. 하지만 데이비드의 얼굴은 진지했다.

"정말이에요. 다른 무엇보다 환자를 위하는 그 마음. 그것을 보며 제가 스스로를 얼마나 부끄러워했는지 모를 거예요."

"……."

더없는 극찬이었다.

"그러니 닥터 김."

데이비드가 진현의 눈을 바라봤다.

"그동안 고마웠어요. 당신은 우리 세인트죠셉의 영원한 미라클이에요."

순간 뭉클한 마음이 들어 진현은 답을 못 했다. 뭐라고 해야 할까? 그래도 한 가지 확실한 것은 있었다. 자신의 지난 세월은 가치 있는 삶이었다는 것이다. 이렇게 남들의 가슴에 남을 정도로.

"저야말로 감사합니다, 정말로."

진현은 답했다.

그렇게 미국에서의 생활이 마무리됐다.

# 종장

한국에 돌아온 진현은 대일병원의 이사장으로 취임했다.

'내가 대일병원의 이사장이 되다니. 참 다시 살고 볼 일이야.'

미국에서 유학 후 연구 의사(Academic physician)로 나름 뛰어난 업적을 쌓아가던 혜미는 모교인 한국대 병원의 러브콜을 받고 한국대 의대의 내과교수가 되었다. 대일병원의 지분을 가지고 있으니 당연히 대일병원의 교수가 될 수도 있었지만 그건 그녀가 거절했다.

"정말 오랜만입니다."

이제 완연한 노교수가 된 최대원이 진현을 보고 반가운 인사를 했다. 강민철과 더불어 은사라 부를 수 있는 최대원에게 진현은 고개를 숙였다.

"편히 말씀해 주십시오."

"그래도 이제 이사장님인데 그건 안 되죠."

"제가 불편해서 그렇습니다. 다른 사람이 없을 때라도 편하게 말씀해 주십시오."

세계적 의학자로 빛나고 있음에도 여전한 진현의 말투에 최대원은 미소 지었다.

"알겠습니다. 아니, 알겠네. 어쨌든 이렇게 돌아와서 진심으로 환영하네."

진현을 마음으로 환영한 것은 최대원만이 아니었다. 그를 알던 모든 이가 기뻐했고 특히 강민철의 기쁨은 이루 말할 수 없이 컸다. 날을 잡고 환영의 술을 마시는데, 심장도 안 좋고 이제 연세도 있으신 분이 이렇게 많이 마셔도 되는지 걱정될 정도였다.

"진현아, 정말 반갑다. 아니, 이제 이사장님이라 해야 하는 건가?"

고등학교 때부터 친구 황문진도 기뻐했다. 그는 놀랍게도 대일병원의 교수가 되어 있었다. 대일그룹의 사위인 진현의 도움 없이 오로지 스스로의 실력과 노력만으로 이룬 성과였다.

'참… 정말 다시 살고 볼 일이야.'

회귀 후 많은 것이 바뀌었지만 가장 많이 변한 것은 황문진이 아닐까 싶다. 꼴찌에서 의대입학, 대일병원 외과의사, 심지어 이제는 교수. 참으로 믿을 수 없는 변화였다.

"앞으로 진료 스케줄은 어떻게 하실 것입니까, 이사장님?"

강민철 교수와 더불어 그를 아꼈던 간이식 파트의 유영수 교수가 진현에게 물었다. 그는 현재 대일병원의 외과 과장이었다. 진현이 대일병원에 있을 때만 해도 주니어 교수였지만, 이젠 누구보다도 연륜 깊은 중견 교수가 되어 있었다. 말을 편하게 해달라 했지만 유영수는 요지부동이었다.

'진료 스케줄이라.'

진현은 고민했다. 이사장의 주 업무는 병원 경영이었다. 진료나 의학 연구는 본인의 뜻대로 해도 되고 안 해도 된다. 전 이사장이었던 이종근은 진료에선 완전히 손을 뗐었다.

진현은 말했다.

"진료도 같이 병행하겠습니다."

유영수가 살짝 놀라며 물었다.

"힘들지 않으시겠습니까?"

사실 이사장이나 병원장 정도 되면 진료나 연구는 손을 떼는 것이 일반적이긴 했다. 하지만 진현은 고개를 저었다.

'그래도 진료를 안 보면 왠지 허전해서… 의사가 아닌 것 같기도 하고…….'

회귀 직후 삶의 목표가 건물주에 진료 안 보고 노는 의사였다는 것을 떠올리면 진현도 참 많이 변하긴 했다. 하긴 몇 년의 세월이 흘렀는데 안 변하겠는가?

"시간이 부족하니 많이는 못 보겠지요. 최소한으로만 하겠습니다."

"알겠습니다. 그러면 저희 외과 쪽에서 스케줄을 조정하도록 하겠습니다."

병원 경영이 더 중요한 업무이니 진현은 진료는 최소한으로만 할 생각이었다. 하지만 그 생각은 시작부터 어긋났다. 세계적 의사인 그가 진료를 본다는 소문이 퍼지자마자 환자들이 구름처럼 몰려들기 시작한 것이다. 중요도가 떨어지는 질환의 환자들은 다른 간 파트의 교수들이 대신 진료를 봤지만 그렇다 해도 상당한 숫자였다.

'곤란하군. 오는 사람을 쫓아낼 수도 없고.'

진현은 난감한 표정을 지었다. 어쩔 수 없는 일이었다. 다 그의 업보지. 덕분에 그는 환자 진료 보랴, 이사장 업무를 수행하랴, 나이 마흔이 넘어서도 레지던트처럼 일할 수밖에 없었다. 그래도 다른 교수들이 최대한 분담을 해줘 진료를 전담하는 의사들만큼 환자를 많이 보는 것은 아니지만 이사장의 일과 겹치니 압사할 것 같은 업무량이었다. 과거 한강의 전경을 보며 와인이나 홀짝이던 이종근과는 180도 다른 모습이 아닐 수 없었다.

—자기야, 오늘도 늦게 들어와?

"응, 미안."

—경태가 아빠 보고 싶어 하는데. 내일은 우리 아들 생일이니 꼭 빨리 들어와.

혜미의 말에 진현은 쓴웃음을 지었다 경태는 혜미와 자신 사이의 금쪽같은 아들이었다. 최근 너무 바빠 집에 돌아가면 자정이 넘을 때가 일쑤라 아들과 대화를 해본 지가 언젠지 모르겠다.

'효도하러 돌아왔는데 일에 치여 죽겠군. 조만간 다 같이 모여 식사라도 해야겠어.'

그런데 그렇게 지내던 중이었다. 외과 병동에서 회진을 도는데 한 간호사가 그에게 말을 붙였다.

"저, 이사장님. 잠시 뭐 좀 여쭤 봐도 될까요?"

"아, 네."

일개 간호사가 개인적인 질문으로 이사장에게 말을 붙이다니.

상상도 못 할 일이지만 이 간호사는 그래도 되었다. 다름 아닌 이 연희였기 때문이다. 벌써 근속년수 십오 년이 되는 그녀는 현재 외과 병동의 수간호사였다.

"제가 아는 사람이 간암에 걸려서… 상의를 드려도 될까 해서요."

"간암 말입니까?"

진현은 살짝 놀란 마음이 들었다.

'누구지? 이맘때쯤 그녀 주위에 간암에 걸린 사람이 있었던가?'

이전 삶에서 그녀 주위에 간암을 앓았던 사람은 한 명도 없었다. 어쨌든 진현은 고개를 끄덕였다. 그는 간이식과 간암에 관하여 국내 최고, 아니, 세계에서도 손꼽히는 대가였다. 당연히 상의해 줄 수 있었다.

"5cm의 간암인데 간정맥 침윤이나 원격 전이는 없는데 위치가 중앙이고 대동맥에 가까워서 수술이 어렵다는 이야기를 들어서요. 고주파 치료는 크기가 커서 안 되고… … ."

오랫동안 외과 병동에서 일해 그녀의 식견도 보통이 아니었다. 웬만한 의대생들보단 훨씬 나았다.

"수술이 불가능하면 결국 오래 버티지 못하고 암이 전신에 퍼져 사망할 텐데… 혹시나 수술이 가능할까요?"

근본적인 치료인 수술을 못 하는 암의 말로는 다 똑같았다. 항암 치료를 하든 방사선 치료를 하든 시기를 늦추는 것일 뿐 원격 전이가 진행돼 사망하게 된다. 그 사실을 누구보다 잘 알기에 진현은 진중한 얼굴로 답했다.

"이야기만 들었을 때는 쉽지 않을 것 같긴 하지만… 혹시 환자분의 CT를 가지고 계십니까?"

"네, 가지고 있어요."

"한번 제가 암의 상태를 보겠습니다."

컴퓨터에 CD를 넣고 로딩을 하니 곧 어두운 CT 화면이 떠올랐다.

"흠……."

진현은 인상을 찌푸렸다. 예상했던 대로 쉽지 않아 보였다.

"어려운가요?"

"네, 쉽지는 않을 것 같습니다. 간암이 간의 중앙에 위치해 있고, 태동맥과도 가깝습니다."

그 말에 이연희는 한숨을 내쉬었다. 진현이 안 된다고 하면 이 세상 누구를 찾아가도 마찬가지다.

"아예 안 되는 건가요? 수술을 못 하면 어차피 원격 전이나 간부전이 진행돼 사망할 텐데……."

그녀의 말에 진현은 미안한 마음이 들었다. 이전 삶과 그리고 이번 삶에서 그다지 행복하지 못한 삶을 사는 그녀이다 보니 조금이라도 잘해주고 싶었다.

"무리하면… 가능은 합니다."

그 말에 그녀는 눈을 크게 떴다.

"정말요?"

"네, 하지만 위험부담이 큽니다. 수술 후 사망할 수도 있습니다."

"괜찮아요. 어차피 수술을 안 받으면 몇 개월 뒤 암이 진행돼 사망할 테니까요."

옳은 말이다. 정답은 없는 문제이지만 이런 경우 환자와 보호자만 각오가 되어 있다면 위험을 감수하는 게 정답일 수도 있다.

어려운 수술일지라도 성공하면 완치될 수도 있으니까. 연희가 주저하다 말했다.

"저… 이사장님, 혹시 직접 집도해 줄 수 있으신가요?"

현재 국내에서 간 파트 수술 최고의 대가는 다름 아닌 김진현이었다. 다만 워낙 바쁘다 보니 이런 부탁을 일일이 들어주기가 어려웠지만 진현은 흔쾌히 고개를 끄덕였다.

"알겠습니다. 환자를 뵌 후, 수술 일정을 잡죠. 제 외래로 환자분이 방문할 수 있도록 해주십시오."

그리고 진현은 등을 돌려 병동을 벗어나려 했다. 그런데 연희가 주저하며 말했다.

"저… 환자는 외래에 올 수가 없는 상태인데, 수술할 때 바로 입원을 하면 안 될까요?"

"그래도 수술 전에 환자 상태를 보아야……."

"그렇긴 한데… 사정이 안 돼서……."

진현은 의아한 표정을 지었다.

"그러고 보니 환자분이 누구기에 그러십니까? 가족입니까?"

"그건 아니에요."

"그러면? 친구?"

"그것도 아니고… 그냥 아는 사람……."

그리고 그녀는 한참을 머뭇거리다 크게 한숨을 내쉬었다.

"하아, 상민 씨예요."

"……!"

진현의 얼굴이 굳어졌다. 이상민이라고? 연희가 급히 고개를 저었다.

"그냥 얼마 전, 정말 오랜만에 정신병원에 면회를 갔는데 담당 의사에게 이야기를 전해 들었어요. 상민 씨, 친보호자도 없고 면회 오는 사람도 저를 제외하면 단 한 명도 없거든요. 그래서 유일하게 가끔이라도 면회를 오는 저한테 이런 이야기를 하더라고요."

그녀는 한숨을 내쉬었다.

"이대로 두면 곧 간암이 진행돼 사망할 텐데 가만히 손을 놓고 있을 수도 없고… 워낙 고난도 수술이라 다른 교수님한테 부탁할 수도 없어서… 그래서 말씀드린 거예요."

"……."

"정말 죄송해요, 이사장님. 미리 누군지 말씀을 드렸어야 했는데. 죄송해요."

그녀는 연신 사과를 했다. 진현은 쓴웃음을 지었다.

"괜찮습니다. 특별히 잘못을 한 것도 아닌걸요. 저는 이만 가보겠습니다."

그가 떠나려는데, 그녀가 조심히 물었다.

"상민 씨 수술은 역시… 어렵겠지요?"

진현은 대답하지 않았다.

"회의가 늦어 이만 가보겠습니다."


장장 4시간에 걸친 지긋지긋한 회의가 끝난 후, 여러 업무를 처리하고 진현은 집으로 돌아왔다. 그의 집은 병원 인근 삼성동에 위치한 초고층 주상복합아파트로 내부가 궁궐 같았다. 벌써 저녁 11시가 훌쩍 넘어 넓은 집은 불이 꺼진 채 조용했다. 진현은 혜미와 아들 경태가 깨지 않도록 조심히 옷을 벗고 샤워를 했다.

떨어지는 물을 닦고 옷을 갈아입은 진현은 방문을 열었다. 그런데 그가 들어간 곳은 혜미가 자고 있는 안방이 아닌, 거실 옆 편에 위치한 작은 방이었다. 작은 침대 위에 초등학생쯤으로 보이는 남자아이가 곤히 잠들어 있었다. 목숨보다 소중한 아들, 경태였다.

"우웅……."

무슨 꿈을 꾸고 있을까? 자신보단 혜미를 더 닮은 얼굴. 그래서인지 진현의 눈에는 세상 누구보다 잘생겨 보였다.

"……."

진현은 그렇게 아들을 내려다보았다. 말없이 그저 고요히. 그렇게 얼마나 시간이 지났을까?

끼익.

작은 방의 문이 열리며 혜미가 들어왔다.

"자기야? 안 들어오고 뭐 해?"

막 잠에서 깼는지 그녀는 눈이 부셨다. 그녀는 세월이 비껴 흘렀는지 여전히 아름답고 사랑스러운 외모를 가지고 있었다.

"그냥 경태 보고 있었어. 잘생겼지?"

"당연히 잘생겼지. 누구 닮았는데."

"초등학교에는 잘 적응해?"

"응, 한국 학교는 처음이라 걱정했는데 잘 지내더라고. 이제 곧 학부모 참가 운동회도 한다는데 자기는 못 오지?"

"한번 시간 내볼게."

혜미는 미소 지었다.

"괜찮아. 바쁜 것 알아. 그래도 너무 무리하지는 마."

그리고 잠시 대화가 끊겼다. 그들은 소중한 아들을 바라봤다.

"자기야?"

"응.

"혹시 무슨 일 있어?"

"......!"

혜미는 걱정스레 물었다.

"미국에서도 고민 있을 때마다 말없이 경태 바라보곤 했었잖아."

"괜찮아. 별일 없어."

"정말?"

진현은 걱정 말라는 듯 웃었다.

"응, 일이 많아 피곤한 것 말고는 다 잘 풀리고 괜찮아."

"그래?"

"응, 정말로. 걱정하지 마."

진현은 고개를 끄덕였다. 실제로 아무런 일도 없었다. 그들은
안방으로 돌아가 불을 끄고 잠을 청했다.

"혜미야."

"응?"

"나 이번 주 주말에 잠깐 양평에 다녀와도 될까?"

"양평엔 왜?"

"일이 좀 있어서."

"그래. 조심히 다녀오고."

그리고 잠에 들기 전, 진현은 말했다.

"사랑해."

혜미는 배시시 웃으며 진현의 품에 파고들었다.

"그 이야기 오랜만에 듣네. 잘 자요."


진현은 양평으로 차를 몰았다. 블랙 색상의 BMW가 바람을 갈랐다.

'결국 포르쉐는 못 타봤군.'

회귀 후 삶의 목표 중 하나가 포르쉐였다. 나머지는 피부과 의사, 강남 빌딩. 생각해 보니 이룬 것이 하나도 없다.

'일 보고 돌아가서 포르쉐랑 강남 빌딩이나 살까?'

진현은 실없이 생각했다. 돈이 없어서 못 산 것은 아니다. 그가 미국에서 제약회사들과 연계해서 벌어들인 돈은 그야말로 어마어마하단 단어도 부족할 정도였으니까. 하지만 세월이 그를 바꾼 것일까? 바라던 모든 것을 손에 넣을 수 있게 되었지만 이제 그는 그런 것들을 바라지 않게 되었다.

이른 주말 시간이라 그런지 도로는 한산했다. 한 시간여를 달린 후에야 진현은 양평, 그중에서도 북쪽에 치우친 한적한 외곽에 차를 세웠다. 산 밑 휑한 들판에 흉물스러운 건물 하나가 덩그러니 있었는데, 반쯤 해어진 간판에 이런 글씨가 써 있었다.


효원 정신병원.


중증 정신병 환자들을 치료하는 병원이다. 아니, 말이 좋아 치료지 사실상 감금에 가까웠다. 더 이상 회복 기미가 없는, 가족들에게 버림받은 정신병 환자들이 모이는 곳이었기 때문이다.

끼익.

문을 여니 낡은 교도소를 연상시키는 돌벽이 보였고, 늙은 접수원이 진현을 맞았다.

"무슨 일이세요?"

"면회를 왔습니다. 며칠 전 연락을 드렸습니다."

"아, 그 대일병원의! 정말로 오셨군요."

접수원은 화들짝 자리에서 일어나 진현을 안내했다. 국내 최고 대일병원의 이사장이 이런 곳에 방문해 놀란 눈치가 역력했다.

"4층이에요. 엘리베이터에 문제가 있어 걸어서 올라가야 해요."

"네, 상관없습니다."

문제가 있는 것은 엘리베이터만이 아닌 듯했다. 병원 전체가 낡고 헐었다.

'입원 환자가 있긴 한 건가? 아무도 안 보이는군. 인기척도 거의 없고.'

먼지 쌓인 계단을 오르며 진현은 물었다.

"이곳에 입원해 있는 동안 특별한 문제는 없었습니까?"

"누구요?"

"지금 면회 가는……."

"전혀요. 음성 증상이 심한 정신분열병 환자들 대부분 조용하잖아요. 그냥 조용해요. 아주."

정신분열병의 증상은 크게 환각, 환청 같은 양성 증상과 감각의 둔화, 무의욕증, 와해된 언어 등의 음성 증상으로 나온다. 곧 4층에 도착하니 커다란 철문이 나타났다. 노인은 달그락 열쇠를 꺼내 문을 열었고 중증 환자들이 입원해 있는 병동으로 들어갔다. 병동을 관리하는 간호사가 힐끗 그들을 바라봤다. 혹시나 불의의 사태에 대비한 것인지 경호원도 있었다.

"무슨 일이에요?"

"면회 오셨어."

"누구요?"

"19호실."

"여기 열쇠요."

노인은 열쇠를 건네받고 구석에 있는 방으로 진현을 이끌었다.

"이곳입니다. 면회 끝나면 밖의 간호사에게 말씀해 주세요."

"네, 감사합니다."

끼익.

노인은 문을 열어주고 사라졌다. 하지만 진현은 가만히 병실 안을 들여다볼 뿐 안으로 들어가지 않았다. 정확히 말하면 발걸음이 떨어지질 않았다.

'왜 난 이곳에 온 걸까?'

두근.

이유 없이 심장이 뛰었다. 지난 삶 동안 가장 돌이키고 싶지 않은 기억이 이 안에 있었다. 하지만 그는 고개를 저었다.

'어차피 다 지나간 일이야. 난 그저 의사로서 환자를 보러 온 거고.'

마음을 굳히고 안으로 들어갔다. 그리고… 진현은 만났다. 먼 옛날 친구였던, 하지만 끔찍한 악연으로 변한 이를. 기억의 편린 속 자리하고 있던 이상민이 진현의 앞에 현실이 되어 나타났다.

"……."

이상민은 면회객이 왔음에도 아무 말이 없었다. 당연했다. 그의 눈은 아무것도 없는 허공을 흐릿하게 바라볼 뿐 초점이 없었으니까.

"이상민."

이상민은 다 낡아 곰팡이가 설어 있는 침대에 목석처럼 앉아 미동도 하지 않았다. 정서적 둔마, 무감동, 무언증, 무욕증… 음성 증상을 앓는 정신분열병 환자의 전형적인 모습이었다.

"이상민."

"……."

갑자기 맥이 탁 풀렸다. 그렇게나 추악한 죄악들을 저질러놓고 이런 모습이라니.

"도대체 뭐야."

"……."

"도대체 뭐냐고……."

진현은 한숨을 내쉬었다. 지난 세월 누굴 증오했던 것인지.

"난 널 진료하러 왔다. 네 몸 속에 있는 간암은 지금 수술하지 않으면 손을 쓸 수가 없어."

"……."

당연히 답은 없다. 그래도 착각일까? 얼핏 눈동자가 진현 쪽으로 향한 것 같기도 하다. 곧 다시 원래대로 돌아갔지만.

"사실 지금도 늦은 감이 있고 위험하다. 그래도 지금 수술하면 완치의 가능성이 있으니 의사로서 난 네가 수술을 받았으면 좋겠어. 간에 생긴 암을 그냥 놔두면 넌 얼마 버티지 못해."

이건 개인적 감정이 배제된 의사가 환자에게 하는 이야기다. 솔직한 심정은 싫었다. 하지만 이 세상 누구라도 치료받을 권리는 있으니까. 그리고 의사는 환자를 살릴 의무가 있고. 그게 한평생 살면서 가장 증오했던 인물이라도.

진현은 '의사'로서 '환자'에게 말했다.

"네가 거부하지 않는다면 수술을 진행하겠다. 싫다면 지금 말해줘."

아무리 음성 증상이 심해도 간단한 의사표현은 할 수 있다. 진현의 솔직한 심정으로 이상민이 거절해 주길 바랐다. 그도 인간인지라 이상민을 치료해 주기 싫었다. 왜 안 그러겠는가? 자신의 지난 삶 동안 가장 추악하게 남은 기억인데. 하지만 이상민은 그저 멍하니 허공을 응시할 뿐 아무런 답이 없었다. 진현은 한숨을 내쉬었다.


결국 수술이 결정됐다. 무기징역을 선고받고 복역 중인 상태지만 입원 중 경찰만 동행하면 수술 진행에 법적인 문제는 없었다. 단, 환자 본인이 의사표현을 할 수 없으므로 보호자의 동의가 필요했는데, 아이러니한 것이 현재 이상민의 가장 가까운 친인척 보호자는 다름 아닌 진현이었다. 부인인 혜미가 그의 배다른 동생이었기 때문이다.

'이상민이 내 처남이라니. 웃기지도 않는군.'

수술장에 들어온 진현은 장갑을 꼈다.

'쓸데없는 생각 하지 말고 수술에만 집중하자.'

원체 고난도 수술이어서 아무리 그라도 결과를 장담할 수가 없었다.

'내가 이놈을 살리기 위해 노력해야 하다니.'

거기까지 생각하고 진현은 곧 잡념을 지웠다. 됐다. 지금 이 수술장에서 자신은 의사이고, 이상민은 환자일 뿐이다. 그 외에 것은 밖에서 생각하면 된다.

"하모닉 스칼펠(Harmonic scalpel)."

티딕. 티딕.

마치 현을 타는 듯한 초음파 진동이 간을 갈랐다. 울컥울컥 피가 쏟아져 나왔고, 긴장된 공기가 수술장을 갈랐다.

"이사장님 혈압 떨어집니다!"

"거기 노르에피네프린 걸어! 산혈증 진행하니 CRRT(Continuousrenal replacement therapy:지속적 신대체요법) 준비해!"

예상했던 대로 수술은 쉽지 않았다. 몇 번이고 고비가 찾아왔고 혈압과 맥박이 촛불처럼 흔들렸다.

"…보비(Bovie:전기소작기)."

하지만 진현은 묵묵히, 흔들림 없이 수술에 집중할 뿐이었다. 그렇게 몇 시간이 지났을까?

툭.

종괴를 포함한 간의 절반이 툭 떨어져 나갔다.

수술을 성공한 것이다!

"수고하셨습니다, 이사장님."

퍼스트 어시스트로 들어온 전문의가 감탄한 얼굴로 말했다. 이런 고난도 수술을 성공시키다니. 역시 김진현 이사장다웠다. 하지만 진현은 속편이 기뻐할 기분이 아니었다.

"마무리해 주게."

"네!"

가운을 벗고 진현은 수술장을 벗어났다. 원래 그는 수술이 끝나면 수술이 끝나길 기다리는 보호자들에게 수술 경과를 직접 설명해 준다. 하지만 당연한 이야기지만 이상민은 아무런 보호자도 없었다.

"바보 같군. 뭐 하는 건지……."

진현은 고개를 젓고는 업무를 보기 위해 이사장실로 올라갔다.


이상민은 외과병동 1인실에 입원하여 이후의 치료를 받았다. 무기징역 복역 중인 죄수기에 경찰도 같은 방에 상주했다. 어려운 수술이었음에도 이상민은 순조롭게 회복했다. 남은 간의 부피가 많지 않았지만 간부전으로 진행되지도 않았다.

'며칠 뒤면 퇴원해도 되겠군.'

회진 시 수술 부위 상처를 확인하며 진현은 생각했다. 다른 환자의 회진과 다르게 이상민의 진료는 묘했다. 서로 한마디의 대화도 없었다. 상처를 보고, 상태를 검진하긴 하지만 말이다. 당연한 일이다. 음성 증상이 심한 정신분열병 환자와 정상적인 소통이 가능할 리 없으니까. 뭐, 대화를 안 해도 신체 검진과 피검사만으로 상태를 확인하는 데 문제는 없었기에 상관은 없었다. 아니, 오히려 대화를 안 하는 편이 마음이 편했다.

그리고 퇴원 전 마지막 날. 진현은 입을 열었다.

"다 좋아졌어. 이제 내일이면 퇴원해도 돼. 재발하지 않는 한 걱정하지 않아도 될 거다."

답이 있을 거라 기대하고 한 말은 아니다. 그저 의사로서 환자에게 한 기계적 설명. 진현은 마지막 회진을 끝내고 등을 돌렸다.

이제 이 방을 벗어나면 남은 평생 동안 이상민을 만날 일은 없겠지. 그런데 방을 벗어나려는 순간이었다. 믿을 수 없는 목소리가 들렸다.

"…고맙다."

재회 후 처음 듣는 목소리.

"……!"

진현은 놀라 고개를 돌렸다. 하지만 이상민은 여전히 침대에 앉아 멍하니 허공을 응시하고 있을 뿐이었다. 입을 움직인 흔적은 없었다.

'뭐지? 잘못 들은 것인가?'

진현은 의아한 표정을 지었다. 방금 그 말, 네가 한 것이냐고 물어보려다가 그는 고개를 저었다. 대신 한마디를 했다.

"잘 지내라."

이후 이상민에 대한 이야기를 들은 적은 없다. 아… 3년 뒤 즈음, 그가 입원 중이던 효원 정신병원에 화재가 났다는 뉴스는 본 적이 있다. 엉망으로 관리되더니 결국 사단이 난 모양이다. 다행히 입원 환자가 많지 않고 조치가 잘 이루어져 큰 인명 피해는 없었다고 한다. 단 4층에 입원 중이던 환자 중 몇 명의 사망자와 실종자가 생겼다는데… 누구였는지는 모르겠다. 사회적으로 큰 이슈가 되었지만 신경 쓰지 않았다. 정확히 말하면 알고 싶지 않았다.

\*　　　\*　　　\*

항상 느끼는 것이지만 세월이 참 빨랐다. 진현은 마흔 중반이 되었고, 소중한 아들 경태는 중학생이 되었다. 그는 여전히 바쁘고 성공한 삶을 살고 있었다. 찾는 사람이 많고, 할 일이 너무 많아 제대로 쉴 틈도 없었다. 그래도 성공한 삶보다 중요한 것이 가족이란 것을 알기에 진현은 일부러 노력하여 가족들과도 많은 시간을 보냈다.

"밥 됐어. 식사하자."

혜미가 김치찌개를 내왔다.

"음……."

진현은 수저를 입에 가져간 후, 신음을 흘렸다. 혜미가 눈썹을 찌푸렸다.

"왜?"

"그냥……."

"또 맛없어? 반찬 투정하지 말라니까."

"아니야. 맛있어."

진현은 손사래를 쳤다. 혜미와 결혼해서 모든 것이 행복하지만 한 가지 불행한 것이 있었다. 바로 혜미의 요리 솜씨. 아무리 노력해도 나아지질 않는다.

'이렇게 못하는 것도 재능 아닌가? 어떻게 노력하는데 안 나아질 수가 있지?'

뭐, 소용없는 한탄일 뿐이다.

"경태는?"

"안 먹는데."

"왜?"

"몰라. 속이 안 좋대."

"그래도 밥은 먹어야지."

"배고프면 나와서 먹겠지. 내버려 둬."

진현은 설익은 밥과 밍밍한 찌개를 먹으며 생각했다. 혹시 엄마 밥이 맛없어서 안 먹는 것은 아니겠지? 충분히 가능성 있는 이야기다. 그도 먹기 싫었으니까.

혜미가 한숨을 내쉬었다.

"자기, 다음 주에 의료 봉사활동 가지?"

"응, 왜?"

그는 1년에 한 번 정도 의료 소외 지역에 소규모 봉사활동을 나갔다. 병원 홍보용은 아니고, 그냥 우연히 시작한 것인데 보람이 커서 남몰래 정기적으로 하고 있었다.

"경태도 데리고 가지 않을래?"

"경태를?"

"응, 마침 방학이고. 걔 장래희망이 의사잖아. 마침 봉사활동 점수도 필요하니 같이 봉사활동도 한번 해보면 좋을 것 같은데. 섬으로 가니 끝나고 물놀이하다 와도 좋을 거고."

아들과 함께하는 봉사활동이라. 당연히 찬성이다. 진현은 흔쾌히 고개를 끄덕였다.


이번 봉사활동 장소는 궁평항에서 배를 타고 한참을 들어가야 나타나는 서해안의 외딴섬이었다. 원래 대일병원은 홍보와 이미지 개선을 위해 대규모의 봉사단을 여러 개 운영했다. 하지만 진현이 가는 봉사는 그런 대규모의 것은 아니었다. 그저 마음에 맞는 몇몇 의료진과 남몰래 의술을 펼치고 오는 것이다. 병원 홍보팀이 여러 차례 진현의 봉사활동을 대대적으로 선전할 것을 요청했지만 진현은 고개를 저었다.

'홍보를 하면 분명 큰 효과야 있겠지만.'

무려 국내 1위 병원의 이사장, 그것도 세계 최고의 대가로 인정받는 진현의 봉사활동이니 적당히 홍보해도 엄청난 광고효과가 있을 게 분명했다.

'하지만 이건 그냥 개인적인 일이니.'

정확히 말하면 이건 지친 일상을 달래기 위한 진현 개인 휴가였다. 봉사를 하면 상대보다 봉사자가 더 큰 마음의 위안을 얻는다는 이야기처럼 진현은 위안을 얻고 돌아오곤 했다. 대일병원을 위해서는 충분히 열심히 일하고 있으니 이런 마음의 휴가까지 홍보로 연결시키고 싶지 않았다.

"날씨 좋네."

황문진이 배 갑판에 서서 미소를 지었다. 진현과 늘 봉사활동을 같이 나오는 마음에 맞는 의료진 중 한 명이 그였다. 주변에 진현 외에는 아무도 없어 그는 편하게 말을 놓았다.

"네 아들 경태도 같이 가는 거야?"

"응, 의사가 되고 싶다더라고."

황문진은 갑판 앞쪽에서 바다를 바라보고 있는 진현의 잘생긴 아들을 보며 부러운 표정을 지었다.

"어린데 기특하네. 내 아들은 하루 종일 게임만 하는데. 누굴 닮아서 그러는지."

"누굴 닮긴. 널 닮았지."

진현은 웃었다. 중학교, 아니, 고등학교 때까지 황문진은 게임광이었다. 성적은 꼴찌였고.

"뭐야, 너도 중학교 때까지는 나랑 별반 다를 것 없었잖아. 성적은 내가 좀 더 좋았다? 네가 꼴찌. 내가 꼴찌에서 두 번째."

그 말에 진현은 웃었다.

"그래, 네 말이 맞다. 우리 둘 다 꼴찌였지."

황문진도 쿡쿡 웃었다. 다 추억으로 남은 옛날 일이다.

"봉사활동 끝나고 술이나 먹자. 좋은 술 가져왔어."

"뭐?"

"발렌타인 30년."

진현은 미소 지었다.

"좋지, 한잔하자. 경태 자면."

"왜? 너도 고1 때부터 술 마셨잖아. 경태도 이제 한잔해도 되지 않나?"

"너라면 네 아들한테 술 주겠냐?"

바닷바람이 싱그러웠다. 이번 봉사활동은 왠지 좋은 일이 있을 것 같았다.


봉사활동은 2박 3일로 진행됐다. 첫날에는 섬의 가장 큰 마을 회관을 빌려 진료를 했고, 둘째 날에는 거동이 불편한 노인들을 직접 방문해 진료를 했다.

"요즘 맨날 배가 너무 아파서… 속이 쓰리고… 신물이 넘어오고……."

평소 의료 혜택을 받지 못하는 섬사람들은 국내 최고 대일병원의 봉사단이 왔다는 이야기에 너 나 할 것 없이 몰려들었다.

"위식도역류증이나 궤양의 가능성이 있으니 위산억제제를 드리겠습니다. 약 복용 후에도 증상이 계속 안 좋으면 내시경 검사가 필요하니, 도시에 나가 검사를 받아보십시오."

의료봉사를 온다고 거창한 의술을 펼칠 수 있는 것은 아니다. 장비와 약품의 한계가 있기 때문인데 그래도 그것만으로도 많은 도움을 줄 수 있다. 아들 경태는 옆에 앉아 진현의 진료를 참관했다.

"힘들진 않니?"

"괜찮아요."

참 기특하게 자라준 아들이다. 아빠라서 하는 생각이 아니라 잘생기고 남들과 달리 말썽도 안 피우고 생각도 깊으며 성적도 좋다. 중학교 당시 맨날 꼴찌만 하던 자신보다 훨씬 나은 아들이다.

"힘들면 들어가서 쉬렴."

"괜찮아요."

꿈이 아버지를 닮은 의사라는 경태는 진현의 진료를 하나하나 눈에 담았고, 진현도 어깨에 힘이 들어갔다. 아들이 보는 앞에서 하는 진료라니. 이보다 더 뿌듯한 진료가 어디 있을까? 그렇게 하루가 지나고 마을에서 마련해 준 숙소에서 잠을 청했다.

"쿨쿨……."

피곤했는지 아들 경태는 코를 골며 바로 잠에 들었고, 진현은 미소를 지으며 그 모습을 바라봤다. 그리고 누워서 수면을 취하려는데, 이상하게 잠이 오지 않아 다시 일어났다.

'잠이 안 오는군. 잠깐만 나갔다 올까?'

그는 아들이 걷어찬 이불을 다시 올려준 후, 밖으로 나왔다.

여름이지만 섬이라 그런지 밤바람이 싸늘했다. 그래도 상쾌한 느낌이 들어 기분이 나쁘지 않았다.

"조금만 걷다 들어가자."

손전등을 들고 바닷가를 따라 밤 산책을 했다.

찰싹찰싹.

아무도 없는 바닷가에서 고요한 파도 소리를 들으니 마음이 평온해졌다. 그는 밤바다의 분위기에 취해 계속해서 걸었다. 그런데 그렇게 얼마나 걸은 걸까?

"응?"

진현은 눈을 크게 떴다. 사람이 살 것이라곤 생각지도 못한 곳에 허름한 가옥이 있었다.

"사람이 사는 곳인가?"

그는 아무런 생각 없이 손전등을 비췄다. 그런데 그 순간이었다.

"……!"

진현은 깜짝 놀랐다. 갑자기 사람이 나타났던 것이다! 뒤편에서 노숙자 같은 인상의 삐쩍 마른 남자가 진현을 바라보고 있었다. 앞머리와 수염이 덥수룩해 정확한 생김새는 알 수 없었다.

"죄송합니다. 특별히 실례를 하려 했던 것은 아닙니다."

"……."

하지만 남자는 답이 없었다.

'기분이 상했나?'

그럴 수도 있다. 정체불명의 외지인이 자신의 집을 기웃거렸으니까. 다시 사과를 하려는데 남자는 진현을 스쳐 귀신이 나올 것 같은 집으로 들어갔다.

"뭐야……."

진현은 고개를 갸웃했다. 처음 보는 사람인데 이상한 느낌이 들었다.

"이전에 만난 적이 있는 사람인가?"

그럴 리가. 그가 이 섬에 사는 사람을 이전에 만난 적이 있을 리가 없지 않은가. 그는 고개를 젓고 숙소로 돌아왔다.


둘째 날, 경태와 같이 왕진을 다녔다. 주로 보호자 없이 홀로 지내는 독거노인들을 진료했고, 제한적이나마 해줄 수 있는 여러 조치를 취했다.

"봉사활동은 어땠니?"

두 번째 날이 저물어갈 때 진현이 물었다.

"좋았어요."

"그래? 왜?"

"그냥……."

경태는 자신의 느낀 점을 말하기 쑥스러운지 답을 피했고 진현은 미소 지었다.

"왜 의사가 되고 싶어? 의사는 힘든데."

진현은 아들에게 의사의 길을 단 한 번도 권유한 적이 없다. 생명을 다루는 가치 있는 일이지만 그 길의 고됨을 알기 때문이다. 하지만 경태는 누가 권유하지 않았음에도 의사가 되고 싶다고 꿈을 정했다.

"그냥… 아빠 같은 삶을 살고 싶어요."

진현은 눈을 크게 떴다.

"아빠 같은?"

"네, 남을 위하는 삶이요."

진현은 가슴이 살짝 뭉클해졌다. 아들에게 존경받는 것만큼 아버지를 보람차게 하는 것이 어디 있겠는가? 고생스러웠지만 헛된 삶은 아니었던 것이다.

"가자, 조금만 더 돌면 끝이다."

"네."

그리고 마지막 환자에게 방문을 했다. 거동이 불편한 중증 욕창 환자였는데, 상처를 본 진현은 의아한 마음이 들었다.

"어르신."

노인은 이 없는 입으로 답했다.

"응?"

"이 상처, 혹시 치료받은 적 있으세요?"

굉장히 심한 욕창이었는데, 괴사된 부분이 깔끔히 정리돼 있었다.

"아… 섬의 의사 양반이 며칠 전 치료해 줬어."

"의사요?"

진현은 고개를 갸웃했다. 의사? 이 섬에 의사가 있었던가? 그럴 리가 없을 텐데.

"저기… 저 동쪽 바닷가 쪽에 의사가 한 명 있어."

"동쪽 바닷가요?"

"응. 몇 년 전에 섬으로 들어온 외지인인데 사실 진짜 의사인지는 몰라. 행색이 추레한데 그래도 가끔 섬에 급한 환자가 있으면 그 양반한테 치료받아."

"……."

진현은 입을 다물었다. 동쪽 바닷가, 추레한 행색. 어젯밤 만났던 괴인이 떠올랐다.

'의사였단 말인가? 의사가 왜 그런 몰골로?'

의문이 들었으나 크게 관심 가질 일은 아니다.

'무슨 사정이 있겠지.'

진료를 끝내고 진현은 경태와 숙소로 걸어갔다. 이틀간의 봉사활동이 의미가 있었는지 경태는 무언가를 느낀 표정이었다.

"아빠."

"응?"

"며칠만 더 섬에 있으면 안 돼요?"

"왜?"

"좀 더 치료가 필요한 사람들도 있고……."

오늘 봤던 몇몇 환자를 말하는 것이었다. 진현은 뿌듯한 미소를 지었다.

"그래, 며칠 더 있으면서 물놀이도 하고 그러자."

그렇지 않아도 아들과 시간을 보내려고 추가로 휴가를 더 내고 온 상태였다. 진현은 다른 의료진들을 먼저 보냈다. 황문진이 떠나면서 아쉬운 표정을 지었다.

"나도 더 있고 싶은데. 기껏 준비해 온 발렌타인도 못 마시고."

마지막 날 술을 마시려 했는데, 황문진 본인이 갑자기 급성 설사병에 걸려 무산됐다.

"다음에 꼭 같이 마시자."

"그래, 그래."

"꼭!"

그런데 웃긴 게 그렇게 아쉬워했으면서 깜빡 잊은 것인지 술은 안 챙기고 떠났다.

"뭐야, 이거 왜 놔두고 간 거야? 마시고 싶게."

진현은 발렌타인 30년을 보며 입을 다셨다.

'발렌타인 30년. 그러고 보니 고등학교 때부터 종종 마셨던 술이지. 시험이 끝날 때마다.'

진현은 피식 웃고는 술을 숙소 구석에 보관했다.

'혼자 마시면 삐질 테니 나중에 갖다 주자.'

그리고 그는 아들과 오붓한 봉사활동 시간을 며칠 더 가졌다. 해수욕도 즐기고. 의사로서, 아버지로서 보람찬 시간이었다.


그런데 그렇게 봉사활동을 하는데 약간 거슬리는 점이 있었다. 첫날밤에 만났던 괴인과 계속해서 마주쳤던 것이다. 섬이 작아서 그런 것 같은데 괴이한 행색 때문인지 만날 때마다 기분이 별로 좋지 않았다.

'이제 떠나니까.'

진현은 그렇게 생각했다. 이제 내일이면 봉사활동도 끝이다. 이 섬만 떠나면 저 괴인과도 다시는 만날 일이 없을 것이다.

'그런데 왜 이렇게 불쾌하지?'

진현은 의문이 들었다. 사실 행색이 추레할 뿐, 기분이 나쁠 이유는 없었다. 면허증을 가진 진짜 의사인지는 모르지만 섬 주민들의 건강도 돌본다고도 하고. 그냥 고양이가 개를 만난 듯 이유 없이 불쾌하고 기분이 나빴다.

'모르겠다. 어차피 내일 떠나니.'

하지만 인생이 늘 그렇듯 일이 꼬였다. 밤에 비바람이 몰아치기 시작한 것이다.

"이런… 내일 떠날 수 있을까요?"

"글쎄요. 내일 봐야 알 것 같은데요. 잦아들면 출항할 수 있겠지만 더 심해지면 며칠은 배가 못 뜰 듯합니다."

진현은 곤란한 표정을 지었다. 이제 휴가도 끝이어서 병원의 일정이 밀려 있었다. 더 섬에 있을 수가 없는 처지인데 이렇게 발이 묶이다니.

'비바람이 잦아들어야 하는데.'

하지만 야속하게도 비바람은 더욱 거세지기만 해 당분간 출항은 꿈도 못 꿀 상황이 됐다.

'곤란하구나.'

진현은 난감한 표정을 지었으나 날씨를 어쩔 수는 없는 노릇이었다.

'어쩔 수 없지. 휴가가 늘어났다 생각하고 기다리자.'

비바람이 오래가지는 않을 것이다. 진현은 마음을 달래며 아들과 시간을 보냈다. 평생을 정신없이 달려왔으니 이렇게나마 쉬는 게 다행일 수도 있었다. 그러나 하늘은 그에게 휴식을 허락하지 않았다. 상황이 다시 한 번 꼬여 버린 것이다.

"선생님!"

늦은 밤, 마을에서 마련해 준 숙소에 누워 있는데 누군가 벌컥 들이닥쳤다. 진현은 놀라 자리에서 일어났다.

"무슨 일입니까?"

"큰일 났어요! 이장님이 다치셨어요!"

"……!"

"운전을 하다 차가 도로에서 미끄러져서! 빨리 와주세요!"

진현의 얼굴이 굳어졌다. 아무리 작은 섬이라도 당연히 자동차는 있다. 하지만 도로 상태가 좋지 않은 구간들이 있는데 비바람에 미끄러져 사단이 난 듯했다.

'하필 이럴 때 교통사고를!'

진현은 달려가며 크게 다친 것이 아니길 간절히 기원했다. 하지만 이런 그의 기원은 늘 그렇듯 또다시 어긋났다.

"이런……."

진현은 신음을 흘렸다. 심각했다. 급히 진료를 해보니 다른 부위는 크게 다치지 않았는데, 우하복부에 큼직한 상처가 벌어져 피가 울컥울컥 쏟아지고 있었다. 사고 당시 무언가에 찍힌 듯했다.

"선생님, 제발 살려주세요!"

마을 사람들이 진현에게 매달렸다. 진현의 표정이 심각해졌다.

'응급 수술을 해야 하는데 어떻게 하지?'

수술 자체는 어려울 것이 없었다. 출혈이 심하긴 했어도, 위치상 간이나 췌장, 비장, 대동맥 등 중요 장기가 지나는 부위는 아니었으니까. 아마 대장과 소장만 다쳤을 것이다. 배를 살짝 열고 찢어진 동맥을 지혈하고 손상된 장을 자른 후 이어 붙이면 된다. 문제는 이곳이 의료시설이 없는 섬이란 것이다.

'도시로 나가야 해. 그래야 수술을 할 수가 있어.'

진현은 급히 말했다.

"구조대에 요청해 주십시오. 도시로 나가야 합니다."

하지만 마을 사람들은 울먹이며 고개를 저었다.

"이미 연락을 했는데 비바람이 너무 심해서 당장 올 수가 없다고……."

창밖의 하늘을 올려다보니 정말 비바람이 장난이 아니었다. 한 치 앞도 안 보이는데, 헬기가 떴다간 줄초상만 날 것 같았다.

'어떻게 하지? 출혈이 심해 오래 버틸 수 없을 것 같은데.'

진현은 입술을 깨물었다. 아들 경태도 하얗게 질린 얼굴로 환자를 바라봤다. 진현은 머릿속으로 생각했다.

'출혈만 지혈하는 것은 그렇게 어려운 수술은 아니야. 출혈 동맥과 정맥만 찾아서 지혈하면 되니까. 그 뒤는 병원으로 옮겨서 처치하면 돼.'

다행히 봉사활동을 위해 챙긴 도구들이 잔뜩 있었다. 무리해서 진행하면 지혈 정도는 가능했다. 그러나 진현은 고개를 저었다.

'하지만 손이 없어. 나 혼자서 수술을 할 수는 없으니. 어떻게 하지?'

그가 아무리 세계적 대가라도 손이 두 개인 이상 수술을 혼자 진행할 수는 없다. 최소 한 명은 더 있어야 지혈을 시도해 볼 수 있다.

'빨리 손을 써야 하는데.'

벌써 환자는 의식이 없었다. 머리 쪽 손상은 없으니 과량출혈로 혈액 손실이 심해 쇼크 상태에 접어든 것이다.

"선생님, 제발 살려주세요!"

"제발!"

마을 사람들과 가족들이 애원했으나 진현도 불가능을 가능으로 만드는 능력은 없었다. 그는 주먹을 움켜쥐었다.

'수술을 도와줄 사람이 한 명만 있었으면… 그러면 살릴 수 있을 텐데.'

그런데 그때였다. 기적이 일어났다. 문이 끼익 열리며 한 인물이 나타난 것이다.

"……!"

눈앞을 가리는 앞머리, 덥수룩한 수염, 깡마른 몸매, 그 괴인이었다! 마을 사람들이 도움을 요청하기 위해 부른 듯했는데, 한 줄기 빛이나 다름없었다.

'정체는 모르지만 저 사람이 날 도와준다면 이 환자를 살릴 수 있어!'

진현은 저 괴인이 싫었다. 특별한 이유가 있는 것은 아니지만 본능적으로 불쾌한 마음이 들었다. 하지만 사람의 생명이 꺼질락 말락 하는 상황이니 개인의 불쾌한 마음을 따질 때가 아니었다. 진현은 다급히 물었다.

"교통사고로 인한 장출혈입니다! 병원으로 옮길 수 없는 상황이어서 이곳에서 응급으로 지혈을 시도해야 하는데 어시스트해 주실 수 있겠습니까?"

"……."

하지만 괴인은 그저 말없이 진현과 환자를 바라볼 뿐 답이 없었다. 초조한 마음이 바짝바짝 드는 순간, 괴인이 위아래로 고개를 끄덕였다.

"……!"

어시스트를 서기로 한 것이다!

"치료를 하겠습니다. 다들 밖으로 나가주십시오."

사람들이 모두 나가자 진현은 급히 수술 필드를 만들었다. 봉사단이 남기고 간 물품 중 방수포로 무균적 공간을 만들었고, 수면 유도제를 통해 간이 마취를 하였다.

"피부를 절제 후 출혈 혈관을 찾아 지혈하겠습니다."

"……"

괴인은 답이 없었다. 진현은 순간 걱정이 들었다.

'정체도 모르는 사람과 이런 수술을 해도 될까?'

하지만 지금은 다른 방법이 없었다. 수술을 시도하지 않으면 과다출혈로 환자가 죽는 것을 손 놓고 바라볼 수밖에 없으니까.

찌익.

메스로 피부를 절개 후 복강 안으로 들어갔다.

'출혈이 심해.'

크게 찢어져 출혈 혈관이 하나가 아닌 듯했다.

'시야가 확보되지 않는데, 지혈을 어떻게 하지?'

그런데 진현이 곤란한 표정을 짓는 순간이었다.

스윽.

철제 수술 도구를 든 괴인의 손이 움직이더니 턱하니 시야가 확보되었다.

"……!"

진현은 놀라 괴인을 바라보았다. 마치 외과의사의 손놀림 같은 정확한 어시스트였다.

"감사합니다."

"……"

여전히 답은 없었다. 진현은 수술용 실을 가지고 하나하나 지혈을 해나갔다. 쉽지는 않았다. 지혈용 전기칼도 없고, 있는 거라고는 시야 확보용 도구, 메스, 수술용 실 정도밖에 없었으니까. 그러나 괴인의 정확한 어시스트가 진현의 집도를 도와주었다. 진현은 그 뛰어난 솜씨에 놀라 연신 괴인을 바라봤다. 수술 전체의 흐름을 읽지 않으면 이런 어시스트를 할 수가 없다. 그리고 수술의 흐름을 읽는 것은 비슷한 수술을 해본 외과의사가 아니면 불가능하다.

"혹시 외과의사십니까?"

"……."

대답을 못 하는 것인지 아니면 하기 싫은 것인지 계속 답이 없었다. 무언가 사정이 있는 정체불명의 외과의사.

'혹시……?'

순간 진현의 머릿속에 혹시나 하는 가정이 스쳐 지나갔다. 그의 인생에 가장 큰 흔적을 남긴 그 이름. 그러나 그는 고개를 저었다.

'수술에나 집중하자.'

그리고 머지않아 중요 혈관들의 지혈이 끝나고 간이 수술이 마무리됐다. 가장 중요한 고비를 넘긴 것이다.

모두 괴인의 조력 덕분이었다.

"도와주셔서 감사합니다."

"……."

진현이 감사를 표했으나 괴인은 장갑을 벗고 말없이 사라질 뿐이었다.

그 뒤 비바람이 살짝 잦아들어 헬기를 탄 구조대가 도착해 환자를 내륙으로 이송했다. 급한 조치는 성공적으로 했으니 생명에 지장은 없을 것이다. 폭풍 같은 밤을 보낸 후, 진현은 경태와 숙소에서 휴식을 취했다. 그래도 비바람이 조금씩 잦아들고 있어 다행이었다. 이 추세대로라면 곧 배를 타고 서울로 돌아갈 수 있을 듯했다. 그리고 하루가 지나고, 마침내 하늘이 맑게 갰다.

"내일 아침에 배가 들어올 겁니다."

그 말에 진현은 미소를 지었다.

드디어 서울에 돌아갈 수 있게 되었다.

"경태야, 집에 가고 싶지?"

"네."

진현과 경태 모두 뜻하지 않게 길어진 외지 생활로 몰골이 말이 아니었다. 그렇게 섬 생활을 마무리하기 전날 밤, 진현은 숙소에서 잠이 안 와 뒤척거렸다. 피곤하지만 잠이 안 오는 느낌. 이상하게 가슴이 싱숭생숭했다. 진현은 쓴웃음을 짓고 자리에서 일어났다. 왜 이런 기분이 드는지는 알고 있었다.

'정체불명의 괴인… 누구일까?'

그렇지 않을 거라 생각하면서도 자꾸만 한 명의 인물이 떠올랐다. 한때 친구였던, 그러면서도 가장 추악한 악연이었던 인물. 왜 자꾸 그가 떠오르는 것일까?

진현은 쓴웃음을 지었다.

'가능성이야 있겠지. 물론 아닐 수도 있고. 하지만 그이면 어떻고, 아니면 어떻단 말인가?'

그와의 악연도 벌써 15년이 넘게 지났다. 그렇게나 시간이 빨랐다.

'됐어. 술이나 먹자.'

그는 황문진이 남기고 간 발렌타인을 들고 바닷가로 걸어 나갔다. 잠도 안 오는데 밤바다나 보며 술이나 한 모금 마셔야겠다.

'문진이한테 새로 한 병 사줘야지.'

그는 동쪽으로 덧없이 걸어 호젓한 바닷가에 도착했다.

찰싹찰싹.

차분한 파도 소리를 들으며 해변가에 앉으려는데, 한 인영을 발견하고 눈을 크게 떴다. 그 괴인이었다. 그가 해변가에 앉아 바다를 바라보고 있었다.

"……."

진현은 주저하다 괴인 옆에 앉았다. 괴인의 눈이 힐끗 그를 향했다. 마음속에 다시 의문이 피어올랐다.

이 괴인이 정말 그일까?

확인하는 방법은 간단했다. 직접 물어보면 되니까.

"혹시……."

하지만 진현은 질문을 삼키고 다시 입을 다물었다. 물어보면? 정말 그가 맞으면 어떻게 할 건데? 대신 진현은 발렌타인 병을 따고 숙소에서 같이 챙겨온 술잔에 술을 따라 한 잔 들이켰다. 위스키의 싸한 느낌이 가슴을 차갑게 가라앉혔다. 그리고 왜일까? 진현은 괴인에게 충동적으로 말했다.

"그날은 감사했습니다. 한 잔 같이하겠습니까?"

말을 뱉고 진현은 후회했다. 이 괴인과 왜 술을 같이 마신단 말인가?

'어차피 대답도 없을 건데.'

그런데 의외의 일이 일어났다. 괴인이 손을 내민 것이다.

"……!"

진현은 놀란 표정을 지었다가 술잔에 위스키를 졸졸 따라 내밀었다. 괴인은 진현이 내민 잔을 한 번에 들이켰다.

"술을 잘 마십니까?"

"…그냥 조금."

잔뜩 갈라진 음성. 처음 듣는 괴인의 목소리였다. 괴인은 황금빛 위스키를 보며 말했다.

"…제가 좋아하는 술이군요."

"그렇습니까?"

좋아하는 술……. 이 술을 좋아하던 누군가가 다시 한 번 떠올랐다. 고등학생 시절, 그와 이 술을 시험이 끝날 때마다 마셨었다. 진현은 하늘을 올려다보았다. 바닷가 위의 밤하늘은 서울과 다르게 온갖 별빛으로 반짝이고 있었다.

"더 마시겠습니까?"

괴인은 고개를 끄덕였다. 그렇게 진현과 괴인은 밤하늘의 별을 안주 삼아 술을 마셨다. 별다른 대화는 없었다.

"혹시……."

진현은 주저하며 입을 열었다. 그는 이런 질문을 하려 했다.

당신은 혹시…….

그러나 다시 질문을 삼켰다. 구태여 확인해서 뭘할까? 그면 어떻고 아니면 어떻다고. 어차피 스쳐 지나가는 인연. 오늘이 지나면 다시는 볼 일이 없을 텐데.

그저 진현은 하늘을 올려다보았다. 밤하늘은 반짝반짝 빛나고 있었다. 그 아름다운 밤하늘 때문일까? 술맛은 나쁘지 않았고 그럭저럭 나쁘지 않은 밤이란 생각이 들었다.

『메디컬 환생』 완결

| 작가 후기 |

안녕하세요.

메디컬 환생의 저자 유인이라고 합니다.

여기까지 읽어주신 독자님들께 감사의 말씀을 드립니다.

부족한 글임에도 사랑해 주시고, 아껴주셔서 너무나 감사드립니다.

독자님들의 사랑에 힘입어, 부족한 글임에도 이렇게 서점용 책으로 재발간을 할 수 있었습니다.

글을 쓰면서 많은 어려움이 있었지만, 독자님들 덕분에 부족하나마 끝까지 쓸 수 있었던 것 같습니다.

진현, 혜미, 상민, 연희의 이야기는 즐거우셨는지요?

조금의 즐거움이라도 느꼈으면 저자로서 크게 기쁘겠습니다.

다시 한 번 감사드리며, 좋은 하루 되시길 기원합니다.

글을 쓰는 중에도, 그리고 출간 후에도 많은 도움을 주신 청어람분들께도 따로 감사의 말씀드립니다.



—유인(流人) 배상.